长沙市文艺创作扶植项目

葫芦迷瓶

敖耀寰 著

岳麓書社·长沙

图书在版编目(CIP)数据

葫芦谜趣/敖耀寰著. —长沙:岳麓书社,2022.11

ISBN 978-7-5538-1643-2

Ⅰ.①葫… Ⅱ.①敖… Ⅲ.①谜语—汇编—中国 Ⅳ.①I277.8

中国版本图书馆 CIP 数据核字(2022)第 205756 号

HULU MIQU

葫芦谜趣

作　　者:敖耀寰

出 版 人:崔　灿

责任编辑:彭卫才

责任校对:舒　舍

封面设计:熊　辉

岳麓书社出版发行

地址:湖南省长沙市爱民路 47 号

直销电话:0731-88804152　0731-88885616

邮编:410006

版次:2022 年 11 月第 1 版

印次:2022 年 11 月第 1 次印刷

开本:700mm×1000mm　1/16

印张:23.75

字数:300 千字

书号:ISBN 978-7-5538-1643-2

定价:68.00 元

承印:湖南省越来越好印务有限公司

如有印装质量问题,请与本社印务部联系

电话:0731-88884129

序　一

刘新权

敖耀寰老师《葫芦谜趣》即将由岳麓书社出版，他嘱我为此书出版写几句话。出书是一件非常值得庆贺的事——虽然敖老师出书已经不是什么新鲜事——我欣然应允。

我和敖老师友好多年。2001 年国庆节期间，敖老师率领长沙市职工代表队赴泉州参加灯谜活动，邀请我和市文化系统同仁前往。一路上，在竞猜、论坛等场合，我见识了敖老师的博识、睿智与风采，对他心生敬意。从那时起，我们的交往逐渐多了起来，尤其是通过长沙灯谜成功申遗，我对他痴心谜艺、执着谜途有了更深的了解。

敖老师自幼爱好猜谜，正式“陷入谜途”却是 20 世纪 80 年代。当时，他在浏阳一中担任语文教师，将灯谜引进语文教学与第二课堂，举办周末谜会，编辑谜刊《校园虎影》，很受学生欢迎。自此，敖老师将灯谜这颗不起眼的小小种子播撒在了浏阳一中。谁承想，这颗种子在浏阳一中开花结果。20 多年以后，在中央电视台举办的首届中国谜语大会上，浏阳一中代表队一举挺进总决赛，取得佳绩。

1989 年，敖老师调入长沙市工人文化宫，承继枫林谜苑衣钵，组织楚湘谜苑，遨游谜海，如鱼得水。他创作灯谜上万条，撰写谜文百余万字，编印《楚湘谜苑》62 期，主持有规模的谜事活动 40 多次，参加全国性谜事活动 30 多次。他在谜艺上不懈追求，猜、制、论、评均有建树，成为长沙灯谜的集大成者，湖南谜坛的领军人物。

敖老师主张灯谜走出谜人小圈子，面向群众大舞台；他倡导灯谜“浅、新、趣”，并身体力行。他所作灯谜清新扑面、妙趣横生；所作谜文谈古论今、浅显易懂；主持谜事活动生动活泼、老少咸宜。正是在他的不遗余力宣传推介下，长沙灯谜的朋友圈越来越大，“长沙谜人”的影响力越来越广。

“长沙谜人”是一个老中青三代人组成的团结的集体。敖老师始终保持一个谜人清醒的头脑和襟怀坦荡的高尚品德，敬老传新，以诚待人。老一辈谜人杨焕文、曹锵、陈斌、黄大明号称长沙谜坛“四老”，在他们面前，敖老师均执弟子礼。陈斌先生生前住地离他较近，他经常前往探视，每有新作，必躬临请教。通过交流、切磋谜艺，探讨灯谜理论，他们的忘年之情益深。2006年，杨焕文先生不幸突然辞世，敖老师悲痛莫名，不但亲拟讣告通知海内外谜人，操持丧事更是亲力亲为。黄大明先生晚年入住长沙市第三社会福利院，敖老师逢年过节必登门看望，疫情期间也不例外，并经常与老人微信来往，让老人倍感温暖。他十分关心和支持陈斌、曹锵、马中良、赖浩明、黄大明等老谜人著书立说，帮助他们整理书稿、联系印刷，鞍前马后，尽心尽力。由于杨焕文先生突然辞世，其《枫林集》未能生前出版。先生去世后，敖老师即着手征稿编稿出书，历时半年，使《枫林集》赶在省灯谜学会成立大会上首发，完成杨焕文先生的心愿。

敖耀寰老师作为长沙灯谜代表性传承人，以弘扬长沙灯谜为己任，注重培养提携青年谜人，每有活动总不忘邀请他们参加，并带他们到全国性谜会上历练。这些年轻人在他的引导下，谜艺水平大有长进，成为湖南谜坛的中坚力量。

在众多灯谜学生中，王炜、尹海军和喻继贤是佼佼者。1996年，友谊商城门口举行“文化夜市”，敖老师设擂，王炜打擂。

敖老师认定王炜是个好苗子，于是把他拉入“谜途”。尹海军则是敖老师在一个职工灯谜活动上发现的，他追随着老师的足迹，痴爱灯谜艺术。1997年国庆节，敖老师在长沙市工人文化宫图书馆举办谜会。在谜会上，有两位被敖老师特殊关照的猜谜者，正是王炜和尹海军。为了使他们能在节日过把“谜瘾”，又不与群众争“饭碗”，敖老师冥思苦想了几个晚上，凑出50条谜，为他们开了“小灶”。喻继贤则是敖老师在浏阳一中时的学生，被敖老师带入“谜途”。1996年6月8日，喻继贤举办结婚典礼，邀请敖老师主持。为助雅兴，敖老师特意准备了几条新颖别致的喜庆灯谜，为婚礼喜宴增添了情趣，给大家留下了美好的印象。他们三位跟着敖老师跋涉在灯谜这条崎岖又寂寞的山道上，都成为了长沙灯谜的代表性传承人。

敖耀寰老师被誉为“湖南谜坛的顶梁柱，谜事活动的多面手”。他广泛吸收中国优秀民族民间文化和传统文化精髓，在谜艺上不懈追求，其《葫芦谜趣》荟萃作者陷入“谜途”，艰难跋涉30余年所采撷到的“奇花异草”。所作谜文钩沉谜史，感悟谜途，力求浅显易懂，新颖有趣，熔知识性、趣味性、可读性于一炉，令人读后长知、益智、怡情。

祝贺敖老师新书出版！祝愿敖老师谜人之路更迷人！

（2021年11月15日）

作者简介：刘新权，研究馆员。现任长沙市群众文化协会会长，长沙市群众艺术馆书记、馆长。

序　二

苏德友

敖耀寰是一位勤奋的谜家，勤奋总会有回报，敖先生获得的回报是对灯谜的深刻认识——谜趣。敖耀寰主张的谜趣是怎样的内涵？又有哪些层面的表现？本文试图从他的灯谜创作、灯谜文章及灯谜活动来评说这个问题。

一、敖耀寰对灯谜趣味性的认识过程。

敖耀寰的灯谜趣味说由来已久。他在《我猜灯谜——为〈知识窗〉“神州谜苑”而作》中说：“我之所以爱猜谜，是因为它可以增知、益智、怡情。猜谜促使我多读书，启迪我的思维，妙趣横生的佳谜还可使人产生美感和快感，得到一种不言而喻的精神享受。”他把最初猜谜时感受到的谜趣，感性地描述为“妙趣横生”“美感”“快感”“精神享受”。

敖耀寰是 30 多年前在家乡浏阳一中任教时喜欢上灯谜的。当时，他毕业分配不久，看到报纸杂志上集知识性、趣味性于一体的灯谜，很感兴趣，于是也学着猜射和创作。接着他把灯谜引进语文教学和第二课堂，受到学生的欢迎。1983 年元旦，学校在大礼堂举行游艺晚会，他将现场一些师生的姓名制成“芳名谜”，师生们猜射踊跃，盛况空前。他还记得当时做过的两条谜：“文明之师”猜五四新词“德先生”，勉励自己要做“德先生”；另一条“青胜于蓝”猜五四新词“赛先生”，希望学生都能“赛先生”。这两条谜理趣十足，是真正寓教于乐的好作品。

在众多灯谜问题中，敖耀寰最看重的是灯谜的趣味性。他引用贵阳张劲先生的话说："灯谜的灵魂乃在于'谜趣'。"他所说的谜趣，我理解为机趣和谜味。如果说一些谜人重视灯谜的思维方式、创作方法，那么，除此之外，敖耀寰还重视灯谜的动机和效果。对敖耀寰来说，趣味是一种动机，更是一种效果。

敖先生的三本谜文集：《葫芦集》记述他对谜趣的初识，《乐隐集》反映他对谜趣的确认，《悟怡集》则是向谜趣核心跋涉，主动地去发现谜趣、创造谜趣，尽情地品味谜趣之三昧。三个层次，一步一步达到较全面的认识，一步一步提到理论高度。

敖耀寰的灯谜趣味说最初只是自然产生的谜趣审美感受，在以后的猜射、创作、评论和灯谜活动中，他开始努力地发现和追寻灯谜趣味性，主动地创造谜趣，在理论上不断地完善自己的认识，逐渐形成了一个关于灯谜趣味说的比较完整的认识。

二、感受谜趣，发现谜趣。

敖耀寰的谜文集，皆用葫芦做封面，自有著者的寓意。俗话说："葫芦里卖的什么药？"葫芦给人一种神秘感，有引人探幽的感觉。敖耀寰给自己的谜书一种中国式的情趣包装。

敖耀寰的谜文多发表于《长沙晚报》和《三湘都市报》副刊，起到了向读者普及灯谜、提高读者猜谜水平的作用。敖先生利用各种方式去感受谜趣，也尝试着用名人效应感受谜趣，用这种效应去感染读者。如"谜与名人"一组文章，将许多名人和灯谜联系起来。文章中出现的这些人物：屈原、老子、庄子、于谦、蒲松龄、孙中山、毛泽东、鲁迅、郭沫若、钱钟书，还有灯谜名人张起南、杨恩寿等，使读者的眼球不得不被文章所吸引，且先不说灯谜，单就这些名人本身的轶事就有吸引人读下去的魅力。

文集中直接谈谜趣的文章有多篇：《借代入谜添谜趣》《别解生趣的棋语谜》《市招用语谜趣多》《格格入谜趣味生》《婚礼猜谜意趣浓》《国庆节猜谜记趣》等。这些文章或结合基础灯谜知识，或结合灯谜法门，或结合具体谜作，或结合生活经历，将灯谜的趣味性加以解读，不但普及了灯谜知识，还让人感受到灯谜寓教于乐的作用，也给人们日常生活加了一点调味剂。还有其他文章也对灯谜的趣味性做了直接或间接的揭示。在论述苏温才先生灯谜艺术的文章《书香•意韵•谐趣——苏谜三味试析》中，敖耀寰把对苏温才谜艺的感受和发现提高到灯谜理论的高度进行分析、认识。他在仔细分析研究了这些灯谜作品后，论述道：苏温才先生灯谜艺术的第一个特点是知识性，第二个特点是文学性和审美意境，第三个特点是趣味性，即浓郁的谜味或谐趣。他指出“一本正经的‘冷面’和‘老板’，谜人是不欢迎的”。他赞赏“苏老的谜大多通俗易猜，诙谐幽默，但俗不伤雅，谐而不谑”。敖耀寰举出苏老的九个谜例加以赏析，如：“王七欲效过墙术（法律名词）以身试法”“衙门八字开（成语）无孔不入”“闲来嗜好塑泥像（成语）凭空捏造”“唐寅华府点秋香（谜人）张九如”“乃（中药二）附子、大腹皮”。一经敖耀寰分析可以获知：王七不学无术；“孔”方兄是个微妙的东西；谜作中“捏造”一词轻易不要谬解；唐伯虎九夫人和谜家章品有某种“关系”；谜面“乃”加一“子”字，就成了大腹皮。浓郁的谜味，谜作者的机智、幽默，让人忍俊不禁。

三、创造谜趣，传播谜趣。

敖耀寰主张灯谜趣味说，也创作了许多趣味盎然的灯谜作品，如“秦香莲拖儿带女见青天（即物赠）三个面包”，猜中了还有吃的，吃起来也高兴。“前后挖蛀虫，周围有说法（水产品）螃蟹”，巧妙的方位放置，外加两个同义相扣，冷嘲了社会腐败现象。而“接连出示鬼花招”猜“祟”字，通过双扣的手法，揭出谜底，显出灯谜机趣的灵性。“只许喝酒，不许接吻”猜唐诗句“独酌无相亲”，面虽自撰的通俗句，底却十分雍容风雅。“吃得苦中苦，方为人上人（外国首都）赫尔辛基”，应该是苦中取乐那种人的写照。还有“婆婆嘴、豆腐心（县名）密云、怀柔”，“过眼滔滔云共雾（唐诗人）张若虚”，“子建因何称高才（语文篇目）《多收了三五斗》”，“趣味运动会（歌词）比什么都快乐”等，都是他在不断亲自实践创造谜趣。

敖耀寰主张灯谜与各种艺术形式结缘，他的印章谜“为人师表”猜文牍用语“盖章生效”，书法谜“人生一舞台（正楷）”猜电视栏目《正大剧场》，邮票谜“重庆民居（四方联）”猜现代作家三“田间、巴人、老舍”，借助兄弟艺术门类的特点，创作出各种花色谜，丰富了他的灯谜趣味说的内涵。

用夸张、变形、比拟、象征等手法描绘生活或时事的漫画，本来就是人们乐于欣赏的一种艺术形式，在艺术上漫画的趣味和灯谜的趣味是相通的，两者同是趣味一族。敖耀寰特别喜欢有趣的艺术作品。他曾为数十幅名家的漫画作品配过灯谜，并撰写了二十余篇“赏画析谜”文章，文风犀利而幽默，充满了漫画的幽默和灯谜的机智。

凡是和灯谜趣味有关的艺术门类，敖耀寰皆多有涉及。他喜欢诗词、对联、相声这些能给人们提供愉悦和快乐的艺术门类，他也将这些艺术形式与灯谜结合，创作了许多饶有趣味的诗词谜、对联谜以及灯谜相声或谜味相声。其中有《奥运迷》《吹牛皮》《戏说水虎》《估谜子》《欢歌乐谜》等含谜相声，使相声因灯谜而增趣，又使灯谜因相声而添彩。

敖耀寰并未完全沉醉在自己的谜趣建构中，他没有忘记把他的灯谜趣味说传播给他人。在 2006 年“宁夏•中华灯谜艺术高层论坛”上，他将自己的灯谜教学经验《普及与创新：多媒体课件运用于灯谜讲座的启示》公布于众，资源共享，他的论文在讲到灯谜课件的教学方法和表现形式时说：“练习尽量新颖有趣。具体说，就是在课件中结合最新时事出谜，结合身边人事作谜，调动音像动画亮谜，出即物赠奖人捧谜。”他以灯谜的灵魂——趣味性，来活跃灯谜教学氛围，渲染教学效果。

中国谜坛许多谜家对灯谜趣味性有过认识和说法。敖耀寰是认识最执着、说得最多、实践最多、涉及面最广的谜家之一。

敖耀寰的灯谜主张是：灯谜（文义谜）一定要走出“谜人”的小圈子，要面向群众，并倡导“浅、新、趣”，多做适合群众接受的普及性灯谜。敖耀寰的制谜有雅有俗，雅俗兼容，只要是有谜趣的谜他都喜欢。

敖耀寰的《隐者自怡悦——关于谜和谜人的思考》，是一篇较为系统地论述谜趣的文章。在文中他对灯谜趣味性的认识提高了一个层次，说：“人们通过猜谜、制谜、赏谜等谜事活动，往往能够得到精神上的愉悦和心理上的满足，这是一种有层次的、不断升华的审美享受。”他把这种审美享受分成三个层次：猜谜之乐、制谜之乐、赏谜之乐。他认为猜谜之乐是一种投石问路、探骊得珠之乐，制谜之乐是一种较高层次的娱乐，赏谜之乐是一种更高层次的快乐。

在寻求谜趣的同时，敖耀寰不忘灯谜的思想性。如“从今走向繁荣富强”猜词牌“中兴乐”，“《为人民服务》”猜邮品“毛泽东纪念张”，“劳模事迹全属实”猜《小草》歌词“没有树高”，用小小灯谜表现了思想追求；“有人夜夜高消费”猜字“侈”，“人居府内难清廉”猜“腐”字，用灯谜鞭挞了社会丑恶现象。

敖耀寰有许多朋友，他们中有灯谜专家、学者教授，也有普通干部、工人、学生。大家爱谜、痴谜、猜谜、做谜、评谜、赏谜，男女老少，经常相聚，其情浓浓，其乐融融。他曾用孟子说的，独乐乐，不若与人乐乐；与少乐乐，不若与众乐乐来表达自己的这种观点。

总之，敖耀寰灯谜趣味说的宗旨就是用趣味的灯谜表现生活，用灯谜的趣味性以贴近朋友和群众，把灯谜趣味说作为自己的美学追求。因此，他不断探讨并努力实践趣味灯谜的创造。

作者简介：苏德友，中国民间文艺家协会会员，宁夏民间文艺家协会原副主席，著名谜家、评论家。

目　录

灯　话　篇

廋坛溯踪

虎艺纵横

谜 作 篇

时尚新灯

灯 话 篇

与世界接轨的谜语

广义的谜语，主要指暗射事物或文字等供人猜测的隐语，也可引申为蕴含奥秘的事物。谜语源自古代民间，从这个意义上讲，不论中国和外国，都有民间谜语。英文谜语称 Riddle，大家学外语时读过许多谜语，希腊神话中就有条著名的谜语：

“狮身人面怪兽斯芬克斯曾盘踞在道路上，向过路的行人问一个谜语。谜语的内容为：是什么动物，早上四条腿走路，中午两条腿走路而晚上三条腿走路？谜语的答案是‘人’。早上、中午、晚上分别比喻人的幼年、中年和老年。”

传说这个谜题，后来被年轻的希腊人俄狄浦斯答对，斯芬克斯因而自杀。无独有偶，在我们中国也有过类似的版本，而到了我的老家浏阳便成了：什么动物早晨像猪、中午像牛、晚上像狗？答案也是“人”。因为人的幼年时代无忧无虑，就像吃了睡、睡了吃的猪；中年时代，上有老、下有小，生活负担、工作压力和家庭责任一齐担在肩上，就像负重前行的老黄牛；而到了晚年，退休后安享天伦之乐，行动却不如以前方便，只能成为替子女后代照看家庭的“看门狗”了。我觉得，这个比喻更形象，有中国特色和地方色彩。这是我要说的一条与世界接轨的民间谜语。

2010 年下半年，我第一次到美国探亲，也开始步入人生的第三个阶段，学会做“狗”，为女儿家看门了。当时，我有幸受邀到俄亥俄州首府哥伦布，分别给外国人和华人同胞作中华谜文化知识讲座。这也是我第一次把谜语与文化紧密地结合起来，让中国传统文化走出国门，通向世界。

从“猜谜”说谜语

中国的谜语经历了先秦廋辞、隐语，汉代射覆，东汉谶语，唐代风人体以及明清灯虎等演变的过程，到现在已形成了以歌谣体咏物、口口相传的民间谜语和根据汉字音形义变化，讲究底面严谨扣合的文义谜（灯谜）。下面举例说说其联系和区别。

（1）几句一提，想东想西，要是想起，快乐有趣。

（2）我也不是千金小姐，我也不是月里嫦娥，我一开口，定叫你苦苦想我。

（3）一时欢喜一时愁，想起千般不对头。如若想得千般到，自解忧来自解愁。

（4）黑不是白不是，红黄更不是，和狐狼猫狗仿佛，既非家禽，又非野兽；诗也有词也有，《论语》里也有，对东西南北模糊，虽为短品，却是妙文。

以上四条谜语，都打一文化活动“猜谜”。这前三条，你还可以说成“猜谜语”，或用方言讲“逗闷儿”“估谜仔”，只要把意思说出来就行。而第四条，答案就两个字：猜谜。为什么？

因为前三条根据猜谜语的过程、感受等，用比喻、拟人等手法描绘，着重在表述，所以不必字字落实。而第四条这副长联，则抓住“猜、谜”两字的特点，用包含、会意、提义、排除、离合等手法得出答案，这显然是文人做的、典型的“文义谜”。传说这是清代纪晓岚出给乾隆皇帝猜的谜语，可见有点难度了。前三条谜语，民间流传已久，比较好猜。

由此可知，中国的谜语包括民间谜语和文义谜。有谜面、谜目、谜底，可用来猜射，让人增知、益智、怡情。这是谜语的共性。文义谜具有谜目的广泛性（百科词语，均可入谜）、谜面的简洁性、扣合的复杂性等特点，比较难猜射；而民间谜语则多为事物谜（也有字谜）、歌谣体，注重形象性、口头流传等。

有的谜语区别并不明显，而是“你中有我，我中有你”，这就要靠大家慧眼灵思，通融各种元素，来猜射和琢磨了。

母爱亲情谜趣融

“在家三百日，出来永不归；脱出绫子袄，穿起世家衣。”

这条谜的谜底是“胎儿”。十月怀胎，一朝分娩。母亲孕育新生命是既艰辛又幸福的过程，谜语对此做出了生动的诠释。将“绫子袄”喻作“胎盘（包衣）”，十分形象贴切。

（1）壁上一壶酒，总吃总有。

（2）肉笋对肉眼，对进去就不喊。

这两条谜的谜面都很有趣，第二条初看起来还有点“黄”，其实它们猜的是人体同一部位或者说同一件事。就是母亲的乳房和给婴儿喂奶。每个人对此都有过亲身体验而心领神会。

关于乳房，还有条“兄弟打官司”的状纸谜，在民间流传：

“为弟夺兄产恳恩追究事：先年我母遗落水田两石，地名双凤嘴，并无粮饷国课，管业多载，无人争占，原无异说。突于某月被弟强占，毫不沾染，颗粒全无。比即问父，父亲不语，问母亲，母亲怜爱幼弟，问地邻，地邻不言。公无处伸冤，只得急奔大老爷台前，哀哀上告。”

此谜将乳房比作田产取名“双凤嘴”，十分形象。弟被兄夺去田产之后，众人态度合乎情理，满腹委屈的哥哥状纸写得十分动情感人。最后无处伸冤而到大老爷面前“哀哀上告”，但俗话说清官难断家务事，只怕也是不了了之。

此谜要小孩子猜有难度，但大人将其故事讲出来，慢慢启发让猜谜者理解，并逐步懂得珍重手足亲情的道理，是很有意义的。

对门岭上谜语多

民间谜语除四句式歌谣外，还有不少一句一底、分类概括的系列谜语。它们用比拟手法，将相近的事物对比，找出差别，启蒙孩子，加深印象。如菜蔬十猜[估]："一估尖尖，二估圆圆，三估打伞，四估划船，五估红艳艳，六估艳艳红，七估双对双，八估生疔疮，九估毛叉叉，十估凌凌光。"谜底分别是"辣椒、蛋、蘑菇、蕨、苋菜、茄子、豇豆、苦瓜、冬瓜、南瓜"。

这"十估"谜，分别让儿童用看、摸、想象等方法，从形状、色彩、感觉来体会蔬菜的基本特点，突出一点而不求全面，先让孩子脑海里有最初的认知并学会区别事物，留下深刻印象。这是幼儿学习语言、了解生活的生动教材，是没有画面的看图说话，看图猜谜。这组蔬菜谜，两两相对，朗朗上口，易读好记又好猜，在我老家广泛流传，只是个别地方说法稍有不同。

为了加强对孩子的启蒙教育与思想性格的培养，先辈们煞费苦心。我至今还记得一组小时候伙伴们最喜欢的谜语，姑且称作"对门岭上"系列。请看：

（1）对门岭上一根签，皇帝老子不敢拈。

（2）对门岭上一把尺（读 chá），皇帝老子不敢拿。

（3）对门岭上一乘磨，皇帝老子不敢坐。

（4）对门岭上一眼井，虾子鱼仔随你拣。

（5）对门岭上一只碗，雷公大雨落不满。

以上五谜，（1）（2）猜"蛇"，（3）猜牛粪（牛屎堆），（4）猜"粪缸（或沤肥凼）"，（5）猜"鸟窝"。由此可看出劳动人民的聪明和智慧，他们给这些看上去并不美的东西配上恰当的比喻，确切的谜面，简直有“化腐朽为神奇”之功。

另一方面，家长出这些谜语，可能也是想告诫孩子，不要在野外随便乱走或乱碰东西，特别要注意安全和卫生。但这又不是说教性的训诫，而是让孩子们通过猜谜去体会，从潜移默化中懂得这些道理。但也有些叛逆的男孩子，会从这些谜语中得到另一种启示，即要“明知山有虎，偏向虎山行”。皇帝老子都不敢动的东西，我偏要试试看有什么了不起！有的互相之间就比试起来，看哪个胆子更大，更多的“对门岭上”系列的儿童谜语，就是这样不断产生出来的。

农事谜语趣味浓

“四脚落地，嘴巴朝天。肚内打雷，屁股出烟。”

这条谜语以物拟人，谜底是农村沿用的老式风车，现在有些地方还有。风车顶上一个大斗进谷，轮轴转动时声如雷鸣，秕谷随着鼓出的风而吹向尾部。此谜形象逼真，通俗有趣。在农村待过的人应当都很熟悉它。

值得注意的是，因为民间谜语大多是四句式的歌谣体，在吟咏事物的过程中，有些谜语并不单纯是说家具、用具或农具本身，而是在描绘这些东西特点的同时，叙述其使用操作过程，将人和物结合起来，我们常称为人事谜。如：

远看青绿一片，近看露水飘飘。

男女排成一线，向前点头哈腰。　　谜底：插秧

这是春耕季节，大家去农村到处可看到的田间男女插秧的场面，如果只猜田间或秧苗，肯定就不能算对了。再如：

青天白日，妇抱郎腰，平阳之地，扑通一跤。

上午东西蹚出，下午收回干燥。　　谜底：晒簟晒谷

在农村，晒谷的大多是妇女，竹篾织成的晒簟卷成筒，立起来有一人多高，“妇抱郎腰”出场，将晒簟往地上放时“扑通一跤”，然后再解开系绳摊开晒簟晒谷，这瞬间镜头捕捉得及时到位，场面活灵活现，令人佩服这些民间艺术家的天才。

地方特色看浏阳

咏物叙事的民间谜语，下面这两条最具浏阳地方特色。

先看一条咏物谜：西乡镇头钉只船，东乡永和做片舵。不坐北乡永安客，专装南乡文市货。

这条谜的谜底是旧时裁缝师傅用的老式熨斗。“西乡镇头钉只船”说明是铁做的，“东乡永和做片舵”说明其把手是木头做的。这条船不坐人而专装木炭或煤炭，这恰好就是“南乡文市货”了。此谜把浏阳四乡全写进去，实在难得。

再看一条叙事谜：

远看一座庙，近看一乘轿，里面坐个人，吵起像雁鹅叫。

身坐竹林桥，脚踏沿溪桥，两眼望白沙，向河里打石头。

此谜押ao韵，末字“头”读“条”，为浏阳方言入谜特色。

谜底为织布机织布，浏阳东乡人称“土机匠织布”。这条谜语十分形象地描绘了家用织布机的形状及工匠织布的全过程，绘声绘色，活灵活现。特别是“竹林桥、沿溪桥、白沙”三个地名都在浏阳东乡一条路上，“雁鹅叫、打石头”必须用方言才押韵。此谜在浏阳官渡、达浒一带流传甚广。当地民谚有：沿溪三坳竹林桥，一十五里到滩头，滩头五里沙岗壁，再走五里有饭呷。这“有饭呷”的地方，就是达浒。

没想到，这样一条有鲜明地方特色的精彩谜语，由号称有点“蛮绊”的东乡人创作并流传下来，这也算是一个奇迹。

吟诗作谜赞建农

农民诗人汤建农比我小一岁，他是我表哥、浏阳达浒镇先贤世模先生的儿子。表哥生前为退休教师，淮川诗社社员，有诗集《鸿爪》。现在人们到达浒大溪河畔看景，那有名的断桥（老桥）上“达浒大桥”四个字，就是20世纪由世模先生题写的。表哥逝世后，建农继承了父亲遗愿，笔耕不辍，至今已出《新鸿爪》三册，其中有不少他创作的接地气的乡土民间谜语。

如：生在深山叶青青，死在凡间肉包身。

身短体轻不盈两，却能凭此制千斤。

这条谜只有老农民才猜得出，它是牛鼻子内连接牛绹的那个小栓子，俗称“牛鼻桊”，必须采用山中老竹子的根蔸制成，方能有“四两拨千斤”之力。

再看一条：别人把它丢在岭上，你却捡来把它挂在颈上。

这条谜语与前一条有联系，谜底是“牛轭”，俗称“牛颈架”。因为牛的力气大，牛轭大多用坚韧木质的杂树做成，且最好是自然弯曲成弧形，这种树不太好找。但上山打柴者遇到往往又嫌它弯头纠拐，把它丢在山上。这正如了千方百计寻找“牛轭”的人的意，正是“踏遍铁鞋无觅处，得来全不费功夫”。

刀光剑影入谜来

颜良一支枪，童贯舞得放豪光。造枪就是薛仁贵，毁枪就是杨六郎。（打一物）　谜底：冰柱

这条事物谜，谜面用了四个历史人物名，分别出于《三国

演义》《水浒传》《说唐全传》《杨家将》等古代文学作品中。谜以几位人物的姓谐音借代，颜暗指“屋檐”，童指“儿童”，薛指“下雪”，杨指“阳光”。作者展示一幅古战场刀光剑影的场面，特别吸引儿童尤其是男孩子的好奇心理。而谜底也是小孩子冬天最喜欢玩的“冰柱”，浏阳人叫做“凌杠哩”。民间九九歌中“三九二十七，檐前倒挂笔”中的“笔”，指的就是它。

再看一则昆虫谜：红面黑须关云长，身穿盔甲楚霸王。半天云里吹箫韩湘子，背后拖枪杨六郎。　谜底：蜜蜂

这则谜语，说的又是四个历史或传奇人物。成谜却与姓氏或谐音无关，全用白描写意，突出蜜蜂这个小生灵从头到尾的形象及特征。其中“半天云里吹箫韩湘子”一句，把嗡嗡叫的蜜蜂，描绘得有声有色，活灵活现，语言极具浏阳地方特色。

相声捉弄“醉八仙”

“九面十六手，相逢冇好久。若要猜得着，三十六只脚。”

这是一条人事谜。谜底是人们围坐在八仙桌旁吃饭。人的脸面加桌面共九面，八个人共十六只手。而八个人十六条腿、桌子四条腿、四张双人条凳十六条腿，所以谜面说共有“三十六只脚”，这条谜语运用了算术加法，谜面也拟得富有生活情趣。我在三十多年前就听老乡讲过，至今记忆犹新。

前不久，我坐在一位朋友的汽车上，收音机中播放郭德纲讲相声，他竟然也出了这条谜语让人猜。不过到了这位极会抖包袱、添佐料的笑星口里，谜语中在桌上吃饭的人变成了真八仙，而“三十六只脚”也变成了“三十五只半”。为什么？原来他在拿神仙来戏弄，说是铁拐李只有一条半腿。当时车上的朋友听了，都开怀大笑。这就是民间谜语即兴发挥产生的轰动效应。

南腔北调说“鞋子”

长沙电视台“天狗戏春”文艺晚会上，主持人出了条谜语让现场观众猜：姐妹双双苦出身，压在人间最底层。长沙人说是宝贝，北方人说像毒虫。

这是一条物品谜，谜面的前两句以拟人手法暗示出谜底“鞋子”的特征，后两句从长沙方言和普通话对“鞋子”发音的差异，以“谐音”方式入谜而启发猜谜者，破底之后颇有趣味。

长沙方言“鞋子”“孩子”不分。有人说过一个故事。一位长沙人从桥上过，忽然大声喊：“我的鞋子掉到河里去了！”一位北方人路过听见了，连忙跳下河去帮他救“孩子”。这个人找了半天没找着，后来他才知道是掉了一只鞋子，弄得啼笑皆非。当今，在独生子女家庭中，谁家的孩子不是“宝贝”？因此，谜面用“长沙人说是宝贝”来从发音方面体现“鞋子”的特征。

北方人呢，“鞋子”发音与“蝎子”相近，蝎子是非常厉害的毒虫，所以后一句用“像毒虫”来表示音相近意不相同。

此谜采取义扣和音扣结合的方法，在猜谜过程中，既使人们了解语言知识，又帮助人们正音识字，可谓别有一番构思。

翻转筲箕抓老贼

一点一撇，揪揪捏捏，一只筲箕，捉住四个老贼（字）為

这是童年时代老人告诉我的一条字谜。此谜只短短四句，竟包含着一个小孩子最爱听的神奇故事。

首句“一点一撇”，中规中矩，着笔有序。貌似平淡，实为下面的波澜起伏埋下伏笔。

第二句“揪揪捏捏”，不作“扭扭捏捏”，是典型的浏阳地方方言。在汉字没有简化前，“為”字的第三、四笔相当于两个横折“¬”，但实际生活中人们都早已习惯如写行书一样的两笔连成一笔“揪揪捏捏”了。

第三句中的“筲箕”，用途相当于北方人讲的淘米箩，形状颇似撮箕，是过去平常人家的必备厨具，已近销声匿迹。但随着“浏阳蒸菜”形成品牌、先煮后蒸的大甑饭又时兴起来，大小筲箕又可以一展身手了。

筲箕可淘米盛饭，还可以下河过圳捞小鱼小虾，这是农村小孩的最爱。有时遇到狡猾一点的鱼虾，正要逃跑之际，捕捞者急中生智，将筲箕翻过来罩住，然后慢慢从底下伸手去抓。这末句“捉住四个老贼”，真的是太形象了，太过瘾了！

东扯葫芦西扯叶

“东扯葫芦西扯叶”（字）　呱

谜面是我儿时记忆中的方言俗语，经查证，却发现通常说法是“东扯葫芦西扯瓢”。双峰方言中有“东扯葫芦西扯叶，扯瓜萝卜扯芥菜。”指没有章法的讲话或做事。

找到了根据，这条字谜就好解释了。先将左西右东方位确定，东扯“葫芦”，“瓜”也，物品借代；西扯叶，扯上“叶”之西边部首“口”，放在西边，与东之“瓜”组成谜底“呱”字。

说到“呱”字还是个多音字。“呱呱叫”“顶呱呱”与“瓜”同音。在成语“呱呱坠地”中却应读“姑”音，大意不得哦！

联谜祝寿贺知友

2008年6月1日，湖南知青网在浏阳道吾山举行庆六十大寿活动，我赠贺联如下：

进DSN，配唐老鸭，温柔米姐超群美（离合字）　女子好

看NBA，崇明星队，勇猛牯哥盖世雄（离合字）　牛一生

注：民间风俗庆生日男做进属牛，女做满属鼠。

六一晚会节目丰富多彩。第二阶段的贺寿联欢，有歌舞、戏剧独唱，还有三句半等曲艺节目。精彩纷呈，叫好声不断。

轮到献联出谜时，身着胸前写有大大的“谜”字的文化衫、又用浏阳话向大家问好的我，让不少朋友吃了一惊。我先亮出这副贺联，并请大家猜联谜。因题不难，马上就有知友们先后猜出。坐在台前的长沙来的知青大姐猜出上联谜底“女子好”，那边台左角的浏阳家园朋友们则对出了下联谜底，高喊着“牛一生”。确认谜底后，全场一片掌声。

我还以“六十花甲，生日快乐”为横批，配了两条谜。一条是大家熟悉的“太阳出来喜洋洋”猜“生日快乐”，晚会上我以领唱上半句歌词亮面，得到大家呼应。“喜洋洋啊”之声回响在道吾山上空，颇有气势。另一条为“头号美女，年方二八（卷帘格）”猜寿诞用语“六十花甲”。依格读成“甲花十六”，正扣谜面，顺应了我对米姐牛哥们健康长寿、永远年轻的良好祝愿。

（2008年6月）

爱您邀似发暗号

爱您邀似发暗号，靓妹帅哥赴密约（年度赛事）2014 青奥会

中国人出门办事都讲求吉利。以数字号码谐音或会意来暗示者不为少见。常用的如“六六大顺”“八八大发”“九九平安”等祝福语。这些吉祥话语通过电讯网络被越来越多的年轻人所接受，并注入时尚元素形成创意。

有趣的是，因 201314，其谐音是“爱你一生一世”，2013 年的 1 月 4 日，便成了“准新人”热捧的日子，许多地方当天出现了结婚登记高峰，也有选择这天举办婚礼，以践行“爱您一生一世”的神圣诺言。这一消息成为网络和社会新闻的热点。

此次参赛为“2014 青奥会”这个特定名词配面。受 2013 年的启发，我马上想到：2014 不就是“爱您一世”吗？但作谜用“一世”肯定不行，因为“一”字露春了。我转而想到用“疑似”代 14，“疑”“一”同音，感觉也不太好。接着想到 1 字还有一个通俗的读音，即“幺 yāo”，于是灵机一动，干脆以“20”谐音“爱您”，以“14”谐“邀似”，与“发暗号”连读解为“邀请似（在）发出暗示”，同时推出前四字是“2014”这个年号的谐音。正因为邀请是发的暗号，所以约会当然是秘密的了。于是“青年人神秘奥妙的约会”便变成“青奥会”的别解，谜面下句“靓妹帅哥赴密约”就水到渠成了。

谜面自撰，谜法谐音会意，通俗易懂并有点谐趣。我自认为此谜面比较贴近生活，是投年轻朋友之所好的普及型灯谜。这也是我向参加青奥会的运动员和志愿者献上祝福的一份特别小礼品。

（2014 年 10 月）

电影谜赞孺子牛

我最崇拜的人是鲁迅，我最喜欢的灯谜也是歌颂鲁迅的一条谜。这条谜最初出现在《长沙晚报》举办的“牛年新春全国猜谜大奖赛”的赛题中，是长沙谜人蔡保民所作。谜题是：

1981．9．25（打电影名一）　《咱们的牛百岁》

很明显，谜面的数字是一个日期，那么是什么日子呢？这就需要有比较全面的文学知识和推理能力了。9 月 25 日，是中国现代文学的奠基人，伟大的思想家、革命家、文学家鲁迅先生的诞辰。他出生于 1881 年，也就是说到 1981 年这天，正好是鲁迅先生的百岁诞辰。鲁迅先生说过：“我好像一头牛，吃的是草，挤出来的是牛奶、血。”毛泽东也曾引用他的“横眉冷对千夫指，俯首甘为孺子牛”两句诗，来高度评价鲁迅精神。

《咱们的牛百岁》是 20 世纪 80 年代中期上映的一部农村题材的故事片。影片中的主人公“牛百岁”是我国改革初期出现的一位乐为群众排忧解难的农村基层干部的典型形象。影片上映后产生了较大的影响，与《月亮湾的笑声》《喜盈门》等同时获奖。谜作者抓住这个片名，经过顿读为“咱们的牛、百岁”而巧妙进行别解，可谓慧眼奇招，一波三折。这种格调高雅、思想性趣味性融为一体的谜作，实不多见。

（1992 年，原载《湖南教育报》）

附记：30 年后，在 2021 年《文虎摘锦》的征稿活动中，我有一条谜作被采用并获好评。谜面是：我党辛丑庆华诞（猜电影名）。谜底是什么？请大家猜猜。

（2021 年 7 月）

问底：“裸”好，还是“裹”好

今天看到两则新闻，对有些事是越来越搞不懂了。一是网上有篇文章，介绍某学院副教授，在最近一次“人体艺术与人性意识教育”现场教学研讨会上，当众脱光衣服，赤裸着身体向学生及老师阐述自己对人体艺术和人性文化的理解。其举动引发争议后，该老师在新浪开博自辩：越裸越真实！

时至28日23：30，一夜之间，其博客的点击率已达77201人次，真是“十年教学无人问，一举脱光天下知”。

我知道该老师上的是艺术课，也知道人体模特在艺术教学中所起的重要作用，但执教者边讲边脱，一丝不挂地以自身示范，确实是闻所未闻。我记得前年长沙黄兴路曾出现一位想为筹集经费出书而“裸奔”的大学生，一开始便受到了警察的阻止。此举与老师教学虽不可同日而语，但也有相似之处。

从小母亲教导我：“财是人胆，衣是人毛。”再穷再苦的人家，“笑烂不笑补”，御寒遮丑的衣服还是要有的。小时候在我老家的街上，偶尔也有赤身裸体之人，要么是食不果腹、衣不蔽体的乞丐，要么就是精神受到刺激、失去自控能力的癫子。有几个蓬头垢面的癫子大汉，动不动还会追打路人。我们这些小孩子，只要看见他们，都会远远跑开，唯恐避之不及。

我站了十多年讲台，近两年还在大学上起了“人文课”，讲到国学传统、文明礼仪时，首先便想到要为人师表，当教师应注意形象，要不就不要选择这个职业。“正人君子”本是个褒义词，但用作反语，便成了贬义。我常想，难道不做正人君子，反要人去做邪恶小人吗？还有，“衣冠禽兽”本是个贬义词，但从生物学上讲，它又是对“人”的定义的基本解释，正是有了

“衣冠”，人才有别于“禽兽”，如果“(脸）皮”都不要了，那“人毛（衣冠)”将焉附呢？

我看到的第二则新闻是《潇湘晨报》报道的，标题是《湖南小学鼓励男女生牵手，家长担心促成早恋》，说的是浏阳奎文小学的事。该校为正确引导同学互帮互助，将“鼓励男孩牵女孩的手、女孩牵男孩的手”作为重要内容，纳入该校日常管理。据了解效果不错，个别家长有疑虑，更多的家长理解并支持。

看了此新闻，我为奎文小学的领导和教师叫好！小到六七岁、大到十二三岁的孩子，不能因为怕他们“早恋”，而让他们缺乏正常的交往，失去童年的友情。人生的道路还长，要让他们成年以后，对青梅竹马、两小无猜的童年时代和小学生活留下美好回忆。作为家长都是过来人，这道理是不言自明的。

见怪不怪，不怪反怪。最后，凑一副对联，配两条谜求教于读者，这正是：“真相脱衣方可见，孩童牵手不多疑。”

下联猜成语“两小无猜”。上联猜一字，我想求教的是，这谜底是“裸”还是“裹”好？

（2006 年 9 月 28 日）

前世作了恶，此世搞创作

短好过，长不好过；白天好过，晚上不好过（猜交通设施）

这是条晕面素底谜，“独木桥”一底确实比较绝。这类谜语是真正的民间文学，可惜现在的谜友不太注意它们。

出这条谜语的是我认识的一位退休教师，他原在一所重点中学教数学，他有着出众的文学才华，现已写作小说、散文、诗歌、影视剧本等几百万字。他早在 1995 年就写过两部电视剧本，一部曾在北京的《影视创作》上发表，一部反映中学生题材的 20 集电视剧《蜜蜂嗡嗡飞》，当时已被潇影和上海某影视单位看中，正筹备拍摄却因故（主要是资金）搁浅，实是遗憾。

由此，我想到昨天上午参加了金鹰节影视剧本高峰论坛，听了几位专家的发言，其中担任评委的盛老师谈到此次金鹰节征集影视剧本，已收到500多部，年龄最大的作者78岁，最小的15岁。最后由评委会层层筛选，有30部剧本入围参加交流和拍卖，据说都找到了对象成交，反映相当好。看来，湖南广电在扶植新人，推出新作，将影视文化推向市场化、产业化方面走出了可喜的一步。

“前世作了恶，此世搞创作。”昨天盛老师讲的这句话道出了文学创作的艰难曲折。因此，文艺创作者尤其是业余作者，都应该抱着一种写博客的心态来创作。要想到，这是自己的爱好，不必刻意去追求某种名利。最后，附两条谜让大家试猜，开心一乐。

（1）“六十年间万首诗”（成语）

（2）文章是自己的好（四字电视剧）

（2006年10月30日）

谜底：（1）自作多情；（2）我本善良

“恩恩爱爱纤绳荡悠悠”

“恩恩爱爱纤绳荡悠悠”（猜电视剧）《摇摆女郎》

2006年元旦，广东中山青年谜友罗旭东与徐婷婷喜结良缘，他事前约了几位谜人写诗撰联作谜致贺。其后，他们赶在婚礼之前制作了一套精美雅致的谜联书签，其中选谜十二条。我有幸应邀并入选两条。此谜为其一。

此谜面句出自当时最火爆的流行歌曲，由尹相杰、于文华演唱的歌曲《纤夫的爱》。谜底为2004年首播、由杨文军导演的42集电视连续剧《摇摆女郎》。从剧名可知，这是颇有看点的爱情轻喜剧。我自己看过几集，我把它和歌词联到了一起，制作成谜，赠给旭东新婚庆典，以活跃气氛。

谜以会意扣合，充满情趣。《纤夫的爱》前两句是“妹妹你坐船头，哥哥我岸上走”，第三句就是“恩恩爱爱纤绳荡悠悠”，那么恩恩爱爱的当然就是一“女”（妹妹）一“郎”（哥哥）了，谜底“摇摆”扣合“纤绳荡悠悠”，活泼灵动，这“女郎”由单指女性的双音词一下变成了两个单音词“女”和“郎”，这就是语法结构变化引起词义别解带来的谜趣。

时过15年了，望着精致的书笺，回想当年的情景。旭东也久未联系了，过得还好吗？我为你们祝福哦。

（2021 年 3 月）

附记：事有凑巧，写完谜话后，我便从微信群中加旭东为好友，提起往事，他回复道：“我都差点忘了此事。都15年了，多谢敖老师还保存着那份小玩意！也多谢您为我惠赐大作。”

刺莓儿横直勾连

我上月底应邀在省广电网络中心讲座，在讲座中出了几条谜助兴。其中有“刺莓儿横直勾连”，猜媒体名4字，我提示猜谜方法是：双语会意象形。话音刚落，有位朋友马上猜出，谜底就是他们一出大楼便可看到的“芒果TV”。

所谓双语，是谜底中既含有汉语又含有英语（单词缩写）。这条谜前半段是汉语会意，刺莓儿即带刺的灌木丛中长出的红色和紫色的小果粒儿，甜酸可口。我们小时候经常与伙伴们去郊区农村采摘，一摘到手便急不可待尝味，一双小手和嘴边都染得乌红乌红的。

因为采摘这刺莓儿要接近带刺的，有时甚至要钻进灌木丛中去，这就要冒很大的风险。比如脚下有蛇、蜈蚣、蚂蚁，头上有蜜蜂、蜘蛛等，最讨厌的是那些横的竖的带刺的钩儿，挂住衣角裤腿不放，一不小心就划破了衣服甚至刺伤了手，回家后只能老老实实接受家长的责怪。所以幼时的这一幕，现在回想起来真是蛮有趣的。

此谜后半段正好将英文单词“电视”缩写 TV 两个大写字母形象化，“横直”，即一横一竖相拼为 T，“勾连”，即 V 字紧紧相连，也意味着那刺钩儿挂在衣服上甩也甩不开的那一刻。

（2021 年 9 月）

二十七，始读书

昨天的谜题以“九月一日开学季”为面，猜《三字经》两句，谜底“始发愤、读书籍”，此谜以大拢意扣合，差强人意吧？

其实，熟悉《三字经》的人都知道，应该将谜底前两句连上意思才算完整。即：苏老泉，二十七，始发愤，读书籍。

苏洵，字明允，自号老泉，四川眉山人。这位二十七岁才发愤读书的北宋人，与其子苏轼、苏辙皆以文学著称于世，世称“三苏”，列入“唐宋八大家”。他真是值得敬佩学习的古代先贤。

我去年做过一条谜，以“苏老泉二十七，始发愤读书籍”为面，猜“党派简称”连称谓，谜底是“九三学人”，猜“九三学者”亦中。“九三”为九三学社的简称，“学人、学者”是对高级知识分子的尊称。而九三学社，成立时便以“民主与科学”为宗旨，正是人才荟萃、科技界专家学者最多的民主党派组织。

2004 年，我还曾以“二十七，始试弓”为面，用粉底格猜组织名称，朋友，您应该猜得出来吧。

（2021 年 9 月 2 日）

谜底：九三学社（依格“社”作“射”，扣“试弓”）

“力拔山兮气盖世”

“阅览《项羽本纪》”猜《三字经》一句，很好猜，借代会意，只要知道项羽名籍，谜底“读书籍”就跃然而出了。

项羽，名籍，字羽，楚国下相（今江苏宿迁）人，楚国名将项燕之孙。他早年跟随叔父项梁起义反秦，项梁阵亡后率军渡河救赵王歇，于巨鹿之战击破秦军主力。秦亡后项羽称西楚霸王，定都彭城，实行分封制，封灭秦功臣及六国贵族为王。后与刘邦展开了数年的“楚汉之争”。公元前202年，项羽在垓下之战为刘邦所败，突围至乌江后，自刎而死。

以此典作谜，有谜友用毛泽东诗句“宜将剩勇追穷寇”，猜教育用语“取消学籍”，谜用章旨法，启下句“不可沽名学霸王”扣合。谜底的学籍之“籍”，也被用来借代楚霸王项羽之名了。

我本人则比较喜欢项羽的那首《垓下歌》，曾以“力拔山兮气盖世”为面，猜竞赛用语“强项”（强大的项羽）；也曾以同一诗句为面，猜骆宾王诗一句“曲项向天歌”（这句曲词是项羽昂首向天高唱的），自觉有点气势颇含谜趣。

小时候经常随姨婆看古装戏，舞台上那些插雁翎（野鸡毛）的古代将军、武士是男孩子崇拜的偶像，看到激烈的古战场上，这些赵子龙、陆文龙们晃动着背上的帅旗和野鸡毛，挥戈上阵英勇无比，真叫人兴奋。有时候，打到激烈时，这将军牵住一根雁翎，卷个圈用牙咬住突然定格亮个相，那才真叫一个“帅”！

最后，以“到现在仍想着那背上的野鸡毛”为面，猜宋代著名女词人的五言诗一句，你知道吗？

（2021年9月3日）

谜底：至今思项羽

谜话西游猜地名

“尊《道德经》，崇《逍遥游》”，这是旅美期间，我在亚特兰大华人笔会联欢活动中出的一条谜。考虑到参加笔会的大多是诗人、作家，我这个谜人受邀，出谜不能太俗，又不能太难，于是就想了这条谜面，猜《西游记》地名。此谜被一位朋友猜出，谜底是猪八戒曾居之地“高老庄”。此谜揭晓后，受到大家赞赏。

确实，以《道德经》《逍遥游》猜出老子、庄子两位作者，应算贴切。自古以来，喜读《老子》《庄子》，尊老聃、庄周为“高”的文人墨客不在少数。海外华人虽大多学理工而出国，但他们知识全面，国学经典烂熟于心，传统文化艺术也有继承。只说亚特兰大，除笔会外，还有书法、美术、京剧、武术、旗袍、文物收藏等多个华人协会，而且全为自发组织。每逢节假日，他们在公园、中国城等地，搭台摆摊，亮招献艺，弘扬中国传统文化。我也因此结识不少朋友，丰富了自己的海外生活。

《西游记》地名很多，特别是神仙或妖怪住的地方，取名很有特色。譬如蜘蛛精的巢穴叫盘丝洞，有谜人以《红楼梦》典故“晴雯补裘”做面，猜“盘丝洞”，意境很美，真乃“化腐朽为神奇”。另一条则以歌词“渔家姑娘在海边，织呀织渔网”为面，同样猜“盘丝洞”，有异曲同工之妙。

下面两条谜，请试猜：

（1）眼前算出不尽根（《西游记》地名）

（2）大圣岩前架长虹（长沙景点）

谜底：（1）无底洞；（2）猴子石大桥

想当年，不留城市偏爱农村

1975 年，是我下放农村的第七年，我已满了 24 岁。当年我先在知青组插队，后随母兄转点到本公社另一大队落户。两年后，母亲由单位落实政策收回，我们兄弟俩仍在农村。当我第二次参加三线建设修铁路从怀化回到家时，大队已安排哥哥当民办教师。我在招工受阻、回城无望的情况下，情绪非常低落。

此时，正好大队两位赤脚医生，一位被推荐上了大学，另一位出嫁他乡，医疗室空缺无人，大队干部们要我去赤脚医生培训班学习 3 个月，接替临时请来的医生。

就这样，我怀着矛盾的心情参加了官渡区第六期赤脚医生培训班。30 名学员中只有 3 位是下乡知青，其中有位已经结婚。可见，所有来培训班学习者都准备扎根农村为贫下中农服务了。

时间虽只 3 个月，但我忘不了与班上学员的情谊，更难忘两位老师。他们是教西医的刘曰来和教中医的陈经元。两位医师非常敬业，对学员耐心授课，关怀备至。结业前夕，陈医生还在我的日记本上留下赠言："不留城市，偏爱农村。志研医学，治病救人。戒骄戒躁，乘胜前进。陈经元 1975 年 8 月 7 日。"

后来，我干了一年多赤脚医生，为乡亲病人解了许多燃眉之急，但我终究没有坚持下去，内心还是深感愧疚。

2009 年我在整理旧物的时候，发现当年的小日记本尚在，老师的赠言赫然在目。我当时写诗自省，后两句为"赤脚行医权宜计，杏林错许愧愚生"。今说说这段往事，再出一谜：

想当年，不留城市偏爱农村（猜电视剧）

（2021 年 9 月）

谜底：《喜耕田的故事》

谜话演绎“捉放曹”

曹操是一位有争议的历史人物。赞扬者称其为政治家、军事家。他创作了脍炙人口的《短歌行》《观沧海》等，称文学家当之无愧。但普通人了解他一般是从《三国演义》中开始的，罗贯中笔下曹操“奸雄”的形象，要想在人们的脑海中改变还真有点难。

好了，前日说项羽，今天话曹操。一个“操”字，借代入谜，可以演绎多个有关曹操的故事。我最初做的是：“孟德修书一封”，猜广告用语“操作简单”。此谜简单，同义互换，一一照应，当然，要注意别解哦。

《三国演义》中曹操做的最残忍的事就是错杀恩公吕伯奢一家。人家热情周到，杀猪待客，他却满腹疑心，恩将仇报，简直是毫无人性，丧尽天良。以“伯奢满门被冤杀”猜泊号“操刀鬼”，解作“都成了曹操刀下之鬼”，应算恰如其分。

曹操还有个小名叫阿瞒。2008 年湖南首届灯谜节联欢会上，当花鼓戏《补锅》对唱一结束，我出了一条即兴谜“阿瞒做事须提防”，猜《补锅》唱词一句“操作要留意”。谜底一经亮出，顿时引起哄堂大笑和叫好。

根据“捉放曹”的故事，我还发挥想象，曾作过一组谜：

围住曹孟德，紧紧绑住他。

重棍打一顿，然后放了他。

猜四个体育名词，谜底都有“操”字，朋友，你猜得出吗？

（2021 年 9 月 5 日）

谜底：圈操、绳操、棒操、自由体操

老哥当年教“村小”

前天的谜话发出后，得到不少朋友的点赞留言。其中河北“岛外渔舟”第一个猜出谜底：关于敖医生《喜耕田的故事》；南京邓小文兄则留言：“人生入谜，谜趣人生。精彩！”

家乡表侄问我：“表叔，如今回石田还有人喊敖医师啵？”我回他“当然有”之后，说，石田的乡亲更看重你大表叔呢！

被石田老乡们亲切称呼为“敖老师、敖校长”的是我的胞兄耀常。他比我只大两岁，从浏阳一中 1965 届初中毕业后，在公路养路班当了 3 年临时工，尽管当时也是卖苦力，但还是没能逃脱“下放”，而且一“放”就是 10 年。他后来当了几年民办教师，在大山里教过只有十几个学生跨几个年级的“复式班”。我哥性格比我好。他知识全面，教学认真，深受学生爱戴，家长欢迎。后来担任大队学校校长多年，1979 年才招工回城到母亲单位工作。

前天上午，兄嫂趁周末过来到我这里。他看了我的朋友圈，老哥俩回忆往事，怀念老娘，不免又生起感慨来。

因写谜话，我想起了哥那时在大队学校教孩子们唱歌，最动人的有两首。一首是《火车向着韶山跑》，一首是《弯弯的月儿小小的船》。一提到天真活泼的小学生围住他学习、活动的场面，老哥脸上顿时就露出欣慰的表情。直到如今，他每年回乡，都受到欢迎。最后，以歌词为面，出两条谜。请大家试猜：

（1）“车轮飞，汽笛叫”（湖南红色景点）

（2）“我在小小的船里坐”（10 笔字）

（2021 年 9 月 6 日）

谜底：（1）韶山冲；（2）途

一谜三底，各有千秋

前天的谜话拉老哥入题，随后留下两条谜，猜中者不少。

第一条“车轮飞，汽笛叫”用的启下法，知道后句是“火车向着韶山跑”，景点“韶山冲”这个谜底就出来了，“冲”字别解，名词动化，此为解谜关键。

第二条谜底互动有点意思。首先猜中我的原底的是江苏南通见鸣友。此谜谜面是《弯弯的月亮小小的船》歌词一句“我在小小的船里坐”，猜10笔字，谜底为“途”，因谜界常以“辶”象形扣“船”或“小舟”，“余”同义互换为“我”。

另一位好友广东“林海”，发给我的答案也是10笔字，谜底却是“息”，“自”扣“我”，“心”作“小小的船”。这不也是很形象吗？而且“船”周围还溅起了几朵小小的浪花呢！用“心”字底下象形小舟、小船早有先例，我印象中就有以“心”字猜电影片名二“一叶小舟、星星星”和以毛泽东词句“浪遏飞舟”与“心”字互猜的谜，评价都不错。

第三位好友是河南安阳陈老师，他可能读了我们兄弟的故事有点感慨，从“我”字马上想到“敖”姓，加上我平时喜欢出即兴谜，陈老师发的谜底就是“遨”字。葫芦兄弟坐在小船上，多惬意哦！

我真喜欢这条即景谜。可惜陈兄回复太急，没看清谜目，您的谜底多了两画，不然我真要给您列中并加分了。

这真是：一谜三底各千秋，会友商灯乐悠悠。

（2021年9月8日）

谜话梁山忆晋江

“梁山泊英雄排座次”，以《水浒传》成句为面，猜河流名，谜底是“长江”（尊宋江为长）；猜福建地名，则是“晋江”（晋升宋江坐头把交椅）。两谜皆以借代会意，扣合也还稳妥。

说起晋江，我这个谜人对它有很深的感情。2003 年前后，我多次到此参加谜会并获奖，忘不了当时关心支持全国谜事、包括长沙谜事的刘志峰馆长。他还曾邀我为一年一度的晋江基层谜会“英林（镇）谜会”命题并担任评委。不久，志峰就荣调福州，去省文联工作了。一晃近二十年，真有些想念他。

当时中华灯谜学会筹备第三次换届，晋江文化馆大力支持并设秘书处。2004 年 7 月，中华灯谜学会成功换届，郑百川接棒任主任，中国民协派杨吉星来宣文祝贺。我和各省代表挂了个常委头衔。这次大会因在晋江召开，简称“晋江会议”。

会议期间举行了谋皮创作。我的一条谜忝列佳评。谜面是：“兄长为尊，卢员外为次，人皆所伏。兄长若如是再三推让，恐冷了众人之心。”猜谜事活动新词，谜底是“晋江会议”。

谜面出自《水浒传》，是卢俊义虽立功而坚决不坐头把交椅，梁山“智多星”吴用对宋江说的话。我觉得，“晋江”加上“会议”（很会说话或聚会商议），是意味深长的。

我还做过“宋清龚旺排前后”猜成语“乐在其中”，被人称赞。其实这类谜猜做都不难。下面再出两条，保证你会秒杀的：

（1）天立天捷天暗（电器品牌二）

（2）鬼脸儿杜兴在哪（四字俗语）

（2021 年 9 月 11 日）

谜底：（1）松下、三星；（2）就汤下面

《红楼梦》谁施"调包计"

《红楼梦》是一部百科全书。钻不透的"红学"，说不完的《红楼梦》。谜人当然也来凑热闹，要么做红楼人名谜，要么选红楼诗词配谜，要么以红楼故事入谜，甘肃陈清泉兄笔耕不辍，早已出版了四大古典小说名著故事谜，硕果累累，令人佩服。

有关《红楼梦》的谜，我也做过几条。读《红楼梦》时，早期想到贾宝玉的遭遇，由于不好好读书，常遭父亲训斥和痛打，在大观园内，他见到父亲总是避之不及。于是我以"宝玉避开父亲走"做谜，猜常言"不同政见"，谜底"政"借代贾政。

1992 年，我主持湖南"光华杯"消防谜赛，曾出过一条谜"紫鹃劝姑娘，消气怕伤身"，猜消防宣传用语"护林防火"。紫鹃是林黛玉的丫鬟，在护理弱不禁风的林姑娘的过程中，这种劝说应该是很自然的。

自我欣赏的是以《红楼梦》回目"葫芦僧判断葫芦案"猜长沙方言"醒门子"的谜，曾写过文字解读，在此就不赘述了。

最后，出条《红楼梦》故事谜。谜面是：《红楼梦》谁施"调包计"？猜三字调味品。这也是湖南人的最爱。

谜底：辣子干

普天下独尊慈善

2020 年 8 月 8 日是立秋日，也是农历六月十九，我在微信朋友圈里发了年历截图和一张母亲生前的照片，并写道："今天是个特别的日子，宅家的葫芦，倍加怀念这个叫‘秋’的人。妈妈，一晃十年了，您在天堂还好吗？”

说特别，是因为这天正好是母亲95岁诞辰，而95因是19的倍数，这一天每个人的生日就会“阴阳合璧”——回到你出生那年的同一天。母亲生前多次说过，她的名字是比她年长20岁的大哥特为她这个小妹取的，因为时值暑期未退恰逢立秋，我那颇通文墨、被乡人尊称为“祯祥先生”的大舅便给她取了“暑秋”这个富有跨季色彩的名字。

母亲一生饱经磨难，她勤劳善良隐忍宽容的性格，也许是上天注定。所以在为她庆80大寿时，我曾撰一联：“幸与观音同寿诞，天生菩萨好心肠。”

母亲的去世，是我心中永远的痛。10年来，我常常梦见她老人家，也常常悔恨不已。可是，“夫树欲静而风不止，子欲养而亲不待。”如今我也年过古稀了，后悔还有什么用呢？

行文到此，我留两条歌颂母爱的“亲情”谜，请大家试猜。

（1）普天下独尊慈善（歌曲名）

（2）“谁言寸草心，报得三春晖”（2字节日二）

谜底：（1）《世上只有妈妈好》 （2）感恩、母亲

“唇焦口燥呼不得”

国内电视连续剧的兴起和走红，我的印象中是始于1990年的《渴望》。这部剧写了那个年代普通老百姓的生活故事，所出现的人物有血有肉，打动人心。剧中歌颂了人性的真善美，鞭笞了假恶丑，但对剧中人物没有脸谱化，我觉得这是最成功的地方。当时，这部电视剧也吸引了像我一样的谜人。除了观剧，从剧名到人物、演员、主题歌词，都被大家作谜，我还有条谜

被《新民晚报》“今宵灯谜”采用。

（1）“唇焦口燥呼不得”（电视剧名）《渴望》

谜面出自杜甫的《茅屋为秋风所破歌》，前有“南村群童欺我老无力，忍能对面为盗贼，公然抱茅入竹去”，接着才是“唇焦口燥呼不得，归来倚杖自叹息。”此谜猜“渴望”，扣合较好。“唇焦口燥”，那是“渴”到极点了，“呼不得”更是表现了老杜喊不出声，只好“望”着那帮顽童“抱茅入竹去”的情形。

（2）埋名隐姓两行者（影视演员）孙松

看过《西游记》《水浒传》就知道，孙悟空又叫孙行者，武松绰号行者。谜以反猜会意，前者埋名留姓为“孙”，后者隐姓留名为“松”。孙松在《渴望》中扮演王沪生，他是剧中刘大妈扮演者韩影的儿子，进入角色的母子俩却变成了岳母娘与女婿。

（3）产科大夫的心愿（《渴望》歌词一句）好人一生平安

《渴望》有两首主题歌，这两首歌歌词写得好，很有人情味。此谜的谜底是：“好人一生平安。”“好”字异读作“喜欢，爱好”解。产科大夫的心愿，不就是“希望和喜欢每一个生小孩的（产妇）都平平安安”吗！

两上三线修铁路

老来怀旧，感恩思亲。将一些过往的经历写入谜话，引起了朋友们注意。有位谜友见我写到在怀化修过铁路，便发微信问是哪一年在什么地方？因为他老爸也有相似的经历，之前还修过湘东铁路。我说还真巧了，我也是先湘东后枝柳，修过两次呢！

2012 年，长沙市政协向有知青经历的委员征稿，我以《两上三线当民兵》为题应征（后收入《永远的记忆》文集），写了这段往事，同时展示了当年“一不怕苦、二不怕死”的“优秀民兵”奖状。其中最难忘的是，从驻地往三四里外的涵洞工地运水泥，我们坚持用撮箕挑而不拆包，每次都挑两百斤。现在想起来，连自己都有点不敢相信了。

因为人的肩膀承重能力是有限的，砍柴担脚跑长途，能挑上一百二三十斤重的就算挺不错了！我们那时仗着年轻气盛，实际上也是通过肩挑手提，才把这每趟两百斤的水泥送达工地，而且也并不是人人都能做到。记得那时候有首歌，歌词中曾有句“能挑千斤担，不挑九百九”。亲身经历之后，我心里暗暗在想：这个人恐怕是神不是人吧！

下面两条谜，各位猜猜看！

（1）两上三线修铁路（经济名词）

（2）为何不挑九百九（机械名词）

谜底：（1）双轨制；（2）千斤顶

工会人与劳模谜

时传祥见到少奇同志（职务名）　工会主席

这是我早期创作的灯谜之一，1986 年 6 月 15 日发表于《工人日报》“文化宫”副刊。此谜谜面叙述人们熟悉的“掏粪工与国家主席”的故事，谜底解作“工人会见主席”，别解有趣而通俗易懂。当天《工人日报》刊登了我的两则谜语。另一条是“犯了错误要挽救”猜财会用语“出差补助”。也许注定与工会有缘，三年后，我竟凭着对灯谜的爱好从学校调进了文化宫。

有趣的是，在开展活动中与多位基层工会主席打交道时，有的一见面便向我提起这条谜。他们不仅从报上读到并记住了这条谜语，甚至还记住了我这个作者，这是我始料未及的。

全国劳模中还有一位令人敬佩的是李临庄。他是株洲湘江机器厂钻工，这位传奇式的工人1955年进厂，他自加压力，一人干两三个人的活。1984年2月22日，经专业人员的统计核算，厂方宣布，他在28年又5个月的时间内，完成了102年的工作量。他1976年被第三机械工业部授予“跑在时间前面的人”光荣称号；1978年评为“湖南省劳动模范”；1979年被国务院授予“全国劳动模范”；他是第五、六届全国人大代表，还被誉为“跨越百年的铁人式工人”。

当时，我以“李临庄一个顶仨”为谜面猜一称谓，谜底是“工会干事”，也算是表达对这位前辈实干家的敬意。

下面留两条谜，猜猜看吧，别想太远了哦！

（1）“盖起了高楼大厦，修起了铁路煤矿”（四字称谓）

（2）巧厨师能掌贵宾宴（四字职务名）

谜底：（1）工会干事；（2）工会主席

游亚城景点　做即兴联谜

亚特兰大市中心有四个著名景点，特以联谜配之。

之一：当饮酒时须饮酒　得高歌处且高歌

可口可乐世界博物馆，是世界上最大的软饮纪念博物馆。进去以后，游客可领取不同语种文字的导览图。总入口处有讲解员作引言式的介绍，然后便自由参观。从一楼到三楼，从可口可乐的生产历史、发展和现场工艺流程，到广告艺术、包装工艺品和企业文化等，可尽情浏览，还可观看“神秘配方剧场”放映的立体电影。最后到出口处，任意品尝各种可乐饮料。

之二：装整一新登榜眼　龙孙游子出潇湘

从可口可乐中心出来，对面就是乔治亚水族馆。这个水族馆于2005年开业，现在已经成为亚特兰大最受欢迎的景点之一。这里设施先进，“水族”众多，分海洋生物、河流生物、本地特有水族生物等多个分馆，分布在两层楼馆的四周，配有海洋动物表演和游客互动等项目。游览要两个小时，里面餐厅、商店、儿童游乐设施一应俱全，游客可边游边休息，或在餐厅用餐。

之三：期颐老汉营苗圃　历代豪雄录大观

从水族馆出来，街对面便是世纪公园。1996年亚特兰大奥运会旧址和专为奥运会建设的世纪公园，是游人必到的地方。这里各种设施现在已经不多了，只留下主运动场。世纪公园并不大，园内有个纪念亭，矗立着一位名人像。园中还有个喷泉广场，密集的水柱成五环形图案，从地下喷出来，高约两米，游客在一旁休憩、欣赏并留影。喷泉附近一大片红砖铺的平地，每一块砖上都刻着人名和年月日，当年为奥运会筹款，捐款五十美元的就可铺一块写上姓名的砖。没想到那么有名的亚特兰大，世纪公园就只这么点大。

之四：水绕连山曲似似　顿读英语细嗯嗯

第四个景点是紧靠世纪公园的CNN有线电视新闻网络中心。进大门，从一楼上二楼中心大厅，一路畅通无阻。下面同样有商场、餐饮等设施，可自由游览购物。向上望去，有一个大地球仪，成U字形围绕的高楼是网络中心工作重地。它同样对外开放，只要购了门票，就可以进CNN演播室参观，了解其幕后机制，看看这个大型广播网络是如何网罗全球新闻事件的，这个过程大概需要50分钟。

本文四个小标题皆作联谜，各猜亚特兰大景点，聊博一笑。

（2012年10月）

谜底：（1）可口可乐；（2）乔治亚水族馆；（3）世纪公园；（4）CNN

为湘绣走出国门喝彩

2015 年 5 月，我正在美国探亲，从网上得知长沙湘绣大师江再红女士将到美国进行文化交流，地点在北卡州罗利市。于是我请亚城华人书协秘书长李麟先生帮我书写一首贺诗，并驾车陪我前去现场祝贺。5 月 17 日，我们一早从亚特兰大出发，驱车近 7 个小时才赶到罗利市艺展现场。晚上有幸参加了主办单位在中国城举行的启动仪式和明星见面会，其中有音乐节目表演及专家才艺展示等。江大师登台献艺并展示精品力作，博得好评。特别是巨幅长卷绣品《清明上河图》惊爆全场。据说此幅作品由江大师带领六位高手，历时一年才完成。

我的到来给了江大师意外的惊喜。我向她赠送贺诗和李麟先生的墨宝。在场还结识了邵阳籍美国北卡大学的谢教授，他也是艺术节组委会的负责人，真是“惟楚有材”。

第二天看了“再红湘绣”作品及产品展。回家途中，我和李麟先生顺道参观了杜克大学，美丽的校园给我留下了难忘的印象。

有感于长沙非遗走出国门，我后来又填了首词送给“再红湘绣”。2021 年 6 月，江大师邀我参加在沙坪举行的“丝情画意献给党”展览活动，我与继贤一起到现场展示“长沙谜语”并登台亮相，与大家同乐。这样，除了诗与词，又出了条谜语。

谜面是：新启程重铸辉煌，芙蓉国前程似锦。

猜长沙非遗品牌四字。

谜底是什么？应该不难揭底哦。

（2021 年 6 月 12 日）

谜底：再红湘绣

“青禾”为我书诗谜

除李麟先生外，亚城书法协会还有两位先生值得一提，一位是原籍湖南、自号“楚人”的罗会长，一位是网名“青禾”的何兄，他们都是当年下放北大荒的知青。何兄有张身跨骏马的老照片，我为他题过含谜诗：“骑马横行处，且居塞北时。西山闻号角，一跃出名师。”何兄非常高兴，多次给我回赠墨宝。

2018 年 5 月 6 日，在亚城书协联谊会上，何兄又现场书赠我献给朋友们的谜语诗，底猜四大书体。谜作得不好，诗是勉强凑的。还有一首猜文房四宝。也发出来，聊博一笑吧！

（1）春秋天气同游聚，笔底前缘齐隐知。海上每逢开口叹，林间尚见棣棠思。先生利好心无愧，在下磐坚树有辞。共品甘饴公尺度，皆从榜首学书时。（猜字体四书）

（2）水月无边古洞庭，幽篁掩映北津滕。文山独系先行处，黑土相研磨发声。一旦高官嘉序注，三都左赋贵京城。登峰而立为方正，岩底清流自现中。（猜文房四宝）

（2021 年 6 月）

谜底：（1）秦篆、汉隶、魏碑、唐楷；（2）湖筆（笔）、徽墨、宣纸、端砚。

谜语开班第一课

今天是市群艺馆谜语班开课日，学员实到十五人。我以《非遗文化与长沙谜语》为题开讲第一课。

我觉得，尽管“长沙谜语”作为市级非遗项目已经 12 年，也有了 4 位代表性传承人，但仍宣传不够。谜友队伍青黄不接，利用这次讲课，以谜会友，发现人才，何乐而不为？

我跟大家说玩谜关键是要自己有兴趣，而且要喜欢读书，希望各位能坚持下去，学有所得。

最后，我出了 5 条谜，向大家祝福即将到来的中秋节，并以谜书、明信片、月饼等薄奖相赠，调节了气氛。然后留了作业，其中有一个是请大家各自为自己的姓名作条谜语。

也许有人会觉得有点难。其实这就是一次小小的考试，每个人对自己的姓名应该是最熟悉的，家长起名的初衷也大多了解，按照各自理解先出条谜玩玩，自得其乐，又何尝不可呢！

最后选三条今日即兴谜，欢迎试猜：

（1）“这孩子又在说谎了”（时间名词）

（2）中秋聚会发短信（生活用语）

（3）月饼一块，中餐吃掉（字）

（2021 年 9 月 16 日）

谜底：（1）小长假；（2）节约用电；（3）胼

葫芦喜获“葫芦画”

春节前后见到郑育斌先生在网上晒他的画作，其中有张“葫芦”，我留言半开玩笑说您这画就送给我好了。没想到他马上回复我，敖老师这张不合适，您等些时间，我另画一张送您。

果然，8 月初，就收到了他从深圳寄来的大作。茂盛的葫芦藤上，结着三个硕大的金黄色葫芦，底下还画着两只寓意吉祥的八哥。育斌兄题款：“种瓜得瓜。辛丑夏敖耀寰谜长教正。”

收到此画，我非常高兴，这不，昨天装裱师刚送来，我今天就拍好照片，给育斌兄发去的同时，也发给朋友们欣赏了。

育斌虽然比我小，称其为兄仍理所应当。并非他身为“中华灯谜学会主任”才这样说。众所周知，在这个位置上他只有服务与奉献。而我和育斌的友谊，要追溯到20世纪90年代初。

郑育斌出生于闽南侨乡灯谜世家，在父亲昆吾先生影响下，他从小就爱好灯谜，并攻书画，经过几十年的精心磨砺，奋力打拼，已成为国内著名谜家、书画家。2014年至2016年在央视连续三届中国谜语大会上担任“首席评委”，这位谜坛掌门人成为家喻户晓的“明星”。

1994年，我在保定参加中华灯谜学会成立大会，有幸与育斌相识，同台射虎，并一起进入“国手”之列。后来，到福建，经厦门，曾多次和谜友到他的“文心阁”拜访学习。及至2006年湖南省灯谜学会成立后，我们的交往更加密切，他曾与厦门谜友光临张家界参加第二届湖南灯谜节，也曾应邀担任在浏阳举行的第三届湖南灯谜节评委。当然，我更忘不了的是2014年在央视首届中国谜语大会上和常熟首届国际中学生谜赛上，我们共同度过的美好时光、担任评委时愉快的合作和结下的真诚的友谊。

葫芦喜欢葫芦画。谢谢育斌的理解和厚爱，你的这张画，使蓬荜生辉，让葫芦居添彩。

屈指算来，玩谜几十年，我收到朋友馈赠的葫芦画也有好几张了。最早有浏阳老画师何亮先生专为我的《葫芦集》《乐隐集》《品灯集》和《无韵集》设计的封面，还有今年年初知青老友健雄兄为我画的“灵鹿葫芦”（见《庚辛集》封面）。谜界朋友中，则有澄海哲源兄较早请王镇芝先生专为我画的葫芦图。还有郑百川先生也送我其公子“阿湃”画师的“三秋大有年”葫芦图。王镇芝先生和阿湃都是有名的岭南派专业画家，能得到他们的馈赠，实感荣幸。

诚如育斌兄题款所言“种瓜得瓜”。葫芦何德何能？却是不劳而获，所得多多。真是惭愧之至！

今出两谜，与友分享。希望大家喜欢。

（1）依样画葫芦（工业设计名词，4 字）

（2）照葫芦画瓢（11 笔字）

（2021 年 9 月 19 日）

谜底：（1）机械制图；（2）票

五条“文虎”祝华诞

2021 年国庆节，我在微信朋友圈中分三次悬谜五条。其中第一条是“五星红旗迎风飘扬，胜利歌声多么响亮”猜成语，为避免多底，我注明首字五笔。几分钟后，娄底谜友贺国辰首中，谜底是“乐在其中”。“乐”异读为 yuè,作“音乐”解，“音乐声在五星红旗飘扬的中国”处处听到，不正是今天的写照吗？

巧的是今天首中者是国辰，他也正好今天生日。一句“恭祝华诞”，真是幸福满满，值得“大庆、重庆”哦！

接着发出夫人的行书习作“华夏腾飞”配谜，猜金融机构简称，谜底是“中国人行”，顿读为“中国人、行”，“行”异读 xíng，作“能干”之意扣面。“中国人民银行”原简称“人行”，现一般称作“央行”。另外三则谜如下，请大家试猜。

（1）“从今走向繁荣富强”（词牌名）

（2）“越过高山，越过平原，跨过奔腾的黄河长江”（田径项目，4 字）

（3）旅游爱好者（成语）

谜底：（1）中兴乐；（2）三级跳远；（3）喜出望外

“爱心老顽童”的心愿

2006 年 5 月，我随《中国母亲网》和创新学校的师生家长朋友们赴湘西花垣县，参加扶贫助学活动。我们先后到了补抽学校和培民学校，捐赠了物资和现金，也看到了城里学生在家长老师陪同下向贫困地区孩子献爱心、结对子、增友谊的许多感人场面。我当时也带去不少书籍课本送给了两所学校，同时在旅途中大巴车上教大家猜谜，逗孩子们开心，在培民学校还为山区孩子们上了十几分钟谜语启蒙课。

回长沙后正好赶上母亲节。那天，我邀海军一起去烈士公园参加以“为了母亲的微笑”为主题的公益慈善活动，并出谜助兴。通过几天的活动，我亲身体验并见证了民间组织自发开展公益慈善活动的艰辛苦乐。事后，母亲网两位朋友小邓和小胡，先后在网上撰文留言，称我为“爱心老顽童”(见《悟怡集》)。

此事已经过去 15 年了，昨天整理电脑，发现当年的照片犹在，真有些怀念。这些年轻的朋友和当年的那些孩子们，现在都怎么样了呢？大家都过得还好吗？真想有机会再聚，看看你们现在的样子，或者让老顽童再出几条谜语猜猜，大家再一起乐乐吧！最后出两条谜语，您会猜吗？

（1）妈妈省吃又俭用（节日名）

（2）特困生立志成才（《孟子》一句）

（2021 年 10 月 2 日）

谜底：（1）母亲节；（2）贫贱不能移

“索道”寻仙贵有恒

“五岳寻仙不辞远”（恒山景点）谜底：恒山索道

此谜获2021年“恒山专题”灯谜创作赛“十佳”奖。谜面出自李白的《庐山谣寄卢侍御虚舟》。这首诗较长，前六句为：“我本楚狂人，凤歌笑孔丘。手持绿玉杖，朝别黄鹤楼。五岳寻仙不辞远，一生好入名山游。”后两句，既是李白一生游踪的形象写照，也透露出诗人寻仙访道的隐逸之心。

我之所以选中“五岳寻仙不辞远”来为“恒山索道”配面，首先在于发现了“索道”与“寻仙”之间的“神秘”关系。灯谜讲究别解，最好有点创意。这里将名词“索道”分解成动宾结构“探索寻求仙道”，不是既出乎意料又合乎情理、谜法吗？

接着考虑“恒山”的扣合。初看“五岳”在面，“恒山”在底，这不是直接而明显“倒吊”吗？其实，只有将谜底顿读为“恒、山索道”，解作“长期坚持上山寻仙问道”才是最好的答案。这样，“山”也由名词动化为“登山”，一个“恒”字，既明扣了面句的“不辞远”，又启动了下句，暗扣“一生游”。试想，一个人既不辞路远，又一生好游，这寻仙求道的心还不是“持之以恒”吗？俗话说“行百里者半九十”，在诗人看来，只有自己才是那不畏艰险，登上顶峰，笑到最后，能“得道成仙”的胜利者。确实，要不李白怎么会被唤作“诗仙”“谪仙”呢？

最后再出一条“索道”谜，请试猜：

我欲登山去，回程坐缆车（《离骚》一句）

谜底：吾将上下而求索

笑对人生“步步高”

2021 年 10 月 5 日出谜“旧时罕见高寿者”，猜四字称谓，谜底为“古稀老人”，这也是葫芦的自我写照。谜题被株洲“释然”首中，还有几位紧随其后，箭无虚发。有好友猜“老少爷们”，我觉得也挺好。只是将“古稀奶奶”们排除在外，似有些不妥。

下午，我与四十年前教过的学生朋友们开心相聚。一直到晚上，仍兴奋不已。第二天一早便发出照片，配上“开心日悟透人生”猜成语，谜底“乐天知命”。首中为株洲包四新会长，通过此谜，我们在微信中握手而“敖包相会”了。

说起“人生苦短”“人生易老”，人们会想起孔子《论语·为政》篇中说过：“吾十有五而志于学，三十而立，四十而不惑，五十而知天命，六十而耳顺，七十而从心所欲，不逾矩。”还有《礼记·曲礼》中有“人生十年曰幼，学。二十曰弱，冠。三十曰壮，有室。四十曰强，而仕。五十曰艾，服官政”等文字。

谜人更是利用这些知识，制成谜语同乐。多年前我曾做过“六十曰花甲，七十曰古稀，八九曰耄耋，百岁曰期颐”猜学校科目“高年级语文”。此谜将“高年级”另解作“寿年（逐级提）高”，“语文”解作“文雅的说法”而扣合。

祝大家保持年轻心态，笑对人生。争取人生征途“步步高”。

最后留谜：二老先到，十分配合（猜二字词语）

谜底：耄耋

赏联配谜赞武来

2021 年 10 月 5 日，在“知天命”的朋友聚会当中，发现了一位“诗词楹联爱好者”的知音。当我以“一年三百六十日”为面出即兴谜时，这位帅哥抢先答出，并说出谜面是《红楼梦》中林黛玉的“葬花词”，当时便引起同窗们喝彩。

事后他加我微信，一看资料，确实不简单：张武来，六零后，理科男。中国楹联学会会员。“七一”前夕，他精选了七十一副自创联献礼。其中一副入选央视 2021 年百佳春联：

春风有信，喜大梦铭心，小康入户；

天道酬勤，看金牛试水，紫燕衔泥。

说起喜欢灯谜的长沙楹联界朋友，他当然都熟，我希望联谜不分家，欢迎他参加谜友活动。今欣赏其楹联佳作，试配谜。

（1）一脚一方中国印（鞋子商标）　足力健

相牵相忆故人心（活动名称）　联谊会

（2）轻吟一曲天仙配（网络小说名）　韵神

好做千秋孝感人（老电影名）　红孩子

（3）泉声时伴歌声美（文艺名词）　流行音乐

家梦长随国梦香（元代人名连字）永芳、草庭

（4）心悟玄机寻鹤影（杂志名二）　智力、求索

身临妙境听松涛（报刊栏目）　奥体新闻

每逢佳节倍思亲

岁岁重阳，今又重阳。想起了王维的诗和与谜有关的事。

2018 年 9 月 9 日，当然并非重阳节，我与 5 位谜友前往株洲联谊，出了条即兴谜：“至今回想起，寨主与哥们。”猜唐诗篇目《九月九日忆山东兄弟》，此谜将日期阴差阳错，以“山东兄弟”扣“寨主与哥们”，当时被株洲倪锐猜出，颇受好评。

以王维这首诗句配谜，我印象最深的有以下四则：

（1）“独在异乡为异客”（猜凭证一）出门单

这是我 1986 年 12 月 24 日发表的谜作。“出门单”解作“一个人出门在外”，是对“游子乡愁”的高度概括。

（2）“每逢佳节倍思亲”（猜离合字）心相想

这条谜不是我做而是我猜的。1992 年 8 月，我参加中央电视台中秋晚会现场拍摄，虽只作为“观众”，却也幸运亮相。当时由相声演员冯巩主持，他让我猜这条谜，我用“塑料普通话”答出谜底，看到的朋友向我祝贺的同时也将此传为笑谈。

（3）“遥知兄弟登高处”（猜成语）一览无余

谜启下句“遍插茱萸少一人”，即少了“余（我）”而扣合。

（4）“遍插茱萸少一人”（猜歌曲名）《那就是我》

《那就是我》是陈晓光作词、谷建芬作曲、朱逢博演唱的歌曲，1982 年发行。它也是一首思乡曲，朱逢博深情地唱出了游子的心声。此谜“我”落实了“少一人”的身份，“那就是”起抱衬作用，使面底合一，衔接自然。这条谜语和这首歌一样，当年都被谜友们赞赏，不胫而走。

（2021 年 10 月 14 日）

稀龄不再苦追求

2021年10月10日，农历九月，是我的古稀生日。清早起来，用胡乱涂鸦的“敖体”，写下嵌头诗：古往今来观世相，稀龄不再苦追求。生逢双十喜相庆，日近重阳好个秋。知遇民间文虎爱，足行天下美图收。常怀母训心无憾，乐度余年任自由。

按照“男做进（虚）”的习俗，我去年就应该为古稀庆生了，当时亲友们要送礼祝贺，都被我以疫情为由婉拒。可待到今年，大家还是没能等到我的邀请。这不，只请了两位特殊的朋友，与在长沙的胞兄一家搞了一桌家庭聚会。

寿宴简单而不寒酸，低调而不冷清，气氛还颇活跃。事后侄女侄儿在朋友圈发帖，推出我这个“老顽童”叔叔的谜照谜书，引来点赞。夫人也内举不避亲，发了段文字：

“今天是我家先生七十大寿，侄儿、侄女为叔叔举办了简单而隆重的生日宴。亲人们欢聚一堂，好友吴震先生深情朗诵德裔美籍诗人厄尔曼的《青春》；老教授周光明也献诗助兴；寿星则自撰并书《古稀生日知足常乐》深情诵读；女儿也从大洋彼岸打来视频电话；我早早准备了一束鲜花，只是没好意思当场献出；孙儿们为爷爷切蛋糕，看那寿星蛋糕吃得多带劲！”

朋友圈引来满满的点赞。11日凌晨我凑了几句，统一回复。

现以前面嵌头诗的头两句为谜面，出谜两则，结束此文。

（1）古往今来观世相（画家）

（2）稀龄不再苦追求（现代作家）

谜底：（1）张大千；（2）老舍

方言童谣谜趣浓

2021 年 12 月 29 日，在回浏阳的路上我看到蕉溪岭的壮观雪景，拍了几张照。其中有张“融城”二字的特写，朋友称“这张有点意思”。细一琢磨，此景不正好猜流行词“都市化”吗？

到浏阳后参观道吾小学，这是一所新学校，建成才三年，它便一步一个脚印进入浏阳教育系统的前列了。稍后参观了浏阳市新博物馆和图书馆，真该为家乡文教事业的快速发展点赞。

回到活动主题，浏阳方言童谣传习所在道吾小学挂牌暨《马兰开花谣》作品首发。伴随轻松欢快的节奏，孩子们用客家话、西乡话、城关话三种方言演绎这首童谣，看到孩子们在操场上拍手对唱，雀跃起舞，我仿佛又回到了童真时代，倍感温馨。

《马来开花谣》流传已久，是女孩子的最爱。在课余或回家路上，她们往往呼朋引伴，拉开橡皮筋，边哼边跳，快乐无比。当然，跳橡皮筋的儿歌有多首，但最经典的莫过于它了。

我曾以“马兰开花二十一，二五六二五七，二八二九三十一”为面做谜，猜长沙方言“筋筋绊绊”。昨天，我出给朋友们猜浏阳方言，有人猜出“结筋绊筋”，我觉得更好。因为跳橡皮筋先得“结（拉开场地）”，然后再“绊（蹦跳）”。扣合更严密。当然，您如果猜“筋哒绊哒”，也可列中。昨天那位女教师猜出领奖时，我鼓励她现场表演这“筋哒绊哒”的动作，全场顿时充满了欢快的气氛。

方言童谣，浏阳非遗。希望像道吾小学一样关注非遗活动。

最后请猜条谜：说说自己孩提时代读书事（浏阳教育单位）

谜底：道吾小学

奖你“一块巧克力”

打虎上山，来自《智取威虎山》（三字食品名）　　巧克力

由曲波的长篇小说改编的同名电影《林海雪原》及京剧《智取威虎山》中，都有孤胆英雄杨子荣化装成土匪胡彪深入虎穴的故事，京剧中更有“打虎上山”这场精彩的折子戏。

此谜以面句抵消法，叫入叫出。打虎上山，将“虎”打入，“山”添上，即成“智取威虎山”，反之叫出，谜面将“虎、山”抵消后便成了“智取威”三字。

以此猜三字食品名，谜底是什么呢？这就是很多人爱吃尤其小朋友最爱的“巧克力”，此谜“巧”扣“智”，“克”扣“取”，“力”扣“威”，一对一会意相扣，谜底应不难理解了吧！

巧克力也是我在学校作灯谜讲座时常用的道具或奖品。“集体智慧胜强敌”猜即物赠谜“一块巧克力”，这颗“糖弹”激发了不少孩子学习的兴趣，让他们在欢笑声中“悟”入谜途。

今天，痴迷老顽童将老谜材翻新，作出这条谜，面句抵消后再会意扣合，手法是否也有点“巧”？

（2022 年 1 月 4 日）

你就是那砸缸的“光”

《通鉴》主编君实至，砸缸故事尔名扬（跨年晚会主题词）

你就是光

此谜由两句七言做面，叙述大家熟悉的历史典故。《通鉴》乃《资治通鉴》的简称，它的主编是司马光。司马光，字君实，号迂叟，北宋政治家、史学家、文学家，他主编的《资治通鉴》

是中国第一部编年体通史，在中国官修史书中占有极重要的地位。人们将其和《史记》并称“史学双璧”，两位作者则被人并称“史学两司马”。

有趣的是，司马光最早留给人们印象的并非他后来的成就，而是家喻户晓的启蒙教材“司马光砸缸”，写他从小就聪明过人，急中生智，想法救出小伙伴的故事。“司马光砸缸”由春晚小品演绎成绕口令学舌，更是众口相传，趣味横生。

我选这两件事作谜材，以“君实至”与“尔名扬”前后照应，也算是表达我对这位古代先贤的赞颂和敬仰之情吧。

仔细推敲，谜面前句的“君”，后句的“尔”都含有“你”的意思，这样，在赞颂古人的同时，又有跨越时空，与古人对话的味道了！

不是联谜，恰似联谜，实至名扬，会意双扣。“你（君、尔）就是那写书（《通鉴》）、砸缸的（司马）光！”谜底猜湖南卫视跨年晚会这醒目的主题词，应该还是可以的吧。

“烟云”绕与通道“拦”

采风岳麓烟云绕，打虎上山通道拦（字）　岚

出这条字谜，是想把大家拉回到古代打虎英雄的故事中去。

30 年前，曾有人做过一条谜：打虎精神谁首创？猜中学语文篇目，谜底是《松树的风格》，解作“武松树立的与虎（风）搏（格）斗”的精神。可见，只要一提到打虎，就会想到《水浒传》中的武松，但当初武松上景阳冈打虎，一开始是受到了阻拦的，因为山上有“吊睛白额大虫”（老虎），县衙贴出了禁令，酒店也发出了“三碗不过冈”的警告，特别是看到武松喝醉了以后，酒家主人更是多次阻拦他独自一人过冈了。

此谜后句以“打虎上山通道拦”表达这层意思，顺理成章。

底面扣合时，前四字合形，后三字提音，是为双扣成谜。打虎上山，虎啸生风，以“风”借代虎，“山”实用，合形为“岚”，通道拦则应理解为通通都说“拦”，即“岚”读“拦”音。

出谜时配“采风岳麓烟云绕”为上联，“打虎上山通道拦”为下联，成为联谜，猜人名昵称“岚岚”更好。因为很多女孩起名，不就爱单用这个“岚”字吗？

（2022 年 1 月 6 日）

春来谜事遍神州

春来谜事旺，虎啸九州兴（歌曲名）　《灯火里的中国》

昨日这条谜加了提示“补漏体，会意谜”，猜中者仍然不多。

《灯火里的中国》由舒楠作曲，田地填词。2021 年 1 月 1 日，在中央电视台《新年音乐会》上由廖昌永首唱。2021 年中央广播电视总台《春节联欢晚会》中，由张也、周深再次演绎。

那么，什么是补漏体、会意谜呢？这是多年以前陈斌老师对我的两条谜作评析时提出的命名。他认为前人有做过“八十五”猜电影《月到中秋》之类的谜，是面漏底补，叫“漏补体”。而我当时做的“首长到湖南省会（湖北地名）沙市”，“原来是《红岩》中党的领导人（体操运动员）李敬”两条谜，则属底漏面补，可称之为“补漏体”。于是，在老师的鼓励下，我后来又尝试做过一些此类灯谜。如“仓促之间扮杜丘（体操教练）高健”（日本名演员高仓健《追捕》中饰杜丘），“站前面来看红太阳升起的地方（长株潭景点）昭山”（立+昭山=韶山）等。

今作这条谜，也是循此法，因灯谜又称文虎、春灯、灯虎等，面之“春”来、“虎”啸补漏于底，则成为“春灯（灯虎）火里（兴旺）的中国”，会意扣合“事旺”即“兴”，“九州”即“中国”，应该是可以的吧！

（2022 年 1 月 7 日）

“谜圣”长沙猜谜记

在近代谜史上有“谜圣”之称的张起南，字味鲈，号橐园，是福建永定人。在其专著《橐园春灯话》中，有他两次客居长沙，亲临谜事活动的记载。

第一次是在 1894 年。“谜圣”写道：“清光绪甲午客长沙，值慈禧太后万寿，满城金碧，士女殷。而好事文人亦于此时分曹射覆，点缀升平焉。”是夜，他兴致勃勃去观灯、猜谜。首先，他看到一处庸俗无聊、品位不高的谜，感到“鄙俗而令人作呕”，便不屑一顾，“望望然去之”。后来，他看到另一处所悬灯谜，“表里均甚大方，确系文人手笔”，便不胜高兴，抄录下来作了点评。其中有两条字谜，一条是“万国衣冠拜冕旒”，猜“命”字（卷帘拆读为“叩一人”）；一条是“不是姻缘也并头”，猜“韻”（韵的繁体字）。他评价前一条谜“语合颂扬，故为佳耳”，后一条谜“以谐声兼会意，颇具匠心”。并称对谜作者“惜不知其姓氏，私心愿一识荆也”，表达了钦佩、赞赏之情。

第二次是民国初元，长沙开纪念大会。“谜圣”正好来到这里。他看到教育会场（今青少年宫处）前面有灯谜活动，欣然而至，跃跃欲试。但“人多如鲫，无立足之地”，“然技痒不可耐，乃令人强阑入室，索其最难者数条而归”。

回到住处，他对这几条谜穷根究底，反复推敲。有两条，他自认为扣合无误，肯定猜中，心中便涌上一阵快意。一条是

“分明一线初三月，渐渐西沉影似钩”，打《四书》一句，“谜圣”猜“饥者弗食”（饥字去“食”，余“几”字扣之）。

另一条为“倒箸以食”射《左传》一句，“谜圣”认为必系“而使糊口于四方”。（古代称筷子为“箸”，筷子下圆上方。“倒箸以食”即“糊口于四方”。此谜颇有趣味。）

《橐园春灯话》

第二天晚上，张起南又赶到会场，想核对一下谜底，但谜会已经闭幕了。“虽未揭晓，自以为更无疑义，并敢决其未为他人所得也。”“惟三、四两条，面极自然而苦思不得，至今犹耿耿，究不知内容果确切否。”

张起南的这两段轶事，既表现了这位“谜圣”对谜事的一片痴情和执着追求，也为群众喜闻乐见的灯谜活动在长沙久已有之提供了有力的例证。

（1991 年，原载《长沙晚报》）

《博粲录》谜语的启示

1996 年 5 月初，长沙谜友陈忠建先生从同事小彭处得到一本手抄的文字游戏书，书名叫《博粲录》，署名“在高山房性存子撰”。全书分回文词、字谜语、人物谜语、射字、酒令五个部分，全部用馆阁体毛笔字抄录。其序言和二、三部分即字谜、物谜转载于《楚湘谜苑》26 期，引起了谜友的兴趣。

因书中没有留下谜底，大家纷纷弯弓探骊。省内外谜友或将自己猜得的答案陈述理由，或就成书年代、地点及作者情况进行考证，还有的对此书的意义和价值作出了肯定。现将大家的观点综述如下：

一、《博粲录》是一个时代的产物。

考证《博粲录》成书时间、地点，是谜友们首先关心的话题。从《博粲录》序中可以知道，作者是在“壬申年春正月……于闲养之际……偶录平日所闻见于乡村市井间之回文词、字物等谜，以及射字酒令之类，辑为一卷”的。由此推断，此“壬申”当指1872年，即同治十一年。手抄本应为清同治年间产物。

关于《博粲录》作者。“在高山房性存子”显然是隐语和化名。陈斌、张英卓、陈忠建分别论证了此“在高山房”当属清末“长沙府”辖地。具体应在湘江西岸的郊区或望城、宁乡一带。“性存子”从谐音考虑，可能是姓陈(或岑、秦)。从序言中“方温经阅史”推断，陈斌认为他应“是一个庠生或贡生”。张英卓则认为“很可能是清末势落的穷士子”。

值得注意的是，八十二岁高龄的张英卓先生，由《博粲录》引发了对六七十年前读书生活的回忆。早在20世纪20年代，他曾多次阅读这类“手抄本”。他指出，封建制度的衰败乃至崩溃，引起社会鼎革和时代变迁，一些“读书人家”的前辈“失业”了。“他们本人或后人有移情于文字游戏者，各就所爱抄录搜奇志怪、笑话趣文，及民间流传的掌故轶闻、京调杂曲、特效医方、风格尺牍、讽刺对联、逗乐谜语等，或多或少，家家都有……以《博粲录》为例，允为缩影。”张先生由此揭示了“手抄本”产生的时代背景和社会原因，为我们研究谜史、探讨民间文学与社会发展的关系，提供了有益的借鉴。

二、《博粲录》谜语的特点和价值。

清末至民国初年，是我国谜语发展的鼎盛时期。《中华谜语集成》第一、 二卷就收录了不少这一时期谜人的灯谜作品。与《博粲录》撰者同时代的长沙蓬道人(戏曲家杨恩寿的谜号)的《灯社嬉春集》，成书于同治十二年（1873，癸酉)，只比《博粲录》迟一年。《灯社嬉春集》按谜目共分十三类，收谜近400条，基本上是作者与刘子重(大兴人)咸丰丙辰相互商灯时创作的，其影响自非《博粲录》可比。但《博粲录》有其自身的特点和价值，这正是谜界师友议论的话题。

（1）《博粲录》是文人收集的民间谜语。它与同时代文人创作的“春灯”“隐语”集有所区别。即后者大多是自己的作品，且基本上是按谜体、谜法、谜格创作出来的“文义谜”，分类严格、标目清楚、注重别解乃至穷经究典是这类灯谜的特点。《博粲录》则是收集民间谜语和文字游戏，具有采风的性质，书中谜语基本上不是“性存子”的作品，这恐怕也是这位采风者隐姓埋名的原因。

（2）《博粲录》谜语具有文学性、趣味性和鲜明的地方特色。《博粲录》共收集一百一十八条谜语。“性存子”将其分为“字谜语”和“人物谜语”两大类。其中有不少历代流传的佳作，如鲍照的“一八四八，飞泉仰流”猜“井”字；相传王安石作的“贺（賀）”“资（資）”字谜；还有猜《四书》一句的“巧言令色”谜；“远观山有色……”猜“图画”；“南面而立……”猜“镜子”等，都是家喻户晓的谜语，也是中华谜语宝库的精品。

《博粲录》谜语的谜面大多为诗歌和民谣形式。朗朗上口易懂好记。面句或叙事咏物，或写景抒情，采取多种表现手法。有的虽用散句也是一个短小有趣的故事。情节生动，语言活泼而富有情趣。张树林、赵定国分别撰文赏析的人事谜“哺乳”和“盲人走路”，就是很好的例证。前一条谜采用诉状形式，将“稚子争乳房”比喻成一场“兄弟争田产”的官司，想象奇特，趣味盎然。后一条谜既写盲人拄杖探索前行的形象，又抓住了盲人因目盲而耳聪的特点写其对外部感觉：“鸡叫天明了，犬吠是人家”。两位对谜语作了精彩的评点。与一字或一句为面的文义谜相比，其文学性显而易见，是后者无法企及的。

《博粲录》谜语的地方特色。陈斌、张英卓和武汉蔡大金的来稿中论及较多。陈、张两位老人，从这些谜语中发掘不少长沙方言俗语，如“楼、桥”押韵，“禾、荷”同音，“绊脚难行”“黄皮刮瘦”“原复丢在”等。从而得出“在高山房性存子”应是长沙河西一带人的推论。武汉蔡大金则对《博粲录》谜语的“楚”地特色作了深入细致的研究。他以“灯笼”和“竹夫人”两谜为例，结合曹雪芹《红楼梦》中的诗谜，以及历代谜人对此类谜的分析和评价发表了见解。其立论新颖，分析有据，可为一家之言，当引起谜史研究和灯谜评论者的注意。

三、《博粲录》对谜语继承和创新的启示。

一本民间手抄谜书引起了大家的兴趣，探骊者各抒己见，有的底相同而无异议，有的小有区别，有的则大相径庭，一条谜猜出好几个谜底，真想找出这“性存子”来当个裁判。当然，不少答案还有待商榷。欢迎有兴趣的师友继续探讨。

通过组织和参与这场讨论，就继承和创新话题谈点体会。

（1）不要轻视民间谜语。民间谜语和灯谜(文义谜)，统称谜语。它们本生于一根藤上，既有联系又有区别。如果要追根溯源，恐怕还应说前者(民间谜语)是源，后者(文义谜)是由源派生出来的“流”。正因为如此，常常有些谜语，既具有民间谜语的文学性，又包含“文义谜”注重汉字音、形、义变化的特点。这种介于二者之间谜语的存在，说明了灯谜的这种传统文化的继承性。谜人不必为它们的分类去伤脑筋。需要提出的是，在创作、研究和组织活动时，应注意这种继承发展关系，尤其不要轻视民间谜语。要看到它有着广泛的社会基础和群众基础，文学性、趣味性、通俗性，使它更易于被群众接受，有利于谜事普及。《博粲录》谜语在《楚湘谜苑》转载后受到读者的欢迎，一些谜人来信谈自己的感受：“各种文艺形式没有不是广大人民群众从生活实践中经长时期酝酿提炼出的精髓，再经文化人的发现，艺术营补，灿然而成宝光辉耀的民族文化。戏曲如此，小说如此，灯谜艺术亦莫不如此！”（张英卓语）

（2）兼收并蓄，开拓创新。谜语创作要在继承的基础上创新，《博粲录》给我们留下了可供参考和研究的线索。如陈斌提到，“九月凤凰风，开头一笔同”猜“片”的字谜，与后人的“云开雨霁五更初”猜“一”字的灯谜佳作，其手法就可看出继承发展的脉络。还有今人仍爱创作的四字连句“串珠谜”、诗词谜、故事谜等，《博粲录》都提供了不少实例。可见只有借鉴前人并有所创新，谜艺才能提高，谜事才能不断发展兴旺。

《博粲录》是一本包括谜语、回文词、酒令等各类民间文字游戏的丛书。“性存子”的爱好看来还不单纯是谜。由此想到我们现代的灯谜爱好者(或称谜人)也应兼收并蓄、博采众长。谜人要培养广泛的兴趣。在文学写作、书画篆刻、棋牌音乐和其他艺术方面有所涉及。要扩大知识面，吸收其他艺术的特点和长处。新时期谜坛涌现了许多新谜种和花色谜，受到了群众欢迎。近年来，不少同仁还在继续探索将灯谜与其他文艺形式完美结合。就楚湘谜人来说，马中良的词谜，文汉源的谜联，陈斌的诗钟、联、谜“三合一”，以及近期《楚湘谜苑》刊登的“含谜相声”等，都是在开拓创新上的有益尝试。有的已取得成功，值得学习和推广。有些尚在探索中，有待实践检验。

（1997 年 2 月）

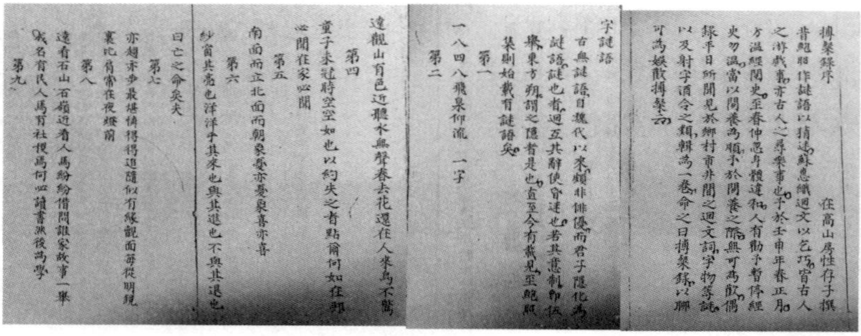
搏粲錄序　在高山房性存子撰
昔鮑照作謎語以猜述蘇蕙織迴文以乞巧實古人
之游戲亦古人之尋樂事也予於壬申年春正月
方溫經閱史至春仲忽身體違和人有勸予暫停經
史勿溫當以閒養為順予於閒養之際無可為歡偶
錄平日所聞見於鄉村市井間之迴文詞字物等謎
以及射字酒令之類輯為一卷命之曰搏粲錄以聊
可為娛散搏粲云

字謎語
古無謎語自魏代以來頗非俳優而君子隱化為
謎語謎也者迴互其辭使昏迷也若其意制即拉
乘東方朔謂之隱者是也直至今有載見至鮑照
集則始載有謎語矣
第一
一八四八飛泉仰流　一字
第二

遠觀山有色近聽水無聲春去花還在人來鳥不驚
第四
童子來過時空空如也以約失之者鮮爾何如在邦
必聞在家必聞
第五
南面而立北面而朝象憂亦憂象喜亦喜
第六
紗窗共亮也洋洋乎其來也與其進也不與其退也
曰亡之命矣夫
第七
亦趨亦步最堪倚得得退隨似有緣覿面每從明鏡
裏比肩常在夜燈前
第八
遠看石山石嶺近看人馬紛紛借問誰家故事一舉
成名有民人焉有社稷焉何必讀書然後為學
第九

《博粲录》影印件，原书“搏”应为“博”，今作更正。

蓬道人和《灯社嬉春集》

蓬道人是清末戏曲家杨恩寿的别号。杨恩寿，字鹤俦，湖南长沙人。清同治九年（1870）举人。曾任都转盐运使，湖北候补知府。主要著述有传奇《桂枝香》《麻滩驿》等，合称《坦园六种曲》；还有戏曲论著《词馀丛话》《续词馀丛话》及诗文集。署名蓬道人的《灯社嬉春集》是杨恩寿编著的一本灯谜集，书成于清同治十二年。全书十三类，共收谜近四百条，分上下两卷。上卷刊谜面，下卷刊谜底。开篇有“蓬道人”写的自叙，记述了他和刘子重最初商灯射虎、以谜会友的往事，以及数年后集谜成书的经过。文笔生动，颇有情趣。特摘评如下。

丙辰岁暮，檐雪如毳，拥垆而坐，正苦无俚。忽刘子重排闼入，举所撰灯虎见示，惛然不解。子重一一宣告，且历数流传名作，剖析体例，始稍有所得。遂日以此为课，缄简往复，此作彼猜。两家童仆，罢（疲）于奔命。

数九寒冬，独坐无聊，朋友不期而至，导入谜途。结果一发而不可收，你来我往，商灯作谜，乐在其中，只是苦了两家童仆。

癸酉初春，检敝簏有纸卷如春笋，启视之，乃书示子重原条。有猜得者，有未猜得者，皆分注如下。猝逢故物，两眼顿明，亟会钞胥。厘为两卷……

数年后清理书箱而发现了过去的谜条，欣喜若狂。马上抄录整理出来。从“故纸堆”里捡回的《灯社嬉春集》，给中华谜史、长沙谜史留下了宝贵的资料，也留下了一段谜坛佳话。

（1994 年）

珍贵的《坦园日记》

近日在整理与长沙有关的一些谜史资料，从《中华谜书集成》等书中转摘了一些文章，朋友们都看到了。其中，蓬道人杨恩寿的《灯社嬉春集》是值得大书一笔的。这主要是因为他是地道的长沙人，著名的戏曲家。除了留下大量的戏曲作品、戏曲理论文集外，他还有一本《坦园日记》颇受人关注，这本日记为后人提供了他那个时代社会经济文化和民俗各方面的宝贵史料。点击网上，可以看到有学者对杨恩寿的《坦园日记》从不同角度展开研究的文章。我乃谜人，前已将蓬道人《灯社嬉春集》中他叙、自叙以及谜题的影印件发出，并从《历代灯谜赏析》中转载了4位当代谜家对其作品的评析文章，顺便说一句，《灯社嬉春集》收谜仅400余条，而《历代灯谜赏析》中赏析文章达到32条（篇），正如友人张嗣春兄留言所说："昔人很重质，其以400则成书，并非再无充数者，乃对谜作不苟且罢了。"这对我们今天创作和出书应是个很好的借鉴。

《坦园日记》由上海古籍出版社1983年出版，陈长明标点。这本当时定价1元的书，现网上旧书店已售价为13元。而我手中的这本书之所以珍贵，是因为在扉页上有两个人的签名。一是上海陈振鹏，也就是这本书标点者陈长明先生。他谜号落落，曾长期担任《新民晚报》"今宵灯谜"专栏编辑，2001年获第八届沈志谦文虎奖。赴漳州领奖的同时，他将此书赠给当时的漳州灯谜艺术馆馆长杨梓章先生。而梓章兄在同年11月我赴晋江开会顺道去漳州访问时，又转赠给我了。就这样，一本书上留下了两位我所敬重的人的大名。

我与梓章兄的友情就不多说了。就说落落先生，在上海的谜会上我们也见过面，只是没有深谈，他对我应当有印象。因为他担任“今宵灯谜”专栏编辑时，曾选用过我好几条谜。特别难忘的是，在他主编《实用灯谜大全》一书时，还将我在湖南师大举办灯谜活动的一则报道写进了他执笔撰写的《谜史漫话》中。他在这篇漫话的文中写道：

另一个办法是谜人送谜到大学，培养近期接班人。《中华谜报》175期报道了湖南师大的一次谜会活动：

此次活动，邀请长沙市工人文化宫著名谜家敖耀寰先生作主持人，二百多条谜题都是他创作的，展猜之后，敖先生讲授了猜谜的基本知识和方法。

就这样，全国高校中成立了不少灯谜组织。远期培养的目光则放在中小学。一些中小学教师结合课文，向学生传授灯谜知识，寓教于乐。

如今，落落老人和梓章兄都已乘鹤西去。睹物思人，我对两位谜坛师友表达深深的感激和怀念。

（2009年5月31日）

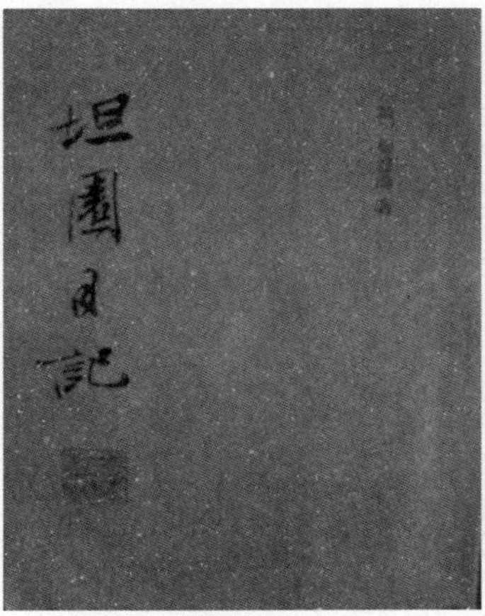

《坦园日记》

《灯社嬉春集》

附谜评一则：

会古城主臣聚义（《诗经》四句）不见复关，泣涕涟涟；既见复关，载笑载言

此谜选自清代蓬道人《灯社嬉春集》。谜以《三国演义》第二十八回“斩蔡阳兄弟释疑，会古城主臣聚义”后句为面。徐州一战，刘备与关羽失散后，终日以泪洗面，思念之至。以忠义为本的关羽为保两位嫂嫂，暂时降于曹操，被封为寿亭侯。他身在曹营心在汉，一段时间后毅然挂印封金，千里走单骑，过五关斩六将，终于在古城与刘备、张飞相聚，携手重振大业。

谜底出自《诗经・卫风》中的名篇《氓》。这是一篇弃妇的怨愤诗。诗中女主人公追述自己当初与丈夫氓相爱时，“乘彼垝垣，以望复关”（登上废城垣，盼望他早日返回关来），“不见复关，泣涕涟涟；既见复关，载笑载言。”诗句以见到心上人前后的不同情态，表现了女子的一片痴情。

再看成谜方式。“会古城主臣聚义”，“主”是指刘备；“臣”，这里应特指失散多日、久别归来的关羽。谜作者慧眼奇招，移花接木，将谜底中“复关”巧妙地别解为“归来的关羽”，这样，底面相扣就合情合理了。因为，“泣涕涟涟”和“载笑载言”也正是刘备思念关羽和见到关羽时不同情感表现的真实写照啊！

欣赏此谜，仿佛古城相会那感人的一幕，那位多愁善感、宽厚仁慈的刘皇叔，又活生生地出现在人们面前。

晚报“小春秋”，谜文共欣赏

昨日下午跑了一趟省图书馆，在四楼的历史资料室，查阅《小春秋晚报》（1946—1947），想从中找点有关长沙谜史的资料。因只能从阅读器看胶片，且不到两个小时看那么一大卷，

对着幻灯机，胸前被一盏灯烤着，天气炎热又无空调，好不容易坚持着，一直到工作人员下班，才匆匆过完。

《小春秋晚报》副刊先后有《艺海文澜》《南音》《水陆洲》《礼拜六》《新长沙新百货》等，都会登一些文学、掌故、民俗、诗联和幽默笑话之类的文字，当然也有灯谜。我是在陈斌先生的提示下去寻找的，最后找到两段比较重要的文字。一是 1946 年 10 月 21 日《艺海文澜》副刊登的“静伟”的署名文章，标题为《闷向心头吐，事从背面看》，副标题为“灯谜溯源”。另一篇发表于 1947 年《小春秋晚报》的《水陆洲》第 145期，是署名“歌迷”的作者写的两首“字谜情歌”，猜从“一”到“十”十个字，这种闺怨词流传较广，民间有大同小异的各种版本。

（2009 年 6 月 6 日）

谜苑春秋·枫林篇

之一：政通谜运起　枫叶染三湘

在绚丽多姿的文艺百花园中，有一朵盛开不败的民间文艺之花——灯谜。在历史文化名城长沙，灯谜之花同样常开常艳，焕发出诱人的清香。特别是 20 世纪 70 年代末，我国进入历史新时期后，长沙谜事红红火火，成绩斐然。值此长沙谜语被列入市级非物质文化遗产之际，特将当代长沙谜事发展历程作一回顾。

年龄稍大的长沙人都知道，20 世纪 80 年代以前长沙只有一个工人文化宫，这就是建于湘春路左氏宗祠的、现已改名的“二宫”。文化宫在“文革”前也曾举办灯谜活动，但“文革”期间停办，后来，文化宫才逐步恢复这项活动。而当时出来主持这项工作的，就是文化宫的杨焕文（谜号洪波）先生。

1979 年底，杨老师向文化宫领导建议，开辟游艺活动室，给广大职工提供一个业余休闲娱乐的地方，宫领导马上批准，决定成立文化休息组，由杨老师主管这项活动，并强调坚持面向基层，为职工群众服务。通过挂谜展猜，他认识了经常来猜谜的周南中学曹锵老师、市二医院蔡保民、蔬菜公司熊建光等灯谜爱好者，又通过鸿雁传书，结识了颇有文学、谜学功底的陈斌先生和马中良先生，加上省会一些文化名人的加入和支持，1980 年 10 月，经文化宫同意，便由杨老师和在宫图书馆的黄大明（谜号一乐）先生牵头，联络全市灯谜爱好者成立了枫林谜苑，这也是湖南省第一个职工灯谜社团。

枫林谜苑成立以后，经常参加活动的谜友有 20 余人，大家在一起猜制论谜，题诗作对，雅兴盎然。油印谜刊《枫林》至 1992 年共出 41 期，还有铅印的《湘妃竹》专辑 5 期。刊中文虎雅趣，异彩纷呈。刘世善、李伏波的诗词、书法令人叹服；马中良的词谜推陈出新；熊建光的谜评妙笔生花；尤其是洪波的诗联、一乐的谜话、陈斌的文论、曹锵的射技和他们各具风格的谜作，更是为人称道，他们被尊为当时谜坛上的“长沙四老”。

“枫林”谜人注重友情，崇尚谜德，并以实际行动获得好评。在 1984 年和 1986 年分别为《长沙晚报》和《爱晚报》主持全国猜谜大奖赛时，面对彩电、冰箱等诱人的奖品，他们统一认识，放弃机会，决定“枫林”谜人都不参赛，以示公正。出外参加谜会，老中青相互照顾，亲如一家。参赛时，谜友们互相鼓励，团结拼搏，多次取得好成绩。1982 年，枫林谜人首次组队参加在九江举行的匡庐谜会，旗开得胜，两人获即兴创作奖，三人获佳谜奖。陈斌先生以骈文《不亚兰亭，岂输滕阁》为谜会纪盛，轰动谜坛。以后，在桂林、苏州、武汉等地谜会上，长沙队都获得了好成绩。

“枫林”谜人以良好的素质跻身于全国谜坛，同时又立足本省、本市，开展活动。1982 年至 1985 年，杨焕文领头组织过三次全省职工灯谜大会猜。他还帮助长沙汽车电器厂、长沙第二纺织厂等二十多家企业开展职工灯谜活动，与银行、保险、报社、电视台等单位多次联合举办谜赛，并组织过全国“三热爱”专题有奖征谜，全国哑谜、故事谜函寄展猜等有影响的活动。通过与海内外灯谜社团和个人广泛交流，“枫林”谜人一步一个脚印，用自己的实绩为中华谜史增添了光彩的一笔。

1992 年，杨焕文先生光荣退休，从 20 世纪50 年代的“老工会”到 80 年代的全国著名谜家、谜事活动家，杨老师对长沙谜事的贡献功不可没。他对谜事的追求也没有停步。1989 年，他协助新建的市工人文化宫（东塘）筹划“楚湘谜苑”，推荐合适人选，使长沙谜事承先启后，“枫林”的传统光大发扬。

以下为“长沙四老”谜作选：

曲水横川一脉流（字一）　　承/陈斌作

别有幽愁暗恨生（古诗目）　　离骚/ 一乐作

泊人阮氏三兄弟（电影名）　　小字辈/ 曹锵作

李下不整冠（逻辑名词）　　因果关系/ 洪波作

之二：油刊添雅趣　会猜聚群英

“枫林谜苑”成立之后，文化宫除了办好节假日谜会之外，又增加了谜友之间的交流。一年一度的迎春茶话会，是谜友们吟诗猜谜、切磋谜艺的好时光。枫林的老同志个个是诗人，兴之所至，出口成章。大家你来我往，相互酬唱，文虎雅兴，其乐融融。1981 年，书法家李伏波以《谜思》为题，作七律一首：

“不是离群爱寂寥，静中思绪若春潮。人间天上随心到，汉赋唐诗逐字敲。偶接仙源穷探索，时逢狭路兴弥高。沧桑历尽真如梦，喜得佳谜一两条。”

黄大明先生即步其韵和之：“得暇灯前慰寂寥，低吟谜思弄心潮。凝神不觉捻须断，拊案无声信手敲。探胜何愁鸡塞远，穷攀岂畏楚天高。玄机悟彻明如镜，扣合天然又一条。”

曹锵先生是数学老师，他平时不太作诗，这时也情不自禁地奉和李、黄二位："试卷停批夜寂寥，窗前延伫骋思潮。古今中外重评说，歌赋诗词合拍敲。与虎谋皮难亦易，探骊觅宝雅而高。但求一粲供同好，习作新添有几条。"

诗情谜趣可见一斑，显示了枫林谜人的整体的文学素养。

再如 1983 年元旦，谜友聚会举行的评谜活动，更是别具一格。这次由 15 位谜友自荐谜作共 200 余则，不署姓名，汇印成册，分发给大家评佳。大家议定以"贵在自然，重在别解，工在典雅，巧在创新"为基本要求，各抒己见，互不交谈，不选本人作品。最后统票，选出"虎林巧匠"3 人，佳谜 30 则，最佳谜 2 则，"谜苑伯乐"6 名。曹锵老师和青年谜友周逸之、蔡保民被推为"虎林巧匠"。周逸之当时正在省中医学院攻读研究生，学习之余参加"枫林"活动，他猜制灯谜都很在行。"武松怒杀西门庆"打灯谜术语二"上楼格、下楼格"就是他的杰作。1989 年周先生旅日留学，后定居国外。前几年他回国内探亲，还专门问候枫林谜友，深情回忆当年那段难忘的情谊。

这次评谜由于集思广益，且重谜不重人，评选的结果比较客观公正，选出的佳谜也经得起时间的检验。如"却嫌脂粉污颜色"射影人二"天然、尤嘉"，"男女衣着悉如外人"猜俗语"尽出洋相"，"可以"猜苏轼词"人生到处知何似"，"南京大屠杀"卷帘格猜鲁迅作品《狂人日记》等，都是这次评佳会上的作品，至今猜射品评，仍齿颊生香，韵味无穷。

枫林谜苑成立后的另一件事是坚持编辑谜刊。最早的一期谜刊出于 1980 年 4 月，是一本《灯谜》油印小刊，编印的目的是庆祝五一国际劳动节，供基层单位工会选用。10 月《枫林》正式创刊为季刊，正文打字油印，封面美观大方，富有湖湘特色的枫林掩映中的爱晚亭图案分别用红、黄、蓝、绿色套印，轮换使用。《枫林》每期刊登本市谜友的谜文谜作，也吸引了省内外的谜友。其中本省的有溆浦赖杰、邵阳林绿、衡阳曹晓耕、株洲王民建、涟钢吉运辉、沅江舒放、津市朱危安等，纷纷来信投稿，要求成为“枫林”的一员。因此，枫林谜苑当时实际上成了三湘谜坛的领头羊，这也为连续三届全省灯谜会猜打下了良好的基础。

第一届全省职工灯谜会猜有长沙、湘潭、株洲、衡阳、常德及津市参加。于 1982 年元旦先在湘潭市工人文化宫举行示范性会猜，接着于春节期间，其他 5 市同时举行。在湘潭的开幕场面相当隆重，市政府领导亲临剪彩，省总宣教部和 6 市总工会负责同志都派人参加，大会共举行 3 天 6 场，接待各路“打虎将”6000 多人次。可以说这是对全省职工谜事的第一次检阅。这次活动地点虽然在湘潭，但长沙“枫林”谜人的龙头作用是不可忽视的。1983 年春节，又是由长沙牵头，举行了一次包括长沙、衡阳、株洲、邵阳、溆浦、湘阴在内的全省迎春灯谜展猜。从此，湖南处处有灯虎——“风满潇湘”的局面也就逐渐形成了。

1982 年元旦 6 市灯谜会猜谜选：

二流子哼歌（二字词语）　歪曲/长沙蔡保民作

危地马拉（成语）　知难而退/湘潭田翠竹作

一网打尽（数学名词）　整除/株洲王民建作

冰河初解冻（电影演员）　方化/衡阳龙宗武作

纺织厂的次品（字）　希/常德刘承普作

生火作饭，张口吐气（字）　欠/津市佚　名作

之三：虎年创谜展　妙在不言中

在20世纪80年代的中华谜坛，谜事活动最多的是1986年。其原因除了政治清明、经济发展等客观因素外，还与我们民族文化心理有关。因为那一年是农历丙寅年，即“虎年”。植根于中华传统文化的灯谜雅称“文虎”，猜谜亦作“射虎”，谜手誉为“虎将”。这十二年一遇的虎年，到了谜人手里，当然

就大有文章可做了。这一年，各地报刊函猜、谜赛不计其数，大型活动好戏连台。“枫林”谜人自然不甘落后，也乘虎年之东风，成功地举办了两项在全国谜坛具有影响的大活动。这就是文化宫举办的“首届全国哑谜故事谜函寄展猜”和湖南《爱晚报》主办的“虎年新春灯谜竞猜大奖赛”。

首届全国哑谜、故事谜函寄展猜是一次别开生面的活动，也是当代中华谜坛的首创。这次活动得到了各地谜友的支持，征稿信发出后，收到23个省、市113个组织179位作者寄来的哑谜、故事谜和各类花色谜共842则，另有文字谜1000多条。还有50多个灯谜组织寄来贺词、书画表示鼓励。

哑谜、故事谜展猜于虎年农历正月初一开始，历时三天三夜。为满足群众要求，元宵之夜又加开一场。杨老师和“枫林”谜友们放弃了春节休假，精心组织活动。展猜会场设在工人文化宫二楼。当时，谜友熊建光是这样描绘猜谜的热烈场面的：

一只大灯笼挂在入口处，把“全国首届哑谜、故事谜函寄展猜”的巨幅匾额和“再展宏图，体改新潮惊世界；欣逢盛世，虎林巧匠满神州”的大型楹联映照得光彩夺目。四盏大红宫灯缀以金黄色流苏，悬挂在猜射大厅内，倍添节日气氛。哑谜、故事谜和其他花色谜，层层叠叠，布满了两个猜射大厅，琳琅璀璨，争奇斗艳，令人目不暇接。连日来，猜射群众络绎不绝，对谜处窗口前人头攒动，工作人员忙得个不亦乐乎！虎年射虎，真是其乐融融。猜射者或伫立凝思，或手舞足蹈（做哑谜动作），一经射中，便击掌叫绝。长沙韶光电工厂还组织了五十多名职工专程从四十里外赶来猜射，一时老少咸集，群贤毕至，展猜厅内更显得摩肩接踵，欢腾鼎沸……

这次活动也引起了新闻部门的注意，省电视台拍摄专题片并采访了杨焕文老师，播出达十分钟。展猜后评出哑谜和故事谜获奖作品十五件，分别寄发了奖品。

这次展猜会的成功，除了杨老师的精心策划之外，枫林谜友团结协作也是一个重要因素。熊建光就做了很多具体的工作。他是市民间文艺家协会和曲艺家协会会员，写过故事、弹词等文艺作品，又会猜谜制谜，被推选为这次活动的评委。活动结束后，文化宫出了《湘妃竹》谜刊专辑，他以《尝试与心得》为题写出了颇有见地的总结性文章，其中对哑谜和故事谜概念的表述，澄清了谜界多年来的模糊认识，得到广大谜人的首肯。如对“哑谜”，他是这样表述的：“哑谜是谜语的亚种，它幽默风趣，很受群众欢迎，它的谜面即陈设的实物，谜目一般要用文字标出，它的最大特点是要依靠动作来猜射谜底，这也正是它与实物谜的根本区别……因此一个完整的哑谜的答案，应该包括动作和谜底两部分，动作是谜底的必要条件。”明确了概念，评选就有了依据，这样评出的佳谜也就比较公正而较少随意性了。如下面三条湘人创作的哑谜，就是当时的展猜作品。

（1）桌上置写“尔”字的薄纸和小刀，猜毛泽东词一句
动作：把纸片裁成三段
谜底：把汝裁为三截　　（溆浦 赖杰作）

（2）任取“八仙”小神像一尊，旁置水一杯，射成语一
动作：用水从头部开始浇神像
谜底：全神贯注　　（津市 朱危安作）

（3）写“1. 2. 3. 4. 5. 6. 7. 8. 9. 10”纸片于案头，猜俗语
动作：将写有“4. 5. 6. 8. 9”的五张纸片拿去
谜底：不管三七二十一　　（郴州 张世庄作）

这些哑谜通俗易懂，妙趣横生，深受群众喜爱。这次活动得到了全国谜友高度评价，也为当代谜事留下浓墨重彩的一笔。

之四：猜谜设大奖　虎将聚星城

1986 年长沙谜坛另一项有影响的活动是由湖南《爱晚报》举办的“虎年新春全国灯谜竞猜大奖赛”，由枫林谜苑成员、当时的《爱晚报》记者田立宪策划，杨焕文主持命题。不仅有

文字谜，还有书法谜、印章谜、画谜等花色谜，琳琅满目，美不胜收。如赛题中有一条画谜，画面一个人背向着一只侧身而立的老虎，要求猜六字新词语，谜底是“反对不正之风”（《易经》中有“风从虎、云从龙”之说），其扣合严谨，别解生趣，受到普遍的好评。由于谜题水平高，谜手竞争也十分激烈，大奖赛共收到答卷近万份，共评出一等奖 1 名，二等奖 5 名，三等奖 9 名、四等奖 100 名，纪念奖 1000 名。获一、二等奖的 6 名选手分别是宁波葛志全、杭州丛川、绍兴章镳、沈阳石恒、宝鸡张立生和兰州张毅安，奖品分别为 18 英寸彩电和冰箱等，他们应邀来长沙领奖，与“枫林”谜人共度了一段美好时光。

授奖大会于 3 月 18 日在工人文化宫剧院举行。省、市及主办单位领导到会颁奖，特邀嘉宾、著名作家柯蓝先生到会祝贺并发表了热情洋溢的讲话。柯蓝先生谈到自己也是一个灯谜爱好者，青年时期在延安就曾编写了介绍灯谜知识的书。与会谜友都为结识这位作家兼谜家的知音而感到十分兴奋。

一等奖获得者是宁波市电信局葛志全先生，当时他在全国谜赛中已荣获“五连冠”，也是后来(1987 年春节)中央电视台首届“中华杯”电视猜谜大奖赛的最佳猜谜手。他在会上谈了自己猜谜的经验和体会，与会观众深受启发。

发奖完毕是即兴猜谜有奖，会场掀起又一个高潮。谜题一出，揭底声此起彼落。省外高手表现不凡，东道主“枫林”谜友和观众也不甘示弱，曹锵、熊建光等弯弓搭箭，各有建树。我当时在省教育学院学习,应邀赴会，也猜中“欣喜奇男已丈夫（电影名二）《快乐的单身汉》《婚礼》”等两条谜而得奖。

此后，“枫林”谜友陪同省外谜友游览了岳麓山、橘子洲头等长沙名胜，谜友们还专程去了韶山。大家对湖南和长沙谜人留下了美好印象。十几年来，大家鸿雁常通，谜友情深谊长。

《爱晚报》虎年大奖赛谜题选：

一九八六（体育名词）　　　　　　混合双打
开颜相向遇新春（水浒诨号）　　　　笑面虎
闭门悬梁苦读书（三字新词）　　　　关系学
“楚人一炬”（长沙名胜）　　　　　火宫殿
岩底幽兰香四围（电影名）　　《高山下的花环》

之五：漓江同射虎　湘友贺新星

1986 年全国谜会好戏连台，最值得一书的是 11 月上旬有长沙谜人参加的漓江谜会。这次谜会因为在山水甲天下的桂林举行，不少没有接到邀请的谜友也自费赶来了，主办单位想方设法，做好接待和会务工作，与会谜友相互体谅、相互谦让，充分体现了“以谜会友”的宗旨。

漓江谜会有猜谜、评谜、制谜和论文交流等活动。长沙谜友各显其能，出尽风头，受到全国谜友称赞。

首先是年龄最大的曹锵老师，宝刀不老，猜制皆能，他不仅获得现场猜射银箭奖；还以“观音宝座藏深穴”扣桂林名胜“莲花洞”获制谜金虎奖，令人敬佩不已。

抱瓮叟陈斌先生的《也谈字谜》论文，对字谜制作及欣赏发表了独特的见解，在会上交流受到好评。他还以一首七律诗谜向谜友征猜。其诗为：“佳人隐逸共三春，万紫千红斗艳浓。连日古梅齐绽口，满天飞絮漫随风。诗原有意吟鸿雁，画却存心绘碧龙。如是相酬应不夜，岭南漠北喜相逢。”

此谜要求每句诗猜一广西地名，全中者发给一幅精致的贝雕画作为重奖。诗谜挂出后引起了大家的兴趣，纷纷弯弓搭箭，最后经三天四场连续猜射，由广西田林肖沧帆先生以“桂林、百色、田林、博白、来宾、田东、柳州、阳朔”八底全部射中，陈斌先生喜不自胜，以谜会知音的佳话从此广为流传。

当时正在浏阳一中的我已 35 岁，首次随长沙队参加全国谜会，以总分第二的成绩获猜射金箭奖。获第一名的是谜坛名将、漳州张奕虎先生。我的获奖使谜会爆出冷门，大家惊叹我为长沙队的“黑马”。与会的湖南谜友纷纷表示祝贺。陈斌先生即席赋诗，以“学取新贤敏捷才”对我给予鼓励。《桂林日报》记者成文锋闻讯采访，同时向《长沙晚报》发了专稿。回长沙后，文化宫也给予奖励。从此，我与灯谜结下了不解之缘，直至 1989 年改教从文，成为新建的长沙市工人文化宫楚湘谜苑主持人，从此，长沙谜事承前启后，不断发展。

之六：与工人同乐　上电视猜谜

枫林谜苑成立后，还有一个重要的特点是面向基层，为职工群众服务。1987 年 10 月 14 日，为庆祝长沙汽车电器厂建厂 30 周年，由枫林谜苑主持，在该厂俱乐部举行了灯谜会猜。挂出谜 1000 多则，其中为厂劳动模范所作的“芳名谜”，受到大家好评。上千名职工及其家属踊跃猜谜，其乐融融，盛况空前。

这种为基层服务的灯谜活动，1987 年底至 1988 年初达到高潮，春节前后，文化宫共举办灯谜活动 14 场，有 5000 多人参加。在“长沙市企业家联欢会”“省会著名科学家、企业家联欢会”上，都有灯谜展猜。最具代表性的是 1987 年 12 月 24 日湖南电视台《荧屏与观众》播出的“与工人同乐”专题节目。

这台节目是在长沙毛涤纶印染总厂（即原二纺厂）现场拍摄的，由杨焕文老师和“枫林”谜友协助，选用电视栏目和该厂产品等题材入谜，以猜谜形式贯穿节目始终，并留下 5 条谜题，供全省电视观众猜射。这 5 条谜是：

（1）挑灯所述非旧事（电视栏目）　《晚间新闻》

（2）夫妻相见泪晶莹（毛纺产品）　双面珠

（3）浮屠耸出天如锦（毛纺产品）　塔夫绸

（4）蔡九哥的锣打不响，刘大娘的锅补不全
（花鼓戏剧目）　《破铜烂铁》

（5）恭贺 1988 年将更好（电影演员）　祝新运

谜题应时应景，亦庄亦谐，雅俗共赏，受到好评。电视节目播出后，一天之内，收到猜谜答卷3800多份，全中者420多人，获奖者奖品是一段毛涤纶衣料“双面珠”，这是该厂当时的新产品。于是，“双面珠”这个产品，就随着“夫妻相见泪晶莹”这条富有诗意的产品谜，一下就传开了。这次活动，让举办单位满意，观众开心，是长沙谜人与企业、新闻单位联合举办活动，将灯谜推向荧屏的一次成功的尝试。

（原载《空中之友》）

新宫谜事“三把火”

1989年至1999年，是我在文化宫的前十年。我先后在宣教部、图书馆、培训科工作。为宫里办过《活动报》，主持过职工群众文化知识竞赛、全国青少年书画大赛等活动，也当过电大中专班的班主任，上过语文课等。在完成岗位规定的工作任务的同时，我始终不忘“灯谜专干”的职责，抓住机会，主动联系协作单位，并取得领导和群众支持，在省会长沙开展灯谜活动。其中影响较大的“三把火”，就是1990年的“工行杯”、1992年的“光华杯”和1994年的“全国节能灯谜大奖赛”。

1990年9月24日，我们与市工商银行、长沙电视台合作举办的“工行杯”猜谜大奖赛在文化宫举行。这次活动以“迎亚运庆中秋”为主题，分别举行了笔试个人赛和团体电控赛，参赛者达21个团体80多位谜手，是迄今为止长沙谜事最辉煌的纪录。参赛的21个团体中，大部分是南片的国有企业的职工代表队，这体现了当时企业工会的活力和职工文化的兴旺。文化宫对面的省中医学院师生和家属，组成两队参赛并同时进入决赛。一等奖“工行杯”，则由远在北区陡岭路的省消防器材总厂获得。中秋之夜，长沙电视台向全市播出精彩的专题录像，并留下两条观众猜谜，星城又一次掀起猜谜热潮。这次谜赛是由我与杨焕文、陈斌两位老师命题，做到了文字谜、花色谜并重。“新开铺、中山路、银盆岭、树木岭、工农桥、司门口”等 6 个猜长沙地名的画谜，给谜赛增添了浓厚的地方色彩。现场电控决赛的主持人，是当时名不见经传的师大学生杨劲和任军。后来，他们分别成为红遍长沙乃至全国的歌星和笑星。这次活动的成功，应特别感激当时的市工行储蓄科负责宣传的王建成同志，我们精诚合作达一年之久。后来在《空中之友》报上，我们继续联合举办了每周一次的“灯谜月赛”，受到广大读者的欢迎。

1992 年的湖南“光华杯”消防谜赛，是长沙市工人文化宫与长沙市防火安全委员会、长沙光华织带厂联合举办的。参赛者范围扩展到全省乃至全国，《中华谜报》《湖南工人报》《公安周报》同时刊登赛题。11 月 14 日，经过函猜选拔的省内 10 名高手来到长沙，在市工人文化宫舞厅参加电控决赛。谜赛开始，“三湘谜手上擂台，条条灯谜带火来。人人防火不离口，户户平安笑开怀”四句诗谜，揭示了鲜明的主题，受到与会领导和嘉宾的好评。除了雅俗共赏的谜题，我们还穿插了歌曲、舞蹈、相声等文艺节目，表演者都是与我同时通过考试选调进新文化宫的专业人员。其中有后来成为著名本土笑星的周卫星，他与我那正在砂子塘学校上学的 10 岁女儿搭档讲了个宣传防火的相声《揭老底》，成为一段佳话。我后来也因此而爱上了相声，并尝试创作过多篇“含谜相声”。这次消防谜赛的赞助者长沙光华织带总厂很有眼光，除了独家赞助外，还仿照中央电视台“正大综艺”节目的形式，组织了观众方阵，并分别着红、白、绿三种不同颜色的服装，现场气氛热烈，高潮迭起。主持人是当时湖南电视台播报新闻的张灵芝老师。最后来自衡阳钢管厂的曹晓耕夺冠捧杯。

当时主管公安消防的长沙市副市长王邦美先生亲临现场，

自始至终认真观看比赛，并为优胜者颁奖。会后他还与我研讨谜题，给我以鼓励。王市长退休后任市老干诗词楹联协会秘书长，至今一直在兢兢业业为老同志服务。我们也因共同的爱好而成了忘年之交。

1994 年 10 月的全国节能灯谜大奖赛由省电力局《现代节能》杂志联合有关单位主办，当时担任杂志副主编的田立宪为首策划组织，我承担了竞赛命题和评委等主要工作。这次活动评委组阵营强大，邀请了全国 9 位知名谜家，加上我和杨焕文老师，共达 11 人。主会场设在省博物馆，举行了展猜、擂台抢猜、气球撒谜竞猜等有特色的活动。团体电控决赛在省外贸厅会议室举行，有 6 个省代表队参加，最后浙江队夺冠。因为是与全国节能宣传周同时举行的系列活动，当时的国家经贸部资源节约司岳副司长和湖南省周副省长等参加了开幕式。岳副司长观看了现场决赛并予以好评，活动在全国产生了较大影响。

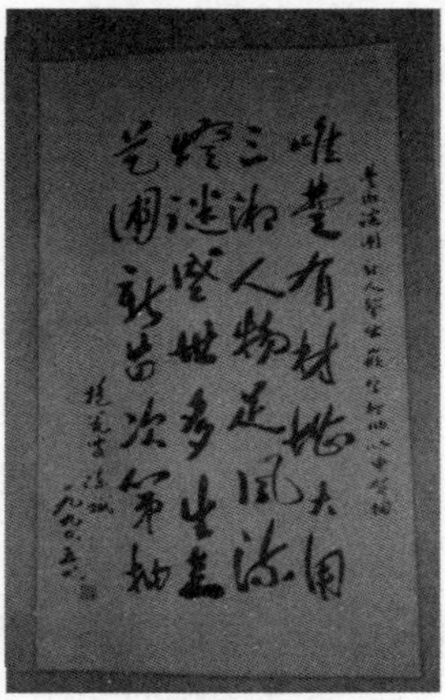

陈斌题“楚湘谜圃”诗

（2010 年 10 月）

婚礼猜谜趣味浓

6月8日，省警察学校小喻和省外贸某厂小唐喜结连理。小喻邀请我参加并主持婚礼。为助雅兴，我准备了几条喜庆灯谜。

“一鞠躬！二鞠躬！三鞠躬！”随着我的口令，新郎新娘面向双方父母和满堂嘉宾行大礼。礼毕，我便请大家以此猜时间名词。一位年轻人应声而答：“礼拜六！”

望着大厅中央鲜红的“囍”字和满堂嘉宾的张张笑脸，我以“双喜临门大家乐”为面，请猜城市名二，马上有两位宾客同时抢答：“重庆，齐齐哈尔！”于是，他们双双获得奖品——喜烟和喜糖。

“劝君更尽一杯酒”猜世界地名“巴尔干”。在这条谜揭底的同时，新郎新娘由我引导，开始敬酒了。

首先来到上亲席前，我先让新郎猜一条离合字谜：“依靠泰山。”“仗丈人。”新郎略加思索，报出谜底。“对了，”我因势利导，“你能有今天的幸福，应该感谢你的好丈人，今后应更多地依靠他们的关心和扶持。”新郎连连点头，站在一旁的新娘和岳父岳母更是乐得合不拢嘴。

接着给新娘单位的来宾敬酒。一对新人当众诉衷情。新郎望着新娘道：“多来米，我爱你！”新娘则含情脉脉地答道：“祝君一帆风顺！”原来，新郎之话是一条“即物赠”谜，一位同志猜出“喜糖（唐）”，谐音新娘的姓；新娘的回答则猜俗称谓“老公安”，顿读为“老公、安”，天机道破，妙趣横生，立即引来了满堂笑声。

在接受新婚夫妇敬酒时，警校的同志心有灵犀，屡屡中的。“新郎为何乐呵呵？”猜四字口语，“讨老婆——讨人喜欢”。

“没穿制服看新郎”，猜电视剧名，“《便衣警察》”。

“只许喝酒，不许接吻”，猜李白五言诗句，“独酌无相亲”。这后一条谜有点难度，被一位语文老师猜出，我非常高兴，发奖后又加赠谜书以结知音。

新颖别致的喜庆灯谜为婚礼增添了高雅情趣，给大家留下美好的印象。

（1996 年 6 月）

国庆节猜谜记趣

10 月 1 日上午，长沙市工人文化宫图书馆举办节日谜会。两百多条谜笺挂在阅览室四周，让群众自由猜射。然而，有两位特殊的猜谜者，却被我指定只能猜挂在北面的 101～150 号谜条。原来，他们是近年来崭露头角的猜谜高手——长沙钢厂尹海军和湖南广播设备厂王炜。为使两位谜手能在节日过上一把“谜瘾”，又不与群众争谜，我冥思苦想了几个晚上，凑出 50 条谜，特地为他们开了这份“小灶”。

8 点半，王炜第一个到场，他将 50 条谜面先浏览一遍，便从易到难地猜起来。“百业繁荣天下乐——大兴”“泉源在庭户——门头沟”“春来只招青壮年——老舍茶馆”，他一口气报出三条北京地名谜谜底。当又猜出“陪伴慈母来老店”这条“游目谜”时，尹海军正“同仁堂”（陪着母亲）走进图书馆。小王幽默地说：“这条谜要留给小尹猜就好了，正是写实的即景谜。”

小尹的妈妈笑眯眯地看着儿子和谜友投入紧张的“战斗”。谜逢对手，二虎相争，场上气氛顿时活跃起来。

尽管小王捷足先登，但小尹毫不示弱。他一上场猜出了“密云、怀柔”和“八达岭”“西山”等 3 条北京地名谜。几条字谜的命中率，两个人也是旗鼓相当。我要他们边猜边议，直言这些急就之作的得失，并最好每人评出一条佳谜。忽然，王炜往脑门上一拍："这条我猜对了，就评它作佳谜。"我一看，原来是112号"战士呼唤剧团来"，猜5字俗语"军中无戏言"。"戏"字别解，得到了他的首肯。尹海军则像蚂蚁啃骨头似的一步一步扩大战果。"烈火中永生"猜"燃烧值"等3条物理名词谜被他尽收囊中；"午门高挂皇家帜"和"何处觅牵牛"两条电影谜也准确揭底，谜底是《闯王旗》和《大桥下面》。一个小时后清点奖券，王炜20张，海军15张，两人果然身手不凡，战绩辉煌。

再强的射手也会遇上拦路虎。两位小将面对"保证划得来"和"弹起我心爱的土琵琶"两条数学名词谜，却一下愣住了。直到谜底"绝对值"和"余弦定理"分别被中医学院孙桂秋老师和稍后赶来的黄红星猜中时，他们才恍然大悟。大家奋力攻关，不一会儿，50条新出笼的"纸老虎"就纷纷露底了。

最后的结局颇有趣味。今年中央电视台《第二起跑线》栏目来长沙，专邀长郡和雅礼两所重点中学拍了一个专题片。因我女儿也参加了，印象颇深。因此想出一条谜："拍电视，专邀长郡、雅礼上电视"，猜4字称谓。而这条谜，恰巧两位小将总猜不出，我提示称谓与他们有关，猜不出可要受罚。可两位还是猜不出，最后，他们双双认罚，并要我亮谜底。原来是"特约校对"。他们茅塞顿开，连连捶着脑袋说："真笨，该罚，该罚！"原来，小王和小尹都当过《楚湘谜苑》的"特约校对"。真是"不识庐山真面目，只缘身在此山中"。

（1997年10月）

知足且乐上卫视

上星期三到今天，湖南卫视《晚间》播出关于我的节目正好一周，虽只周三、周四两晚和星期天晚上由张丹丹公布谜底，加起来时间不到10分钟，但我个人还是知足了。其间给亲友们发了不少短信，打了不少电话，也收到不少反馈信息。

信息中，最开心的有三件事。一是远在异国的女儿、女婿和亲家一起，当天就看到了湖南卫视的这档节目，女儿、女婿见到3年多未见的爸爸、妈妈在电视上亮相，身体还这么健康，精神还这么开朗，别提有多高兴了。女婿将节目用数码相机摄下来，虽效果比不上内录的好，也算留了个纪念。特别有趣的是刚从重庆到美国的亲家老师，白天在家闲着没事，竟把这档储存了的节目看了好几遍。女婿在电话中说到这事时，我好感动，便要他爸接电话，两亲家又开心地聊了起来。

第二件事是上周五中午，我正在睡午觉，忽然被手机铃声吵醒，打开一看是个陌生号码。只听见电话那头证实我就是敖老师后，竟激动得高声叫了起来，说终于找到你了。他告诉我他也姓敖，是浙江乐清市一个乡镇干部，平时也喜欢文字游戏，由于我们这个姓氏人数较少，他看到这个节目后特别高兴，并向村里人宣传，大家都说我为敖氏家族争了光。

第二天，这位贤侄又来了电话，同时短信发来诗一首：

昨夜屏前遇族伯，文虎坛上傲雄风。

威震神州耀吾姓，扬名四海寰宇清。

尽管我知道这是过誉之词，但只图个自得其乐，与人同乐。故晒出让大家分享我的幸福。

第三件事是周日晚上，手机显示一个未接的陌生电话号码，打过去一问，原来是我的表侄的儿子洪澜，他从浏阳山村到广州打工好几年了，思亲思乡之情可想而知。也是因为前两天看了湖南卫视的《晚间》，他忽然发现我这个表爷爷做了一个互动性强的令观众喜欢的节目，还留了几条谜给大家猜，真是兴奋异常，于是把电话打来了。

一场卫视节目，只几分钟亮相，便能给亲友们带来如此的快乐，而且是意想不到的惊喜。朋友们，你们说，我还能不知足吗？

（2006 年 11 月 22 日）

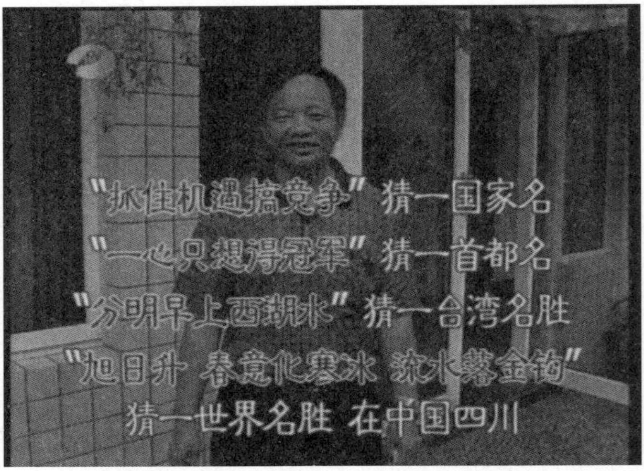

湖南卫视《晚间》节目截屏（2006 年）

传中华文化　玩快乐灯谜
——难忘的哥伦布之行

2010 年 10 月 9 日至 12 日，正值“哥伦布日”到来的时候，在美国探亲的我，有幸与夫人同游美国北部名城哥伦布。这次我是应俄亥俄州州立大学东亚语文学系和俄亥俄州现代中文学校邀请，前来讲学的。讲学内容就是我所喜爱的中华传统灯谜文化。一个月前，主办方向我发出了邀请；半个月前，当地报纸便以《中国谜语大师来哥城讲学》为题，在头版发出消息，登出简介。这让我感到荣幸，也对这次讲学任务倍感压力。

虽然我在国内曾多次为大、中、小学生作过灯谜讲座，但这次，我首先面对的是一群长期侨居海外的同胞，以及对中国文化知之甚少的他们的下一代。凭借以往经验和这次对象变化的实际，我以《独具魅力的绝妙好辞——中国谜文化知识讲座》为题，为了因材施教，“中（国人）外（国人）”有别，我还调整思路，多次修改讲义和课件，最后形成了两套大同小异的教案，以及难易不同的现场猜射谜题。

10 日下午，第一场讲座在俄州现代中文学校家长休息厅举行，前来听课的有七八十人，都是接送孩子的家长，大多数是华人。我在一点半钟准时开讲，依照准备好的课件，边放边按顺序讲了灯谜与谜语的区别、中华灯谜简史、猜射灯谜的基本原则及主要方法等几个问题。家长们认真听课，有的还作了笔记。有的家长文化功底不错，对灯谜也并不陌生，听课时往往能心领神会，反应较快。讲完猜谜的主要方法后，我便引导大家来到展猜谜条前，马上就有好几位朋友要求对答案，有位先生一口气便报出了五六条谜底，让我措手不及。对完发奖后，我只好要求他“暂停”，让别人先对几条再来。不到半个小时，展出的 100 条谜便全部揭底，猜中者各得奖品而皆大欢喜。按照我在国内搞活动的规则，猜中后不准撕谜条，贴上谜底让大家欣赏，不少家长举起数码相机，将所有的谜题和答案全部拍下来。还有两位老人，拿出纸笔，一条一条地抄下来。此情此景令人感动。还有位女士，在活动结束后找到我，问我要讲义稿，我答应第二天在俄亥俄州州立大学讲完课后送给她。第二天下午，她果然按时赶到了俄亥俄州州立大学教室，再次来听我讲课。这次我印好了讲义提纲，人手一份，当然也满足了这位女士的要求。

中文学校的讲学活动，得到当地媒体的大力支持，《伊利华报》记者现场采访，并召集中文学校的朋友们一起，就“如何在海外传承中华文化”的课题举行了座谈。

10 月 11 日下午，第二场讲学在俄亥俄州州立大学地理系教室开讲，对象主要是在东亚语文学系学习中文的美籍大学生和各国研究生，也有闻讯而来的中国留学生，为了实现通过猜谜帮助外国学生学习汉字和了解中国文化的目的，我尽量压缩讲课内容，重点讲述猜字谜的几种方法（其他知识让他们从讲义提纲中自学）。然后引导他们“照葫芦画瓢”地练习猜字谜，同时在猜谜的过程中，压缩其范围，只从“人、手、口、心、言足”六大部首的常用字中出谜，并提示其猜谜方法，让这些洋学生兴趣盎然，不断受到启发而屡屡中的，获得奖品后一个个笑逐颜开。其中有来自浙江的两位中国留学生，原来在国内时便喜欢猜谜，他们猜出几条后，便自愿礼貌地让美国学生和其他国家学生先猜，现场洋溢着友好的气氛。在听课和猜谜过程中，我们互动交流，轻松活泼，时时爆发出欢快的笑声。活动结束后，我与这些来自世界各个地区的大学生们合影留念。

与以往一样，我这次出来，以“俄亥俄、哥伦布”等相关题材做了一些即兴谜，同时为俄亥俄州州立大学东亚语文系的职员做了芳名谜，并用“楚湘谜苑”谜笺书写后赠送给他们。

10 月 12 日是“哥伦布”日，恰逢古历我的 59 岁生日。我的大学同窗，也是极力促成这次俄亥俄州之行的留美博士李老师，一早便开车来接我们夫妇，同去哥伦布市区观光。李老师在“福临门”中国餐馆为我安排好生日宴会。席间，我们同尝中国菜，同说长沙话，让人倍感亲切；接着蛋糕端上来，李妈妈与我同吹蜡烛，大家齐唱生日快乐歌，为我祝福……

异国进花甲，他乡遇故知，传中华文化，玩快乐灯谜。哥伦布之行，令我终生难忘。

（2010 年 10 月 14 日）

“我爱我的台湾啊”

2011 年 4 月 27 日，我随湖南华天国际旅行社组织的老年人旅游团从长沙出发赴台湾旅游。4 月 30 日和 5 月 1 日，旅行团住在高雄。第一天晚上，我打电话给沈志谦先生，他马上开车来到酒店看我，并约定第二天晚上由他尽地主之谊。

第二天下午 5 点，我们游览屏东回到高雄，沈先生准时来接我，他与导游沟通，为我办好暂时离团的手续，便带我来到了酒店餐厅。我见到了徐添河、周宏松、林瑞正和萧瑾瑜等各位老朋友，还有位初相识的女士。周先生、萧先生向我赠送了谜报和谜刊，林先生还送我精美的三维风景画。

见到久别重逢的宝岛谜师友，我十分高兴。于是，菜肴上桌，酒杯高举，大家便无拘无束地开怀畅饮起来。酒过三巡，我乘兴拿出几张谜笺，出了几条即兴谜给师友猜，并规定一人猜一条，猜中的赠送我带来的邮品，猜不中的则要罚酒。

第一条是拆字谜，几位师友可能不太熟悉我的谜路，果真还难倒了他们沈先生让我揭底并说这条算试猜，都不罚酒了。我欣然同意，接着亮谜：“我爱我的台湾啊（猜东北地名）。”徐先生应声而答：“珍宝岛。”接着又出了三条谜，两条分别猜《三字经》一句，萧先生和沈先生各中了一条；一条猜台湾景观“101”，周先生一语中的。

向各位谜友悬谜征射并赠送邮品和谜书后，我乘着酒兴，索要回谜。结果，除沈先生外，四位谜长都即席回赠了谜作，要我现场猜射。其中徐先生和周先生两条谜猜的是长沙地名，我这个长沙谜人不难猜中。林瑞正先生出“全山封尽大夫官”猜现场人名，我笑指坐在一旁的“周宏松”而言中。萧瑾瑜先生见我出了两条《三字经》谜，也以牙还牙，以“淑慝殊途”猜《三字经》一句，我一时想不起来，只好请教，谜底原来是“别善恶”。

我们一边饮酒，一边叙旧，一边猜谜。转眼到了晚上 9 点，依依惜别。沈先生开车送我回到酒店，一定要陪我上楼到房间，我过意不去，毕竟“送君千里，终有一别（竞赛用语）”——“最后得分”啊！

（2011 年 5 月 7 日补记）

巡讲灯谜　传播快乐

谢师友“接风”

2012 年 4 月 25 日下午 3 点 10 分，我乘坐的 D206 次列车到达南昌站，余勇兄早已在站台边迎接。出站后，我们来到南昌铁路局党干校，他在校内宾馆为我开好房间，让我先休息一下，准备参加晚上6点江西省谜协朋友们的接风宴会。

5点半钟，余勇兄带着在铁路工作的侄女，也是这次培训班的学员余桂殿，和我一同打的来到红牛酒家555包厢。各位师友都已到齐。大家相互介绍后，便举杯开席，畅饮起来。其中张瑞权、周跃建、尚龙贡都是见过的老朋友了。黎传绪教授、陶学湖会长、杨亮、杨江及“江西灯谜网”的孙玉琴谜友，则是初次相识。我向各位朋友赠送了带来的谜书，并一一合影。南昌谜坛前辈、首任会长张瑞权先生特地为我制作了一把书画折扇，其正面国画为小鸡和荔枝，寓意“吉利”，背面为书法题字“惠风和畅”。

云居山观光

4月26日，由南昌铁路局教育科派车，司机小胡、导游小冯陪我去旅游。上午8点出发，同行的还有桂殿和她的父亲。余兄属“解放牌”，我们一见如故，上车便打开了话匣子。老余和导游小冯轮着向我描述南昌和江西近年的发展变化，一路介绍经过的地方和景点。上高速、下高速，又开了一段不太好走的乡镇公路之后，我们来到了当天的第一个景点——位于永修县的云居山。进去后步行绕了一圈，照了些照片。十一点后才出来上车，回到高速公路上，前往共青城。

共青城谒陵

从云居山出来，我们的车继续向九江方向开去，快到1点钟，才到了共青城。这里原来是属于江西德安县的一个知青垦殖场，经过几十年的艰苦创业和发展，现已成为一个单列的县级市。耀邦陵园就坐落在共青城的富华山上。有着知青、校友、老乡等多种情结的我，早就想来此地看看，今日终于如愿以偿。

在一农家乐餐馆吃完中餐后，我们来到耀邦陵园。山下广场前面，左右分立着高大的耀邦手书楹联碑，“心在人民原无论大事小事，利归天下何必争多得少得”，让人倍感亲切而肃然起敬。沿着林荫道，我们一边听导游讲解，一边向上走。导游特别指出，富华山原名富阳山，一字之改，来自耀邦夫人李昭的创意，意在使人们牢记耀邦遗愿：“让中华民族早日富裕起来。”

富华山景色幽雅，耀邦陵墓掩映在青山绿水之间，“耀邦陵园”四个大字点缀在绿色画屏上，特别醒目。在纪念品营销点，我购买了一本《耀邦诗词选》，同时挑选了一个花圈，以浏阳一中校友的个人身份缅怀耀邦同志。陪同来的南昌老余与我一起，两位花甲老人抬着花圈，缓步拾级而上，来到庄严肃穆的耀邦陵前，敬献花圈。

与“铁友”乐谜（上）

4 月 27 日上午 8 点半，灯谜培训班开讲。近几天南昌铁路局同时举行职代会等各种会议，不少人抽不开身，原报名参加的有 35 人，实到只有 19 位学员。原决定出席开班仪式的两位领导已因事缺席，全权委托余勇兄主持。简短的介绍后，我便打开电脑，开始讲课。由于电脑故障，搞得我手忙脚乱，耽误了一些时间。幸好，后换上了党校的电脑，一切正常，紧张的情绪也逐渐放松下来，学员们对照课件、讲义，认真做笔记，配合较好。周跃建友半年前刚做手术，尚在恢复之中，却硬是坚持从家里赶来要听我讲课，实则是给我鼓劲和指导，让我十分感动。

上午的课程，学员渐入佳境。他们喜欢这种边教学边练习的方法，希望多互动交流。在课堂讨论灯谜的功能“三性（知识性、思想性、趣味性）”更看重哪一性时，大多数朋友认为是趣味性，这更合了我要与大家乐谜的心意。于是我利用中午休息时间，为学员谋起“芳名谜”来，最后谋出十来位名字，竟然全凑成了七字句，用谜笺写好，受到了余勇兄的称赞。下午，我讲课过后的练习猜现场人名谜，更是变成了热烈欢快的联谊会，我规定猜中自己名字者得奖，没猜中而让别人猜中者则要唱歌或表演节目，而谜笺则一一赠送给“芳名”者本人。

这样欢快的气氛，一直延续到第二天的课上，全部 19 位学员都得到了我为他们制作的芳名谜。

与“铁友”乐谜（下）

4 月 28 日上午 8 点开始第三讲，因比昨天提前了半小时上课，有几位还没到。我先放一下长沙谜语申遗宣传片，10 多分钟，时间不长，学员们也看得很认真。

宣传片放完，因将结业考试提前到了上午，我必须压缩内容，抓紧时间讲课，且昨天的猜人名谜还得继续。后面的几位学员名字还真不好做谜，幸亏昨天跃建友来了，我们共同商量，斟词酌句，他回家后还用短信给我传来信息，总算完成任务。为感谢余勇兄和跃建友的盛情，我还凑了几句歪诗，同样用谜笺写好，连同《无韵集》以相赠。南铁谜协郭老师也来了，他猜中好几条谜，我赠与几本谜刊留念。

给学员们上完课，正好 10 点半钟。休息片刻，便开始考试。我宣布了考试纪律，可以开卷查资料，但不得相互交流。其实大家都知道，占重头的 75 分猜谜、制谜题，是没法查资料的。

11 点半，考试结束，跃建和我抓紧阅卷评分，最后交给余勇兄决定名次。课堂表现以猜谜条数作平时成绩加分，综合平衡后，评出 5 位优秀学员。“蟾宫折枝必有我”——余桂殿获得总分第一名。另 4 位为汪雯、肖瑛、王明远和刘文蕾。

下午 2 点半，我和余勇兄、跃建友在宾馆告别。我们与前来送行的小余、刘涛、肖瑛三位学员共同合影。

2012 年江西之行，是我继 2010 年国外讲谜之后首次出省讲谜，特别是到共青城一游了却夙愿，给我留下难忘的记忆。

春天的回顾

——《中国谜语大会》参与记

2014 年新春，作为中华灯谜学术委员会的一员，我有幸被聘为《中国谜语大会》谜艺顾问，参与了谜手选拔、选题编书以及现场竞赛评委、颁奖等工作，见证了马年新春这朵传统文化鲜花绽放的全过程。

两去浏阳选谜手

2013 年 12 月 16 日，中华灯谜学术委员会（简称谜委会）郑育斌秘书长告知我，央视《中国谜语大会》节目准备选拔中学生参加，希望长沙能组个队。我想到浏阳市一中正筹备校园谜社，将参加 2014 年下半年常熟举办的首届国际中学生谜赛。如果这次中国谜语大会提前介入，岂不是天赐良机，给了他们极好的学习锻炼机会？于是我一口答应下来，让浏阳组队。育斌非常高兴，要央视节目组直接与我联系。经电话与管杰导演，以及与一中罗世良老师沟通，我们约好 20 日去浏阳。

20 日下午，我来到浏阳一中，向母校赠送了 15 册谜书。然后准备晚上的讲座，为谜语大会选才备战揭开序幕。

晚上 8 点半，讲座在一中科教楼多媒体大教室举行，听课的除高一年级 300 多名学生以外，还有央视节目组管杰导演和著名主持人陈志峰老师。

由于我课前准备充分，加上学生素质高，整个课堂气氛活跃，妙趣横生。大家都听得入神，笑声满堂。我边讲知识边出谜，让学生现场抢猜。学生们争先恐后，频频中的。一个半小时下来，这堂灯谜启蒙课效果不错。最后统计成绩，30 名学生经“海选”脱颖而出。

21 日上午，30 名海选出来的学生参加笔试。由我命题制卷，共 20 条谜，1 小时交卷。阅卷结束，11 名学生入围，参加面试。面试由管导主持，我和罗老师协助。学生们各抒己见，侃侃而谈。管导认真倾听，不时插话提问，综合考察。

12 点半面试完毕。管导与罗老师交换意见后，将资料带回北京，由北京先确定 5 名候选者，最终选 3 名选手组队，选拔告一段落。

第二次去浏阳是 2013 年 12 月 27 日，罗老师电话告知，3 名选手已确定，央视节目组将于 28 号来浏阳拍摄现场。他告诉我，学校已开辟灯谜活动室，准备成立灯谜学会，并筹备一场迎新谜会，要我提前去作些指导。

赶到浏阳以后，与罗老师商议活动事项。他采纳我的建议，将校灯谜学会定名为“浏阳河谜社”。27 日下午 4 点钟，“浏阳河谜社”标牌做好了，挂在活动室前熠熠闪光。罗老师赶写谜条。一切准备就绪，我也像吃了定心丸。

28 日上午，管导第二次来到浏阳，随行的还有摄像师。下午，他们走进一中，开始工作。《浏阳日报》社、浏阳电视台的记者赶来报道，采访了管导、罗老师和学生代表。

29 日，罗老师陪同两位央视记者，驱车前往浏阳张坊镇和乌龙乡，为入选学生温雨辰、张博文拍摄家庭背景资料。12 月 30 日上午，管导带摄像师先到学生刘咏夏家拍现场，我陪同前往。在拍了她学画画、与父亲交流学灯谜等场景后，我们乘车回到一中，在校门口、文庙大成殿及后山、步芳桥等地方，为选手们拍摄了许多精彩美好的学习生活场景。

直到中午，所有资料拍摄完毕。选拔工作圆满结束。临返程前，为感谢节目组，市委宣传部刘部长和一中袁校长为我们送行。

两上北京来“面试”

参加这次中国谜语大会，我由最初的去浏阳选人组队当教练，改为上北京央视当嘉宾评委，角色的转换，其实只一瞬间，说到底是个偶然加必然。

说是偶然，有几个因素：一是央视导演和主持人来浏阳，亲临课堂听我讲课，加上在选人程序上我严格把关，顺利到位，他们对我这个湖南的“谜人老师”印象不错。二是谜委会育斌秘书长比较了解我，由于他极力推荐，总导演便同意先看看人。这样，我就有了一星期内两次上北京的经历。

第一次去北京是 1 月 7 日，作为嘉宾候选人，与总导演面谈。央视为我购好机票，当天往返。临行前夕，育斌来电话鼓励我要自信，要尽全力协助谜委会与央视合作，办好这次谜语大会，体现我们的整体实力和团队精神。

早上 8 点半乘飞机去，11 点从首都机场出站，我打的到央视科教频道的所在地，在节目组办公室，管杰导演接待了我。在这里我见到了刘帆总导演，这是个虎虎墩墩、精明能干的西北汉子。他正忙里忙外。与我打招呼后，他仍在指导电脑前的人员工作。原来，这台电脑就是装着中国谜语大会的方案、程序、所有征稿及备选谜题等资料的“大本营”。刘导随时现场指挥，出门就用手机微信来遥控指导。

忙过一阵，刘导和我交谈，他说等 4 频道的人过来见面，他们想做个谜语知识访谈节目，准备推荐我，如行的话这个节目先定。我原以为今天还有试讲之类的程序，没想到刘导介绍我认识了频道领导阚副总监以后，就离开去忙他的事情去了。

12 点过后，管导陪我去楼下的餐馆用餐，陈志峰老师知道消息，也过来作陪。边吃边聊了一阵，刘导才赶了过来。大家天南海北随意交谈，我也逐渐话多起来，与各位拉起了家常。

吃过午饭回到办公室。2点左右，4频道过来了两位年轻记者，由管导接待并相互介绍情况，他们带着与谜语有关的问题前来咨询，希望我作点准备，到时候与主持人沟通。聊了大约半个钟头，他们便告辞了，要我等候通知。

4频道记者走后，刘导告诉我今天没事了，过几天节目组要开碰头会，到时候另行通知。我知道今天的“面试”已结束，又坐了一会，因怕路上堵车，赶在4点钟前到了机场。晚上航班因晚点，到长沙打的回家，已过零点了。

回长沙刚三天，我第二次去北京。10日下午乘飞机去，傍晚到首都机场后，我与厦门郑育斌、哈尔滨姜文清、深圳赵首成、沈阳苏颖、苏州胡文明会合，前往央视指定的旅馆住宿。

11日上午9点，在央视科教频道会议室开会。这是节目组召开的第一次工作会议，主要是商讨初选谜题，由阚副总监主持，刘帆总导演和陈志峰、胜春两位主持人到会。特邀人员除我们六个外，还有几位从事语言、文史、媒体等领域研究的专家，阚总分别在会上作了介绍。

十多个人围坐在长形会议桌前。工作人员先让我们每人签一份保密协议，然后分发初选谜题，开始讨论。这些谜题都是由刘帆总导演和郑育斌秘书长前期从应征谜稿中，利用手机微信，南北对话，空中交流，由他们一题一题争论、磨合，初选出来的。大家七嘴八舌，各抒己见，对这200多道谜题提出了各自的看法。刘导和育斌建议我们五个谜人各选两三条谜作了解说，我除按要求解说谜题外，还提出了要准确标目、避免多底、降低难度、防止冷场等具体建议。我们的表现都已被阚总、刘导等人看在眼里、记在心里，这其实也就是一场没有点明的“面试”。

讨论到后来，意见越来越多，对题目的褒贬，赛制的设立，节目的定位等，都有不同看法，简直有点叫人措手不及，无所适从。这主要是谜委会谜人、央视媒体人和谜外专家三方之间的眼光、角度不同而导致的。如何相互理解、妥协、磨合，最终达到统一，是办好这次节目的关键。

会议开到十二点半才告一段落。大家一起吃盒饭后，我们六个谜人就没时间再参加讨论了，忙着准备去机场。因为登机时间最早有四点钟的，而我的是五点半钟。

回长沙后，我两次与育斌通电话，他希望谜友要团结一致，尽力再选些谜题充实完善，同时要服从安排，听候通知，全力支持把事情做好。

这次会议以后，央视节目组吸取教训，对邀请人员作了大刀阔斧的精简、调整。最后上直播现场，谜外专家只请了在《百家讲坛》的蒙曼女士，谜委会也只起用了四位谜人，点评嘉宾中谜人则指定由来自哈尔滨的姜文清担任。我和郑育斌、赵首成担任评委。4 频道后来另请作家梅毅作了访谈。

虽然为苏、胡两位谜友感到惋惜，自己也有点遗憾，但我又觉得这是央视为打造精品节目而做的深思熟虑的决定，完全可以理解。为了这个节目，总台领导高度重视，举全台之力充实力量，连主持人都一换再换，我们还有什么可说的呢？所以说，这次碰头会，其实也是一次面试，不过不是对我一个人，而应该算是一次对集体的面试。

两校书稿当编审

1 月 26 日下午，育斌打电话告诉我，年前不再开会，年后我们可能会早点去北京。并同时告诉我，大会征集的谜语有近 20000 则，其中 10000 多则入题库，再精选 4000 余则，准备由央视出书。主编要求对每条谜简要作注。现时间紧迫，年关在即，我们几个人要分工合作，由胡文明统一整理。分给我的谜题编号是 1500～2500 号。

我忙了两天两晚，直到 1 月 29 日上午，总算完成任务，将文稿发给育斌。

原以为万事大吉，只等过年了。没想刚过一天，大年三十，我正在老兄家等吃团年饭，下午两点左右，育斌又打来电话，他说前面的注释不行，主编认为太专业，不能用灯谜术语，要用通俗语言。现已打回来重做，还是要辛苦我们，且交稿要急。我听后，真的有点哭笑不得。看来这灯谜要普及还真不容易。

没办法，只好又硬着头皮上。这次分的任务少一点，于是，在老兄家，我坐在沙发上，打开笔记本，边敲小键盘边与孩子们聊天，能改多少算多少。等到 5 点半钟，全家吃团年饭，欢聚一堂，相互祝福。不到 7 点钟，我就急着与妻子回到自己家里了。一进屋，打开电视机等看春节晚会。人往沙发上一坐，这边打开笔记本又抓紧改起来，节目开始后，我边修改谜注，到 23：31，我发给育斌短信：刚校完，已发邮箱。

在这个除夕下午，我接到节后动身的机票信息，2 月 3 日 14：30。正月初四，要我第三次去北京。

三出现场当评委

我与郑育斌、姜文清 3 人之所以提前来京，是应刘帆总导演要求，一方面继续抓紧对赛题审核定稿，一方面是对第二现场的每场点评，都要一题一题地先排练过关。由主持人陈志峰、学者嘉宾蒙曼和谜语专家姜文清 3 人唱主角，在有限的几十秒钟内，3 个人如何分工，由谁问，由谁答，讲什么，如何讲，都要事先磋商、试讲，因为既要从谜语中挖掘出文化内涵，又要向观众普及谜语知识，引导他们猜出谜语，获得话费和大奖。可以说，这次谜语大会对央视来说，第一现场的竞赛并不是目的，也不是重点，最后谁能出线捧杯更不重要。只有这第二现场，嘉宾点评能否到位，观众能否喜欢，能否踊跃参与才是他们最关心的。要以嘉宾点评稳住观众，让嘉宾引导他们来射虎（猜谜），不让他们手里的遥控器随时换台。一句话，央视办的是文化节目，要的是看点；而参赛队想的是竞赛，希望能公平，希望能得奖。这就是两者立足点的不同。

就这样，3 位主角在前台，刘帆总导演、育斌与我在幕后，他们一边讲，我们一边听，对他们的点评试讲，随时提出意见和建议。大家相互磋商，集思广益。在评议过程中，谜题随时有更改，遇到谜语面底不畅，可能多底或扣合不严的谜，我们都要提出来大家讨论，最后该撤的撤，该换的换。这样，看似简单的三四十道谜题，每场嘉宾点评都事先排练多次，反复打磨，以保证质量。

除此之外，我们还特别关注云南卫视正在播出的《中国灯谜大会》，对其前 9 场比赛的谜题，反复核对。我们的原则是，可以有老谜，但不能与这个节目中的谜题雷同，否则会被认为拾人牙慧。2 月 8 日晚，我们在宾馆一直守在电视机旁，看完云南卫视播出的最后一场擂台赛，找出 3 条雷同的谜题。刘导二话没说，马上传给制作人员即时撤换。直到此时，我们才松了一口气。因为云南卫视的最后一场比赛，排在央视三场直播之后。我们开玩笑说，如果再有雷同，就不是央视“拾人牙慧”，而是云视“步人后尘”了。

之所以现场设我们 3 个评委，刘帆总导演在后来接受记者采访时明确表示，其意义在于判定哪些题会有不唯一的答案。因为“中华灯谜学术委员会是全国灯谜界最权威的部门。比如‘正月十六娶新娘’猜成语，谜底可以是‘大喜过望’，也可以是‘喜出望外’，这就要靠专家裁判来辨别”。记得这是在嘉宾点评试讲时，我提出来的，当时大家都尊重我的意见，认为“大喜过望”强于原底“喜出望外”，一致同意列为正底，猜“喜出望外”列中。可惜这条谜对中学生来说还是有点难，比赛时根本没有回答出来，更别说两个答案的取舍了。

讨论谜题有时也是很为难的事，所谓仁者见仁，智者见智。有时为了一条谜，咬文嚼字，吹毛求疵，大家也会争得面红耳赤。如我推荐的“西部崛起节水源”猜古代诗人“屈原”，就因为“起”字能否作减形的动词而发生争议，最后弃之不用。

2月3日晚到京，4日便开始工作，连续3天审题、排练都比较紧张。3位前台主角更是辛苦，文清兄还带来《中华谜语大辞典》，以便随时查阅。

2月6日晚，京城下了一场大雪。7日早晨起来，我们都很兴奋，经刘导同意，放假一天。我们3人出门去乘地铁，文清正好去探亲。我和育斌则到了王府井大街和天安门广场一游，这是在北京11天中唯一的一次出去观光。

2月7日各队选手陆续报到，接下来开预备会。8日进行安全纪律培训、进场熟悉等，9日下午便开始彩排了。

从9日到13日下午，我们5次进出央视一号演播厅现场，其中两场彩排，三场直播。两场彩排中，8日下午的第一场5个队，排得比较认真，完全像正式比赛，因为谜题都是保密的，按规则计时计分，也没出大的纰漏。9日下午第二场彩排，由另5个队加由3个年轻人临时组合的“央视队”，想按照决赛场面过程序，这一次就有点乱了。一是谜题都是昨天见过的，引不起各队的竞赛意识。二是主持人小撒和周涛也把握得不够好。还有其他方面的不足，这些都引起了在现场的科教频道金越总监的注意。于是，彩排后连夜召开了总结会。金总提出要求，对不足处点名到位，限时整改。如主持人、选手不够严肃，选手对评委提的问题太多，甚至到舞美、灯光的不足，选手、观众的服装不整齐等细节都一一指出，要求赶快改正，落实到位，决不能影响首场直播。

由于金总的及时提醒，严格要求，整个节目组上下一致，雷厉风行，不再掉以轻心，从而保证了第一场直播的圆满成功。

三场直播对评委、嘉宾、主持人及参赛选手着装形象都要求十分严格。从着装看，朋友们认为我穿唐装“霸气”“喜气”，穿西装“帅气”。其实，我最后那场还想穿西装再“帅”一回的，只是因为没带配套的西裤，而作为颁奖嘉宾的我，就着唐装“喜气”洋洋登场吧！

颁奖时，我看到“中国谜语大会”的奖杯下面，主办单位的落款是“中央电视台、中华灯谜学术委员会”时，想到谜人得到前所未有的尊重，精神顿时一振。

两受采访作宣传

为宣传《中国谜语大会》，我还两次接受媒体采访。

一次是赛前对谜语知识的普及。为配合对谜语大会的宣传，《中国电视报》准备出个谜语知识专版。1 月 14 日，记者李冰找到科教频道，节目组推荐了我。随即记者发来短信，要我就灯谜的起源、历史，灯谜的种类和猜灯谜的方法作些预热性和文化性的报道，并提供一些严谨有趣的灯谜，用来与读者互动。我满口答应，精心准备，利用一天时间，写了篇五千多字的谜语知识文章，还附上一篇《趣话马年新春谜》谜话和灯谜讲义的电子文档，供她参考。

1 月 24 日，经李冰记者整理改写的文章见报，刊登在《中国电视报》春节特刊，占据了差不多整版篇幅。标题为：“谜语，你会猜吗？”前有引言“长沙谜语代表性传承人敖耀寰带你备战中国谜语大会”，文章插登两张彩照。在《个人小传》中，末句是“在《中国谜语大会》举办前，敖耀寰被聘为中华灯谜学术委员会评委、嘉宾”。也算提前给我爆了一条新闻。

在这篇文章中我又一次提到“咏物诗隐题为谜”的观点，结果在谜语大会现场的“历史谜局”中便出现了这种谜例，如李峤的《风》、张打油的《雪》等，可谓即时得到印证，收到了为选手观众“备战”的效果。

第二次是接受《北京日报》记者李冬至的采访。《中国谜语大会》11 日首场播出后引起反响，也有许多对谜题和赛制的争论。12 日晚第二场播出前，先后有湖南都市频道、《浏阳日报》记者电话要求采访，都被我婉拒。因为我想作为评委，应该严守纪律，在比赛结束前不私自接受采访。但当晚七点左右，我吃过晚饭，化好妆在现场直播厅外候场时，刘帆总导演请管导转达，将接受《北京日报》记者电话采访作为一个临时任务交给我。我想，电话中三言两语怎么说得清？

不久，接到李记者电话，我找个比较清静之处，就有关话题与她作了交流。大概有七八分钟，我要她如有不明白的地方，可找 1 月 24 日《中国电视报》那篇文章。第二天《北京日报》登出她写的报道，像《中国电视报》一样，标题加引言还相当长。《央视连续三天推出电视猜谜节目，引发观众热议——〈中国谜语大会〉：猜谜猜出了文化味儿》，包括采访节目组和采访我的内容。引述采访我的文字有三段，其中最后一段是：

“有华人的地方就有汉字，有汉字的地方就有灯谜。”敖耀寰说，把既有诗词又有汉字的谜语搬上电视，让传统文化借由电视重新回归，“我们好像又看到了传统文化的春天。”（《北京日报》2 月 13 日 12 版）

此后，这句话又被《人民日报》的文章所引用，只是我的名字被“中华灯谜学术委员会”所取代，这真是莫大的荣幸。

中华灯谜学术委员会认为，电视猜谜不仅是一项娱乐活动，更能让人们有机会回归传统，了解谜语文化，把谜语搬上电视，让传统文化借由电视重新回归，“我们好像又看到了传统文化的春天”。（《人民日报》2014 年 2 月 20 日 19 版）

是的，今年的春天来得特别早，《中国灯谜大会》和《中国谜语大会》这弘扬民族传统文化的“两会”，先于共商国是的“两会”，于2013 年底同时筹备出台。等到新春来临，各地赏灯猜谜，似山花烂漫，如火如荼。坐在央视现场，想到家家户户老老少少围着电视看猜谜，年轻朋友迅速发短信，手机跟着小撒的动作摇一摇，赚话费，那笑脸、那快乐让我看在眼里，甜在心里。

从去年12月中旬到今年2月中旬，不到两个月的时间，刚从美国探亲回来的我，一下子便进入了忙碌的阶段。尽管年过花甲，但只要一接触群众，走近灯谜，我立刻就变得年轻了。能做自己喜欢的事，被社会承认和尊重，在有生之年继续奉献余热，是我梦寐以求的事。我将继续以自己的智慧和力量，自觉担当起传承弘扬祖国传统文化的责任，拥抱2014年这个值得纪念的传统文化的春天。

（2014年3月）

敖耀寰（左）在中央电视台中国谜语大会任评委（2014年）

“稳拿冠军”和“合家康乐”

省灯谜学会与省安监局联合举办“安全生产杯”第三届湖南灯谜节，将陆续开展全国灯谜创作大赛等文化活动，我闻之十分高兴。

这次灯谜节冠名“安全生产杯”，主题鲜明：为了进一步宣传新的安全生产法，增强全社会安全生产意识，普及灯谜知识，弘扬优秀传统文化。欢迎大家踊跃参加并广泛宣传，让更多的朋友参与到“寓教于乐、乐在其中”的活动中来。

为方便大家了解新的安全生产法，以及在创作猜射时有的放矢，我们印发了专题谜材，即“射虎必备”。这样，再掌握一点猜谜的基本知识，参加活动就能得心应手，马到成功了。

说到安全生产名词，使用频率最高的当推“安全第一”。这句话随处可见，永不过时。按会意法制谜，它可配谜面“稳拿冠军”，谜底解作“安全（稳当而顺利）地得到第一”。

灯谜活动重在普及，竞赛基本不用谜格。但这里我想介绍一条用格谜。谜面是“合家康乐（猜安全用语·卷帘格）”，谜底也是“安全第一”。因为卷帘格谜底为3字以上，倒读成文扣合谜面。“安全第一”倒读为“一第全安”，解作“满门都平安”，扣合谜面“合家康乐”。这不是非常严谨而有趣吗？

“稳拿冠军”“合家康乐（卷帘格）”同猜“安全第一”，这两条谜底面扣合都非常稳妥，猜出来让人感到喜庆欣慰。希望通过这次活动创作更多的安全生产灯谜精品。预祝各位朋友以轻松愉快的心情和积极认真的态度参与，争取个个“稳拿冠军”，赢得大奖回家而令“合家康乐”。

（2015年6月4日）

《虎啸岳麓》序言

灯谜是民间文艺的奇葩，散发出独特的清香。2016 年，是岳麓书院创建 1040 周年暨湖南大学定名 90 周年，长沙市文联携手湖南大学材料学院，联合主办“千年学府•百年名校”主题灯谜网络创作赛，向海内外华人征稿。我闻之兴奋不已。正可谓：“岳麓繁英绕，校园虎趣浓。”

灯谜又称“文虎”，猜谜亦称“射虎”。猜谜高手也就是“行者”“打虎将”。好的灯谜，除在谜法上遵循汉字音、形、义变化的规律，做到严谨扣合外，还须谜面成文，即有一定的意义和文采，并蕴含谐趣能引人发笑或回味。所谓寓教于乐、寓学于乐、乐在其中。这也是灯谜进校园活动广受欢迎的原因。

这次灯谜创作赛列入一等奖榜首的“状元谜”——“读书若求能出众，‘百年名校’是首选（字）殊”，就是一条集音、形、义变化于一体的三重扣合谜。此谜既为湖南大学扬“名”，也让众多百年名校沾“光”，堪称当代绝妙好辞。所谓“吟安一个字，捻断数茎须”，作者广东黄跃佳，看来是费了心思的。

2013 年，长沙市文联曾成功主办首届“杜鹃杯”海内外灯谜创作赛并出版《谜潮涌长沙》专辑。这次主题灯谜大赛又推出《虎啸岳麓》，可以说，这是 2016 年长沙民间文艺创作、对外交流和“非遗进校园”活动的丰硕成果，也是对“长沙谜语”非遗品牌的提升，对长沙谜友团队精神的检阅。《虎啸岳麓》与《谜潮涌长沙》，堪称近年长沙谜语专题谜书的姊妹篇。

相比之下，我觉得，《虎啸岳麓》又有新的亮点。

一是突出文化传承。从千年学府到百年名校，经历了古今时代之进步与演变，东西方思想之碰撞与交流，文化和科技之交叉与融合。在《虎啸岳麓》中，名校、名人、名事、名典皆披上斑斓虎皮，美不胜收。岳麓书院题匾、字碑、学规及古今楹联诗词，以及湖南大学校歌等入谜，更增添了丰富多彩的内容和引人入胜的雅趣。

如福建薛道达和江苏武骝的获奖佳谜，都以湖南大学校歌歌词“麓山巍巍，湘水泱泱，宏开学府，济济沧沧”为面，精心选目配底，可谓谜家所见略同；而山东崔永凯的“复兴齐创潮流先”、湖南刘涤瑕的“湖南名流似云涌”，则分别以拆字和会意为歌词“济济沧沧”和“湘水泱泱”精心构面，正是巧匠异曲同工。这些佳谜，让人们感受到厚重的历史文化和浓浓的书香气息。“谈笑有鸿儒，往来无白丁”，徜徉、陶醉其中，只觉得心旷神怡。

二是注重名校特色。谜材从宏观到微观。如地名景点谜，《谜潮涌长沙》是从整个长沙着眼，大而全；而《虎啸岳麓》则仅限于岳麓名山和湖大校园，简而约。如这次被评佳的，就有湖大校园新八景的“红楼映雪”，以及校区内教师园区，学生公寓 “半学斋”“笃志斋”“艳山村”等，别具大学城风味。

三是谜艺严谨把关。这表现在活动评佳和赛后出书两方面。

这次大赛聘请了闻春桂、赵首成、叶曙光三位外地专家，充实了评委力量。加上本地两位，大家通过网络投票，字斟句酌，一丝不苟，最后评出较满意的佳作。赛后，评委分别为佳谜撰写评析文章，堪称负责任，有担当。还有获奖者创作谈感，谜友们各抒己见，可谓南灯北虎，风味齐全，蔚为大观。

《虎啸岳麓》的出书，经历了收稿、整理、选谜、评佳再审稿、编辑等过程。赵首成先生欣然题签，为本书增光添彩。在此，我在远方向朋友们表示感谢和敬意！活动的成功，师友的支持，长沙团队的精诚合作，有力地印证了：惟楚有材，于谜亦盛。

（2016 年 12 月 18 日）

星宫谜事重振　葫芦再展风采

今天，迎新春闹元宵灯谜活动在文化宫大厅举行。退休六年后，我看到停了十几年的活动再恢复起来，心中自然高兴。宫领导多次找我商量，拿出活动方案，又邀请东塘社区联办，昨天已召开了最后一次工作会议，各个细节，一一落实到位，可以说是万事俱备，只等“人气”了！

下午1:30，工作人员和谜友都先后到位，大家忙碌着布置场地，悬挂展猜谜条，鹏展兄和孙桂秋教授则摆开书桌，为谜友现场主播写谜条。最引人注目的是大厅擂台上的大鼓。除了自发而来的群众，社区还组织了已放寒假的中小学生参与活动，孩子们一到场，更加焕发出虎虎生气，他们尤其好奇的是那面大鼓，都想抢起鼓槌敲两下。

活动分展猜和主擂两种形式。炜哥、小喻、海军和田立宪谜友负责展猜对底，他们认真负责，耐心地启发一些刚入门的猜谜者。许多外来的游客，社区的群众和住在院内的老同事们，都来参加活动。82 岁的刘明健老书记，也兴致勃勃地来猜谜，遇到刘鹏展、田立宪等老朋友，他更是兴奋不已，感慨万千。

下午 2：50，擂台猜谜开始。文化宫办公室刘笑笑主持简短的开猜仪式，唐涛书记致辞。紧接着，他和王炜会长、社区吴主任同时击鼓。“三人成虎”，擂台开猜就拉开序幕了。

熟门熟路，我接过话筒，介绍先后登台的谜友，并协助主播。第一位登台的是 82 岁的刘涤瑕先生。他出谜应时应景，幽默风趣，引来满堂笑声，真是“颅内手术完满成功”——开了个好头……

（2018 年 2 月 28 日，正月十三）

庐州风范谜坛敬

眼前的这部文集，既是范淑敏老师后半生潜心灯谜，默默耕耘的真实写照，也是合肥灯谜从初创到发展，由坚守、传承而走向辉煌的“谜史”。所以，称之为“庐州风范”，既是点赞范老师本人，也将提及合肥谜协这支团队的集体风采。

拜读范淑敏老师的“谜缘”（《我的灯谜之缘》）等文字，我觉得，她的第一个可贵之处在于执著。

诚如范老师所言，我们都是在文化宫主管灯谜的专干，这在全国来说，为数并不很多。实际上，文化宫人都有自己的专长和工作，灯谜只是兼而管之。范老师是资深老干部，又有书画特长，她自述是离休前才开始搞谜的：

“全国各地文化宫寄来的资料包括灯谜资料，无人问津，惟我独享，爱不释手。我迈进灯谜园地的第一步，是为文化宫节日活动增加一项活动内容……颇得群众好评。文化宫原没有这工作，领导也很高兴，谢慰农主任就让我兼管，我欣然接受。”

以上可以看出，一是喜欢，二是主动，三是领导支持，“贤淑聪敏”的范老师便一头扎进了为职工群众服务的灯谜事业中。

范老师在文化宫不仅组织活动，而且能猜会制，对谜体、谜法、谜格运用自如。更有“林黛玉焚稿断痴情（物理名词二）火表、绝缘”的用典谜作，被泰国马维克先生赏析评佳。

可是范老师后来为什么没有更多地进行灯谜创作而情愿以组织活动、办刊和为谜友服务为乐呢？范老师也曾说过没能发挥美术天赋而遗憾。但遗憾不后悔，因为“鱼和熊掌不可兼得”。所以，一旦爱上了喜欢的事情，就心无旁骛，坚持到底。就是凭着这份执著和坚守，范老师不仅离而不休，而且越干越起劲。

“看到群众踊跃参加猜射的热情，那场景就是一道道亮丽的风景线。心中感到灯谜的无穷魅力，使我受到强烈的吸引和陶醉，使我能痴迷其中的同时依然孜孜以求。在我的生活里，为灯谜事业服务，我感到的是一种愉悦的享受。”

范老师这段文字，也道出了大多数文化宫（馆）谜人的心声：爱谜乐谜，义无反顾；与众乐谜，其乐无穷！

范老师第二个可贵之处是真诚。每次带队出征，总见她对青年谜友那种慈母般的关怀和鼓励，令人心生羡慕。在谜组初创时期，她多次提到吴仁泰、陶士正、夏晨钟，最早的“庐州三虎”，即这三位大家。人们很少听说夏先生，今看庐州谜史，方知夏先生参加谜组不到一年便因病逝世。范老师 1982 年 4 月的《写在夏晨钟逝世一周年》，尤为感人。

再如范老师写给海内外谜协的感谢信、邀请函，以及参会观感、谜人印象和对杨梓章、余植华、黄辉孝等先贤的缅怀文章，都充满谜情虎谊，有血有肉，句句动人而令人难以忘怀。

“开展灯谜活动需要条件。一要有人（爱好者和组织者），二要有时（主办者有时机，参加者有时间），三要有钱（有经济作支持）。而有人，则是决定活动能否成功和创出新意的关键。”

这是我在很多场合说过的话。我觉得，范老师及其合肥灯谜之所以取得今天这样的成绩，就是因为她始终以诚意感召谜友，不断地发现人才，培养人才，壮大谜协，增强团队凝聚力。

幸运的是，合肥同时还有吴仁泰这样一位为人谦和，博学精艺，扶持后学不遗余力的谜家。“先生严谨的治学精神和虚怀若谷待人接物及成就为谜界所公认，是德艺双馨谜坛第一人。”范老师在吴老收徒仪式上的发言，表达了对老搭档的崇敬感激。两位携手主掌谜事几十年，是合肥之幸，也是中华谜坛之荣。

再就组织活动来说，范老师退休之后，拉上了已任文化宫副主任的舞蹈专干彭莉老师，来接替这项工作。2003 年，彭莉被中华灯谜学会换届选为常委，我们在晋江有幸同台开会。此后她与范老师，我与杨焕文老师同时参加了银川谜会。彭莉在银川谜会以及 2008 年的浏阳谜会上，带队并亲自上场参加团体赛，在谜坛传为佳话。特别是为成功举办金星家园杯第二届合肥谜会，她劳苦功高，可惜英年早逝。我想，庐州谜史也将为她留下浓重的一笔。

范淑敏老师的第三个可贵之处是她对谜事的无私奉献精神。

读范老师的文章，让我想起了我的灯谜引路人、长沙老文化宫的杨焕文先生，他们是同一辈人，都是新中国成立初期就开始从事职工文化工作的“老工会”，入谜、办刊、组织活动的时间、经历、过程都极为相似。而我则是在杨老师培养、关心和极力推荐下，1989 年才改行到文化宫成为一个“新兵”。所以，1998 年初，当与范老师等同获“第五届文虎奖”时，我的心头倍感压力，我在《获奖感言》中写道：

“谜事艰难，哪怕是在文化宫（馆）做专干的谜人，在当前的经济大潮下搞谜，也颇不容易，需要理解和支持。我佩服前已获奖的哲源兄、二安兄，也敬重此届获奖的苏（寿真）老师、范大姐。作为同行，他们是我学习的楷模。我要向文虎奖的创立者沈先生及诸位评委道一声：谢谢你们，理解万岁！”

确实，在市场经济的大潮面前，在文化宫搞灯谜是很不容易的。因为在大多数人眼中，灯谜就是赔钱的“买卖”。领导同意支持，也最多是宫内开放，节假日玩玩，小打小闹而已。想搞大活动，持续办刊、出书，基本上没门，全靠自己想办法。

比如早在 1984 年初，为了办好首届庐州谜会，范老师在正常工作之余，顶着烈日到处奔走拉赞助，最后才从 14 家单位总共拉到 4000 元开成谜会；再如当《庐阳商灯》因资金断档而停刊后，2002 年，年逾古稀的她，又自费把它恢复起来，而且一办就是 5 年。其“老骥伏枥，壮心未已”的奉献精神是多么可贵而令人敬佩！

在拜读文集的同时，我时时回想起几十年来长沙、合肥两地谜协的交流，谜友的情谊。早期的长沙和合肥，职工谜事何其相似：都是在20世纪80年代初起步，先成立灯谜组。合肥有范老师牵头，长沙有杨老师领路；合肥有谜刊《庐阳商灯》与《庐州虎迹》，长沙有《枫林》和《湘妃竹》；合肥吴仁泰《佳谜欣赏》一书中，赏析长沙陈斌佳作达12则。他们都是谜坛大家，虽斯人已逝，其谜品谜德，令人永难忘怀。

回顾与范老师的交往和师生情谊，历历在目。2018年元宵，我参加合肥第一届中华灯谜节，与长沙谜友向她送上新春祝福。2020年12月20日，我在家中接到范老师打来的长途电话。90高龄的老师在电话中告诉我，她的回忆录已出版，要我提供地址，好给我寄书。接下来，我们在电话中聊了很久。一周后，我就收到她寄来的《沉思往事立残阳》。拜读之际，我对这位有着共和国离休干部、书画艺术家身份的谜坛"范大姐"的人生经历，有了更多的了解，也对她为合肥灯谜团队从创立、发展到传承而呕心沥血和无私奉献的精神，更加敬佩和感动。

"衣带渐宽终不悔，为伊消得人憔悴。"如今，范老师已至耄耋，期颐可待。我这个当年的学生"小敖"也两鬓斑斑，年届古稀了。所幸的是，我们都没有放弃自己的追求，离退之后仍在自己喜欢的"谜途"上跋涉，"合肥灯谜"和"长沙谜语"都传承有人。当然，比起由范老师开创、家宏会长现在带领的合肥谜协，长沙差距还很大。我当学习范老师的"蜡炬"精神，继续奉献余热。期待各地谜事更红火，大家与众乐谜更开心。

酷爱商灯谓虎痴，春蚕蜡炬品高持。
庐州风范谜坛敬，众口皆碑亦我师。

（2021年8月27日）

本文系合肥谜协《风范于今便作师》序言，有删节。

《湖南谜史》序言

柳忠良先生原为大型国企的宣传文化工作者。他是一位兴趣广泛的文物、资料收藏家，又是一位勤奋的民间历史、文化研究者。在已正式出版《中国流通硬币》《趣话人民币》《常用字谜大观》《中华灯谜学》《中华灯谜史（先秦至民国）》《中华谜书大观》等多部著作之后，今又推出《湖南谜史》，并提前将书稿发来向我征求意见，约我写序。既令我惊喜，又使我感佩。

说实话，我这个人向来眼高手低。后半生“悟”入谜途，蜗居省会东南隅，已三十余年。虽爱好民间文化和灯谜，但碌碌无为，愧领“会长”头衔。也曾有过为湖南谜事做点什么，留下记录的想法，又觉得题目太大，资料不全，心有余而力不足而作罢。

今喜得柳忠良先生力担重任，不辞辛苦，历经数载，徜徉于文山书海中，钩沉史料，挖矿掘金，筛选提炼而成此大作，真是可喜可贺，功莫大焉！

正如作者所言，“《湖南谜史》的问世，填补了一个空白，也为湖南修史系列增加了一个专题类的史籍。在全国谜坛而言，写成省级地方谜史，也是一个开拓性的文事”。可以预见，这部著作必将在中华谜坛和全国民间文化界产生较大的影响。

综观《湖南谜史》，我的整体印象是：结构完整，脉络清晰；史料齐全，真实可靠；引经据典，条理分明。而站在灯谜和写史的角度，我觉得，柳先生这部书最值得一提的还是他认真严谨的治学精神和态度鲜明的史学观点。

一是面向中华文化的大史学观。柳先生认为，中华灯谜的起源应追溯到先秦甚至更早，这个在他的《中华灯谜史》中已有论述，但为了写好《湖南谜史》，他没有照搬前论，而是博览群书，细心查找、严密考证与湖南有关的历史资料，甚至从远古的图腾和图符中发现端倪。

其中牛与炎帝族，凤凰与帝舜，盘王与龙犬以及太阳神、龙等远古的图腾图符，都被他认为“很多是借以表义隐射事物，可视为隐语（灯谜）起源于先秦的例证”。

可贵的是，他多次跑图书馆，找有关专家书籍例证，得到湖南灯谜文化起源于先秦的更为有力的证据是：湖湘文化与楚文化源头里的楚帛书隐意文图、楚国隐语故事、楚辞隐语。我们从中可实实在在探得湖南灯谜文化的起源，窥得灯谜文化的萌芽，从而坚定地确立“湖南谜文化起源于先秦”之说。

他同时呼吁今后论及湖南灯谜或长沙谜语，尤其是论述灯谜起源时，应当停止使用“湖南（长沙）谜语起源于汉代”的说法，确立“湖南（长沙）灯谜（谜语）文化起源先秦”之说。

我知道，这是针对“长沙谜语”2009 年申报市级非遗项目时提出“长沙出土的汉代帛书、三国吴简等，能探寻到灯谜发源的线索”而发声的。当时由于时间紧，手头又无确切的依据，我们也就只能“含糊其辞”，以推论上报过关了。幸亏我们的推论没有失误，而今借柳先生之力得到了更多的佐证（如考证汉帛书《周易》、隐语实例等），还将长沙谜史起源说推前了数百年，在此真的要感谢柳先生这位湖南谜坛有心人了。

二是广义的谜文化和大别解观。柳先生在研究灯谜文化时，既博采众长，又深入思考。在《中华灯谜学》《中华灯谜史》中，他都有自己的独创之见。如“别解”是灯谜的本质而并非一种谜法的“大别解”观，坚持“灯谜”概念有广义和狭义之分，为使广大群众有更多的了解，还是不要决然分开为好等观点，都是我所支持和赞赏的。在本书定名时，他曾征求我的意见，首先也准备如《中华灯谜史》一样称《湖南灯谜史》。我认为如果这样，谜界会认为已将民间谜语排除在外，而更多群众心中对“谜语”“灯谜”的区别并不明确，这部谜史最好不要放弃民间谜语这一大块，因为实际上湖南搞灯谜的朋友不是太多。我还以长沙谜史就包括《博粲录》民间谜语和《灯社嬉春录》等文人灯谜为例,说明民间谜语的挖掘和整理还大有可为，特别是湘西、湘南等少数民族地区。他听后接受了我的建议，改书名为《湖南谜史》，同时认真搜集有关资料补充完善。本书中关于湘西保靖谜语已列入县级非遗保护项目的消息，以及《事物谜语与含谜文学》的丰富内容（特别是苗族谜语、瑶族谜语、湘西谜语、诗词和盘歌谜语、女书和连环谜语等），是我读后最感兴趣、觉得最能体现湖南谜语的地方性、文学性和艺术性的部分。虽然还不够全面，但可以肯定，如果没有这部分内容，这本《湖南谜史》就会有遗憾，也难以得到人们的认可。

三是尊重原著和原作者，充分考虑到谜事活动的自发性和民间属性。柳先生是在占有大量的藏书和灯谜资料，又已写作出版了数部史书类作品，积累了丰富经验的情况下才写作这部《湖南谜史》的。对于写作的结构体例、行文风格等方面，应是驾轻就熟，水到渠成。

在史料考证、谜事记录、观点表述等方面，他充分尊重作者和原著，除标明出处外，有的尽量原文照录，不断章取义。同时遵循自己在撰写《中华灯谜史》时的基本要求：“对事件、社团、人物的记述以客观记述为主。对于古代灯谜人物，一般记录其业绩，少做或不做评价；对于当代灯谜人物，只记录业绩，不做评价。”

因为引用了较多的当代作者的文章，最后他决定将自己署名之处由“著”改为“编著”，一字之增，表现其尊重他人、谦虚谨慎的优良品格。

为撰写湖南谜史，柳先生多次与我电话联系长谈，征求我的意见和建议。其中较多的是了解湖南省职工谜联协会和湖南省灯谜学会的相关情况。我表示应承认并感谢上级领导对谜事的支持，充分肯定成绩。但我也直言不讳地告知，灯谜活动其实就是民间爱好者自发的文化活动。没有真正的兴趣爱好，和一批志同道合、甘于奉献走到一起的谜人，组织、社团都会形同虚设。湖南省灯谜学会于 2006 年底成立后，举办了三届灯谜节，九届联谊赛，五届“杜鹃杯”高校谜赛，《楚湘谜苑》从 1990 年创刊，得以延续到今天办到了 65 期，都是由于长沙有一批“铁杆谜迷”。所以与其说是组织的力量，不如说是民间的奇迹。

正是因为这样，柳先生充分考虑到谜事活动的自发性和民间属性。在写史的过程中，对灯谜社团和个人，他首先注重的是事实与业绩，保证其真实性。在活动报道时也没有重官办而轻民办，也不过分追求于细节，至于记述在某些方面稍有详略，行文有所取舍，也是众所周知，可以理解的。正如他自己所说，“灯谜毕竟是民间文化，活动顺其自然，记述也顺其自然了”。

民间文化，顺其自然。感谢柳先生不辞辛苦，为谜事写史，为谜人立传。让我们共同努力，使灯谜这朵小花在三湘文艺百花园中开得更灿烂，让非遗文化的薪火代代相传，光耀千秋！

（2021 年 9 月 1 日）

笑对人生鬓已秋

——《旅美谜话》(增订本)序

春节前，刘二安先生发来信息，告诉我他的《旅美谜话》准备出增订本，并已收到多位谜友的书评。他发来书稿，诚邀我写序。盛情之下，却之不恭。今拜读大作，感慨系之，也就麻起胆子来聊几句吧。

我知道，二安这次邀我写序，并不是我的水平有多高，而是因为我们之间有诸多相似之处。简而言之，就是我们有“三同”。

一曰“同庚”。我们同为 1951 年生，农历辛卯，属兔。经历了人生的“蹉跎岁月”之后，又同爱上了灯谜。回首初次相识于36年前的漓江谜会，我当时还是家乡浏阳的中学教师，他也因受到挫折工作尚无着落。共同的志趣让我们走到了一起。第一次出外参加谜会的我，因笔猜获奖成为“黑马”，从此“悟”入迷途。二安则受老照片“丁卯谜社十年纪念雅集”启发，牵头联络与会属兔谜友，组建了新时期第一个生肖社团“新丁卯谜社”，受到赞许，也带动了谜坛各个生肖谜社的成立。

二曰“同行”。20 世纪 80 年代末至 90 年代初，由于爱好灯谜，我们都因偶然的机会调到了属于工会系统的工人文化宫。我在长沙，他在安阳。虽然名为“灯谜专干”，其实是“专”不下去的。因为谁都知道，“搞灯谜不能当饭吃”。我在长沙以宣教为主兼而谜之，他靠办刊编书兼而干之。总之，经过了20余年的磨炼和起伏，不管专干或兼干，我们都没有离开谜事，而且退而不休，始终没有放弃自己的爱好和追求。相对而言，我了解到二安在文化宫工作和办刊、编书过程中的不易，对他的执著、坚韧精神更加敬佩。他通过自己不懈地努力，硕果累累，成为全国职工文坛和民间文艺界知名人物。2008 年 6 月，我自告奋勇写文推介。这样，就有了收入《灯谜中原》后多方转载，二安认为是对他谜书生涯评传的拙文《高扬虎帜大书谜》。

三曰“同游”。即退休之后，我们都有赴美探亲旅游的经历，也曾在美以谜相会海外游子中的“旧雨新知”。

老话一句“父母在，不远游”。而我们相同之处都有一个在美成家的独生女儿。“儿女孝，请远游”，她们孝敬我们，给了我们去美国探亲旅游（当然也包括带孙看家）的机会。虽然我们俩女儿并非同届，求学也不在同一城市，但碰巧的是，她们最后工作安家都到了同一个地方。这就是曾举办过 1996 年奥运会的亚特兰大。说起来也真是有缘，当年我写的第一个含谜相声《奥运迷》，就是以中国运动员参加这场亚特兰大奥运会为题材的。

于是，从 2015 年起，我们有了在美国亚城见面、聊谜、会友和参加华人文化活动的机会。特别难忘的有两回。一是 2015 年 4 月 5 日，这天是中国的清明节，也是美国的复活节。亚特兰大中国商会举行每年一届的春游活动，应李会长和王晓衡先生（潇湘游子）之邀，让我和二安这两个正在亚城探亲的中国大陆谜人主持其中的猜谜项目。我们选用了第二届中华灯谜艺术节30 城市展猜中的 200 道谜题，颇有新意。活动中，晓衡先生一改往日庄重形象，幽默风趣地向海外同胞介绍我和二安。3 个谜人同台，与众乐谜，值得纪念。二是 2019 年 2 月 16 日，我们共同参加了亚特兰大华人笔会举行的新春聚会和文学讲座活动，我和二安现场出谜助兴，受到欢迎。通过活动，我们认识了亚城笔会会长岑岚等多位文艺名家，在相互交流中增进了解和建立了友谊。

增订版的《旅美谜话》，正是因为增加了 2015 年后二安到亚城几次探亲的许多内容，包括旅游、会友、活动及向华人网站、报刊投稿的谜话文章等。作为老朋友和见证者，他诚恳要求我写几句话，我也就不推辞了。

通读《旅美谜话》，我想以“真、新、趣”三个字来概括对本书的整体印象。

先说真。《旅美谜话》包括谜话和谜赏两个主体部分。其中谜话是2013年末起，二安与夫人探亲期间游历美国、会见谜友和文友的真实记录和深切感受。因为其场景实，山川美，感情真，加上其妙笔生花，娓娓道来，令人如临其境，倍感亲切。

次说新。《旅美谜话》选材角度独特，立意新颖。作者旅美之前和到美国后都做足了功课，“读万卷书，行万里路，交天下友”。尤其是坐火车自由行，让我“羡慕嫉妒”而恨自己之不及。我虽然比他早几年去美探亲，却不敢想也无缘得到过这种享受。在书中，他以全新的角度展示了谜人眼中的美国，让读者学习世界历史地理知识，了解域外风俗奇闻。开卷之余，令人大饱眼福，心旷神怡。

再说趣。主要是指谜话中配谜之机巧，侃谜之风趣。如长途飞行抵达美国后侃“倒时差”之谜，参观亚城景点品“可口可乐”之谜，在异国过春节阖家猜“靛青獠牙”的“亚特兰大”之谜等，幽默风趣，令人捧腹。其中包含的浓浓的生活气息和天伦之乐，也使我感同身受，拍案叫好！

以上是我对《旅美谜话》的整体印象。因已有多位谜友、方家撰写了详尽、到位的美文书评，我就只点到为止，不再饶舌了。

附打油诗一首，贺《旅美谜话》新版出书，并与友共勉。

赏读谜文忆旧游，痴迷灯虎不回头。

古稀同贺出新著，笑对人生鬓已秋。

（2022年2月16日）

“红色浏阳河”佳谜赏析

解读乡愁是乡心（历史事件）　　秋收起义/宁甲风作

读此谜，十分欣赏其充满感情、富有诗意的谜面。解读“乡愁”，乡愁是什么？就是对家乡的感情和思念，是对故土的眷恋，是人类共同而永恒的情感。“一夜乡心五处同”（白居易）“何人不起故园情”（李白）……古今中外抒发乡愁的诗文名句不可胜数，印象最深的还有现代诗人余光中先生的《乡愁》。

“小时候，乡愁是一枚小小的邮票，我在这头，母亲在那头……后来啊，乡愁是一方矮矮的坟墓，我在外头，母亲在里头……”

此诗情深意切，既渴望祖国统一，又将乡愁描写得淋漓尽致。现在，诗人已经作古，当年的读者也两鬓苍苍了。

谜法拆字减形，面句抵消。解谜关键在于“愁”“心”二字。“乡愁”何以成为“乡心”呢？就是因为“愁”字心上的“秋”收起来了啊！一经领悟，豁然开朗。

此谜手法新颖，通俗有趣，让人在猜射过程中引起心灵上的共鸣，应属难得。

曲折甚于晏小山（歌词句）　　弯过了几道弯/殷怀顺作

初看此谜，不着边际，继而将谜底顿读别解，让人领悟之后，便莞尔一笑。一句家喻户晓的《浏阳河》歌词，超越时空，与古人联系，产生浓厚的谜趣。不禁对作者赞叹："亏你想得出。"

猜此谜，先要了解晏几道。晏几道，字叔原，号小山，抚州临川人。他是晏殊第 7 个儿子，词坛一般称晏殊为大晏，晏几道为小晏。作为婉约派代表词人，晏几道词风哀感缠绵、清壮顿挫。

谜面仿文言语气，“曲折甚于晏小山”，意在将某人与晏几道对比。曲折，弯也；甚于，超过也。是说其人生坎坷，抑或指作品词风缠绵曲折，堪比词坛大家，这就靠读者去体会了。

诗贵含蓄，词尊婉约，文似看山不喜平。就凭那首《临江仙》中的“落花人独立，微雨燕双飞”“当时明月在，曾照彩云归”等脍炙人口的名句，又有谁能超过他呢？

不必细究追问了，谜人玩的就是猜谜，将“过”由“经过”另解作“超过”，“几道”由量词变作名词，借代“晏小山”，“曲折甚于晏小山”不就是“（XX的）弯超过了晏几道的弯”吗？

笔者曾以“浏阳河，弯过了几道弯”为面，猜商业名词“打九折”。今见此题，为“弯过了几道弯”谋皮，仔细品味，颇有谜趣。

幸英模先进，方舱守到底（浏阳地名）　　苍坊村/周鹏作

谜面自拟，似在赞扬抗疫一线中的英模人物或群体。令人想起 2020 年新冠肺炎疫情突发时，全国支援武汉的“北协和、南湘雅、东齐鲁、西华西”的广大医护人员，有多少可歌可泣的感人事迹。特别是坚守在方舱医院、不顾个人安危，直到最后才撤离的同志。“幸英模先进，方舱守到底”，榜样的力量是无穷的，面句歌颂英模，引人奋进，值得赞赏。

底为浏阳红色景点，是地处浏阳东南部中和镇的一个小山村，也是一代伟人耀邦故里。以此配底，令人想起一身正气两袖清风的耀邦，想起他生前改过的一副楹联：“心在人民原无论大事小事；利归天下何必争多得少得。”恰与抗疫英模不计得失、乐于奉献的精神相辅相成，相得益彰。

谜法离合，字形拆拼，严谨到位。前句“幸英模”之先“土、卄、木”收进，正好三个部首。后句“方”字实用，与“土”拼成“坊”，“舱、守”到底（尾）部即“仓”“寸”，与“卄、木”分别组成“苍、村”两字。至此，谜底组拼完成。

紧跟时代，褒扬先进；扣合到位，抱衬有方。如面句再加提炼，则更臻完美。

终生守义，始得功满（浏阳籍将军）　　　　江文/许遵畅作

为人名作谜，重在拟面，且宜多会意，少拆字。特别是为功勋卓著的将军芳名谋面，更应慎之又慎，精益求精。

此谜谜底“江文”，湖南浏阳人，是1928年参加革命、1955年被授衔的开国少将。他历经土地革命战争、抗日战争、解放战争，新中国成立后，还参加了抗美援朝，可谓戎马倥偬，功勋卓著。将军于2010年8月18日在北京逝世，享年96岁。确实是“终生守义，始得圆满”的共和国功臣。

底材只两字，总共才10画，作者考虑还是用形扣入谜。根据将军生平，高度概括，准确评价，以“因果复句”简洁拟面。

“终生守义”是因，是老将军“不忘初心，信仰坚定，鞠躬尽瘁，死而后已”一生的真实写照。

“始得功满”是果。将军以96岁高龄寿终正寝，含笑九泉。名垂青史，流芳百世，是国家民族之幸，也是乡亲故里之荣。

扣合上，终生守义，终之“生”，即“生”末笔为“一”，抱“义”而“守”，合成“文”字；始得功满，即“功满”二字前面的部首“工”“氵”，“得”之组合成“江”。

谜面以宣赞立意，表敬仰之情，形扣有“始”“终”示位，“守”“得”抱合，符常理，通谜法。其实，若将谜面复句倒装，前果后因，亦可成立，扣合似更顺畅。

（2021年7月）

人相爱，心亦相随

人相爱，心亦相随（字）　　　　　　　　　恋/张德伟作

此谜会意合形，双扣成谜，通俗易懂好猜。我为之叫好。

一是从立意看，此谜用短短的两句话，7 个字，解读了“爱情”的真谛，宣示了正确的爱情观。不是吗？“人相爱，心亦相随。”自古以来，只要是真正相爱的人，都是“心”中情愫在起作用。所谓灵与肉的结合，外表与内心的统一。一旦“人”相爱，“心”亦相随去了。这是任何力量拆不散的。

这一方面告诉正在恋爱中的男女，在热情之时要保持理智，不是真正的相爱，心就不能轻易相随。而一旦坚定地爱上了对方，就要主动追求，互相交心，要忠贞不贰，这样爱情才算真挚，婚姻才能长久，直至白头到老。同时，也告诫家长和旁人，真正相爱的人不单纯在外表、金钱和地位，一旦“人相爱，心亦相随”，所谓“情人眼里出西施”，“心有灵犀一点通”，用今天的话来说就是“看着顺眼，自己喜欢就好”。这样的爱情，也是任何力量也拆不散、击不败的。除非人确实无真爱了，当然心亦不必相随了，“强扭的瓜不甜”，结婚自愿，离婚自由。

二是从制谜上看，虽然简单，作者还是费了心思的。结构上不用七言律句，而是用 3+4 两个短句，舒缓了语气，更富有词味儿，适于表达爱情的主题和意境。

再看扣合。“人相爱”意会扣“恋”，虽准确，但很难单独成谜，而“心亦相随”将“心亦”作字素实用，“相随”作抱衬词，这样前意会，后合形，就顺理成章了。

“只有书楼日日登”

“只有书楼日日登”（猜学校用语）

好好学习，天天向上/黄培庆作

此谜谜面出自南宋敖陶孙《小楼》：“只有书楼日日登，栏干东角每深凭。一层已是悉无奈，想见仙人十二层。”

赏读全诗，可以体会到诗人在登楼读书时抒发的某种怀才不遇或想超脱尘世的情境。但选来作谜的“只有书楼日日登”给古今那些喜书爱书痴书的“书虫”作一题照，亦无不可。

正是基于这种创意和理解，这句诗拿来为“好好学习，天天向上”这句耳熟能详的学校用语配谜，就合情合理了。请看扣合：先说诗的后半句“（楼）日日登”，射“天天向上”。字字落实，环环相扣，严丝合缝。再看前半句“只有书（楼）”，则要结合“登”一起理解，即“只登书楼”而别无所爱（好），这样，“好好”经异读别解，由同读上声，到前读上声后读去声，意义也由联合结构的形容叠词变成偏正结构的副词加动词了。“好好学习”成了“特别喜欢读书”，这是“多么爱学习”啊！

面取成句，底为熟语。意会成谜，扣合严谨。异读别解，妙趣横生。赏读此谜，令人对汉字音、义变化的神奇魅力而赞叹，也对古诗作者敖陶孙和谜作者由衷佩服。

这真是：谜趣诗情道古今，珠联璧合巧联姻。

后记：经查资料，敖陶孙字器之，号臞翁，一号臞庵，自称“东塘人”。

结佛缘珠联璧合

聚十八罗汉，会少林寺下（三字植物）　桫椤树/汪寿林作

读此谜，我眼前一亮。想起幼时常念的儿歌：“月光光，夜光光，桫椤树，好烧香。两个姑子同拜，上拜拜，下拜拜，拜到明年正月好世界……”如今，童年虽已远去，余韵常绕心头。

可贵的是，作者为“桫椤树”谋面，没有寻章摘句，引经据典，而是知难而上，另辟蹊径。

此谜妙在面句创意。在佛家地，写佛门人，说佛教事。而让其面意与谜底“桫椤树”这珍贵而神秘的植物相得益彰，珠联璧合。

“聚十八罗汉，会少林寺下。”这不是我们现实生活中常见的场面吗？一部电影《少林寺》曾享誉天下，让多少人神往。或旅游观光，或烧香许愿，或拜师学艺。

此谜以离合法，拆字拼字，准确到位，而成就其谜底“桫椤树”。谜面两个分句的首字“聚”“会”引领下文，应作抱衬动词。其“十八（木）”“罗”“汉（氵、又）”“少”“林（木、木）”“寺”之“下”（寸），均为实用，皆有着落。其中或拼字或拆字、或示位或减形，脉络清晰，一目了然。最后通过“聚”“会”，创新重组，“桫椤树”完美无缺，呈现在面前。

这真是：结佛缘珠联璧合，码字素巧夺天工。赏佳作，顿觉意境幽远，心静神怡。同时领略到“字谜大王”的功力。

金乌玉兔落升时

“刚被太阳收拾去，却教明月送将来”（摄影名词）

移动显影/方炳良作

谜面出自苏轼的七绝《花影》：“重重叠叠上瑶台，几度呼童扫不开。刚被太阳收拾去，却教明月送将来。”

前人评价，诗作者借吟咏花影，抒发了自己想要有所作为又无可奈何的心情。

只就写作上看，此诗颇有特色。作者抓住了光与影的相互关系，自始至终着眼于“变”字，着力表现了花影动与静、去与来的变化，从而使人感受到如临其境、起伏跌宕的动态之美。

谜作者为语文教师，他顺手拈来后两句做面，配摄影名词“移动显影”为底，恰到好处。

摄影名词“移动显影”，本指在显影过程中用机械带动感光材料，使其做有规律的往复运动，是感光材料显影加工的一种方式。可使显影均匀一致，多用于照片洗印、电影洗印等方面。

谜以拢意手法，扣合稳妥。“移动显影”巧用别解，作“日落月生的移动之中，消失的花影又显现出来了”会意。正是对谜面“刚被太阳收拾去，却教明月送将来”诗意的高度概括，对月夜黄昏时楼台色彩与光影交织的斑驳画面的生动展现。

日落而收，月生而送，刚被收拾，却又送来，光影浮现，动静相生，一惊一喜，情景交融。欣赏此谜，如诗如画，含蓄朦胧，美不胜收，令人如痴如醉，回味无穷。

这正是：瑶台花下子瞻诗，撷句探骊巧配之。移动去来重显影，金乌玉兔落升时。

桃李芬芳师道存

“桃李新阴在鲤庭”(《师说》句)　　师之所存也/方炳良作

谜面出自唐代诗人杨汝士《宴杨仆射新昌里第》。此诗颔联后句“桃李新阴在鲤庭”，意在称赞杨仆射桃李满天下，如今又有门生在接受师训。

其中“鲤庭”源出于《论语》。孔鲤是孔子的儿子，他两次经过庭堂时受到父亲的教导：“不学诗，无以言”“不学礼，无以立”。然后“鲤退而学诗”“鲤退而学礼”。后人以“鲤庭”谓尊长或老师施教之所。亦借指家教、父训。

赏此谜，笔者记起三十多年前在学校初涉谜坛，做过一谜“孔丘训子”猜文化名人“陈鲤庭”。陈是著名电影导演，艺术理论家。他创作的街头剧《放下你的鞭子》曾轰动一时。

此谜谜底出自韩愈的《师说》：“是故无贵无贱，无长无少，道之所存，师之所存也。”

此谜用典，借代会意，扣合严谨。底句“师之所存也”的“师”，借指为天下培桃李、艺苑育英才、国家树栋梁的“园丁”“名师”，“所存”可看作“存所”之倒装句式，扣合“在鲤庭”；底可解作教师在教育的场所正培养一代一代的桃李新阴。

“桃李新阴在鲤庭”，此谜也是方老师一生从事教育，培养一代代“青璜乳虎”的真实写照。

赞曰：孔鲤过庭聆父教，读诗学礼后人尊。廋坛一曲园丁颂，桃李芬芳师道存。

首届中华灯谜创作大赛谜作点评

水绕山环山傍水，星移斗转斗依星（粤地名）汕头/阙东明作

谜以联句作面，颇见功力。字形离合法相扣。前句水（氵）、山合成“汕”，后句“星（、）”与“斗”共“移转”为“头”字。

评：诗以对偶，谜法合形。拆、拼两字，组成地名。回环往复，扣合严谨。朗朗上口，水到渠成。

竞技讲文明，决出冠亚军（五四用语）德赛两先生/徐锦忠作

会意正扣。德赛两先生即“民主与科学”。“德赛”另解为“比赛有道德”扣“竞技讲文明”，“两先”指冠亚军，“生”作产生扣“决出”。

评：五四先驱逐帝封，请来德赛两先生。文明竞技决冠亚，巧夺天工佳作成。

党中央，指前程，为谋幸福首联盟。昂首向前比奉献，云聚所有人（四字新词） 和谐社会/林建兴作

自拟“词味谜”，拆字拼字。“党”中央为口，前“程”为禾；“为谋幸福首联盟”，“谋幸福”首即讠、土、礻，礻、土合成社；“昂”首为曰，“向”前为′，合成白，与讠、比合成“谐”字；云、人成“会”。

评：自拟长短句，是为“词味谜”。拆拼组四字，和谐社会宜。

“可怜身上衣正单”（新词二） 反恐、气候转暖/孙连生作

会意法反扣。面出自白居易的《卖炭翁》，下句为“心忧炭贱愿天寒”。底应解作：卖炭翁担心炭价贱难卖，反而害怕气候变暖。

评：面出唐诗悯炭翁，启后承前谜意成。心愿天寒恐转暖，反思境界更深沉。

日月牵挂为儿女，点点滴滴放心间；直至与台三通后，水隔一方得团圆（球星二） 姚明、王治郅/金鸽作

面自拟七言诗。形扣谜。前两句拆、拼成姚明；三四句拆、拼成

王治郅。第三句中“直”与“三”通得“王”；余“至”“台”，第四句“水隔一方”为“氵”“阝（隔字的一部分）”，最后“得团圆”示意与“至”“台”重组成谜底。

评：大郅与姚明，体坛两巨星。撷来作谜底，七言抒胸襟。拆字来形扣，虚实要辨清。离析重组合，底面两分明。

“请君暂上凌烟阁，若个书生万户侯”（市名二）

成都、武汉/汤政良作

会意反扣。面出李贺诗《南园》：“男儿何不带吴钩，收取关山五十州。请君暂上凌烟阁，若个书生万户侯。”意为鼓励男子汉投笔从戎。谜底应别解成“成功者都是卫国当兵（武）的男子（汉）”扣合谜面。

评：面引李贺名诗，男儿应带吴钩。历来“成都武汉”，书生何曾封侯？

保护地球飞机种草（广播名词） 卫星广播/朱瑛作

会意谜正扣。“卫星”扣“保护地球（地球为‘星’）”，“广播”扣“飞机种草（广泛地撒播）”。此谜面句通俗，底材选择可谓切题。

评：面涉世界热点，环保科学两宜。会意扣合严谨，卫星、广播切题。

“毛毛虫期待着明天有一双美丽的翅膀”（成语）

小心翼翼/缪一松作

面出小虎队歌曲《蝴蝶飞呀》，时尚流行，充满情趣。以会意法正扣。底“小”扣毛毛虫，“心”扣期待，“翼翼”扣一双翅膀。

评：小小毛毛虫，期待留心中。来日生双翼，翱翔在天空。

“重比翼，和云翥”（旅游名词） 双飞九天游/黎楚乐作

面出毛泽东《贺新郎》词。以会意法正扣。底“双飞”扣“重比翼”，“九天”作“九霄、九重天”解，因此“九天游”扣“和云翥”。

评：面出夫妻送别词，词中有誓两心知。惟愿天空重比翼，九霄长伴不分离。

“圣主忧勤常旰食，烦公一一报曾孙”（湖北媒体）

楚天广播/叶曙光作

面出陆游诗《寄题朱元晦武夷精舍》，会意谜。“天”扣帝王天子，“楚”作忧伤状扣“忧勤旰食，终日操劳”；“一一报”猜“广播”。

评：圣主忧勤若楚天，一一通报广播传。放翁诗句流千古，文虎天成始信然。

但愿领导任命能阳光操作（《滕王阁序》句）

望长安于日下/郑天伦作

紧扣时事热点，谜底异读别解为“希望长官的安排能在阳光之下”。

评：官场劣迹人民恨，选任官员盼透明。首长若能安日下，买官败类岂藏身？

心如一来好感动（干支名称）　戊子/汪良淦作

形扣谜，增形法。“林心如”原为影星名，此处与本义无关，借其形作为字素。请看：谜底“戊子”，“心”“如”“一”三字素“来（插于其中）”，便成“好感” 两字，“动”字说明拆拼过程，作陪衬词用。

评：天干地支一鼠年，拆字拼合好新鲜。心如一来迷惑你，可惜不是那演员。

谜面重需凝练，累赘之言摒弃（食品）　糯米/李伟雄作

形扣谜。“谜面重”即两“谜”字，加“需”凝练精简；将累赘多余的“辶”“讠”摒弃去掉，得“米”“米”“需”组成谜底。

评：作谜需得要领，实为故布疑云。“之言”去后现底，“凝练”“累赘”陪衬。

北大何学子，曾饰小婉君（离合字二）

女生姓、名金铭/陈继耿作

会意法正扣。借影视明星作谜。底顿读为“女生姓名、金铭”。

评：当年影视童星，如今北大女生。要问姓甚名谁，婉君即是金铭。

念去去笛声似诉，记从前涕泗纷流（序词）第四/黄冬妮作

上句音扣：“念去去”即谜底音调须念两个去声，如“笛”和“似”的发音；下句形扣：“记”字领头提示，“从”放前头，“涕泗”纷流去“氵”旁余“弟四”，“弟”与“从”合“第”，谜底乃成。

评：如笛如诉念去声，涕泗纷流拆拼成。声绘形合已双扣，若加会意是殿军。

“侧身西望涕沾裳”（广播节目）　　流行向左看/周昕作

张衡《四愁歌》，抒发了侧身东望泰山、南望桂林、西望汉阳、北望雁门的忧愤之情。谜作者选“侧身西望”配此底，可谓珠联璧合。

评：侧身西望向左看，涕泪满裳正流行。玉盒子盖妙手得，楚天节目尤畅听。

“纵一苇之所如”（成语）　　放荡不羁/唐大受作

会意正扣。面出《前赤壁赋》“纵一苇之所如，凌万顷之茫然”。

评：江中一苇荡行舟，放纵不羁任去留。东坡性格跃然在，海阔天空求自由。

添一笔不好，添一倍不少（字一）　　夕/曾帅作

合形会意法，双扣谜。谜底“夕”字，添“一”笔为“歹”，会意“不好”；添一倍（夕）为“多”，会意“不少”。

评： 增形会意，双扣成谜。通俗普及，可作范例。

万千灯虎赞烟花

——浏阳国际花炮节灯谜创作赛佳谜点评

华人足迹遍天下（烟花产品三·鹤膝格）

巨龙、脚印、彩球/王炜作

鹤膝格，谜底倒数第二字应读同音字“踩”（俗称白字）。此谜作者将三个花炮名词集锦为底，巧用谜格，扣合谜面，一气呵成。

评：巧配灯谜气势宏，烟花精品三联通。黄肤黑发走天下，世界华人同属龙。

梦想剧场大造星（花炮产品工艺名词）全红炮制作/彭梅作

会意谜。底顿读为“全红、炮（由去声变阳平）制作”扣面。梦

想剧场是央视最火爆的栏目之一，它圆了许多人上舞台过一把明星瘾的梦。此谜造底合理，谜底顿读，“炮”字变调别解，谜味多多。

评：剧场造星全走红，平民梦想可成真。异读别解品谜味，工艺流程底创新。

谜面稍作修改（花炮产品） 小调皮/刘鹏展作

会意谜。为谜作面常称与虎谋皮，此谜面如大白话，底别解为“小作调整谜面”而扣合，严谨而不乏俏皮幽默之感。

评：与虎谋皮喻作谜，字斟句酌捻断须。稍稍修改作调整，妙趣横生小顽皮。

新月初横山倒影，西湖共赏水中天（花炮产品）

瀑布/刘定枧作

形扣谜。此谜面句协韵，对仗工整，拆字合形，步步到位。前句“丿”象形为新月，“巾”为山倒影，与“一”（初横）合成“布”；后句西湖扣氵，日扣天，与共、水合成“瀑”。谜底为北京奥运花炮精品。

评：面撰七言合韵律，拆拼分扣两相宜。月横山影分布巧，水（氵）共水天瀑亦奇。

投桃报李喜迎春（花炮品种） 三献花/吉运辉作

会意谜。“桃、李、迎春”均属借代会意，合为三种“花”，“投、报、喜”均作动词，扣“献”。此谜通俗易懂，给人春意盎然的感受。

评：烟花精品久闻名，奉献三花情感真。礼尚往来高雅事，桃红李白共迎春。

“特别的爱给特别的你”（花炮人物） 钟自奇/袁孟华作

会意谜，面为伍思凯的主打歌曲。底为浏阳东信花炮董事长名，作者以成句配面，谜底“钟”另解为“钟情、钟爱”，两个“特别的”扣合“自奇”而入谜，真正恰如其分。

评：面出歌名多诗意，亲切温馨倍感人。立意新潮奇特处，无疆大爱情独钟。

粗如廊柱细如针，如意金箍显神通（烟花产品）

魔术棒/张树林作

典出《西游记》。孙悟空的金箍棒，原为东海龙宫的定海神针，到了老孙手中，要大则大，要小则小，除妖降怪，所向无敌，真可谓“魔幻神奇，法术无穷”之棒。朗朗上口，通俗易懂。真“棒”！

评：妇孺爱看《西游记》，老少皆知定海针。如意金箍魔术棒，猴王信手显神通。

“日出江花红胜火，春来江水绿如蓝”（节庆宣传口号）

多彩浏阳/王民建作

会意谜。面出白居易《忆江南》词。底为浏阳国际花炮节宣传用语。此谜面句意境美，扣合严谨。“浏”本作“清凉（风）、清澈（水）”解，以“多彩浏阳”扣这两句词，拢意精当，情景交融。

评：底为节会宣传语，面配乐天美妙词。清浏河水阳光日，红火绿蓝多彩时。

空中绽“笑脸”，人间乐开怀（成语）欢天喜地/刘正初作

会意谜。“笑脸”是北京奥运期间浏阳花炮新产品。在鸟巢上空绽开笑脸的同时，全国人民乃至世界各国人民欢呼雀跃。“空中”为“天”，“人间”为“地”，成语“欢天喜地”扣面，通俗贴切。

评：焰火天空张笑脸，人间万众仰头看。北京奥运不眠夜，喜地欢天美梦圆。

遵宪晓法（花炮人物）　　黄明章/赵定国作

会意谜。面句简洁而有意义。遵宪守法是每个公民应尽的权利和义务。底用借代会意，黄扣“遵宪”，近代有著名诗人黄遵宪，曾提倡“诗界革命”。谜底黄明章，是中国工艺美术大师。

评：知章守法公民责，明了简洁谜面工。近代诗人黄姓借，底猜花炮大师名。

古稀抱得金鸡好（花炮人物）　　彭玉良/熊建光作

会意谜。面以当代影坛事件入谜，人名借代会意。彭玉是影视圈称“第一老太太”的著名演员，一生勤奋耕耘，不求名利。七十岁爆出冷门，获第二十一届金鸡奖最佳女配角奖。底“良”作“好”解。

评：人生七十古来稀，老太登台抱金鸡。艺术追求无止境，银屏彭玉良亦奇。

祥云灿九州（烟花产品二）

奥林匹克火炬、遍地红/田宇文作

会意谜。谜以“祥云”借代奥林匹克火炬、“九州”借指中华大地。此谜好在集锦成底。一个“灿”字将“火炬遍地红”表达得淋漓尽致。

评：火炬喜传迎奥运，祥云灿烂映神州。烟花新品扬国际，底面恢弘气势猷。

“鹤立霜田竹叶三，虎踏雪地梅花五”（烟花产品）

脚印/张醒华作

会意谜。谜面为书画名联。“竹叶三”“梅花五”分别比喻鹤在霜田和虎在雪地留下的足迹，形象鲜明。谜作者以此为北京奥运开幕式在鸟巢上空呈现的花炮精品“脚印”配上合适虎皮，可谓妙绝。

评：工词巧对配楹联，鹤竹虎梅形象鲜。画意诗情多雅趣，鸟巢上空步伐坚。

如同相思随之现，前前后后去不还（商标）逗逗/买立新作

王维曾以“此物最相思”咏红豆，谜人则以“豆”借代相思。此谜前句“相思”代“豆”，“之”实用，合成“逗”字；后句暗示“前之前、后之后”的字素合成“豆”，去掉“不”的“还”，余“之”（辶），再合成后一“逗”字。

评：相思如豆随之逗，后后前前豆相思。不去还留之字合，拼成逗逗美叠词。

羌笛伴鼓角，寒魄送征人（花炮产品）三音月旅行/武骝作

自撰谜面，展示边关将士夜晚出征图。鼓角指金鼓、画角，与羌笛合为三种乐器，寒魄为月亮之雅号。此谜意境深远，底面照应有声有色，浑然一体，给人以充分的想象空间，引起感情上的共鸣。

评：羌笛鼓角奏三音，寒魄送人月旅行。一幅边关征战画，风光无限情交融。

人人知礼节，处处立新风（商标二）　　明义、博德/伍延才作

会意谜。面为自撰，弘扬传统美德，提倡精神文明。底为浏阳花炮企业商标二。扣合时正猜会意。“义”作仁义、礼义解，“明义”扣“知礼节”；“德”作道德文明解，“博”作“广”解，照应“人人”“处处”。

评：谜倡知书识礼节，文明传统要发扬。烟花企业集合扣，明义博德诚信商。

人生点点滴滴成就巨人（花炮产品）　　火炬/郑天伦作

形扣谜。拆拼有序，“人生点点”合成火，“滴滴成就巨人”合成炬。面句表达积极意义，“不积跬步，无以至千里；不积小流，无以成江海”，揭示了人生成功要靠不断积累的深刻哲理。

评：星星点点燎原火，汩汩细流汇海河。成就巨人靠积累，析字猜谜哲理多。

祥和美好，团团圆圆（商标二）　　吉秀、熊猫/郑俊生作

会意谜。此谜充满喜庆和谐气氛，语言干净洗练，分扣到位。“祥和美好”猜“吉秀”，“团团圆圆”借代，指大陆送台湾的一对熊猫。

评：祥和美好乃吉秀，团团圆圆对熊猫。和平统一成大业，民族复兴看今朝。

星星眨眼伴月明（旋转类花炮品种）　　闪光轮/蔡秋湖作

会意谜。面句如同童话情境。谜底“闪光轮”是浏阳花炮传统产品，随着科技含量的增加和改革创新，“闪光轮”的花样也越来越多，其眼睛一眨，光轮一闪，真是五彩缤纷，令人眼花缭乱而美不胜收。

评：星星眨眼光闪闪，明月当空一玉轮。月不离星星伴月，清辉共洒照寰尘。

节前组织文化游，尽在湘西山水间（商标）浏花/周跃建作

形扣谜。拆字拼字成底。首句节前为“艹”，与“化”合成花，余“文”与湘西“氵”和“山水之（中）间”即“刂”合成“浏”字。此谜底短面长，参差变化，能有序地排列组合，颇为不易。

评：节前组化呈花貌，山水之间现立刀。织进湘西文字到，拆拼离合艺高超。

心随余音到画梁（企业商标）　　金意/张嗣春作

形扣谜。自撰七言，情景交融。谜法合形拼字。以“一”象形扣“画梁”，与“余”合成“金”；“心”随“音”合成“意”。妙在“余”字，看似虚词，却是实用字素，一旦揭底，才恍然大悟。

评：心随音去合成意，余系画梁确是金。情景交融面句美，象形离合手法新。

前头影星，平易近人（花炮产品）　　日景一伞/孙胜利作

形扣谜。立意好。扣合时“前头影星”指“影”之前，“星”之头，即“景”“日”；“平易近人”指“平”字变化之后接近“人”组合，得“一伞”。此谜离合得体，“易”“近”化为动词不露痕迹。

评：影星前面知日景，平易近人一伞拼。观众争相投票赞，此星理应评双馨。

首领虔心供上茶，佛前真心结同心（烟花产品）

三合花/黄玉兰作

面句自撰，拆字拼字，离合到位。前句“首领”示“人”，“虔心”示“七”，上“茶”示“艹”；后句佛前为“亻”，“真”心为“三”，“同心”为“一口”，字素经整理，谜底“三合花”乃成。

评：新谜创意出方家，礼到心诚面义佳。手法娴熟拼有序，豁然见底三合花。

“砰訇兮三足鼎沸，鞺鞳兮一部鼓吹”（烟花产品）

音乐喷泉/邓凤鸣作

会意谜。面出清代蒲松龄的《趵突泉赋》。选用此两句作面，颇有代表性，既有“三足鼎沸”的壮观，又有“一部鼓吹”的美妙，可谓形色俱备，声情并茂，两个象声词更增添了音乐的节奏感。以此猜花炮产品“音乐喷泉”，真是“景”上添花，曲尽其妙，谜趣无穷。

评：柳泉居士久闻名，赋写趵突正水喷。绘色拟声多隐趣，奇观再现乐音中。

“相兼唯柳絮，所得是花心”（花炮产品）

彩蝶飞舞/刘增佑作

会意谜。谜面出自李商隐《咏蝶》诗。作者用此两句来为“彩蝶飞舞”配面，颇有讲究。谜面既可以整体会意猜“彩蝶飞舞”，也可用“相兼唯柳絮”隐“飞舞”、“所得是花心”隐“彩蝶”来分扣组合谜底。

评：面引唐诗咏蝶诗，诗家商隐世人知。彩蝶飞舞腾空处，焰火昆虫莫辨时。

陆凯传春信，孙康苦读书（花炮产品）红梅映雪/陈振凡作

用典谜。晋代陆凯有诗《赠范晔》：“折花逢驿使，寄与陇头人。江南无所有，聊赠一枝春。”晋代孙康因家贫穷，冬天常映雪读书。谜作者抓住同时代两个熟典，会意分扣谜底“红梅映雪”，很有新意。

评：陆凯赠梅传春信，孙康映雪苦读书。红梅映雪严相扣，双典和谐新意出。

“借着清幽的月光，按起琴键来”（花炮产品）

照明弹/李创龙作

会意谜，谜面出自小学课文《月光曲》句。底“弹”另作动词“弹琴”解。有关月下弹琴古典诗文名句为面的谜太多了，谜作者从散文中撷句为面作谜，让人眼前一亮。

评：月光如水正清幽，按键弹琴美景收。小学课文有妙句，为何都向古书求？

眉月三星洞前挂，北方犹念马蹄痕（花炮产品）

乳燕/夏彬作

形扣谜。眉月（一撇）、三星（三点）、马蹄（四点）均以象形指字素。“孔”则会意扣“洞”，“廿”同“念”。此谜面句自撰，写景抒情颇具诗意，析字拼合，形扣严谨到位。

评：眉月三星孔洞前，象形意会乳关联。北方中立上头念，燕尾蹄痕印象鲜。

勿让未成年人单独燃放花炮（俗称谓冠量）

一个小不点/王寅丑作

会意谜。面为花炮安全宣传用语，也是对家长老师等监护人的善意提醒。配谜时加上量词“一个”，既避免撞车，又底面照应，扣合落实了“单独”，可见“细节决定成败”，灯谜创作亦然。

评：小孩爱炮寻常见，燃放之时请靠边。牢记一个小不点，成人照看保安全。

“百年都似散余霞”（企业商标名称）　　世纪红/陈挺作

会意谜。面用成句，出自宋代词人胡铨的《浣溪沙》，其上阕为：“匆匆春归没计遮，百年都似散余霞。持杯聊听浣溪沙。”谜以“世纪”扣百年，“红”扣余霞，会意严谨。

评：巧借宋词为隐语，历书世纪百年通。仰观天际余霞景，花炮名牌火样红。

为妾道万福，含笑理琴弦（花炮产品）小礼花弹/王保武作

会意谜。面句文雅，蕴含了古代称谓、礼节等中国传统文化知识，如古代妻为大（正）、妾为小，女子行礼为“道万福”等，物名有“含笑”扣“花”之借代。会意分扣严谨，读之情趣盎然。

评：妾道万福施小礼，理琴含笑看花弹。传承文化诗联美，底面分明扣合严。

我愿如飞蛾，火化求高节（花炮产品）　　花烛/陈继耿作

形扣谜。面句自撰，一反常人的“飞蛾扑火”而重新立意，难能可贵。拆字拼字，手法老练。前句“蛾”飞“我”余“虫”，后句高节为“艹”，加“火”“化”两字素实用，遂合成谜底。

评：扑火飞蛾常贬义，此谜反道却褒扬。虫虽火化高节在，再生花烛照洞房。

“不知何处吹芦管，一夜征人尽望乡”（花炮产品）

怪笛声声/李迁作

会意谜。谜面出自唐代边塞诗人李益《夜上受降城闻笛》。谜取后两句为面，配花炮产品“怪笛声声”。其“谜眼”就是谜底的“怪”

字，应由形容词变作动词“责怪”，意为只怪那“吹奏芦管（笛）”的声声音乐，才引起了“一夜征人尽望乡”无尽的思乡之情。

评：征人边塞守孤城，芦管引发思乡情。唐诗名句有出处，怪字激活谜味浓。

一生仗义雄心在，七十犹能登峰巅（商标）

文华山/蔡芳作

形扣谜。面句表达了古稀老人仗义正直、老当益壮的心境。谜法拆字，拼合有序。“一”生仗“义”合为“文”，雄心为“亻”，与“七十”合成“华”，“峰巅”形意均可扣“山”。

评：仗义一生文字隐，雄心七十正华龄。登峰自见山巅景，鹤发童颜一老翁。

烛光之下意中人，含羞而立人倾心（产品类别）

烟花/方炳良作

形扣谜。谜面自撰，有爱情诗、婉约词的意境。扣合时析字拼合。烛光之下为“火”，意中人为“因”，合为“烟”。含羞为“草（艹）”，而“立人”为“亻”，“倾心”为“匕”，合为“花”。

评：析形组字有谜法，前合后拼各到家。相聚浏阳开盛会，万千灯虎赞烟花。

“明朝游上苑，火速报春知”（花炮产品）

圣诞花开/陶维松作

谜面系武则天诗句：“明朝游上苑，火速报春知。花须连夜发，莫待晓风吹。”谜底“诞”解作“荒诞”，以“圣上（皇帝）荒诞地决定花儿要提前开放”扣合谜面。此谜别解出味，令人深思。

评：女皇游苑寒冬日，却令百花连夜开。圣上何生馊主意，离奇荒诞想得歪。

芳草滴清露，田头现初霜（花炮产品）　万雷/李仁发作

形扣谜。自撰两句五言，写乡村景色，清新美丽。猜花炮类别名词，字形离析，扣合到位。以前句“清”作动词，“芳”清除草（艹）、滴（点）露出“万”；后句初霜为“雨”，出现在“田”头，合成“雷”。

评：自撰五言诗句美，乡村景色沁心扉。拆拼离合功夫巧，花炮迎宾响万雷。

单打冠军频传捷（花炮品种）　　十二头声声报喜/刘旭作

会意谜。商品计量，一打为“十二”。冠军为头名。故以“十二头”扣“单打冠军”，“声声报喜”扣“频传捷”。此谜正扣会意。妙在配底时选择了带规格的“十二头”产品，别有新意，避免了撞车。

评：单打冠军十二头，声声报捷喜频收。底材选配冠规格，别出心裁胜一筹。

缤纷百十载，笑语遍全球（宣传口号）

璀璨千年 欢乐世界/李文林作

应景谜。撰五言诗联配面，句式整齐，朗朗上口，喜庆气氛盎然。

谜法会意，其中“璀璨”扣“缤纷”，“欢乐”扣“笑语”，“世界”扣“全球”，均属同义互换，通俗易解；唯“百十载”，蕴藏了一道数学游戏题。应做乘法解为“一百个十载”，方可准确、严谨扣合“千年”。

评：相乘百十成千载，节庆主题作底材。数语知识多隐趣，缤纷璀璨乐开怀。

令谒见，怀金送；推四知，终没收（村庄）铃泗/黄跃佳作

谜面化用“杨震四知”典故。汉代华阴人杨震，曾推荐王密做昌邑县令。一次，杨震因公事路过昌邑，夜深人静时，王密怀揣十金，前往馆驿谢恩。杨震拒而不受。王密说：“此时深夜，无人知矣。”杨震正声而说：“此事天知、地知、你知、我知，何谓无知？”

谜作者以《三字经》句式复述故事，运用拆、拼手法成谜，合成谜底“铃泗”。前两句“令”“金”实用，以“谒、见、怀、送”作动词抱衬，合成“铃”字；第三句推出“四”让人知，第四句“终没收”暗指“没”的“殳”收起，剩下“氵”，与“四”合成“泗”字。

评：四知故事古今传，铃泗入谜概括全。文字拆拼游戏里，倡廉反腐警贪官。

“一团火焰出水来”（花炮产品）　　浪漫花海/李伟雄作

面用成句，谜法章旨。“一树红花照碧海，一团火焰出水来”为歌

曲《珊瑚颂》头两句。作者取后句为“浪漫花海”谜面，恰到好处。

此谜承上句语意，让读者联想到“红花”“碧海”之美，但“一树红花照碧海”还只是静谧而美丽的夜色，且为不能露面的“虚”像，而“一团火焰出水来”具有动感和激情，与“浪”“漫”天然巧合。

评:红歌经典《珊瑚颂》,火焰红花唱不衰。虚实相生情境美,海花浪漫久萦怀。

有施进妺喜；苏护进妲己；洪德进褒姒；勾践进西施；王允进貂蝉（花炮产品） **五献花/任焕长作**

谜面列出夏、商、周、春秋及三国时代五个为人们熟悉的典故，都是为了推翻暴君或某种利益的需要，向荒淫好色的君王（夏桀、商纣、周幽王、吴王夫差）或专权者（董卓）进献绝色美女。而“美人如花”，借代会意，简而言之，当然是“五献花”了。

“五献花”是小孩喜欢玩的花炮，但切记手要抓稳，安全第一哦！

评：常道观今宜鉴古，今排典故出多朝。昏君常陷美人计，五献花中隐妙招。

华人归根多挂念（浏阳特产名） **花木/李玉虹作**

面为自撰，写海外华人思乡之情。“落叶归根”是多少人的愿望，有时愿望难以实现，就只好“望月怀乡”，自唱“河山总在我梦萦”了。

谜法离合。“华”为关键字，“人归根”将“人”归于“华”之“十”，合成“木”，“多挂念”将“念（艹)”挂于“华”的“化”之上，合成“花”，至此，谜底乃成。

评：别友离亲走四方，华人海外望家乡。归根难了常思念，花木谜中细端详。

“繁红一夜经风雨，是空枝”（花炮产品） **晨光花/冯杰作**

谜面出自唐代“花间派”词人皇甫松的小令《摘得新》：“酌一卮，须教玉笛吹。锦筵红蜡烛，莫来迟。繁红一夜经风雨，是空枝。”作者选后两句，为“晨光花”配面，恰到好处。由“繁红”到“空枝”，是因为“一夜经风雨”，当然是“早晨（看）花全部凋谢了，落光了”。

评：花间词面香而雅，花炮谜猜妙处详。花好难经风雨夜，花枝凋落至晨光。

“试看将来的环球，必是赤旗的世界”（花炮产品）

遍地红/张留顺作

谜面为中共创始人李大钊语，此谜正扣会意。“遍地”合“环球”、“世界”，“红”扣“赤旗”，准确通俗，好懂易猜。此谜寓思想性、艺术性于一体，好！

评：革命先驱为大同，献身社会向前冲。预言今日赤旗舞，辉映环球遍地红。

“曾唱牡丹留客饮”（产品二）　富贵乐、迎宾曲/李方正作

面句出自宋代晁补之《临江仙》，会意正扣。“牡丹，花之富贵者也”（周敦颐《爱莲说》），故“富贵”借代“牡丹”；有趣的是，底中“乐”本义“快乐”，要异读别解成“音乐”，扣“唱”；而“曲”本义为“乐曲”，要作“酒曲”之“曲”，才能扣上“留客”而“饮”。

评：饮酒唱歌款客宾，美词花炮两联姻。花开富贵牡丹显，乐曲皆藏话外音。

“晓月临窗近，天河入户低”（企业名）高峰房产/沈人安作

谜面出自初唐沈佺期《夜宿七盘岭》。诗句以晓月临窗之“近”衬离地面人间之“远”，以天河入户之“低”托七盘岭人家之“高”，“高峰房产”巍然耸立，不言而喻。

评：天河晓月户窗临，妙句佳联慧眼寻。破雾穿云迷路现，高峰房产底分明。

也将无韵学评佳

——“杜鹃杯”中华灯谜颂长沙创作赛佳谜点评

青石白果红墙巷，黄泥蓝粉赤岗冲（区域文化用语）

长沙地方色彩/武骝作

评：小巷大街老地名，民间高手趣联成。珠联璧合谜来配，齐赞地方色彩浓。

叹权旁落朋少来（长沙方言）　　吵棚 /黄跃佳作

评：当官得意笑当时，世态炎凉日后知。罢相无权朋少日，吵棚方悟是妙词。

生来坦诚，无一虚言（长沙别称）　　星城 /崔永凯作

评：长沙美誉曰星城，拆字拼合巧组成。处世教人休伪善，治国齐家要忠诚。

廉政建设富长沙（杜甫作品二）　清明、发潭州/王子安作

评：改革开放看长沙，物质精神两手抓。廉政为民强给力，共同致富小康家。

“我家就在岸上住”（地名二）道门口、便河边/龚海波作

评：电影插曲歌祖国，大河波浪起高音。歌词一句引言出，道出湘江岸上人。

鹊桥架起日，空中重逢时（长沙方言）七七八八/许传福作

评：织女牛郎盼七七，空中重会两相依。长沙里手家常话，中国情人节里谜。

“惟楚有材，于斯为盛”（机构简称）长沙人行/李仕彦作

评：惟楚有材书院盛，麓山斯地是长沙。人行应解才学好，音变异读拇指夸。

“开帘放入窥窗月”（长沙历史名人）　许光达/章春民作

评：面取古词情境美，底联大将许光达。疆场驰骋功勋著，自动让衔领袖夸。

纱帐半掩酒半空（历史文化名城）　　长沙/张文庆作

评：纱帐掩人醉梦中，虚虚实实意朦胧。先离后合长沙出，字素半留半落空。

抗日的烽火燃烧在太行山上（历史名人）焦达峰/王保武作

评：振奋人心抗战歌，太行山上英雄多。撷来制谜赞焦督，近代长沙一楷模。

早上江边迎客至，纤纤柳线露珠悬（长沙别称）

潭州/吴清梅作

评：谋面用心吟律句，斟形酌字合成之。江边早至西来客，垂柳枝中看露珠。

说不清千里大荒漠，道不明万里戈壁滩（非遗名录）

长沙谜语/孙胜利作

评：谜为隐语说不清，益智怡情道得明。欣贺长沙谜事盛，非遗文化共传承。

枣花点点落篱下（长沙方言）　　策/叶裕华作

评：自播越策越开心，马可汪涵成策神。今请他们猜个字，策不出底拜师门。

“怅寥廓，问苍茫大地，谁主沉浮”（长沙精神）

心忧天下/田金鑫作

评：犹见青年毛泽东，胸怀抱负入词中。寥廓怅望忧天下，敢为人先领队冲。

南灯北虎谜趣融

——央视首届中国谜语大会征谜选评

春雨绵绵妻独宿（字） 一/李永清荐

评：春雨绵绵无“日”，妻独宿处无“夫”。两度减形余“一”，经典字谜千古。

不可沽名学霸王，霸王乌江自刎亡（玉器词） 翡翠/朱素静荐

评：不学霸王“非羽”，乌江自刎“羽卒”。人名借代会意，历史典故画图。

小改革大变化（字） 灯/杨米贵荐

评：改革变化均需“动”，“小”“大”协调见分明。

改革根源在“吃喝”（科技名词） 转基因食品/张沐灵荐

评：“转（变）”即改革，“基因”扣根源。“食品”成吃喝，谜味靠品评。

这里四季花常开（成语） 不败之地/肖志刚荐

评：会意反猜谜，常开花不败。天涯海角地，唤请客多来。

扒手向司机下手（外国电影） 《偷自行车的人》/陈红荐

评：司机正行车，扒手心太狠。下手正偷处，当场抓现行。

桃园宴客（字） 馃/赵戬麟荐

评：桃园来宴客，果品任君尝。食了长生果，感恩王母娘。

画句号（成语） 可圈可点/守秦淮荐

评：学习中英文，句号各不同。可圈亦可点，卷面要分清。

福无双至今日至（国家名） 比利时/杨广森荐

评：双扣比，福扣利，日扣时。正猜会意法，比利正同时。

好马如飞赛虎龙（电影名）　　《甲午风云》/梁海英荐

评：好马猜甲午，风云扣虎龙。借代有依据，源头自《易经》。

客初看诗末，崔名在上头（春节习俗）　　守岁/王寓诚荐

评：客初诗末合守，崔名上头齐岁。唐诗典故入谜，崔颢李白称贵。

“红弦高紧声声急”（两字摄影名词）　　调焦/胡永久荐

评：面出杜牧诗，底猜摄影词。调整变音调，焦成急躁时。

戒酒多是骗人的（四字新词）　　春节长假/金鸽荐

评：春节代戒酒，长假多骗人。归心似箭者，却是金鸽君。

只有冠军优势大（动漫人物）　　光头强/郑远达荐

评：优势大者为强势，只有冠军曰光头。动漫人物谁不识？儿童拍手把票投。

胸怀大志（三字常用语）　　不小心/刘士彬荐

评：不小反猜大，胸怀志在“心”。贵在心不小，少年梦成真。

离任时群众夹道欢送（礼貌词语二）走好、多谢/董沛霖荐

评：为官造福一方，走时“好多人谢”。礼貌用语顿读，足见民心如镜。

泥菩萨渡河，自身难保（五字新词）经济一体化/张运成荐

评：通俗歇后语，为面多谐趣。缘何一体化，泥水未分家。

生旦净末丑，名伶受热捧（革命文化标志）

红五角星/周昕荐

评：戏剧行当排五角，名伶热捧成红星。文化标志当牢记，烈士先驱血染成。

口才皆知，望求一见（四字称谓）　　央视名嘴/宫艳萍荐

评：“名嘴”扣口才，央作“央求”解。为何望求见，原是追星来。

杨德祖妙解“鸡肋”，苏东坡投石击水（六字口语）

都是那点破事/刘宝胜荐

评：事出演义、奇观，杨苏点破机关。纵是聪明齐颈，也需提醒教传。

左邻右舍情相连 （字） 怜/潘汝淦荐

评：左邻即为“令”，右舍“情”为“忄”。面句需顿读，相连合形“怜” 。

文明办（湖北、浙江山名各一） 武当、莫干/张国荣荐

评：面句宣示文明办，武当莫干底反猜。应化干戈为玉帛，集锦谜中哲理来。

大盘翻红掌声起（字） 涨/吴树戈荐

评：大盘翻红会意，“掌”声同起提音。股民欢呼雀跃，深沪现场写真。

精彩继续（五字口语） 好的不得了/于升起荐

评：“好的”扣“精彩”，“了”作“结束”猜。反扣会意谜，精彩继续来。

挨了重打也不怒（历法用语） 二十四节气/陈奕宏荐

评：十二为一打，“重打”二十四。节气扣不怒，有火能克制。

实为腐败，假装廉洁（影视用语） 纯属虚构/代述祥荐

评：以“纯”扣廉洁，虚构为假装。查实腐败者，终将落法网。

“落花时节又逢君”（央视栏目）

《谢天谢地你来啦》/朱蕴颖荐

评：面出杜甫诗句，谢天谢地“落花”。“逢君”恰遇你来，央视节目看吧。

扎根中国，灯谜历久不衰（成语） 生龙活虎/曹兴泉荐

评：扎根中国生龙族，文虎雅称是灯谜。历久不衰人气旺，活动传承赞非遗。

喜怀身孕语不休（广电名词） 体育频道/冯冬水荐

评：体内孕育喜开怀，逢友叙说频道来。不必害羞不必怕，如今鼓励生三胎。

“一个个伸出拇指把你夸”（交通名词）

人行通道/蔡景盛荐

评：面唱军民鱼水情，妈妈感动新四军。人很能干全称赞，交

通名词恰合屏。

孩子梦想着有一双翅膀（成语）　　　小心翼翼/潘云龙荐

评：孩子梦想在小心，盼有双翅翼翼生。家长教师勤呵护，助其美梦早成真。

重整滇军（两字口语）　　　真浑/胡永久荐

评：云南部队曰滇军，民国时期素有名。今借作谜巧整顿，告诫认真别犯浑。

一日之间赚头牛（字）　　　星/李凤祥荐

评：谁人暴利收？一日赚头牛。合形拼字看，原来是“星”族。

傻子的沉默（成语）　　　二话不说/于会兰荐

评：傻子俗称“二”，沉默话不说。底面反差大，谜趣细琢磨。

听话音，意图明（字）　　　画/刘青松荐

评：意图即意画，画音读话音。音意双扣谜，听想两分明。

每星期变更议题（古书名二）　　　《周易》《论语》/何玉建荐

评：“周”为每星期，“易”于作变更。“论语” 议题解，正猜合卯榫。

舌尖上的西湖（字）　　　沙/罗泽清荐

评：“舌尖”上，一撇“小”；西湖“氵”，啥味道？组成字，“沙”明了。

严禁沉溺棋牌（机构名）　　　反贪局/梁丽鹃荐

评：“棋牌”会意“局”，沉溺实不该；倘若动公款，“反贪”上门来。

《耄耋情怀》赞聂翁

——为聂玉文作品篇目配面自析

八九十年代的感受记忆（书名）　　　　《耄耋情怀》

析：人生七十古来稀，八九耄耋高寿齐。谜以年龄年代换，情怀开放改革期。

传奇话无常（《耄耋情怀》篇目）　　　　《说怪道鬼》

析：传奇为说怪，道鬼话无常。犹忆《聊斋》剧，家家论短长。

“我住长江头，君住长江尾”（《耄耋情怀》篇目）

《涟河情丝》

析：面出宋词名句，江头江尾“涟”河。情思绵绵不断，只愿君心如我。

“少年不识愁滋味”（《耄耋情怀》篇目）　　　　《儿时玩乐》

析：不愁当玩乐，少年正儿时。此为反猜谜，意趣借辛词。

“上错花轿嫁对郎”（《耄耋情怀》篇目）　　　　《奇婚记》

析：面为喜剧名，配底恰合身。先错后来对，奇婚笑煞人。

掀桌子有过记载（《耄耋情怀》篇目）　　　　《翻案录》

析：掀桌子即“翻案”，有记载“录”当然。生活中似小事，法场上叹奇冤。

久旱盼甘霖（《耄耋情怀》篇目）　　　　《情思天下》

析：久旱不落雨，心情干着急。老天赶快下，思盼甘霖滴。

“长太息以掩涕兮”（《耄耋情怀》篇目）　　　　《原告之痛》

析：太息掩涕哀民生，屈子悲伤感后人。此谜“原告”经别解，聂老情牵一古人。

（2021 年 5 月 23 日）

应注意通假字同古今字的区别

古文中的通假字，通常指用音同和音近的字来代替本字。语言中某些词本来有其应有的字来表示，而古人在写字时临时借用另一个音同或音近的字来代表。这有点像我们今天的错别字，因为除了音同或音近外，这种字在意义上没有任何联系。如“蚤”通“早”、“衡”通“横”等。

古今字也属音同通假，但它是指一个意义相同的字古今的不同写法。这既不同于繁体字，也有别于异体字。我们知道，汉字除了“本有其字”的假借，即前面讲过的通假字外，还有一种“本无其字”的假借。如“莫须有”的“莫”这个否定副词，本无其字，人们只好借用表示“太阳下山”意义的“莫”字代替，后来又造了一个“暮”字来表示“太阳下山”，而“莫”就逐渐由假借字而专用作否定副词了。从“莫”与“暮”的关系看，“莫”是“暮”的古字，“暮”是今字，两者音义相同。

弄清这两个概念以后，我觉得，根据制谜的原则，对古音通假的字能否入谜应分别对待。即看它到底是意义毫无联系的“错别字（即纯粹音同通假）”，还是音义相同的古今字。

对前一种情况，我认为不宜入谜。因为这本来属于古人书写的一种错误，“本有其字”的通假，就像我们今天写错别字，是不能允许的。拿来制谜，亦不利于维护汉字的规范化和培养青少年良好的学习习惯。我们不能用这种意义并无联系的通假字作灯谜的“别解”。即使要用，也只能采取同音字做谜用格的办法，必须标“白头、玉带、粉底、梨花”等格进行补救。

对第二种情况，即音义相同的古今字，我认为可以入谜。理由是古今字音义相同。虽然古字后来已被借作它义，但在一些成语典故中我们还常可看到。如“图穷匕见”“乳臭未干”的“见”“臭”，就是用的古字。灯谜是文义谜，用古今字制谜，属于汉字的一字多义，完全符合灯谜的“别解”原则。而且往往不少好谜，谜味就出在关键的一两个字的别解上，其中包括了大量的古今字。如1986年“漓江谜会”的笔试赛题中有一条谜，“日上三竿（打山西地名）”不少人猜“阳高”，但公布谜底时是“阳高县”。一字之差，细细品味，后者的确比前者更切。因为“县”是“悬”的古字，谜底别解为“太阳高高地悬挂着”，扣合谜面“日上三竿”，不正是恰到好处么？

其次，用古今字制谜与注重灯谜的群众性、普及性并不矛盾。广大群众要学好本国语言，不能不了解一些古文基础知识。实际上，现在的初中生，已开始学习浅易的文言文，教材中专门介绍了形声字，并引进了汉字的“六书”造字法等知识。把这些知识用灯谜这种活泼有趣的形式帮助他们学习，常常会收到良好的效果。如我在学校“周末猜谜”活动中出过一条谜给学生猜：“含笑九泉（打《捕蛇者说》一句）”，学生一下就猜出了谜底“故为之说”，并能说出谜底的“说”应解为“高兴”，因为他们在另一篇课文《公输》中学过“说”通“悦”了。

再如下面两条谜：

“夜来幽梦忽还乡”（打曲牌一）莫思归

举杯献给启蒙人（打学校用语）尊敬老师

我挂出来后，学生都能猜到，因为语文教材中可以找到“莫”通“暮”，“尊”通“樽”，这些都是古今字的音同通假。我觉得它们入谜是完全可以的。

总之，我们制谜既要注重群众性、时代性，又要顾及灯谜本身的特点，真正做到雅俗共赏，推陈出新。

（原载《中国谜报》1988年第10期）

“绝妙好辞”启示谈

曹娥碑阴上题的“黄绢、幼妇、外孙、齑臼”八字，寓“绝妙好辞”四字隐语，流传已久。此谜被谜界公认为我国最古老的一条文义谜。它的成谜之道，至今对我们初学灯谜创作的人，仍有着某些启示作用。

这条谜相传是东汉大文学家蔡邕所作。《世说新语》中曾记载过杨修向曹操对这条谜作的解释：“黄绢，色丝也，于字为绝；幼妇，少女也，于字为妙；外孙，女子也，于字为好；齑臼，受辛也，于字为辞（辤）。”很明显，蔡邕在制作这条谜时，是把“绝妙好辞”四字的形体结构用离合法分开，再用会意法取其义写出另外八个字作为谜面的。从底面扣合的关系上具体分析，我觉得这四个字在“会意”成谜的方法上又各有特点。

第一个“绝”字，“黄绢”扣“色丝”，当属会意法中的解析法。它是以具体事物为面，以抽象事物为底的，谜底对谜面起着解释作用。值得注意的是，它不同于一般的文义等同的正扣会意，它的面底不能互换。因为在逻辑范畴上，黄绢是种概念（小概念），色丝是属概念（大概念），制谜时只能将外延较窄的种概念为面，以外延较宽的属概念为底。“黄绢”可以猜“色丝”，而“色丝”不能猜“黄绢”。仔细体会一下，我们就能由此而懂得今天常说的“芙蓉、牡丹”可以猜“花”，而“花”不可以猜“芙蓉、牡丹”；人名可以猜姓，姓不可以猜名的道理了。从而在自己的谜作中尽量避免出现“倒吊”的毛病。

第二个“妙”字，“幼妇”扣合“少女”，是典型的同义法，它的面底意思相同，也可以互换，这是显而易见的。在欣赏字谜时，我却想到了另一面。我总觉得，“幼妇”的说法，在生活中不太常见，不够自然，应该说“少妇”“幼女”更习惯一些。但作者为什么不用这两个词组为面呢？这是为了避免“底面相犯”。因此，这个“妙”字谜，实际上告诫了后人在制作灯谜时应切实做到不露面，否则就不成其为谜了。记得前两年韦荣先老先生曾对一些用离合、分扣会意法制作的字谜如“单人匹马（件）”“第一集（闩）”等，委婉地提出了批评，认为“半露面谜不算太好”。由此看来，韦老先生的意见是非常中肯的。

第三个“好”字，以“外孙”扣“女子”。在今天的谜界看来，恐怕是“俗”而又“俗”的题材了。但我们应该看到，对这条谜的创作，作者在当时是颇费了心思的。试看“好”字拆成“女”“子”两字后，我们至少会有三种理解：（1）女人，即将其看作一个双音合成词；（2）女人和男子（或女儿和儿子），即将其看作由两个单音词组成的联合词组；（3）女儿的儿子，即女（之）子，将其看作由两个单音词组成的省略了结构助词的偏正词组。三个义项中，（1）是本义的直解，（2）（3）则有了别解。作者之所以选用了第三个义项，以“外孙”扣之，是因为这个义项既有别解，结构变化上又比较曲折，因而使谜味更足，正所谓离而见奇，曲而显幽。因此我觉得，“绝妙好辞”中最富有别解的当推这个“好”字，它给我们的启示也就是在制谜时应在字的结构变化和意义上多加比较，权衡选择，巧妙别解，突出“谜味”。

第四个“辞”字，古代写作“辤”。为什么以“齑臼”扣之呢？原来齑臼是古代捣药的器具，药有辛味，故为“受辛”。我认为，这条谜与前三个字的成谜方法是有所不同的。它既不是面底等同的同义相扣，又不是种属概念的以小射大，而应该属于会意法中的“特征法”，即以某种事物作谜面，取其特征、性质或用途作为谜底。具体说来，“受辛”（盛装带有辛味的药物）就是“齑臼”这种药具的用途。如果我们把这条谜改成今天常用的问答法，“齑臼用来装何物？”谜底：辤（受辛），我想也会是别有趣味的。因为谜底中“受”字这个动词为一问一答起了恰到好处的承接作用。因此，从“辞”字的成谜，我们应该受到启发，即制谜的法门要多样化，要避免单向思维，力求多角度、多侧面地发挥想象，这样，才能不断提高谜艺，创作出更多的为人称道、雅俗共赏的佳谜来。

总之，不倒吊，莫露面，求别解，多法门，是“绝妙好辞”的成谜之道给我们的启示。甚至可以这样说，我们今天常说的制谜时应注意的一些基本要点，就是在前人这条谜例基础上的总结出来的。

当然，曹娥谜并非十全十美，它带有灯谜开创时期的稚嫩，如谜面文意比较浅俗，结构比较松散。但我们不能用今天的眼光苛求古人，而应该很好地总结前人的经验，在继承发展的基础上创新。柯国臻先生说过：“曹娥碑题隐语，是文义谜的图腾，为后辈谜人所信奉，如果对它动摇，便失去了文义谜的理论依据。”这话是极有见地的。

（1990 年，原载《枫林》）

隐者自怡悦

——关于谜和谜人的思考

用来作标题的这句唐诗，曾有人做过探骊格谜面，谜底是“谜人一乐”或“谜人一笑”。这分别是湖南黄大明和广东庄容川的谜号。此外，谜界取“乐隐”“乐寅”“乐虎”等为谜号的还有不少，可见大家爱谜的目的十分明确，同时说明灯谜的娱乐功能是使其得以流传并发展的基础。长沙陈斌先生曾以“自得其乐”和“与人同乐”概括了自己执着地爱谜的原因。确实，人们通过猜谜、制谜、赏谜等活动，往往能够得到精神上的愉悦和心理上的满足，这是一种有层次而不断升华的审美享受。

一、猜谜之乐

每个人爱谜，都是从猜谜开始的。猜谜又大多是从最简单的儿童谜语开始，而逐步过渡到猜“文义谜”的。在我国广大人民群众中会猜谜的不少，但大多数尚处在猜儿童谜语（民间谜语）的阶段。现在，有人主张把民间谜语和文义谜决然分开，把“无别解灯谜”从“别解方成谜”的灯谜范畴中清除出去。这实际上是作茧自缚。谜难且生僻，猜者无乐可言，自然引不起兴趣，群众当然就敬而远之了。

猜谜之乐，是一种投石问路、探骊得珠之乐。“山重水复疑无路，柳暗花明又一村”“众里寻他千百度，那人却在灯火阑珊处”。有时候，遇上一条谜，挖空心思、搜肠刮肚而无所获，一旦突然醒悟，觅得谜底，真有一种说不出的快意。尤其是在谜会上能领到哪怕是一点小奖品，得到公众对自己知识、智力水平价值的承认，更是喜笑颜开。

还有一种情况，有时猜中一条谜是歪打正着，知其然不知其所以然，也幸运得奖。经主持者解说，领悟奥妙，从此步入“谜”途，乐而忘返。正因为猜谜有如此巨大的吸引力，所以它成为人们喜闻乐见的文化活动。平时聚会，猜谜取乐；大报小报，经常登谜。特别是到了节假日，各地谜会不断，到处是谜的天地，乐的海洋。可以相信，大多数中国人都不同程度地体验过这种怡情益智的猜谜之乐。

二、制谜之乐

这是一种较高层次的娱乐。一般的猜谜者并不考虑制谜，因为他们往往只懂得几个常见的套路，没有对成谜的规律深入钻研。只有经常猜谜，看得多了，才会进行比较，并萌发一种跃跃欲试的创作灵感，来学会制谜。

著名数学家王梓坤先生在《猜谜与科研》中曾对猜谜和制谜的情况作过分析。他指出：“猜谜的本领，主要来源于广泛的知识和丰富的想象。”这也是制谜必备的本领。不同的是，一个是被动接受，一个是主动创作；猜谜是先有谜面、谜目，制谜则一般是先有谜底，即所谓“与虎谋皮”。因此，“猜谜和制谜的思维程序，恰好是相反的”。

制谜带给人们精神的享受和快乐主要表现在两个方面：

（1）制谜者可以根据自己的生活经历、知识积累选取谜材，自由创作。一条谜语，“虽为短品，却是妙文”（清·纪晓岚）。它能以小寓大，寓教于乐，甚至能含蓄地表达作者的人生态度及思想感情。与其他形式的文学创作一样，这种创作冲动和灵感爆发引起的精神愉悦和快感，是无法言喻的。

（2）制谜者的谜作在信息反馈中的“欣赏”之乐。

这种“欣赏”包括自我欣赏的陶醉感和被人欣赏的认同感。“千谜易得，一佳难求。”有时候，制谜者制出一条从立意构思到谜法扣合都颇具特色的好谜，会喜不自胜，并反复玩味，润色修改，以臻完美。这就是所谓自得其乐。同时，将谜作示之于友或公之于众，被别人猜中或评为佳谜，则又有被人欣赏的快感。自己的创作得到承认，自身的价值得到了实现。哪怕是一条“撞车谜”，也不觉得遗憾，只会以“英雄所见略同”自慰，并为自己通过一条谜作又结识了一位老师和知音而兴奋不已。

当然，由于制谜者的思想认识、学识造诣和谜艺水平存在着差异，他们的谜作也不可避免地有着雅俗之别、高下之分。他们所享受到的“制谜之乐”也会存在程度上的不同。

三、赏谜之乐

赏谜之乐是一种更高层次的快乐。它主要是指人们在对谜作的欣赏评论过程中得到的移情作用和审美享受。这也是将感性认识上升为理性认识的一个深化过程。拿欣赏佳谜来说，佳谜如佳酿，闻之香，入口醇，令人陶醉。其中有不少值得发掘的内涵，评谜者不仅可以从谜学的角度来分析，还可以结合运用文学、美学、心理学等理论观点进行赏析。这是将作品与欣赏、理论与实践相结合的再创作。它更能唤起思想的共鸣和精神上的愉悦，同时对人们的素质要求也更高。这就靠不断地加强理论学习，提高自身素养了。马克思说："正如只有音乐的耳朵才能唤醒人的音乐感觉，对于不懂音乐的耳朵，最美的音乐也没有意义。"这句话说明，客观存在的音乐美要靠有"懂音乐的耳朵"去发现。推而广之，用于灯谜欣赏，我想也应当如此。

以上从三个层次剖析了谜人之乐。平心而论，目前，真正能体验这"三乐"的谜人并不很多。这是因为：一些"高档"文人不屑于搞谜，制、评者不多；而现有的谜人则大多停留在第一个层次（只猜不制不评）上，有时偶尔制几条谜，也难以坚持而有所提高；愿意写点谜评和理论文章的人更少。因为猜谜只需被动地接受，制谜只要一两句话（不求评佳，成谜不难），评谜却要精心构思，缀成文章，且要能评到点子上，既不拔高，又不妄加指责；批评时更要与人为善。这就颇不容易了。

笔者认为，中华灯谜学术委员会应在加强谜人理论修养、提高谜人素质上引起重视。1995年学术委员会聘请首批研究员，这是个好的开头。应进一步作出计划，发现和培养人才，对有志于理论研究的同志进行帮助，为他们发表文章提供机会，对有独特见解和理论深度的文章要提高稿酬，鼓励和支持有条件的人出专集，对一些在灯谜理论上有建树的谜人要进行表彰，争取每年出一本谜学论文集。这样坚持下去，谜坛才能形成一种注重学识争出精品的好风气，才能真正体现灯谜委员会的学术性，从而使更多的灯谜爱好者看到灯谜的价值和希望，自觉地加入到自己的组织中来，探寻和领略其中"三乐"。

（1996年1月22日，原载《中华谜报》）

谜语大会话猜谜

追溯：从隐喻开始

远古时代，人们在语言交流时，偶尔会由于某种原因，不直截了当地表达思想，而要通过拐弯抹角的语言来暗示另一层内容，这就有了“谜语”的萌芽。我国有文字记载的“曲折隐喻”的语言现象，最早出自黄帝时代《弹歌》：“断竹，续竹，飞土，逐肉。”即隐示人们制作弹弓、猎杀野兽的情形。

到了春秋战国时期，一些君主喜听隐语，而非犀利的谏言。于是有了谜语的雏形“廋辞”“隐语”。汉代出现了射覆活动，风靡一时，射覆就是在瓯、盂等器具下覆盖某一物件，如手巾、扇子、笔墨等，让人猜里面是什么。我们至今还把猜谜语叫作射覆或射虎，就是来源于此。后来的谶语多是迷信的人所说的预言，最有名的是三国时的一首童谣：“千里草，何青青。十日卜，不得生。”千里草为董，十日卜为卓。童谣谓董卓残暴，不得人心，必将失败，即“董卓当死”。

谜语在魏晋南北朝时发展得很快，刘勰《文心雕龙•谐隐》说：“谜也者，回互其辞，使昏迷也。”后来，“南宋时观灯独盛”，至此灯和谜发生联系，诞生了“灯谜”，同时出现了字谜、物谜、画谜、印谜和人名谜等，造就了一批专业谜语和谜社组织，而“灯谜（文义谜）”自此成了气候。许多文人学士也爱好灯谜，野史记录王安石写有谜语：“目字加两点，不作贝字猜。贝字欠两点，不作目字猜。”分别是繁体“賀”和“資”二字。明朝嘉靖时的戏曲家李开先又是谜家，他的谜糅合着禅理，如镜子谜——“知人知面不知心”，虱子谜——“尔俸尔禄，民脂民膏，被人发觉，无大小首从皆死。”

清朝中期以后，中华谜语进入成熟期，人们追求谜语扣合的严谨，崇尚以成语或通俗语句为面，谜材扩展到诸子百家、四书五经，甚至俗语、中药、地名、书名等，灯谜普及开来。到了晚清及民国初年，谜家们勇于改革，灯谜大师张起南甚至以英语“Good morning”（早上好之意）为面，谜底为“谭”，意为“西（方）言早”。清代谜风之盛，文学作品《红楼梦》《镜花缘》中均有关于谜的描写。民国初期，灯谜形成了不同风格的派别——南宗和北派，谜社、谜家编撰谜书丰富。

时至今日，猜谜依旧是一种常见的文娱项目，灯谜更是进入全国各级“非遗”名录，灯谜之乡、传承人也为数不少。

厘清：诗词歌谣皆成谜

中国的谜语经历了长期演变过程，到现在可分为两大类：以歌谣体咏物、口口相传为主要形式的民间谜语（儿童谜语）；根据汉字音、形、义变化，讲究底面严谨扣合的文义谜（灯谜）。

比如民间谜语：“腹内香甜如蜜，心中花红柳绿，白沙滩上打滚，清水河中沐浴。”猜一食品名称，谜底可为元宵，也可以是汤圆。但文义谜“清明前夕”的谜底只能是元宵。谜面中的“清明”指明清两朝，而在明清之前就是元代。“夕”字扣“宵”意，因此答案是“元宵”。

文义谜谜目广泛，百科词语均可入谜，其谜面简洁、扣合复杂，比较难猜射；而民间谜语多为事物谜，偶有字谜，谜面更形象，多为歌谣体、易于口头流传。

除此以外，谜语中还有一类诗词谜，或者叫咏物诗、咏物词等。不能轻易将这类作品归于民间谜语，因为它们不属口头流传，其作者有据可查，且有不少是诗词名篇。尽管咏物、叙事手法与民间谜语相同，但更讲究诗意的表达和格律的严谨。如《红楼梦》中贾元春所出的“能使妖魔胆尽摧，身如束帛气如雷。一声震得人心恐，回首相看已化灰”，猜“爆竹”。

有意思的是，古代有一些咏物诗歌名篇，都可以纳于诗词谜的范围。比如贺知章的《咏柳》、于谦的《石灰吟》《咏煤炭》等，都可以“隐题为谜”。

破题：谜语究竟怎么解？

我觉得，不管面对民间谜语还是文义谜（灯谜），只要记住并灵活应用“两不三变”的规则方法，谜语并不难猜。

1.“两不”——不露面不直解

“两不”讲究的是一不露面，二不直解。“不露面”即底不犯面，谜面上出现的字，谜底不能再出现。比如以“悬崖勒马”为谜面猜一国名，答案是“危地马拉”，谜面答案都犯“马”字，所以不成谜，改成“悬崖勒缰”即可。

“不直解”即猜谜非词语解释，要有“别解”才能有谜趣。比如以“说话有礼貌”为谜面，若猜一礼貌用语，谜底为“讲文明”，这就形同解词，索然无味，不能成谜。但同样是这个谜面，猜一学科名，谜底为“语文”，语即说话，“文”另解为文明有礼之意，如此便有趣得多。

2.“三变”——万变不离其宗

猜制灯谜的法门千变万化，但万变不离其宗——形变（离合体）、义变（会意体）、音变（谐音体）以及综合体。

“形变”是离合体灯谜，从汉字的组成、结构去推敲——

（1）增、减形法：把汉字的笔画和结构，通过谜面文字的增补和减少，另外拼成谜底。要抓住中心字（谜眼），注意谜面中提示增形或减形的字（抱衬动词）。

如：春来无日不思夫（猜一字），谜底：一。

解读：春字减去日字、夫字得“一”。

（2）象形法：利用汉字某个部分的形状、结构来进行比拟、夸张，将其想像成和生活中相似的物体形象来扣合谜底。象形法主要靠想象状物，约定俗成。比如，点可比作星星、球、雨点、泪珠等；口比窗格；人或入比燕子；干比蜻蜓；亦比蝴蝶；虫比风帆；八比眼眉。

（3）方位暗示法：谜面以“上下左右、东西南北、前后里外中间”等方位词暗示其某一部分为谜底。所以要注意谜面的方位词。如：天上（一）、其中（二）、真心（三）、泗东（四）、先吾（五）、交头（六）、虚心（七）。

“义变”即会意法。即从谜面可能具有的含义领会、联想。切记不可以谜底本义去解释谜面，其次底面不能相犯——

（1）正猜法：又称同义法。谜底对谜面表达的意义作正面解析，可用同义、归纳、喻义、间隔、特征、计算等方法来表述其相近或相同的意思。如：

一鞠躬、二鞠躬、三鞠躬（猜时间名词），谜底：礼拜六。

解读：有礼貌地拜了六次。

（2）反猜法：谜底对谜面表达之义从反面、侧面或夹击方法作“非此即彼”的推理，往往有反义词或否定词在其中。如：

不负前言（猜一字），谜底：证。

解读：“不负”即“正”，前言即将言放在前。

（3）运典法：通过某个典故来述说谜面。如：

宝玉出生（猜一字），谜底：国。

解读：贾宝玉含玉而诞，口中含玉为国字。

（4）计算法：通过数学方法来推算出谜底。如：

1000×1000＝100×100×100（猜成语），谜底：千方百计。

解读：一千的平方可用一百的立方来计算。

“音变”即谐音体灯谜。包括摹声、提音、异读以及谐音法，这类灯谜往往与会意、象形、离合等手法综合使用——

（1）摹声法：摹拟人或自然界各种音响入谜。

如：出门闻犬吠（猜一字），谜底：润。

解读：“汪”为犬吠声，出“门”见“汪”即“润”字。

（2）提音法：谜面以同音字提示谜底读音或一字多音。如：

红旗飘飘齐叫好（猜一字），谜底：郝。

解读：赤意“红”，阝象形“旗飘飘”，齐叫“好”提音。

（3）异读法：谜底两字以上，须将某多音字不读本音，而读变音以别解扣合谜面。

范进因何为发疯？（猜一成语），谜底：乐在其中

解读：范进发疯因为中举后太高兴，底“中”异读为去声。

（原载《中国电视报》2014 年第 4 期春节特刊）

音形义互扣的字谜

字谜是万谜之源。猜字谜有形扣、义扣、音扣三种方法，也有交叉或结合相扣的。现选注三则。

一条谜语大家猜，细细琢磨答案来。

有人说声要发言，有人说是石达开。（字）研

谜面一、二句义扣，提示谜底有“大家猜”“细细琢磨”的意思；第三句为音扣，即谜底要读“言”音；末句形扣，“石”“开”组合，“达”作联系动词。至此，谜底“研”字浑然一体。

本是一品官，江西到湖南。

用心多想想，声音像同乡。（字）相

此谜谜底为“相”。首句义扣，因古代称宰相为一品官。二、三句形扣“江西”为“氵”，它一到，“相”便成“湘”即湖南；“用心多”多一个“心”字，“相”便成“想”，故应想到“想”字；此谜妙在末句，“发音像同乡”，像同乡不是像“老乡”，而是“像”同“乡”两个字的发音，前者读去声，后者读阴平。谜底“相”字不正是这样的多音多义字吗？

古来称少林，车上叫车停。

那会一瞬间，发音却不同。（字）刹

此谜前三句以补漏法义扣，有点像语文考试的填空组词。底“刹”字经组词后有不同释义。“古”来成“古刹”，即寺庙，所以称“少林”；“车”上为“刹车”，所以叫“车停”；“那会”变“刹那”，即“瞬间”之意。三个词中，“刹”的读音也不相同，又一个多音多义字。这种字谜引入语文教学，将大有益处。

沟通繁简猜字谜

“旧时无日不言诗”是我20多年前做的字谜，曾被谜友评佳。2013年，这条字谜被选入了第二届中华灯谜节纪念品《谜语扑克》中，成为海内外54条谜作之一，本人颇感荣幸。

此谜用了减形法双重扣合，同时通过“旧时（時）”一词提示，沟通了繁简字的联系和区别，且表达自然，不露痕迹。

繁简字谜为我们了解汉字演变提供了线索，增长知识，也为猜制灯谜扩展了思路，创新了谜法，增添了谜趣。我们如遇到谜面中有繁华（華）、繁荣（榮）、繁杂（雜）、老乡（鄉）、老头（頭）、老汉（漢）、故国（國）、故乡（鄉）、旧时（時）、古图（圖）、古画（畫）等字，有时就可以考虑猜繁体字谜。

忽然想到，农村中无子户常以男到女家做上门女婿的现象。今再出一谜：乡下老乡招女婿（打一字），您能猜得出来吗？

谜底：郎［老乡指繁体“鄉”字］

离合字谜的奥妙

人们初次见面，第一句话总会问对方贵姓，而双方在自报家门的同时，往往会添上一句通俗的补语，如“姓李，木子李”“姓张，弓长张”“姓谭，言西早谭”等，不一而足。这样把汉字结构先分离再组合，灯谜术语叫作“离合”。由两个以上汉字（或部首）组成，分析结构时能离合成文的字叫离合字。猜离合字谜时，谜底必须将其字先离后合，或先合后离，连读成文，方能完整地扣合谜面，而体现其谜味。如：

（1）屋里有人吗（离合字）门口问

（2）出丑（离合字）生一牛

（3）泥牛入海无消息（离合字）走之不还

例（1）“门口问”是对谜面侧面会意得出答案，谜底字先离后合；例（2）“生”扣“出”，“一牛”扣“丑”，同义互换，先合后离；例（3）也是先离后合，将“之”以“走之”两字扣之，这既合乎常理，又紧扣谜面。“之”代“泥牛”，“走”扣“入海”，“不还”扣“无消息”，处处落实，意境佳妙，可谓绝底。

“悲欢离合”是成语，但在谜人眼里，它们可以别解，即将“悲”“欢”两字进行离合。下面出两条谜，请您思考，这“悲欢”应该怎样离合？

（1）鳄鱼流泪（离合字）

（2）借债且作乐（离合字）

谜底：（1）非心悲；（2）欠又欢

会意谜的正反扣

猜灯谜与词语解释不同，前者必须利用汉字音、形、义的变化，在谜面或谜底巧做文章，造成“别解”来产生谜味。

例如，一个“老”字在汉语中就有多种意义。它的基本义是指年岁大，与“少”“幼”相对，由此可引申为“经历长，历史悠久”，与“新”相对，如“老革命”“老字号”等。它还可作副词“经常”“总是”解，如“老不来”。有时放在人称、排行、动物等前面，无实际意义。如“老师”“老二”“老鼠”等。

灯谜作者就抓住汉字词义的这些变化来做谜。如“撑杆跳连连夺冠”，猜外国名著《高老头》。这里，谜面的“撑杆跳”，隐含“高”字，谜底的“老头”，则别解为“老是得头名”来扣合“连连夺冠”。这种从谜面直接会意的猜谜方法叫正扣法。

还有根据谜面的意思从侧面或反面推出谜底的方法叫反扣法。如“毫不利己”猜三字称谓，谜底是“老人家”，别解为“老是想着人家”。

再如“提前辈不言姓名”，猜电视栏目《话说老字号》。谜底“老”扣“前辈”，中国人的名字包括姓和名，还有字、号等；“提前辈不言姓名”，侧面推理，当然是只说“字、号”了。

最后举个“音变”的例子。“鹤发童颜”猜三字口语，谜底为“老相好”。“老相好”本指交情很深的朋友，但这里谜底应该顿读为“老相、好”，“老相”解作“老人的相貌”，“相”字由平声变成了去声。鹤发童颜，红光满面，当然是“老相(xiàng)好”了。

猜谜巧做数学题

猜谜涉及百科知识，有些谜用数学方法才能推出答案。

（1）七嘴八舌不停口(电视用语) 十五频道

（2）分开一刀莫猜“八”(字一) 切

（3）两支队伍尽辩才(成语) 拾人牙慧

（4）三八二十四(体育用语) 女子双打

（1）用加法“七嘴八舌”得“十五”，“频道”解为说个不停；当然用乘法猜“五十六频道”也没错，属多底而“列中”。

（2）谜面排除了“八”。“分”为八刀，减去“一刀”得“七刀”，合成“切”；应注意“切”的部首是“七”而非“土”。

（3）要注重“伍”的本义，古代“五人”为“伍”，两支队“伍”相乘便成了“拾人”，“牙慧”扣合能说会道的“辩才”。

（4）面句是乘法口诀，分段会意。“三八”借代女子，“二十四”以“十二(一打为十二个)”相除，得量词“双打”。再看：

（1）5＋3＝？（字） 积

（2）80－60＝？（成语） 一念之差

（3）3×6＝？（玩具名） 积木

（4）1274÷2＝？（中药名二） 商陆、三七

以上谜底，分别解析为“和八（8）”，“一念（廿即 20）之差”，“积十八（木分开，18）”，“商、陆三七（637）”，不仅报出得数，而且有附加字，答案堪称完美。

最后留一条谜，方法又有不同。试试看，你能猜出来吗？

100－1＝？（湖南地名·粉底格）

谜底：零陵，依格作“零零（00）”。

徒劳无益“扳倒井”

辽宁大石桥市的谜友陈士平先生坚持办《镁都风采》多年，从油印到打印，坚持不懈。欣赏之余，我心血来潮，为《镁都风采》谋了首诗谜，还选其栏目做了一组“歇后联”谜。

什么叫“歇后联”？我们知道民间的歇后语很多带有灯谜的雏形，其比拟、双关、谐音的方法，就是灯谜别解及音变谜格（白头、玉带、粉底、梨花）的类似，且通俗更有趣。如“空棺材出丧——目（木）中无人”，“厕所看报——多见多闻”等。

受此启发，我在学楹联作联谜时，突发奇想做起“歇后联”谜来，这种谜一般是七言句，上下联两两相对，前四字为谜面，后三字为谜底，不标谜目。如《镁都风采》栏目谜：

（1）徒劳无益（扳倒井）　　山雨欲来（点将台）
（2）孔庙中流（圣水寺）　　洞庭广泛（辽河潮）
（3）反败为王（东北虎）　　牯哥夺冠（金牛人）
（4）迎春争艳（百花苑）　　傲雪凌寒（四季风）
（5）射手荣登（伏虎榜）　　金殿喜沐（蟠龙风）
（6）力捧“八抬”（老轿顶）　　扩修“七孔”（大石桥）

我做过地名联和名胜联，也有花炮名词联、朋友芳名联。但自我感觉趣味性较浓的还是为《镁都风采》栏目做的歇后联谜，特别是这首联“徒劳无益（扳倒井）”，一个“井”字，不管你向哪边怎么扳都还是“井”，这不是“徒劳无益”吗？

晚报谜缘忆当年

上海的《新民晚报》“夜光杯”版面之一隅的“今宵灯谜”栏目，聘请专家为特约编辑，前仆后继几十年，坚持每日出谜，次日揭晓，给市民和灯谜爱好者带来智慧体操和精神快餐，也成为很多谜友的启蒙学校和作品的发表园地。

早在1986年，我就在“今宵灯谜”栏目发表谜作了。这年12月24日登出“独在异乡为异客(打凭证名)”，谜底“出门单”。虽然是成句谜，自我感觉，这条谜现在好像也还没过时。

“卷帘格”是谜坛师友最喜爱而常用的谜格，因其谜底须三字以上，“倒卷珠帘”回读，扣合谜面而饶有谜趣。1988年11月12日，《新民晚报》“娱乐”版刊登了我写的关于“卷帘格”的灯谜知识简介，选登了我的8则灯谜。其谜题如下：

（1）花魁（影人·卷帘格）　　王人美

（2）及时雨（排球术语·卷帘格）　　落点准

（3）芝兰之室（运动员·卷帘格）　　房连香

（4）简而言之（口语·卷帘格）　　讲信用

（5）搬房告示（唐诗人·卷帘格）　　白居易

（6）欲说还休（语文名词·卷帘格）　　歇后语

（7）小孩不节约（机构简称·卷帘格）　　省人大

（8）阖家无恙（生产用语·卷帘格）　　安全第一

现在看来，谜作的确有些稚嫩，但毕竟是初涉迷途，在这里也就不怕献丑了。

即兴发挥融气氛

朋友们都知道我喜欢出即兴谜，就是在聚会或活动时，根据现场的人和事临时来个“拉郎配”，做个动作或者摆个POSS，然后配条谜语让人们猜。这种谜一般比较简单，容易猜，且趣味很浓，能活跃气氛而受到欢迎。

玩这种谜首先要大家放得开，有时还要临时抓人做搭档来配合，我的朋友“炜哥”主持谜会时，就有过两次这样的经历。

一次是1999年元旦在文化宫举行“首届长沙株洲职工灯谜联谊赛”时，他打开一个卷轴，现场展示，原来是“抱瓮叟（陈斌）”所题墨宝，就这个场面来个定格，让大家猜两个外省谜友名。因为两位都是获“文虎奖”的名家，所以当即便被猜出来了。答案是：王正亮、陈书法。谜底解说为“王炜正亮出陈斌先生的书法”。

还有一次在聂玉文先生《字林谜趣》出版的首发式上，我们的炜哥会长与经视台马昊联袂主持，他们刚往台上一站，我便出了条即兴谜。我开玩笑要他们靠拢点，请大家猜一个长沙地名，几乎是秒杀，好几个人同时报底“马王堆”，当时哄堂大笑的场面，我至今仍记忆犹新。

还有在2004年第二届庐州谜会上，我有意挑了两位身材有点发福的好友上台，拿出一枚我们“长沙灯谜”会标纪念章，其中一位给另一位戴上，就这一场面定格，猜省会连省名。因为是此时此地，即兴发挥，不用说，谜底大家都猜出来了吧！

谜底：合肥·安徽

父女同台交“白卷”

说到即兴谜，再来讲个“父女同台演小品，委屈女儿当‘学渣’”的故事。

看过《悟怡集》的朋友，应该注意到有两张照片谜。其中一张是我与妻之合照，配探骊格谜，猜“影人：孙敖”。孙敖是著名电影配音演员，此谜关键在“影人”为目，体现了相片谜的特征。而另一张，就是我和女儿当年同台演小品的“剧照”。

那是 1991 年，我们单位举行新春联欢会，大家各显其能准备节目。我这个“灯谜专干”也想出点新意，便拉上读小学四年级的女儿来演这个哑剧小品。具体情节是：父女俩下班放学回家，从两边上台，表情沮丧，各拿一纸，向对方展示。父亲展示技术考试成绩，女儿展示数学考试成绩，结果都是“0”分。

就这短暂的瞬间，表演戛然而止。我请大家根据我们的表演猜食品带量，谜底是“蛋卷两合（盒）”，在我的提示下，有位同事猜出来谜底，于是我将早已准备好的“两盒蛋卷”作为奖品送给了他，这也是我较早创作的“即物赠”谜之一。

（食品带量）蛋卷两个

作画：柏海方

后来，我将谜底改为“蛋卷两个”，并请同事配成画谜。回想起来，虽不算“学霸”也绝非“学渣”的女儿，当年却非常听话，配合我演了个这样的角色，真该谢谢她的理解。孩子，为了老爸喜欢的灯谜，委屈你了！

众友助推花色谜

除文义谜外，我还喜欢创作花色谜，曾为不少名家的漫画配谜，也写过赏析谜评。但参赛发表，最好是原创。幸亏身边有不少好友同事，每当我蹦出个什么新思路，创出条花色谜来，请他们写字治印配画，他们总是有求必应，且认真对待，精益求精。这些文朋谜友的深情，让我铭记在心，终生难忘。

刚进文化宫时，我们宣教部有三位美工，都曾为我配过画谜。其中黄碧林为我配的一则画谜，猜影目二“画中人、四等小站”，获杭州《文化娱乐》举办的花色谜大赛特等奖，令我喜出望外，立即向好友致谢。可惜碧林不久意外去世，令人痛惜！还有海方、梦林两位，也画得不错，各有特色。

最令我感动的是同庚谜友刘鹏展兄。《楚湘谜苑》从创刊到现在的封面设计，长沙谜研会、省灯谜学会的会徽都出自他手；每逢与外地交流，写贺诗贺联，也多请他代笔。我最早出书的书法谜、印谜和画谜，也是他帮我配图的。当然，他本人更是“长沙谜语”的杰出传人。以下几则画谜，请大家欣赏。

（猜哲学名词）抽象
作画：黄碧林

（猜机构名）审计局
作画：柏海方

（影目二）画中人、四等小站

作画：黄碧林

（猜电影名）二子开店

作画：谭梦林

（猜字一）豪

作画：刘鹏展

（李珣词句）游女带花偎伴笑

作画：刘鹏展

（猜离合字）犬口吠

作画：刘鹏展

（排球术语二）勾手飘球

接发球　作画：刘鹏展

谜 作 篇

“每日一谜”并注

2019 年 1~12 月

0101. 一夕分开四十年，五音合奏霓裳翩（字） 舞

注：“一、夕、卌、年”组成谜底；合形提音（同五）会意。

0102. 一月二日不同形，夜猜此谜过凌晨(鲁迅篇目) 《明天》

注：合形会意。“日”“天”同义不同形。

0103. 今进伙房当助手，时机扣准不难猜（唐诗句）三日入厨下

注：即时谜会意。底出自唐代王建《新嫁娘》诗。

0104. 玉树琼枝珠泪莹，一月四日见分明（字） 晶

注：首句会意；第二句先合后离，余三“日”成“晶”。

0105. 五日一别言语少，余予重义知音无（字） 吾

注：首句离合形扣，第二句会意提音。

0106. 送小京兮出闹市，至今日正将家安（电影） 《六号门》

注：离合减形会意。即时谜。

0107. 单边肥缺巴不得，半块香皂后留存（时间名词）一月七日

注：纯离合谜，首句拆拼得“一月”，后句得“七日”。

0108. 相见时难别亦难，可怜脸上痘兼斑（食品名词） 面点

注：首句面意抵消“难”字，后句白描猜“面上斑点”，双重会意。

0109. 今天重聚小山村，河畔筒车悦耳闻（二字词语） 旮旯

注：即时谜。今天（九日）双重相聚形扣，“小山村”会意提音。

0110. 今天讨论《十日谈》，先说一句接着问（字） 询

注：即时谜。首句歇后式会意自明。后句先合形再会意。

0111. 外形点赞棒棒棒，行话连称邀邀邀。
　　歌星开唱多多多，众相附和值值值（时间词简写） 1.11

注：四重扣合。首句象形，二句提音，三句配乐，四句合形。

0112. 最是一年春永驻，相期四季碧云天（离合字） 十二月青

注：先离后合会意。双重扣合。

0113. 湖南简寄含春泪，岳北清辉照陇西（地名） 湘阴

注：会意合形。双重扣合。

0114. 分明共品相思豆，入口醇香问辣吧（节日） 腊八

注：分“明、共”合形，豆借代；辣吧提音。

0115. 浏阳先后觅知音，旧梦曾经系草桥（湖南地名） 汨罗

注：前句合形提声扣“汨”，后句合形。旧梦指繁体字“夢”。

0116. 前失措而腊月至，后借来亦心相惜（字） 昔

注：先后以减字、加字法四重相扣。

0117. “一篇读罢头飞雪”，回首读书无用时（戏曲名词）念白

注：会意法。前句顺读自明；后句隐回文格，倒读为“白念”。

0118. 感君古朴融春意，一片冰心在玉壶（湖南作家） 谢璞

注：感通谢，君为王，古朴即繁体字“樸”，后句借唐诗补意。

0119. 山村寂静无喧闹，十二生肖映彩灯（土特产） 宁乡花猪

注：前宁乡，后花猪。猪为十二生肖之末。

0120. 早知一月二十日，节上分明吐嫩芽（字二） 朝、萌

注：前句先会意后合形，后句先合形后会意。

0121. 仇人和解真心现，孩子先觉福寺前（党派） 九三学社

注：离合法。前隐“九三”，后合“学社”。

0122. 识弯弓天骄入韵，猜印谜虎将流芳（视目）《射雕英雄传》

注：双重会意谜。“传”异读 chuán，作“流传”。

0123. 何为胸前标新款？什么应对服妙招（短片） 《啥是佩奇》

注：双重设问会意。底为猪年新春走红短片。

0124. 犹闻出国猜灯谜，快览红日上泊头（市连镇名）浏阳达浒

注：前提音，如“留洋打虎”，后会意“快速浏览日出到水边”。

0125. 葫芦居里葫芦隐，文化宫中文化扬（数量词） 十口

注：以“隐、扬”将谜面抵消，余“居里、宫中”扣合谜底。

0126. 香茗略带草香型，元帅推出圆周率（誉称） 名师

注：离合法。前拆出“名”，后拼出“师”。圆周率为π。

0127. 驾行千里服阿健，俺弟村头别大人（工程） 加装电梯

注：窗外施工应景谜。前“加装”，后“电梯”，合形会意。

0128. 收发员挚爱本职，火炬会互相点燃（物理名词） 热传递

注：前热爱，后热火。双重会意谜。

0129. 微信频传四旺到，笛音喜奏运粮忙（祝语） 小年快乐

注：年四旺人名借代。《扬鞭催马送粮忙》为欢快乐曲。

0130. 人伴风中雨里去，水从河大下边流（二字热词） 佩奇

注：前拆为佩，后拼为奇。注意离合方位词。

0131. 解成语隔墙有耳，释经文从虎从龙（电影） 《窃听风云》

注：借代会意。前窃听，后风云。《易经》“风从虎，云从龙”。

0201. 嫦娥舒广袖，吴刚捧酒出（老歌名） 《二月里来》

注：会意谜。化毛泽东《蝶恋花·答李淑一》词意。

0202. 2 月 2 日到，双原小厂关（四字词语） 明明白白

注：离合谜。首句拼“明明”，后句拆“白白”。双原为地名。

0203. 小年前三天，请说是哪天（离合字）腊月二十（廿）一日

注：面设问，底回答。先合后离。腊月二十四小年取南方说法。

0204. 父母五零后，儿女八零后（时间名词） 大年三十

注：面写实。父母比儿女大三十岁。为年夜饭增添趣味。

0205. 各位献词人，猪年应说啥（离合字二） 诸言者、该言亥

注：又是面问底答。先合后离，会意自明。

0206. 今天先念书，明日可登塔（学籍用语二）读初二、上初三

注：会意谜。今、明特指，应时应景。

0207. 巧儿戴美玉，小猪随汉君（电影演员） 刘佩琦

注：双扣谜。评剧形象刘巧儿。汉君为刘姓王。小猪佩奇网红。

0208. 速成保健方，两面放红光（央视主持人二） 朱迅、康辉

注：会意谜。两面指前后“朱、辉”，正合“红光”。

0209. 你进前两名，高校牛金城（外国城市二） 首尔、亚特兰大

注：底顿读为“首尔亚、特兰大”分扣谜面。金城，兰州誉称。

0210. 惊涛拍岸处，卷起千堆雪（四字电影名） 《流浪地球》

注：取苏轼赤壁词会意。“卷起千堆雪”，犹儿时滚雪球也。

0211. 共享阳光日，人间幕后平（电影导演） 郭帆

注：离合谜。前句阝与享拼“郭”，后句凡与巾组成“帆”。

0212. 浅斟微酌后，值岗守街亭（春晚节目冠形式） 小品《站台》

注：会意谜。前句猜小品，后句猜站台。

0213. 败者常为寇，错因曾失足（生理名词·回文格） 倒时差

注：依格底读作：倒时差，差时倒。会意谜。

0214. 下岗补贴金，今上班里去（乐器） 钢琴

注：离合谜。注意方位暗示合形。

0215. 上中国大餐，别这么急促（美国城市二） 华盛顿、休斯敦

注：会意谜。分扣自然，别解有趣。

0216. 熟读三百首，不作也能吟（文化节目） 中国诗词大会

注：会意谜。“大会”另解为“大概能”。

0217. 称虎啸不俗，喻纸贵洛阳（诗学名词） 风雅颂、赋比兴

注：会意谜。前借代，后用典。

0218. 先使蒙汗药，后以擒拿胜（娱乐品二） 麻将、扑克

注：用典。取《水浒传》中情节。一麻一扑，将其制服克之。

0219. 雅士悬文虎，灯辉映上元（成语） 高风亮节

注：会意谜。文虎风上元节，分扣自明。

0220. 秘缘结千里，皓月照九州（美国人二） 奥巴马、特朗普

注：分扣会意。千里扣马，常用借代手法。

0221. 床前明月光，晓日出东方（字） 杲

注：上句离合余木、日合形。下句示日出意，锁定“杲”字。

0222. 月下劳动节，战士正值岗（老电影） 《51 号兵站》

注：5 月 1 号将月字拿下成 51 号，“兵站”作动词会意扣合。

0223. 与山河齐寿，共日月同辉（四字电影） 《地久天长》

注：取热播电影，分段会意，扣合自明。

0224. 遥知不是雪，为有暗香来（影人二·调首格） 王源、咏梅

注：面取宋诗名句。依格读作:源（自）王（安石）、咏梅（诗）。

0225. 雨来撑伞处，情侣两依偎（五字常言） 落后要挨打

注：会意谜。底解为落雨后要挨在一起打伞。

0226. 齐效贤良士，共读善本书（三字问候语） 同学好

注：做人读书“同学好”，双扣会意。

0227. 探秘此关通，钱犹打赏中（国际奖名称） 奥斯卡金像奖

注：会意谜。分段扣合自明。

0228. 书朋析结构，元夜赏冰轮（日历语二） 二月平、一月大

注：“朋”为二“月”平放，冰轮借代圆月。

0301. 明邀朋至，阴天改期（时间名词） 3 月 1 日

注：合形谜重扣。先“明朋”析字。后拆“阴”，天改“日”。

0302.河内平壤，前村阿瞒（二字网络词） 吐槽

注：字谜分扣。首示位合形，后曹（操）代阿瞒，与木合成槽。

0303. 狠抓两头，苗木不留（网络热词） 猫爪杯

注：首句示位为犭、爪，与后句“苗、木、不”合成谜底。

0304. 左读《韩非》，右览《族规》（三字称谓） 书法家

注：底读成“书法家、家法书” 会意分扣。

0305. 超英赶美，无效弱邦（四字公众号） 学习强国

注：会意谜，首句正扣，后句反猜。

0306. 面向佳丽，口齿伶俐（国际时事） 朝美会谈

注：会意谜，朝作面向，美作美人，会作擅长。

0307. 案子重审，子女跟宋（著名导演） 李安

注：离合谜重扣。案子与子女宋皆组谜底。

0308. 八一巾帼，飒爽英姿（字） 娱

注：首句借代合形，后句用典会意。

0309. 过眼云烟，准称时健（三国名将二） 张飞、许褚

注：会意谜。“时健”猜褚，人名借代。

0310. 有位佳人，在水一方（世界地理名词） 北美

注：会意谜。北方扣水，五行借代。

0311. 底面照应，严合榫卯（宋代人名·白头格） 寇准

注：会意谜。依格谜底首字谐音为“扣准”。

0312. 全场轰动，捧“万人迷”（新电视剧） 《都挺好》

注：借代。《红粉佳人》“万人迷”演员陈好。

0313. 小康路上，为啥停步（小说连作家） 《幸福街》何顿

注：会意谜。分段正扣自明。

0314. 去年今日，人面桃红（晋、湘地名各一） 昔阳、华容

注：会意谜。谜面化唐诗意境。分段正扣。

0315. π日团聚，自圆其说（字） 园

注：首句合形，后句提音（圆园）。π日即圆周率纪念日。

0316. 顺利通过，十猜三错（西南名校） 成都七中

注：首句猜成都，后句猜七中。中字异读作猜中。

0317. 独怜幽草，君子馨香（国名） 爱尔兰

注：独怜猜爱，君子馨香代兰花，照应幽草。尔作虚词。

0318. 组织派人，兄得赏识（称谓） 党员

注：先会意，后合形。“兄、赏”重组成谜底。

0319. 哑吃汤圆，缘何有数（培训项目） 珠心算

注：问答法，会意谜。哑巴吃汤圆，心中有数。珠形扣汤圆。

0320. 子龙护主，锦囊行事（科技名词） 云计算

注：三国典故，人名借代。刘备入吴，孔明授赵云锦囊妙计。

0321. 津门摆渡，泥石成淤（《西游记》地名二）通天河、流沙河

注：会意谜，正扣自明。津门为天津别称。

0322. 弃教老头，后收学子（字） 孜

注：离合谜重扣。前教字减形，后攵、子合形。

0323. 春蚕作茧，网络查漏（《西游记》地名） 盘丝洞

注：会意谜重扣。谜底盘作动词用。

0324. 开台挺棒，压台亦佳（问候语二） 早上好、晚上好

注：会意谜，谜底上均作动词上台登台解释。

0325. 财大为何气粗？傻也（《水浒传》人名二） 富安、牛二

注：设问自答。底顿读为“富安牛？二”扣合谜面。

0326 清幽内阁，快乐朱门（《红楼梦》建筑二）宁国府、怡红院

注：正猜会意，双谜合璧。

0327. 媚娘女皇，重奖豪杰（新闻热词·粉底格） 武大赏樱

注：取新闻作谜。底依格末字谐读“英”。

0328. 重发信息，明确反对（李清照词句四字） 知否知否

注：会意谜。“重发”提示谜底为叠词。明确猜知，反对猜否。

0329. 首尔之邦，美玉之光（台湾名人） 韩国瑜

注：首句猜韩国，后句猜瑜，分段会意。

0330. 瘦身打账，老公把关（作家连名著） 《变形记》卡夫卡

注：会意谜。底断为：变形记卡、夫卡。

0331. 痴乐于此，表明原因（当代作家二） 陶斯亮、理由

注：谜底顿读为“陶斯、亮理由”。

0401. 休完星期日，上班道个好（已故历史学家） 周一良

注：会意谜。底顿读“周一（星期一）、良（好）”扣合。

0402.华夏读书人，回眸细看清（名人冠称谓） 中国学者 顾准

注：分段会意。学者另解扣读书人。

0403.鬼脸儿杜兴，座次已排定（四字俗语） 就汤下面

注：用典会意。梁山英雄排座次，杜兴排在汤隆后面。

0404. 大量存疑处，老爹观蛇展（誉称人名） 微信之父 张小龙

注：会意谜。底另断句（顿读）为“微信之、父张小龙”。

0405. 清明一洒泪，前线轮塞车（化纤名词） 腈纶

注：离合谜。前句减形余“月、青”为腈，后句纟、仑合为纶。

0406. 缺钱少白干，度日守廉洁（王禹偁诗句）无花无酒过清明

注：会意正扣。谜底花、清明别解各异。

0407. 分明现世宝，欲壑总难填（字） 贪

注：会意谜。首句提示“今贝”扣现世宝，后句会意。

0408. 一逢清明至，泪下声惊闻（字） 腈

注：首句合形，后句减形提音。腈读惊声。

0409. 慈禧一太后，如何把政听（欧阳修词句） 人家帘幕垂

注：会意谜。问答法，面问底答。

0410. 问李逵宋江，号称皆不知（歌曲） 《风雨人生》

注：借代会意。李逵绰号黑旋风，宋江绰号及时雨。

0411. 扑脸无特色，刷墙忒光溜（成语） 粉饰太平

注：会意谜重扣。扑脸刷墙皆为粉饰，无特色反猜太平凡，一般。

0412. 题凤凰涅槃，呼雄鹰展翅（志士别名） 字复生、号壮飞

注：用典会意，凤凰浴火重生；“字”“号”名词动化。

0413. 魔王罗刹女，素贞许仙郎（成语） 牛鬼蛇神

注：取《西游记》《白蛇传》人物。用典、借代。

0414. 看《西游》《聊斋》，称鬼妖可爱（四字常言） 见怪不怪

注：用典反猜会意。称可爱就不惊不怪了。

0415. 捉虫见晓红，人在夹缝中（美国电影） 《蜘蛛侠》

注：增字合形。知朱会意为晓红为字素组合。

0416. 小妮子还总想读书（作者连书名） 满妹《思念依然无尽》

注：分段会意，“满妹”扣小妮子。“思念”作想读书。

0417. 登泰山览而心志高（书名连作者） 《天下小事》何立伟

注：用典会意。底顿读为“天下小、事何立伟”。

0418. 夜半盼天明，太后伫中庭（外国电影） 《巴黎圣母院》

注：会意谜。底“巴黎”另解为“巴望黎明”扣合。

0419. 列宾高气质，名画靓佳人（城市连国名） 西雅图 美

注：会意谜。底顿读为“西雅、图美”扣面。

0420. 下货两边倒，松香再打包（植物名） 侧柏

注：离合谜。首句示位合形，后句拆字重组。

0421. 十分特别处，公牛发母声（字） 牡

注：前句减形，后句会意提音。牡读母音。

0422. 少见沙和尚，高处赏西湖（字） 淌

注：离合谜双扣。前减形合形。后示位合形。

0423. 先只为短品，后兼除癌病（字） 山

注：离合谜。中心字癌，两次减形出底。

0424. 叫板国姓爷，敢来比一比（竞赛用语） 挑战成功

注：用典会意，人名借代。郑成功又称国姓爷。

0425. 青壮打工去，留守剩何人（成语） 遗老遗少

注：会意谜。提问求答，反猜正扣。

0426. 藏点原德币，倾谈挺暖心（外国作家名） 马克·吐温

注：分段会意扣合，点亦入谜。马克为德国原货币。

0427. 面谈恋意生，缘自此心诚（成果连学者）相对论·爱因斯坦

注：会意谜。底断为：相对论爱、因斯坦。

0428. 傍山修水库，追涨囤金股（外国影星·粉底格） 高仓健

注：会意谜双扣。底依格读同音字建。

0429. 雨后天晴朗，只身展翅飞（网红京城文化名人） 单霁翔

注：会意谜，霁作雨后云开日出。底为原故宫博物院院长。

0430. 我欲登山去，回程坐缆车（屈原诗句） 吾将上下而求索

注：底顿读为“吾将上、下而求索”分扣谜面。

0501. 节日劳动，加薪双份（珠算用语） 五一倍作二

注：分段会意。首句扣五一，后句扣倍作二。

0502. 吃苦耐劳，健康长寿（古代文人二） 辛弃疾、辛延年

注：首句前提，后句结果。苦劳隐“辛”，健康弃疾，长寿延年！

0503. 花剑持强，群团联邦（国名全称） 美利坚合众国

注：分段会意。前句猜“美利坚”，后句隐“合众国”。

0504. 天生吉相，平静安详（美国外籍院士二） 高福、颜宁

注：底顿读为“高、福颜、宁”。一个宁字，概括平静安详。

0505. 线上挺牛，墨斋领先（美国城市） 纽黑文

注：离合谜，前句合形猜“纽”，后句析字示位“黑文”。

0506. 华年颂圣，迷雾重重（小说连作者） 《青春万岁》王蒙

注：会意谜。底顿读为“《青春万岁》王、蒙”分扣。

0507. 只想读博，不念小书（美国高校·白头格） 维思大学

注：会意谜双扣。依格谜底首字谐音作“唯独”解。

0508. 采菇摘菜，共力一挑（历史名城别称） 姑苏

注：离合谜，首句拆出“姑”，后句拼成“苏”。

0509. 小中见大，小可不疑（网络名词二） 微博、微信

注：会意谜两则配对，后句“小可”亦为古人自谦之词。

0510. 牛人重聚，刚柔相济（电脑名词二） 硬件、软件

注：首句合形拼字。后句会意，刚柔互换硬软，组合谜底。

0511. 沉迷水中，清点舰船（军事设备） 核潜艇

注：会意谜，沉迷水中隐“潜”，后句猜“核艇”。

0512. 两极思念，无问西东（王安石五言诗句） 南北总关心

注：会意谜，首句正扣，后句反猜。

0513. 睹容聆声，常念慈亲（佛教称谓） 观音老母

注：首隐“观音”，后猜“老母”。慈恩永记！

0514. 足迹串门，抚慰平民（美洲历史名词） 印第安人

注：分段会意，正扣自明。

0515. 日增智商，呼走四方（网站名） 知乎

注：离合谜。前句叫入，后句叫出，增减分明。

0505. 葫芦兄弟，瓠影分明（食品带量） 瓜子两个

注：纪念《葫芦娃》之父逝世。先借代会意，后拆字分开。

0517. 刘上将作，《大国策》观（时事热词） 亚洲文明

注：借代会意。刘亚洲，国防大学原政委。

0518. 打造贵阳，出谋划策（高校专业） 建筑设计

注：借代会意谜。“筑”代贵阳，地名借代。

0519. 此处宽平，幸运光临（著名高校） 斯坦福

注：首句猜“斯坦”，后句隐“福”字。分段会意。

0520. 塞耳失联，先科兑现（商贸名词） 关税

注：首句会意减形猜“关”，后句减形合字猜“税”。

0521. 老爷前去，撸出手来（著名高校） 耶鲁

注：首句“老爷”指繁体字“爺”，去前头“父”得“耶”。

0522. 身负重任，替父从军（花卉名） 荷花木兰

注：会意谜。底顿读为“荷、花木兰”。“荷”异读作“负荷”。

0523. 姥爷卓宝，对弈各赢（《水浒传》人名） 公孙胜

注：会意谜。与外孙女下棋，小外孙观战，弄孙之乐也。

0524. 才嗅啥香？油条豆浆(网媒平台） 《新闻早餐》

注：会意谜，前句猜新闻，后句猜早餐。每日必发朋友圈。

0525. 裱画油漆，传承不易（清代人名言） 难得糊涂

注：会意谜。底郑板桥名言，有点趣味。

0526. 四九之后，晓日逢生（《论语》一句） 五十而知天命

注：会意正扣。“知天命”扣“晓日逢生”，意外吧！

0527. 赛逢好运，智胜强敌（食品冠产地） 比利时巧克力

注：分段会意正扣。美味与友共享！

0528. 效君子客，联玉带格（国名全称） 法兰西共和国

注：借代会意，“兰”扣君子。“玉”带方格组成“国”字。

0529. 凭言功过，中国担当（人名连企业） 任正非 华为

注：“功过是非任人评”，会意自明。

0530. 路过柏林，玉阶自述（古籍名·回文格） 《道德经》

注：依格作道从德国经过，经由朱德道来。朱德字玉阶。

0531. 有木有桥，打木打桩（长沙地名） 乔庄

注：增形法。叫入字素可得另一字，乔庄自明。

0601. 六一节，心舟漾（数学符号） ∴

注：离合谜。“六”去“一”，“心”去掉象形的船，双重扣合。

0602. 小朋友，多乐盲（岳飞词一句） 知音少

注：会意谜。“少”读去声扣“小”。后反猜，“音”作音乐解。

0603. 李谪仙，初求仕（宋词一句） 白首为功名

注：人名借代。“白”扣李谪仙。底出自岳飞《小重山》词。

0604. 可乐瓶，堆成山（长沙地铁站名） 罐子岭

注：会意谜正扣。谜底为刚通车的长沙地铁四号线终点站。

0605. 陈也俊，总出差（俗称谓二） 老美、老外

注：会意谜，正猜配对。

0606. 托红日，放欢歌（四字祝语） 端阳快乐

注：会意谜，分段正扣。

0607. 沧浪水，分清浊（字） 蜻

注：化古诗句为面，离合法成谜。

0608. 考场内，师之责（《儒林外史》人物） 严监生

注：会意谜正扣。监考老师的职责就是严格监督考生。

0609. 欲保健，多洗浴（已故湖南作家） 康濯

注：分扣会意，康濯为湖南作家。作品有《我的两家房东》等。

0610. 共习艺，齐出师（民间团体） 同学会

注："会"字别解，会意自明。

0611. 登长城，看帝景（辛词一句） 眼前万里江山

注："万里"扣长城，"江山"扣帝景，有"江山帝景"楼盘。

0612. 分造林，勤出力（花卉名） 木槿

注：离合谜。先分"林"为木木，后排除"勤"之"力"组合。

0613. 尊夫人，游岳麓（山西景点） 太行山

注：会意谜，"太"扣夫人，"行"异读作"行走"扣"游"。

0614. 吾隐语，有人识（字） 认

注：首句减形为讠，后句加"人"合形会意（与识同义）。

0615. 老廉颇，进松龄（湖南文科学者） 陈蒲清

注：会意谜，增补体。陈清扣"老廉颇"，"蒲"借代松龄进入。

0616. 葫芦乐，享天伦（南宋学者） 敖陶孙

注：以本人入谜，晚年写照。陶醉于弄孙之乐。

0617. 百姓前，思人间（已故农垦干部） 赵凡

注：为老知青感恩作谜。《百家姓》之前，赵（钱孙李）也。

0618. 红学会，发宣言（歌曲） 《我们都是追梦人》

注：用典谜。《红楼梦》研究会简称。探索者都是追“梦”人。

0619. 灾后见，八方援（字） 炽

注：离合谜。前示位减形，后增形组合成炽。

0620. 回头看，是山君（华人科学家） 王中林

注：回头看隐卷帘格。谜底读作“林中王”，即是“山君”。

0621. 来山东，与看岛（字） 屿

注：“山、与”合形为底，“岛”提示意义。合形会意谜。

0622. 红二代，名声显（字） 赫

注：先同义互换，借代合形，后提示意义。

0623. 刚峰顶，看日出（旅游用语） 海上观光

注：“海”扣“刚峰”，人名借代。明代海瑞字刚峰。

0624. 微用心，南北惊（四字常言） 细思极恐

注：分段会意，“极”扣“南北”，借代南极、北极。

0625. 蜃楼景，何雄哉（山东地名） 威海市

注：会意谜。底顿读为“威（雄壮威武）、海市（蜃楼）”。

0626. 五德公，排尾气（经济缩写词） GDP

注：用古言“鸡有五德”典。底谐音“鸡的屁”。

0627. 东海主，知名姓（字二） 珑、廒

注：分形会意，见“龙王敖广”。

0628. 逆行止，总向前（四字称谓） 退休老头

注：前句猜退休，后句隐老头。自嘲身份也。

0629. 浏河畔，儿时曲（长沙地名） 沙湾

注：离合谜首句隐氵氵，后句出少（小）弯，合成谜底。

0630. 特朗普，急火燎（花卉名·粉底格） 美人蕉

注：依格谜底末字读“焦（急）”，“美人”另解作美国人。

0701. 第一张文虎笺，犹嗅出翰墨香（报道用语） 头条新闻

注：会意谜，分段自明。文虎笺即谜条。

0702. 清芬万点荷冠，国美古稀仁人（电影名）　　《芳华》

注：会意合形两字谜。

0703. 刻舟求剑可笑，曹冲称象可效（河北名校）　　衡水中学

注：两个熟典，都属“在水中衡量”，经验教训，对比鲜明。

0704. 以静攻心阁下，无声犹胜有声（外国政要）　　默克尔

注：会意谜，双重扣合。静默，无声亦默。

0705. 坚冰已经打破，路可连续畅行（成语）　　融会贯通

注：会意谜，首句猜“融”，后句隐“会贯通”。

0706. 无瑕玉，意与君；来天水，留影照（中国球员）　　王霜

注：先减形提义猜“王”，再会意合形成“霜”。

0707. 淡水流，南南分；先测试，找原因（经济作物）　　烤烟

注：离合谜。五行借代，南方属火。火、火、考、因，合成谜底。

0708. 李俊掀柴进，凌振对宋江（气象词二）　　龙卷风、雷阵雨

注：《水浒传》人名借代会意，对应各自诨号。

0709. 虎痴自述，道痴灯虎（离合字二）　　谜迷言、言迷谜

注：同一个字，表述顺序不同，前从合到离，后由离到合。

0710. 布展之中国画，概言为红与黑（华人艺术家）　　陈丹青

注：会意谜双扣，前句丹青扣中国画，《红与黑》亦外国名著。

0711. 用人者逆淘汰，面试官武大郎（摄影词·回文格）高反差

注：会意谜，后句用《武大郎招工》漫画新典，高反差差反高！

0712. 京城集蕴宝藏，富士精炼成品（奥运词）　　都市矿山制作

注：底来自日本新闻，顿读为“都市矿、山制作”。

0713. 美风光吟《瀑布》，集童话《稻草人》（运动员）　　叶诗文

注：会意谜。叶圣陶所作的诗和文章。

0714. 依稀丝竹之音，仿佛麝兰之味（评价性俗语）　　好个屁

注：面出冯梦龙《笑府》，谐趣横生。

0715. 银牌一掷可定，管家能力见强（金融词）　　亚投行理事会

注：国际新闻中的名词，分段会意。

0716. 大红冠，绿尾巴；人人见，人人夸（网络词）　鸡你太美

注：改童话故事《狐狸与公鸡》的诗句，供大家一乐。

0717. 汤阴创大事，远航报开支（中超队二）　河南建业、上海申花

注：会意谜。首句汤阴猜河南。山南水北为阳，水南山北为阴。

0718. 抛垃圾，去后面；先利用，废料头（高校流行词）　挂科

注：前减字合形为“挂”，后离合成“科”。挂科即考试不及格。

0719. 滴滴哥吻座驾，高温天更护车（电视剧）《亲爱的热爱的》

注：会意谜。“的”作“的士”，即“的哥”之“座驾、宝车”。

0720. 主中方高知，读庄子博览（高校二）　东华大学、南华大学

注：“主中方”猜“东华”，《庄子》即“南华经”。

0721. 四面荷花诚美，寒英九畹清芬（艺人二）　周信芳、梅兰芳

注：两位大师流芳百世；花名借代会意正猜。

0722. 藏谜体于初稿，本居士犹自珍（书目二）《隐身草》《宝葫芦》

注：谜材出自中国民协官网，会意并将“本居士”纳入同乐。

0723. 朝接殷商盼富，热在三伏搭秋（作家二）　夏衍、巴金

注：双扣谜。连读有趣。“盼富”“搭秋”猜巴金，一一对应。

0724. 既进厂，就发声；知其用，关马群（字）　厩

注：到马栏山活动即兴出谜。合形提音会意。

0725. 安得倚天抽出，“把汝裁为三截”（公安新词）　云剑行动

注：取《念奴娇·昆仑》词，为避免露春，谜面隐去“剑”字。

0726. 情专喜马拉雅，目测珠穆朗玛（商界人二）　钟山、高峰

注：《新闻早餐》财经类新闻中两位出现较多。会意谜。

0727. 穿汗衫，或背心；免导游，自由行（成语）　不得要领

注：会意双扣。前者没衣领，后者没领路的。

0728. 谨防鲜克有终，苏武持节牧羊（热词）不忘初心、牢记使命

注：用典会意。前句出自《诗经》：“靡不有初，鲜克有终。”

0729. 如何过除夕，老来仍省俭（常言二）　安度晚年、保持晚节

注：过除夕度晚年，老来省俭猜晚节。“安”作疑问词。

0730. 察声像已到达，省高天觉澄明（《西游记》形象四）

观音、如来、悟空、悟净　　注：集锦谜，分段会意。

0731．问仙方求对策、数能人弄潮儿（《水浒传》人诨号四）

神医、双鞭、行者、浪子　　注：集锦谜，分段会意。

0801．冠亚季殿齐颂，双休周五调休（歌名）　《一二三四歌》

注：节逢“八一”，军歌嘹亮！先正猜，后侧击，双扣谜也！

0802．灵泛女何配呆子，珠贝商鉴别贝石（《红楼梦》人物四）

巧姐、板儿、贾宝玉、甄宝玉　　注：集锦谜，正猜会意。

0803．闭门训谈尚久，宋祖盼儿成才（《三国演义》人姓字二）

关云长、赵子龙　　注：正猜会意谜。

0804．悟空老大腾云起，儿子父兄比翼飞（书法家）　孙伯翔

注：朋友圈资料选材，正猜谜双重扣合。

0805．路逢争斗交锋，车辆改行环线（常言）　遇到矛盾绕开走

注：分段会意。首句隐“遇到矛盾”，后句射“绕开走”。

0806．楼建三层装宝顶，匠心独运隐穴中（四川地名）　宜宾

注：离合分扣两字。酒乡五粮液思。

0807．独喜猜谜来揭晓，唯见钟情不变心（歌曲）《一爱到底》

注：会意重扣。“底”字双解。唯独紧扣专一，“七夕”灯谜。

0808．念及昨来怎又去，人虽下位心别愁（日历语）　今日立秋

注：“念、昨去怎”得“今日”，“人下位、心别愁”为“立秋”。

0809．兰蕙夫人欲出家，道姑妙玉正芳华（药品·回文格）芬太尼

注：是药有毒，用须限量。谜底依格读成：芬太尼，尼太芬。

0810．先赢月下约君见，后至诚邀去东欧（湖南地名）　望城区

注：离合谜。首拼成“望”，后组合“城区”。

0811．热笼湖南域，称量虾稻乡（湘地名二）　蒸湘区、衡南县

注：会意借代。南县称“中国虾稻米之乡”。

0812．怎把悬心放，财济日光城（湘地名二）安化县、资阳区

注：正猜会意。谜底“安”作疑问词。

0813．湘江畔挥挥手去，双冠王统揽八方（成语）　浑浑噩噩

注：叠字成语，离合成谜。拆拆拼拼，面句适宜。

0814．左指太行山，右指是吕梁（地名三）西安、东安、双峰

注：面拟《人说山西好风光》歌词意。示位会意谜。

0815．金榜犹自省，心忧更清明（历法词二）中元节、中秋节

注：会意谜含音变，注意“自省”作“省俭”。

0816．幸高楼平地起，家出入保康宁（省市连区）福建厦门同安

注：会意谜。底断读为“福建厦、门同安”，分段扣合谜面。

0817．“红杏枝头春意闹”“不使人间造孽钱”（谜目二）

宋词一句、唐诗一句　注：谜面作者为宋祁和唐寅。

0818．何处嘈杂叱语喧，彼方宅下西窗前（热播影片）《哪吒》

注：前句会意后拆拼，双重扣合赶时新。

0819．高楼店户协装就，射虎吟风合集成（主办地连活动名称）

厦门同安谜诗联大会　注：会意谜。前四后五，分扣自明。

0820．天际岭失踪游客，合影者分明菁菁（五言唐诗两句）

空山不见人、复照青苔上　注：游厦门感怀。会意合形谜。

0821．率先来西湖濯足，离退后月末碰头（二字口语）　洗脑

注：合形会意，各隐一字，组合成谜底。

0822．文化宫中之老抠，心怀往日而常珍（二字常用词）吝惜

注：合形会意谜。30年前有《文化宫里的“老抠”》的报道。

0823．几又相逢几见君，一方水土一般春（新诗目）《凤凰涅槃》

注：离合谜。底为郭沫若名篇。前句合“凤凰”，后句组“涅槃”。

0824．“听惯了艄公号子，看惯了船上白帆”（成语三）

耳闻目睹、习以为常、有声有色　注：会意谜。

0825．“西风昨夜过园林”“十亿人民九亿商”（长沙商业街二）

金满地、大都市　注：前底启下扣合。后底“市”作动词。

0826．清垃圾扫黄，集硕果增收（银行二）　渣打、汇丰

注：会意谜。集香港两银行谜配对。

0827．演出前东郭分享，及格后心守信诚（已故学者）陈寅恪

注：首句离合出“陈寅”，后句合形会意猜“恪”。

0828．齐声回应山头约，改革高歌果敢跟（国际时事）G7峰会

注：提音会意谜。山头约猜峰会，齐声同七，后句声母全为G。

0829. 帝制长延续，臣民护圣皇（学者·回文格） 王国维

注：会意谜，依格底先顺读再回读，扣合尚可。

0830. 是非前面不挨靠，足下小心转闽中（贬称谓） 坏蛋

注：用离合法拆拼两条字谜，猜个“坏蛋”，颇有趣味。

0831. 八月底哥们相聚，欢别前驱马出游（国际名词） 脱欧

注：前句猜“脱”，后句隐“欧”，离合谜。

0901. 屡见财源广进，始闻布谷催春（网词二）发视频、开直播

注：分段会意。发财者频繁出现，布谷鸟叫开始播种。

0902. 适龄童进校日，欲阅读初版书（教育词·回文格）新学期

注：会意谜。底依格读作“新开学日期，期望学新（知识）”。

0903. 泉眼无声细流，里弄何其相似（话剧名） 《小井胡同》

注：首句化古诗意境猜“小井”，下句双重意会扣“胡同”。

0904. 足球先生上报，罗纳尔多梅西（字二） 呈、椤

注：看体育新闻作谜。拼出两字。

0905. 道二八声变，年花甲改行（欧洲人名·回文格）路易十六

注：会意谜。底依格顺读倒读，自然通畅。

0906. 路面刚撒沥青，家私才喷涂料（话剧名） 《油漆未干》

注：沥青为柏油，涂料为漆。会意自明。谜底为北京人艺演剧。

0907. 笑面虎白花蛇，依水泊扎寨谋（古代名画）《富春山居图》

注：见中国十大古画资料选此成谜。《水浒传》人名借代会意。

0908. 大约冬季前，时日至今天（七言唐诗）待到秋来九月八

注：今天九月八日，管它阴差阳错，以今代昔作即时会意谜。

0909. “醉里且贪欢笑”（历史事件） 秋收起义

注：启下句“要愁那得功夫”会意，秋通“愁”。

0910. 要学那泰山松，凛然气傲苍穹（喜庆日） 教师节

注：会意谜。化《沙家浜》唱词意境。教学习（师）青松气节。

0911. 生猪发展加快，市场紧张缓解（食品名） 肉松

注：会意谜。关心群众生活，希望市场长“肉松”。

0912．日常生活四事，犹有行之不稳（《左传》一句）衣食所安

注：侧击法，反扣会意谜。谜底之“所”作“住所”扣合。

0913．冲干水，捉鳅鱼；竹筷下，石砾除（祝语）　中秋快乐

注：以减形法凑出四条字谜，为佳节助兴。

0914．沉迷幸福中，清香扑鼻来（《爱莲说》一句）陶后鲜有闻

注：谜底陶姓转义为“陶醉”，“鲜”读阴平作“新鲜”。

0915．一来进口大豆，美中二释官声（字）　关

注：读进口大豆新闻，有感作谜。离合双扣。“官”声提音。

0916．封互联宽带，遮太阳华盖（常用词二）关系网、保护伞

注：正猜会意谜，分段扣合明。

0917．老百姓心声，喜小调杂技（刊名二）《人民音乐》《曲艺》

注：底顿读为“人民音、乐曲艺”，“乐”异读解为快乐、喜欢。

0918．纵其愚莽逸安，问责胶东中原（央视主持人）　任鲁豫

注：从不同角度会意，成双扣谜。

0919．自成松鹤寿，行者院主梁（杰出人二）李延年、孙家栋

注：正猜会意谜。70 年大庆，向英模致敬！

0920．冻土堆厚实，莹花相温和（吉祥物二）冰墩墩、雪容融

注：冬奥组委发布，抢先谋面萌物，会意谜。

0921．羞见花容少女，男孩面泛红云（女球员二）颜妮、丁霞

注：会意谜。靓女帅哥似绝配，其实还是两钗裙。

0922．发球机器誉称，何府姑娘出名（地名二）张家口、常宁

注：北南两地名，点赞张常宁，谁说女子不如男？

0923．探真相一辈子，大功告即打赏（誉称）求是终身成就奖

注：会意谜。欣闻杨振宁先生获奖。

0924．梁山神医出道，灵丹妙剂咨询（网络平台）　安全药问

注：分段会意。《水浒传》梁山神医安道全，出“道”得“安全”。

0925．今日神州齐唱，从站到富到强（歌名连歌词）

中华人民共和国国歌　起来起来起来　注：会意自明。

0926．农家接客户，助理得银牌（美国州名二）田纳西、佐治亚

注：双谜配对。会意自明。两地我都曾去过。

0927. 一人统管天下，前前后后配合（农产品） 大豆

注：字谜两则拼大豆，颗粒虽小成热门。

0928. 双绣女压金线，为他人做嫁衣（国际名词） 对伊制裁

注：会意谜。将“制裁”别解，出处源于唐诗《金镂衣》。

0929. 湖中包隐何字？湖北盛产此物（区连市）内蒙古鄂尔多斯

注：一问一答会意，示位湖中内蒙“古”，后句应知湖北简称。

0930. 道声旗升国庆，唱好红旗飘飘（字二） 陛、郝

注：明日国庆，作谜助兴；象形提音，画面应景。

1001. 美妆中，迎盛典（湖南、黑龙江地名各一） 华容、大庆

注 ：分段会意正扣。今日国庆，恰逢盛典。

1002. 国庆日，埋头干（字） 士

注：首句拆字，后句示位转形。双扣。

1003. 古稀人，像老花（字） 华

注：拆字意会。春华秋实，“华”即“老花”。

1004. 生日聚，举酒干（字） 醒

注：合形法。酒干无水为西，与生日组合。

1005. 姜伯约，带蜀军（国际军事名词） 维和部队

注：用典借代，姜维字伯约，和作连词。

1006. 唱牛郎，速起敬（探骊） 歌星·霍尊

注：用典借代。歌唱二小放牛郎，“星”亦牛郎。

1007. 贾太傅，奏一言（非遗项目） 长沙弹词

注：用典借代，贾谊作长沙王太傅，又称贾长沙。

1008. 现东京，显冷清（日历用语） 今日寒露

注：正猜会意。今日作“今天日本”另解。

1009. 湘妹子，嫁人了（称谓） 湖南女作家

注：正猜会意。底断为“湖南女、作家”分扣。

1010. 草头王，千金堂（网球运动员） 蒂姆

注：首句示位合形，后句借代合形。

1011. 隐秘处，好安居（国名连称谓）　奥地利作家

注：正猜会意。底断为“奥地、利作家”分扣。

1012. 竹联人，去村头（字）　符

注：合形。去“村”头得“寸”，与“竹、亻”组底。

1013. 鲁提辖，人人知（四字常言）　达成共识

注：借代会意。鲁提辖名“达”，后来才叫鲁智深。

1014. 住建网，进出口（外国神话人物）　所罗门

注：正猜会意。“所罗”住建之“网”，门扣“进出口”。

1015. 客方恼，主自负（重大工程）　西气东输

注：借代会意。西厢客、东道主。

1016. 语言班，谢老师（五字歌词）　教我学说话

注：因果会意，“谢”解作“感谢”，有趣。

1017. 迷夜色，共陶然（长沙景点）　爱晚亭

注：借代会意，“亭”扣“陶然”，北京陶然亭。

1018. 金桂花，暖心垫（孝亲故事）　黄香温席

注：用典会意。雨中上岳麓拍金桂有感。

1019. 非凤尾，加冕钱（花卉名）　鸡冠花

注：用典会意。反扣。

1020. 忒有闲，随便走（航天术语）　太空漫步

注：正猜会意。“太空”别解添趣。

1021. 百年珍，三足立（礼品名）　世纪宝鼎

注：正猜会意。底我国赠联合国礼品。顿读为“世纪宝、鼎”。

1022. 改主线，走宁远（人名连职务）　易纲行长

注：纲扣主线，“行长”异读解为“行程很长”。

1023. 饰德祖，扮醉翁（住房名词）　装修

注：借代会意。三国杨修字德祖，宋代欧阳修号醉翁。

1024. 拍日景，去西湖（乐器名）　京胡

注：示位减形。“拍、去”作辅助动词。

1025. 困苦临，看客增（国名）　厄瓜多尔

注：会意谜。“厄”作厄运，“瓜”以网络词代“看客”。

1026．住房价，趋平稳（已故作家·玉带格）　楼适夷

注：会意谜。底依格作“楼市夷”扣面。

1027．洗心寺，和尚服（字二）　恃、裳

注：前减形，后合形。昨日刚游望城洗心寺。

1028．阳光照，国老家（红色旅游景点）　耀邦故里

注：正猜会意。底断为“耀、邦故里”扣合。

1029.墙头草，少根基（字）　蔷

注：示位合形。根基为土，“墙、艹”少“土”，合底。

1030．嗦粉后，上岳麓（外国园艺学家）　米丘林

注：示位减形。“嗦”为方言“吃”，底为原苏联园艺家。

1031．总粗心，变笨了（杜甫五言诗一句）　老大意转拙

注：正猜会意。底断为“老大意、转拙”扣合。

1101．纵虎归山犯，管家守财奴（称谓二）　放风者、看门人

注：会意谜。国内新闻，严防资本“看门人”沦为“放风者”。

1102．来京立就位，给力更执着（新闻热词）　优势

注：合形谜。人民日报《带你读懂公报》，强调“显著优势”。

1103．千金陪嫁去，一手擒拿来（动物名词）　家禽

注：离合谜，借代减形。“千金（小姐）”扣“女”。

1104．禹王一挥手，秋后六节期（历法词二）　夏令时、冬令时

注：借代会意谜。北美地区今日开始实施冬令时。

1105．读硕再升级，入园成大观（商务活动简称）　进博会

注：会意双扣。今日第二届进博会开幕。

1106．四海迎宾客，五洲聚友朋（商务活动简称）　广交会

注：会意双扣。第一百二十六届广交会近日闭幕。

1107．三一集团里，个个有才能（时政热词）　四中全会

注：面为知名企业，底为时政热门话题。

1108．两名硬卧客，忘了带上门（礼貌语二）　对不起、没关系

注：常用礼貌语，分段会意谜。

1109．昨天节气至，万里眼中明（李英儒作品形象）　杨晓冬

注：底《野火春风斗古城》人物。昨日立冬。

1110．在意独火星，知名丑郡马（微信常用词）　点赞

注：孔明、宣赞绰号为面，前象形会意，后借代。

1111．张三李四后，谁揽瓷器活（俗称谓）　钻石王老五

注：问答法，会意谜。俗语：没有金刚钻，揽不了瓷器活。

1112．话说挡箭牌，常知枪矛利（音乐家二）　谭盾、多明戈

注：分段会意。谭盾为长沙人。

1113．一口吞下去，独苗虫害除（网站名）　天猫

注：减形、离合。底为购物网站。

1114．难忘一来群，对弈出绝招（高适七言）　至今犹忆李将军

注：会意谜。底断为"至今犹忆李、将军"。李来群为象棋大师。

1115．笑面虎兄弟，吾眼中神马（杜甫七言）富贵于我如浮云

注：借代会意谜。水浒中笑面虎朱富，其弟旱地忽律朱贵。

1116．古画中相如，未料廉颇临（杜甫七言）　丹青不知老将至

注：以"将相和"故事用典会意。"老将至"异读别解有趣。

1117．先前人在干，岩上转头空（二字国际热词）　金砖

注：离合谜。示位合形成二字。

1118．等君一点到，加草固茅棚（外国企业家）　比尔•盖茨

注：分段会意，点不可少。

1119．高端保护点，喜上桥头城（外国电视主持）大卫•爱登堡

注：会意谜。底为英国BBC电视主持人，探险家和旅行家。

1120．碰上来高校，体育开盛会（三字口语）　撞大运

注：会意谜。撞为碰，高校体育盛会简称大运。

1121．红枫遮望眼，失踪老丈人（成语）　一叶障目，不见泰山

注：农大校园拍红叶选照制谜，会意正扣。泰山借代老丈人。

1122．歌功颂德者，大吹大擂中（七言宋诗）　美人犹自意嫌轻

注：会意谜。美作动词"赞美"人。底出自宋代蒨桃《呈寇公》。

1123．少年无丑相，美貌在春天（湘地名连称谓）　华容知青

注：会意谜。刚从浏阳联谊归来，即兴作谜。

1124. 整日发火儿，凭空恼一时（外国动画片）　《天气之子》

注：会意双扣谜。半夜二十三时到一时为子时。

1125. 一手托篱笼，上岸登码头（运动项目）　攀岩

注：前会意合形，后示位合形。

1126. 烽火连三月，家书抵万金（李白七言）　烟涛微茫信难求

注：分段会意。“烟涛微茫”扣前句，“信难求”扣后句。

1127. 百花齐放处，美照汇集时（京剧二）《群英会》《将相和》

注：分段会意。“将”异读阴平，解作“将相片集和”。

1120. 走之昂首去，同日三人归（红楼梦人物）　迎春

注：离合谜。前减字，后合形。

1129. 武林获胜者，同携爱侣归（七字俗语）　功夫不负有心人

注：会意谜。底断为“功夫不负、有心人”。

1130. 弄潮儿返乡，初难兑美元（七字俗语）　浪子回头金不换

注：会意谜。底断为“浪子回、头金不换”。

1201. 十月十日下江东，水漾川中荡舟声（广东地名）　潮州

注：前合形拼字，后合形提音。

1202. 诚斋一再约，子厚进门侃（陆游诗句）　三万里河东入海

注：借代会意。杨万里字诚斋，柳宗元又称柳河东。

1203. 向至波峰涛首立，总临戈壁火方停（粤湘高铁名词二）

潮汕站、长沙南站　　注：会意谜，赴潮州谜会刚回长沙。

1204. 前头须防陷阱，走路怕踩蚂蚁（俗语二）小心眼、可怜虫

注：分段会意。“眼”扣陷阱，“虫”扣蚂蚁。

1205. 赤条条者无牵挂，白茫茫处真干净（物理学名词）　极光

注：会意重扣。“无牵挂、干净”皆“光”，“极”作“非常”。

1206. 乘人不备出千处，用药省头草略知（组织简称）　北约

注：前句减形猜北，后句减形会意。

1207. 释言兄长讴歌意，盘底金乌玉兔辉（组织简称）　欧盟

注：前句讴歌减形，后句借代合形。

1208．向导单为您配，行程可以协商（时政语） 一带一路倡议

注：会意谜。据新华社消息，现提“一带一路倡议”。

1209．满意菜蔬本土种，放心禽蛋自家生（企业） 中原地产

注：会意谜。底“中”读去声，解作“中意原地原生态的产品”。

1210．水立方变冰立方，行星金星和土星（字二） 冼、钍

注：从《新闻早餐》取材。面句抵消成二底。

1211．放眼一瞧着急了，虚心业已作筹谋（热词） 焦虑

注：减形会意分别成两字组词为底。

1212．乔羽创作谈：一条大河波浪宽（热词） 我和我的祖国

注：用典会意。乔羽是《我的祖国》词作者。

1213．前方开道路标明，顺达故乡楷模村（热词） 先行示范区

注：用典会意。李顺达是20世纪50年代全国劳模。

1214．西部连山成八卦，东方结子幸知音（珍稀树种） 银杏

注：前五行八卦借代合形，后合形会意提音。

1215．口吐莲花方负重，望洋兴叹又出游（象声词二） 嗬、嗨

注：前句合形会意，后句合形减形。

1216．史经上下五千载，调尾神宗执政期（民俗书目） 万年历

注：会意谜，前计算，后用调尾格。明神宗年号万历。

1217. 自封脱缰马，称誉苏州园（剧中人名二）余不羁、吴所谓

注：会意谜。底为热播电视剧《鳄鱼与牙签鸟》人物。

1218. 医护喜当助产士，教学好用启蒙功（外国科学家）爱迪生

注：会意谜双扣。“生”另解作生育和学生。

1219．一大一小耐心听，一男一女人猜啥（常用词） 奈何

注：两条合形字谜为底。一大一小实用，男丁女口借代。

1220. 楚河汉界象棋谱，建安文苑刘桢诗（诗歌名）《七子之歌》

注：会意谜双扣。底“七子”分别代象棋子和建安七子中刘桢。

1221．西村欲语无言处，溶洞相约泪下时（植物名） 梧桐

注：拆拼成两条字谜为底。

1222. 日出东方唤一声，锤子镰刀齐上阵（交通凭证） ETC

注：首句减形提音猜E，后句以象形猜TC，ETC为公路自动缴费卡。

1223. 长辈谆谆教诲，孩子不忘初心（出版词二）前言、后记

注：会意谜。底解作前辈的话后辈记住了。

1224. 只花六枚五分币，泳池碧波忆犹新（电影）《三毛流浪记》

注：会意谜，前句计算得三毛，后句扣流浪记。

1225. 我来贺岁，一语说清（电视剧连主演）《庆余年》陈道明

注：会意谜分扣。底为热播电视剧。

1226. 深夜因何叫的，辛苦司机发车（礼貌语二） 晚安、劳驾

注：会意谜。底顿读为“晚、安（为何）劳驾”。

1227. 华夏百姓家，读书联网博（新书目）《中国民间文学大系》

注：会意分扣。前后谜面各猜四字。昨日新闻首发新书。

1228. 有事应日间做，晚上别再加班（俗语二） 活该、白干

注：会意谜双扣。底解作活儿应该白天干。

1229. 百姓当家能理事，油盐柴米酱醋茶（党建词）民主生活会

注：会意谜。能理事扣会，以生活概括七件事。

1230. 啦啦队异口同声，一再喊加油（《左传》一句）齐人三鼓

注：会意谜。底解作“人一齐三次鼓劲”。

1231. 过了今天一岁除，贺迎本科毕业季（《岳阳楼记》两句）越明年、庆历四年春 注：读本科一般学制四年。

2020年1~12月

0101. 日出日落又一春（历法名词） 阳历年

注：元旦除旧迎新，会意谜。“阳历”猜“日出日落”。

0102. 首都放眼看金山（交通新干线） 京张高铁

注：会意谜，“高铁”扣金山。据报道京张高铁今日通车。

0103. 暗洞阴河多炫目（能源开发乱象） 地下水超采

注：会意谜，谜材亦出自《新闻早餐》。

0104. 丑媳妇即时顺产（科学家传记语） 牛顿生平

注：会意谜。丑属牛，“顿生平”扣“即时顺产”。

0105. 稀龄上下挤公交（字） 车

注：合形会意。七十“上下挤”合形。公交，车也。

0106. 爱对规则挑毛病（政务新词） 好差评制度

注：看新闻出谜。“好”变读去声作喜好扣“爱”。

0107. 湘中新化去沂蒙（民俗词） 相亲

注：形扣谜。“湘”与“新”变化去掉“沂”，重组谜底。

0108. 告别冬天至茗楼（常熟景点） 春来茶馆

注：以老同学网名即兴出谜，反猜会意。

0109. 白花蛇进乌龙院（四字店招） 春来茶馆

注：借代会意，与昨同底，出其不意摆乌龙。

0110. 一月十日直接见（字） 朝[腊]

注：即日为题，合形谜。可惜多底了。

0111. 金色朝阳照九州（中国工程院院士） 黄旭华

注：会意谜，共和国功臣，英名永流芳。

0112. 斧头两把拼多多（称谓） 爹爹

注：形扣谜，斧头两把为“父父”，与“多多”拼合成底。

0113. 千金坠地百家知（字） 姓

注：借代合形。千金“女”，坠地“生”，合成“姓”。

0114. 百里挑一觅美人（珍稀动物） 白鲟

注：“白”减形、“鱼”借代、觅会意“寻”，三合为底。

0115. 环游海上教钢琴（现代武器） 巡航导弹

注：会意谜，导弹另解为教钢琴。

0116. 喧闹声中先辞职（字） 聒

注：“喧闹声”会意，先“辞职”为“舌”“耳”，示位合形。

0117. 齐上陶然双姐妹（人名昵称二） 文文、婷婷

注：花样游泳冠军蒋氏姐妹名，借代合形谜。

0118. 错责孩子负春光（三字民俗） 过小年

注：会意谜。今日过小年，别责怪孩子了。

0119. 祝君祥运不离身（饮料品牌） 王老吉

注：会意谜。吉祥好运总不离身，老吉也。

0120. 方上六桥左码头（字） 磅

注：前四字组“旁”，左“码”头为“石”，合形为底。

0121. 都看好儿童保健（2020 年热词） 全面小康

注：正面正底，会意自明。

0122. 年前三日清污秽（六字民间谚语） 二十八、洗邋遢

注：即兴谜，以俗语作底配面，增添谜趣。

0123. 当心落物先别牛（字） 忽

注：“物”先别牛为“勿”，与“心”合成谜底。

0124. 夜半迎春祥运至（水果） 桔子

注：夜半为“子”时，春扣“木”，吉，祥也。借代合形。

0125. 钟鸣鼠岁欢声动（泊人冠泊号） 铁叫子乐和

注：借代会意。大年初一，“钟鸣鼠岁”猜“铁叫子”。

0126. 疾控现场排头兵（新影片二） 《紧急救援》《急先锋》

注：正猜会意谜。为白衣天使点赞！

0127. 药对症才消得快（已故当代书法家） 方去疾

注：双扣谜。“方、疾”前后别解，两不相同。

0128. 一墙隔让高节显（网球运动员） 王蔷

注：面隐“六尺巷”典，“一、墙、艹”合形为底。

0129. 保安康重任以托（机构简称） 卫健委

注：正面正底，会意自明。

0130. 鼠年春灯先音变（古代词人） 李煜

注：借代合形。“鼠年春”猜“李”，“灯先音变”组“煜”。

0131. 一月三十一封口（字） 葫

注：合形谜。面顿读为“一月三十、一封口”。

0201. 二月一日一月结（字） 亘

注：形变谜。先减“一月”余“二日”，合成谜底。

0202. 二月二日，二至中原（成语） 明明白白

注：“中原”为“白”，示位合形谜。

0203. 二月三日少朋来(字) 晶

注:形扣谜。减“二月”即少“朋”，余“三日”合谜底。

0204. 二月四日思重组（企业名） 明园

注：形变谜，月、日合“明”，二、四组“园”。

0205. 二月五日方会友（字二） 晤、朋

注：会意合形重组。方扣口，友扣朋。

0206. 二月六日离且合（同部件字二） 音、昱

注：二月六日减“一月（且）”，可组两底字。

0207. 振聋发聩南山语（近代史名词） 警世钟

痛哭失声吹哨人（鲁迅作品名二） 《伤逝》《呐喊》

注：为抗疫英模钟南山、李文亮点赞纪念。

0208. 女延二月出元宵（药品） 小儿安

注：减形谜。“元宵”减二月得小、儿和宝盖头，与女合形组词。

0209. 十五的月亮十六圆（股评用语） 今日看好大盘

注：当天即景谜。谜底断为“今日看、好大盘”。

0210. 急就章立等须取（成语） 刻不容缓

注：会意谜。疫情紧急如战场，刻不容缓也。

0211. 三娘户口在重庆(字) 扈

注：借代合形，双扣谜。《水浒传》人物扈三娘。

0212. 言及人品适而止（抗疫情名人） 谭德塞

注：会意谜。抗疫公众人物，留待后人评说。

0213. 不见经传初加冕（病名简称二） 非典、新冠

注：会意谜，通俗易猜。

0214. 吃过药了才上路（四字口语） 不服不行

注：会意谜。“服、行”别解，反扣自明。

0215. 雷雨交加原野地(字) 田

注：减形会意。双扣谜。

0216. 得啥病缄默不语（成语） 何患无辞

注：会意谜。担心作病患，反问改疑问。

0217. 音像搜出老汉口（字） 嗖

注：音义形巧合成谜。

0218. 一声叹息化岩灰（字） 碳

注：时代之尘，个人如山。化名言之意，作合形字谜。

0219. 白衣天使聚营前（企业名） 美的集团

注：赞美白衣天使，军队建制“营”前为“团”。

0220. 玉合子盖珠联璧（电视连续剧） 《完美关系》

注：会意谜。宅家看电视，湖南正热播。

0221. 金刚老汉称东道（游轮名） 钻石公主号

注：顿读为“钻石公、主号”。疫情及世界，日本有新闻。

0222. 全球环保编辑网（国际机构连职务） 世卫组织·总干事

注：全球环保扣“世卫”，“组织”编网总“干事”。

0223. 竞相为你建茅庐（外国名人） 比尔·盖茨

注：会意谜。茨为茅庐。

0224. 龙抬头，一年都有精神头（湘、吉地名二） 吉首、延吉

注：农历二月初二，吉祥语好运不断也。

0225. 杜雨露之摇手别（已故作家） 路遥

注：影星去世，兼怀作家。拆字合形。

0226. 节前受益西湖也，面面顾及格格乎（作家二）池莉、方方

注：形扣谜。底为热门公众人物。

0227. 学术较量装网红（外国球星二） 科比、乔丹

注：会意谜，世界球星粉丝多。

0228. 八一节解放大道（城市誉称） 九省通衢

注：会意谜。先做加法得九，余会意自明。

0229. 肖贤友遗嘱感人（机构简称·双钩格） 国家体委

注：用格作“体委国家”，扣合“我的遗体捐国家”。

0301.“但得众生皆得饱”（公益广告） 消除饥饿

注：面出宋代李纲《病牛》，会意谜。

0302.“皎皎空中孤月轮”（药品名） 洁尔阴

注：面出唐张若虚《春江花月夜》，会意谜。

0303.“此地空余黄鹤楼”（网络作者名） 楚天一阁

注：面出唐崔颢《黄鹤楼》，会意谜。

0304.“杜鹃叫落西楼月”（字） 棚

注：面出宋代朱淑贞《春宵》。会意减形合形。

0305.“此恨绵绵无绝期”（带姓职务·玉带格） 斯院长

注：面出自《长恨歌》，底依格读作“斯怨长（长作长久）”。

0306.“犹自风前飘柳絮”（字） 彪

注：面出朱淑贞《蝶恋花·送春》。借代象形合形。

0307.“不见长安见尘雾”（安徽地名） 蒙城

注：面出唐白居易《长恨歌》，会意正扣谜。

0308.“老吾老，以及人之老”（湖北地名二） 孝感、恩施

注：面出《孟子》，底读作“孝、感恩、施”。

0309.“纷纷蜂蝶斗轻狂”（字） 触

注：面出朱淑贞《鹧鸪天》词。会意合形。

0310.“读书万卷始通神”（医卫名人） 张文宏

注：会意谜。面出苏轼《柳氏二外甥求笔迹》，底为抗疫专家。

0311.“疑是民间疾苦声”（美国地名） 辛辛那提

注：面出清代郑燮《墨竹图》题诗。会意谜。

0312.“毁尽文章抹尽名”（网络词语二） 删帖、封号

注：面句出自清代郑燮《沁园春·恨》，会意自明。

0313.“妈妈要去打怪兽”（语言学名词二） 母语、拼音

注：面出抗疫白衣天使临别之言。会意谜。

0314.“四百万人同一哭”（微信名词） 公众号

注：面出清代丘逢甲《春愁》诗，“号”读阳平作“大声哭”。

0315.“时代一粒灰，个人一座山”（网络小说） 尘仙

注：面为作家名言缩写，会意合形。

0316. “平生不解藏人善”（时人名言） 老子到处说

注：面出唐代杨敬之《赠项斯》，启下句“到处逢人说项斯”。

0317. “荷露虽团岂是珠”（字） 池[水也]

注：面出白居易《放言五首》，反猜会意。

0318. “未成沉醉意先融”（字） 酒

注：面出李清照《浣溪沙》词。示位合形。

0319. “请指引我靠近你”（明代人名） 牛金星

注：面出《夜空中最亮的星》歌词，会意谜。

0320. “夜来城外一尺雪”（微信平台·章旨法） 新闻早班车

注：面出自《卖炭翁》，启下句“晓驾炭车碾冰辙”扣合。

0321. “千古文章根肺腑”（成语） 满腹经纶

注：面出自郑燮《渔家傲·王荆公新居》，会意谜。

0322. “红妆窈窕绽芳丛”（湖南地名二） 华容、花垣

注：面出自唐代皮日休《桃花》诗，会意谜。

0323. “柳花委地芥花香”（电影演员） 谢芳

注：前四字猜“谢”，后三字隐“芳”。分段会意。

0324. “耕犁千亩实千箱”（字二） 犟、夥

注：面出宋代李纲《病牛》，以“强牛、果多”分段会意。

0325. 武汉欣传“四月八”（鄂、豫地名各一） 通城、开封

注：听新闻作谜，犹“剑外忽传收蓟北”也。

0326. “华佗无奈小虫何”（四字医卫词语·调首格）缺医少药

注：面《七律·送瘟神》。依格底读作“医缺少药”。

0327. “夜半挑灯更细看”（四字常言） 照顾入微

注：面出宋代陆游《病起书怀》，会意谜。

0328. “幻人哀乐系何情”（成语） 醉生梦死

注：面出白居易《放言》，承上句“生去死来都是幻”。

0329. “零落成泥碾作尘”（曹操诗一句） 终为土灰

注：面出陆游《卜算子·咏梅》，会意谜。

0330.“民间疾苦分明在”（毛泽东词一句） 人有病

注：面出现代人诗《刺郭》，底出《贺新郎》。会意谜。

0331.“天长地久有时尽”（成语） 人生苦短

注：面出白居易《长恨歌》，反猜侧击会意。

0401.袅袅垂杨二月风（医学杂志） 《柳叶刀》

注：面化唐诗《咏柳》自撰，会意谜。

0402.其取折中分队服（二字热词） 撕裂

注：前“其、折”实用，后“队、服”会意，合形成底。

0403.赴汤蹈火始启程（医院指示牌） 发热通道

注：会意谜。始启程扣“发”，“汤、火”皆热也。

0404.如今醒悟日，悲泪洒江天（七言唐诗句）清明时节雨纷纷

注：会意谜。又到清明日，写实亦反思。

0405.“哭声直上干云霄”（外国电影） 《空中一号》

注：面出杜甫《兵车行》，底“号”异读为阳平。

0406.组水军浑水摸鱼（字） 渔

注：“浑、水、鱼”三字拆拼为底，“组、摸”抱衬。

0407.“三代挖煤作马牛”（党史人名） 何长工

注：谜面出自《杜鹃山》唱词。会意谜。“何”作程度副词解。

0408.明明朋聚晶晶算（时间名词） 四月八日

注：即景谜。做加法，合形拼字乃成。

0409.“花里楼台看不真”（唐代诗人） 张若虚

注：面出清代顾春《定风波·拟古》，会意谜。

0410.回头看，“中国何人领呐喊”（电影演员） 顾也鲁

注：斯诺挽鲁迅联：“译书尚未成功，惊闻陨星，中国何人领呐喊；先生已经作古，痛忆旧雨，文坛从此感彷徨。”

0411.“非礼勿视，非礼勿听，非礼勿言，非礼勿行”（字） 罘

注：面出自《论语》，会意“四不”，合形成字。

0412.全年节气的禁忌（山东地名） 芝罘

注：昨日学的生僻字复习，仍做加法，艹、四、之、不合形。

0413. 路边小卖图省心（四字网络用语） 摊大麻烦

注：会意谜，反猜“摊摆大了麻烦”扣合。

0414. 当初训诫三五位（长沙方言） 吓煞八人

注：用新典，会意自明。

0415. “心在人民”原何论（成语） 事无巨细

注：启下会意。“心在人民，原无论大事小事”（胡耀邦语）

0416. “江天一色无纤尘”（女鞋品牌） 蓝洁丝

注：面出张若虚《春江花月夜》，会意谜。

0417. “掌上一颗明珠剖”（文学评论用语） 赏析

注：面出李清照《长寿乐·南昌生日》。合形会意析字。

0418. 一粥一饭思不易（离合字） 食贵馈

注:谜面出自《朱子家训》，底解作“食乃珍贵之品”。

0419. 刘墉罢相，项羽断炊（热词二） 甩锅、砸锅

注：面用清、秦熟典，“甩”“砸”生趣。

0420. 小妹少游相对象（战国人名二） 苏秦、张仪

注：姓名借代会意，底面人事关联。

0421. “东边日出西边雨”（著名学者） 易中天

注：面出刘禹锡《竹枝词》，底“易”解作变化。

0422. 厉声呵斥看门狗(字) 戾

注：提音（厉）、合形（户犬）双扣。

0423. 整天惦念那书生（文学体裁连称谓） 日记读者

注：会意谜。底作“日、记读者”。庚子年抗疫新称谓。

0424. 屈死元首惊天案（三字俗语·回文格） 冤大头

注：会意谜。底依格读作“冤大头、头大冤”。

0425. “热泪欲零还住”（三字口语） 不落忍

注：面出毛泽东《贺新郎》词，会意谜。

0426. 迎日出而扬新令（航天名词） 东方红一号

注：谜面自撰，底“号”另解作“号令”，会意扣合。

0427. 隐叟曲园休共语（四字公众号） 老俞闲话

注：隐叟“老”，“俞”樾字曲园，借代会意。

0428. 殷功慧眼如明鉴，“人面桃花相映红”（防疫词）护目镜

注：后句唐诗名句，作者崔护，字殷功。

0429. 悬空洗墙，并行施工（邮政业务简称二） 挂刷、平刷

注：赴邮局寄书给谜友，会意谜题照赞工人。

0430. 整容变相，迷路失约（七言唐诗句） 人面不知何处去

注：情节纯属虚构，离奇爱情故事。双扣谜。

0501. 五一花似锦，世界红黄蓝（福利名词二）六合彩、三色球

注：分段会意，正猜自明。

0502. 浏水西去鸿鸟飞（电影演员） 刘江

注：反派明星驾鹤去。旧谜一条作缅怀。减形法组词。

0503. 打虎英雄出中国（浏阳籍抗疫白衣天使名） 武华杰

注：看抗疫群英榜，选作一英名谜。

0504. 中国迎来赛先生（字） 宝

注：示位合形谜。弘“五四”精神，扬“德、赛”先生。

0505. 今日立时生念想（五四奖章得主） 夏思思

注：立夏作谜会意成，白衣天使留芳名。

0506. 夜往西湖示意看（二字词语） 漠视

注：“莫”通暮扣夜，西湖为氵，示意礻，看为见，组合为底。

0507. 风光无限晴空碧（北京特产） 景泰蓝

注：会意谜。“景泰” 扣风光无限，“蓝”扣晴空碧。

0508. 不抓紧，又好色；常捣乱，交白卷（湖南特产）松花皮蛋

注：会意谜。三字句每句猜一字，合成谜底。

0509. “人生到处知何似”（二字词语） 可以

注：面苏轼诗，减形法。

0510. 儿行千里娘牵挂（网球拍工艺名词） 子母线

注：母亲节即兴作会意谜。

0511. 当天视察辽吉黑（成语） 一日三省

注：会意谜。底“省”异读另解作行政区名词“省”。

0512. 桃李杏核中药好（成语） 里仁为美

注：果核“中（里）”有“仁”，皆入药，美扣好。

0513. 教他怎样抗疲劳（成语） 诲人不倦

注：会意谜，“不倦”扣“抗疲劳”。

0514. 一代更比一代强（田径名词） 接力棒

注：会意谜，谜底“棒”另解作形容词“好，强”。

0515. 网课方兴未艾时（烈士名） 罗盛教

注：因疫情宅家上网课，方兴未艾，盛也。

0516. 岁岁枫林红似火（著名作家） 叶永烈

注：《十万个为什么》，一代人的记忆。

0517. 集结向珠峰出发（杜甫五言诗一句） 会当凌绝顶

注：新闻正报上珠峰，登山健儿倍感人。

0518. 昔潭州百姓，看洪武登基（隐目） 长沙人张建明

注：这个长沙人，今天上新闻。分段会意。

0519. 中国女排上官宣（广东地名） 宝安

注：示位合形。官宣，官方宣传媒体之简称。

0520. 五二零依人知足（日历用语） 今日小满

注：小鸟依人，心满意足。即日可猜，过期作废。

0521. 淡妆浓抹看潇湘（三字餐饮业名词） 粉面馆

注：淡汝浓抹面施粉黛，馆作潇湘，出自《红楼梦》。

0522. 点赞第一门市部（三字服务业名词） 美甲店

注：点赞即美言之，甲店为第一部。会意谜。

0523. 湘妃竹影像留斑（杜甫五言诗一句） 双照泪痕干

注：为先贤续出谜刊，有感而发泪潸然。

0524. 占沙发赞葫芦兄弟（睡衣品牌） 顶瓜瓜

注：葫芦兄弟多重含义，两瓜一顶网词生趣。

0525. 不努力别想先发财（二字称谓） 奴才

注：减形法二字组底，底扣面微言大义。

0526. 端午节赛舟预算（花卉名） 龙船花

注：会意谜。底“花”字作“花费、开支”解。

0527. 杏林弟子，博览《本草》（高校名） 中医药大学

注：杏林弟子乃中医，本草博览药大学。

0528. 喜滋滋攀上珠峰（冷饮品牌） 美登高

注：喜滋滋美也，上珠峰登高，冰淇淋好吃。

0529. 百姓效仿读《书》《经》（法律名词） 《民法典》

注：人大通过，作谜纪念《民法典》。

0530. 回眸恰见五星旗（烈士名） 顾正红

注：今日五卅，当年之烈士，血染的风采。

0531. 今天复产又当班（知名企业） 三一重工

注：三一又只当天猜，重复上工不言重。

0601. 儿童节葫芦授艺（古文篇目） 《六一居士传》

注：底为宋欧阳修文。借来作谜分段会意正扣。

0602. 回首当年过六一（毛泽东词一句） 小儿时节

注：会意谜。底出毛泽东《贺新郎·读史》。

0603 豆腐西施上菜蔬（蔬菜名） 蘑菇

注：古女扣西施，“磨”豆腐，上菜蔬两“艹”。合形为底。

0604. 城西二把手，罢也难（三字热词） 摆地摊

注：先示位取“土、扌、扌”，再与“罢、也、难”组合。

0605. 汉相咋变，八十出头（花卉名二） 芙蓉、荷花

注：汉相“夫容”，咋变“何化”，八十“四艹”，会意合形。

0606. 忸怩作态秀苗条（建工名词） 装修

注：忸怩作态扣“装”，秀苗条为“修”。

0607. 打虎将强势夺冠（星座二） 射手、金牛

注：分段会意。夺冠得“金”，强势者“牛”。

0608. 归来投巨资经商（登山用语） 返回大本营

注：会意谜，“大本营”另解“巨资经商”。

0609. 我被害得跌谷口（湖南方言） 哦豁

注：合形谜。由看奇志视频所作，底亦长沙山歌方言。

0610. 每到林场国庆节（水果名） 杨梅

注：合形减形谜。见亲们采杨梅照，口舌生津。

0611. 荡舟翻草垛自娱（音乐名词） 摇滚乐

注：童年趣事场面，会意谜。

0612. 飞过天门第一洞（动物名） 穿山甲

注：面记十年前的壮观。会意谜。

0613. 加减乘除撇几多（网络新词） 坑爹

注：符号合形谜。七字素组成谜底。

0614. 元旦前后上齐鲁（水产名） 三文鱼

注：示位合形谜。底为新一轮疫情传染源名词。

0615. 蹲守鹭鸥摄友好（香港影片） 《候鸟之爱》

注：近日门前塘边纪实，会意谜。

0616. 摆出三对青花瓷（航天名词） 着陆器

注：会意谜。“三对”为“六（陆）”。

0617. 剪影自拍纪录片（字） 绿

注：减形合形谜。“纪录”减“己（自）”而成谜底。

0618. 礼尚往来气质谈（电视剧） 《外交风云》

注：会意谜。底解作“对外交往风度的评说”。

0619. 双手一挥别说了（摄影名词） 摆拍

注：减形会意。去两“扌”得“罢白”，意即“别说了”。

0620. 周末又逢发感吟（字） 叹

注：“周”末为“口”，与“又”合形，“发感吟”会意。

0621. 唯命应崇，唯命有爱（文言称谓二） 令尊、令慈

注：父亲节作谜。底为对人父母之尊称。

0622. 三折果能得斧头（古代人名） 巢父

注：前象形合形为“巢”，后示位得“父”字。

0623. 景阳有虎患，三碗不过冈（防疫名词） 高风险

注：会意双扣，景阳冈“高”，“三碗”亦喝“高”了。

0624. 心关注湘滨汛情（市连区名） 怀化、洪江

注：会意谜。闻报汛情，心系灾民。

0625. 屈子诗文多韵味（文学名词） 原创作品

注：会意谜。底解作“屈原的创作品出韵味”。

0626. 淘宝得文《天水赋》（动物昵称） 武雯

注：“雨”扣天水，赋减“贝（宝）”，“武、雨、文”组底。

0627. 武雯怀宝天放晴（字） 赟

注：接昨日谜材创作，合形减形谜。

0628. 二把手反攻取胜（带量文化用品） 一副扑克

注：会意谜。二把手为一“副”职，反攻为反“扑”。

0629. 在玉川镇得印一枚（著名电影演员二） 于蓝、田方

注：会意谜。银屏江姐去世，影坛伉俪流芳。底作“于蓝田、方”。

0630. 重整上装费心思（电影导演） 田壮壮

注：接昨日谜材，赞影坛世家。示位减形谜。

0701. 绝诗五首想三天（新闻人物） 苟晶

注：合形组字。“苟”以“二十句”扣“绝句五首”。

0702. 变脸艺术讲座（成语） 谈何容易

注：会意谜。底解作“谈如何使容貌改变”。

0703. 母亲待遇算离休（调味食品品牌） 老干妈

注:底顿读为“老干、妈”会意别解。

0704. 头次见林场大水（外国人名冠职务） 首相洪森

注：会意谜。正猜自明。

0705. 抽陀螺雷倒老帅（长沙娱乐活动） 打转转麻将

注：抽陀螺，打转转；雷倒老帅，麻将。风趣有味。

0706. 一周前整理影集（宋代词人） 李清照

注：会意谜，《百家姓》排序，“周”前为“李”。

0707. 八月遍地开，腊月暗香来（英模人物）　张桂梅

注：会意谜。面为农村女子高中校长，劳模可敬。

0708. 人生难得一回拼（字）　傩

注：合形谜。“亻”“难”合成谜底。

0709. 总而言之是耐克（字）　尅

注：漏补体，合形谜。谜底加“而”成“耐克”。

0710. 盲叠纸鹤放飞中（三字口语）　瞎折腾

注：会意谜。正扣自明。

0711. 为舍予谋皮叫好（日用品牌名）　舒肤佳

注：会意谜。作家老舍，本名舒舍予。

0712. 高考前乡间一住（字）　壅

注：合形谜。五字素合成谜底。

0713. 吹得鸡毛天上飞（字）　歙

注：鸡毛“羽”，天上为“一”，与“吹”合成谜底。

0714. 为军人成功点赞（外国影片）　《好兵帅克》

注：军人王亮探亲路上从洪水中救出一家四口。感人！

0715. 移动的大伞大多了（字）　米

注：放学时突降大雨，老师们举起“移动的大伞”送学生出校。

0716. 东西搬走方安定（字）　舫

注：昨日搬家，南驻北守。今作此合形谜。

0717. 大千世界，无奇不有（长沙楼盘名）　万博汇

注：会意谜。新家后面，照片示底。

0718. 求红娘首肯许佳（网评用语）　央媒点赞

注：会意谜。底词在今日新闻中可见。

0719. 刚刚修好主干线（长沙街道名）　新建东路

注：底为新居门前路，属雨花区砂子塘街道。

0720. 允许成交别出错（字）　兖

注：以 X 代错，先合形后减形成谜。

0721. 失铜牌屈居殿后（成语）　丢三落四

注：会意谜。借代会意自明。

0722. 即往温泉乡里见（四字俗语） 就汤下面

注：会意谜，“汤”扣“温泉”。正猜自明。

0723. 全国示范步行街（歌曲名） 《我们走在大路上》

注：会意谜。底为经典老歌名。

0724. 何炅一生网粉多（天文名词） 火星

注：合形会意双扣。庆“天问一号”升空火星。

0725. 方寸情连百万家（五字歌曲） 《心有千千结》

注：会意谜。“方寸”扣“心”。百万换算为“千千”。

0726. “帽插宫花好新鲜”（教育名词） 女子高中

注：面出《女驸马》唱词。

0727. 哨所军训出奇招（四字称谓） 特岗教师

注：今日新闻河南招聘特岗教师。

0728. 女排连战无败局（球类竞赛术语） 净胜球

注：女排连胜十二场球，激动人心。

0729. 总抢先行一屁孩（称谓） 老头子

注：底顿读为“老头、子”，“屁孩”有趣。

0730. 苇草迷茫人全隐（字） 玮

注：拆字合形。“苇”草迷余“韦”、人“全”隐余“王”。

0731. 宽带过时不看好（媒体简称） 中新网

注：反猜会意谜。“中”作“中意、看好”解。

0801. 岳麓山下迎八一（字） 兵

注：拆字合形谜。“丘”与一个“八”合成谜底。

0802. 大连出车答声是（字） 达

注：合形减形加音扣。谜底读音为“答”。

0803. 暗中较劲下盲棋（气象新词） 黑格比

注：底为2020年第四号台风名。正猜会意谜。

0804. 来日练箭胜强敌（书名连作者） 《明学》弓克

注：新闻报道，无奇不有。做条谜语，立此存念。

0805. 心随蝶影练发声（字）　恋

注：“亦”象形作“蝶”影，底读“练”音。

0806. 去西部走拍抖音（字）　陡

注：去西“部”成“阝”，与“走”合形。“抖”提音。

0807 退伍前“三支一扶”（现代史纪念日）　五卅

注：减形合形分扣。“三”支为“川”，“一”扶成“卅”。

0808. 九五之尊即会面（成语）　帝王将相

注：借代会意。“九五之尊”代帝王，“将”读阴平作副词。

0809. 看杨贵妃，陷文字狱（新闻热点）　张玉环错案

注：新闻事件全国关注，有错能纠百姓叫好。

0810. 乍发呆，默读《雎鸠》多自在（商品冠交易词）　卖鹅

注：方言称“发呆”作“卖鹅”。前会意后合形。

0811. 蜻蜓蝴蝶先勾上（字）　蜀

注：前五字扣“四虫”，加“勾”之上方“勹”，合为谜底。

0812. 为啥自费读林大（教育热词含人名）　钱学森之问

注：会意谜。正猜自明。

0813. 免空谈只问落实（四字餐饮用语）　光盘行动

注：会意谜，反猜正扣，相得益彰。

0814. 地支两头又千金（电视剧）　《孩奴》

注：借代会意，地支两头为“子、亥”，千金“女”。

0815. 春雨秋凉，琴韵悠扬（字）　秦

注：春雨无“日”，秋凉去“火”；“琴”韵提音。

0816. 浏水上方建六桥（字）　滂

注：实景谜。“氵、方、六、冂”合形为底。

0817. 人言可敬辞高管（带姓称谓）　何警官

注：亻、言、可、敬合“何警”，“辞高管”为“官”。

0818. 峰顶知音聚，山高月影重（字）　崩

注：前句会意，后句合形。双扣谜。

0819. 探花至杏林，教席倡省俭（卫健词）　第三个中国医师节

注：会意谜。底顿读为“第三个中国医、师节”。

0820.“吹落黄花满地金”（电影演员） 谢园

注：面出王安石《咏菊》诗。会意谜纪念谢园。

0821.为政不清，嫁祸草根（人名冠称谓） 贪官赖小民

注：看新闻有感作谜。司空见惯的“忏悔”。

0822.百年不遇看洪峰（当代文学形象） 牛大水

注：《新儿女英雄传》人物。 解作“好牛（强势）的大水”。

0823.黄河之水天上来（字） 鎏

注：会意合形谜，有点难。 。

0824.乐理知识答疑（法律名词） 调解

注：会意谜。底“调”异读为去声，作“音调”解。

0825.“你一生无病又无灾”（琼瑶剧中人二） 福尔康、福尔泰

注：面出花鼓戏《打铜锣》唱词。会意自明。

0826.夹缝中求生存（字） 逑

注：合形谜。夹“缝”中为辶，与“求”合成谜底。

0827.大溪河，清溪水（字） 奇

注：减形合形。昨日达浒归来照片谜。

0828.喜今日：双星伴月共和鸣（花卉名） 杜鹃

注：看新闻作即兴谜。今晚九点，将有“双星伴月”天象。

0829.冲出湖南上太空（浏阳新闻人物） 凌湘宇

注：底为2020年浏阳文科状元，录取北大法学院。

0830.避之不及疫先至（字） 癖

注：减形合形谜。避“之”不及“辟”，“疫先”至“疒”。

0831.双双都不对，莫写检讨了（语文名词冠量） 四个错别字

注：俗语写检讨为“写小字”。看新闻作即兴谜。

0901.美嘉陵，老成都（中国“世界级遗产”名录） 丽江古城

注：借代会意谜。嘉陵扣“江”，成都扣“城”。

0902.林中闹鬼，对座无人（老电影） 《槐树庄》

注：合形谜。农历七月十五中元节，俗称鬼节。

0903. 苏老泉二十七，始发愤读书籍（党派连称谓） 九三学人

注：面出《三字经》苏洵典故。“二十七”扣“九三”。

0904. 一演万人迷，一扮楚雨荨（口语） 好爽

注：影视剧形象主演名字合成。借代会意谜。

0905. 河内荒郊宝马驰（交通工具） 越野车

注：借代会意。河内为越南首都。

0906. “敢有歌吟动地哀”（成语） 乐极生悲

注：面出鲁迅诗。底“乐”异读作“音乐”解。

0907. 言词隐透伤离别（节气二） 白露、秋分

注：“秋”通“愁”。会意自明。

0908. 槐树庄前推石磨（昵称） 麻麻

注：拆字减形，合形为底。

0909. 朵朵花儿向太阳（抗疫英模・白头格） 童朝晖

注：依格，底作“同朝（异读为动词）晖”。

0910. 师品为上，青胜于蓝（近代史名词二） 德先生、赛先生

注：德扣品，先生扣师。后句“蓝”喻老师、“青”喻学生。

0911. 转怒为欢一闪间（字） 烁

注：火扣怒，乐为欢，合形。“一闪间”意会“烁”。

0912.切身体会老来穷(字) 穹

注：老来穷指繁体“窮”，切“身”余“穹”。

0913.戴上花冠举目瞧(字) 蕉

注：花冠为“艹”，举目“瞧”余“焦”。合为底。

0914.麓山下山林试弓(字) 麝

注：面句顿读为“麓山下山林（鹿）、试弓（射）”。

0915.携刀打水捞刀河(字) 唠

注：漏补法。“刀、打、氵、唠”组“捞刀河”。

0916.识广见多苗寨前(字) 宽

注：识“广”会意，见与“苗寨”前艹、宀合形。

0917.一个篱笆三个桩(字) 卅

注：象形谜。“一”横栏，“三”竖直，打下为“桩”。

0918. 一个好汉三个帮，足矣！（成语） 鼎力相助

注：会意谜。鼎为古铜器。成语有鼎足而立。

0919. 初学摆渡到泉城（成语） 人才济济

注：底别解。“济济”前作“过渡”，后代“济南”。

0920. 今做中班前后聚（乐器） 古琴

注：做中为“古”，班前后为“王、王”，与“今”合成谜底。

0921. 估计无人篮上抢（乐器） 古筝

注：减形合形。前四字隐“古”，“篮”上“争”抢合“筝”。

0922. 话说景阳找岩洞（四字名胜） 云冈石窟

注：会意谜。正猜自明。

0923. 衡山下翰林题字（四字名胜·调尾格） 岳麓书院

注：依格读作“岳麓（衡山下）院（翰林）书（题字）”。

0924. 伊人清水出芙蓉（字） 菏

注：伊人为亻，芙蓉为“荷”，亻清除，氵出现，即为谜底“菏”。

0925. 拉开床单接住人（字） 麻

注：看新闻即兴谜。增形合形为底。

0926. 撒手西去一晴雯（文学名词） 散文

注：面叙红楼人物事。拆字合形为底。

0927. “骆派”开声唱大鼓（歌词一句） 京腔京韵自多情

注：面指骆玉笙为首的京韵大鼓。会意自明。

0928. 集结强势打基础（字） 夯

注：“大力”为强势，合形；“打基础”会意。双扣谜。

0929. 芳香韭菜一采光（字） 菲

注：“芳香”会意，“韭菜一采光”合形。双扣谜。

0930. 辛苦得来二十分（字） 辜

注：“辛苦”分去“廾（二十）”，余“辛、古”，减形合形谜。

1001. 省省心就特开心（四字祝语） 双节快乐

注：会意谜。“省省”扣双节，“特开心”扣快乐。

1002. 中国成名歌唱家（《水浒传》人物） 蔡庆

注：补漏谜。“中”间加“国”成“蔡国庆”。

1003. 太阳出来满山红（山东、内蒙古地名各一） 日照、赤峰

注：会意谜。正猜自明。

1004. 飞出“三板”向蓝天（滇、赣地名各一） 腾冲、上高

注：浏阳归来即兴谜。“三板冲”，浏阳地名。

1005. 慈母有怀顺产期(日本电影) 《妈妈的生日》

注：为“母难日”即儿子的生日，做纪念谜。

1006. 三天两头不早朝（时间名词） 十月六日

注：合形谜。“不早朝”扣十月，“三天两头”扣六日。

1007. 敖府新婚成大礼（《滕王阁序》一句） 喜托龙门

注：借代会意。为侄女婚礼拍照。

1008. A、B 盘甩卖时机到（外国五言诗一句） 二者皆可抛

注：会意谜。底为匈牙利诗人裴多菲名句。

1009. 开山整地绘新图(字) 画

注：开“山”整“田（地）”合形，绘新“图”意合。

1010. 常标榜信笔涂鸦（四字公众号） 老树画画

注：会意谜。树作动词扣标榜。

1011. 京沪渝接受质询（成语） 无人问津

注：会意谜，侧击法。四个直辖市，缺“津”。

1012. 全面瘦身扮苗条（住建用语） 整体装修

注：会意谜。全面为“整体”。扮苗条扣“装修”。

1013. 工作平凡人受益（电影演员） 巩俐

注：旧瓶新酒，为巩俐主演郎平点赞。

1014. 翻江倒海奔腾急（戏曲名词） 潮剧

注：会意谜。正猜自明。

1015. 成功改革付辛劳(字) 勤

注：“功、革”合形，“辛劳”意合。双扣谜。

1016. 檐前每见海棠开（字） 淌

注：“海棠”开掉“木（檐前）每”，余“氵”“尚”。

1017. 生日相聚把酒干（字） 醒

注：“酒”干无氵余“酉”，与“生日”相聚成“醒”。

1018. 涂启先寄简申城（字） 沪

注：涂启先浏阳名人。“氵、户”合形，“申城”会意。

1019. 敢担当回到中国（影视演员） 任达华

注：会意谜。正猜自明。

1020. 库存商品一口吞（新称谓） 吃货

注：会意谜。正猜自明。

1021. 今夕何夕今何了（字） 多

注：先合形后减形，抵消法成谜。

1022. 珠峰顶上搞测试（机构简称） 最高检

注：会意谜。正猜自明。

1023. 第二名后来居上（体检项目） B超

注：正猜会意谜。今日体检，即兴出谜。

1024. 搭帮彭大将军到（河北地名二） 承德、怀来

注：会意谜。底读作“承、德怀、来”。

1025. 爷娘省俭顿开心（五字祝语） 老人节快乐

注：会意谜。节作省俭，老人扣爷娘。

1026. 客流估有变，来宾方十人（西北地名） 喀什

注：前句形变，后句意会。双扣谜。

1027. 人来爱晚信心增（湖大景点） 自卑亭

注：反猜会意谜。前四字借代合形为“停”。

1028. 学富五车才八斗（球队教练名） 高丰文

注：昨日，前中国男足主教练高丰文去世，作谜纪念。

1029. 攀岩恰似小於菟（植物名） 爬山虎

注：会意谜。正猜自明。

1030. 码头分店初营业（长沙地名二）　石马铺、新开铺

注：会意谜。今日独往石马铺寻踪杨坦园有感。

1031. 开口戾气少一点（三字口语）　吃大户

注：口戾气少“一”和点（、），重组谜底。

1101. 奥运标志总描摹（四字公众号）　老连环画

注：“老”扣“总是”，奥运标志为五连环。

1102. 反腐永远在路上（四字口语）　难得清闲

注:反猜会意。难得清廉闲下来。“清”另解“清廉”。

1103. 从政之后得民心(字)　愍

注：“政”之后为“攵”，与“民、心”合成谜底。

1104. 11 月 3 日转阴复原(字)　旧

注：1、3、月合似“阴”，余 1、日合“旧”，“原”会意。

1105. 井洞加盖盖，扳钳入护袋（防疫用品二）　口罩、手套

注：会意谜。会意自明。

1106. 男性主持微友圈（四字公众号）　丁东小群

注：会意谜。底为作家伉俪开号发文，不错！

1107. 四围冬景入画来(字)　图

注：合形会意，双扣谜。

1108. 名河水酿出名河酒(字)　良

注：合形减形，抵消法成谜。

1109. 远道而来都别走（称谓）　元首

注：减形。“远道”的“辶（走之）”都不要。

1110. 票选显示先废了(字)　迺

注：减形谜。“票选”去示、先，得“西、辶”合底。

1111. 光棍节前后不停摆(字)　晃

注：“棍”节去前后余日，与光合“晃”。“不停摆”会意。

1112. “让我们荡起双桨”（微信用语）　摇一摇

注：面出儿童歌曲歌词。会意成谜。

1113.“送君送到大路旁”[不大好猜](字) 璐

注：谜面出自《怒潮》插曲。面上加注，排除“大”才“好猜”。

1114. 空竹游戏发何声（网络名词） 抖音

注：为昨日“抖空竹”照片及视频配谜。

1115. 路边放炮休着火(字) 跑

注：为打人参米照片配谜。合形减形。

1116. “竹篱茅舍自甘心”（市名连称谓） 宁乡居民

注：面出王淇诗《梅》，会意谜。

1117. 如厕缘何带本书（四字口语） 随便看看

注：会意谜。“便”字别解，俗不伤雅。

1118. 惊闻手术二十载（字） 荆

注：“惊”字提音。手术“开、刂（刀）”，二十为“廾”。

1119. 结同盟串供，沿洞中出逃（曲艺名词二）对口词、顺口溜

注：会意谜。分段会意自明。

1120. 重见是非肚里装(字) 明

注：符号借代是非合“土”。“肚里”去两土余“月日”组底。

1121. 能小能大，能收能放(字) 尖

注：后一句抵消两个“能”字，余“小、大”合形为底。

1122. 立冬小雪，输气告捷（成语） 节节胜利

注：立冬小雪均为“节气”，输掉“气”只余两“节”。

1123. 商灯聚会在星城（成语） 从长计议

注：借代会意。“长”以简称代长沙，即星城。

1124. “一树红花照碧海”（航天用语二） 点火、升空

注：面出《珊瑚颂》，启下句“一团火焰出水来”。

1125. “轻轻的一个吻”（动物昵称） 美香

注：熊猫昵称。 香，亲吻。俗语为“香一个”。

1126. 学李广醉翁射虎（书法家） 欧阳中石

注：用李广射石典故。醉翁借代“欧阳”。

1127. 归来自扫门前雪（四字申诉语） 还我清白

注：会意谜。“还”作归，“清白”另解作清扫白雪。

1128. 试说草木凋老叶（字） 世

注：“试”说提音，老叶为“葉”，去掉“艹、木”得底。

1129. 进入四季度，降水一星期（影视演员） 周冬雨

注：四季度为“冬”，一星期为“周”。底为金鸡奖得主。

1130. 中原知天亮，重赏五德公（演员连奖项）黄晓明·金鸡奖

注：中原黄土地，重赏得奖金。

1201. 源头四季看澄江（离合字） 氵十二月清

注：源头氵、四季十二月，合形；“澄江”会意。

1202. 往太子港决心已定（地名连交通地名） 上海地铁

注：底顿读为“上、海地、铁”意扣。

1203. 叶落根归八卦山（字） 枯

注：叶落扣“古”，“根归艮（八卦山）”扣“木”，合形。

1204. 完美无缺那是神（四字生平总结语） 从未整人

注：反猜会意。底为曾彦修生前自我总结语。

1205. 先后来浏阳，眼前旋夕照（湘地名） 汨罗

注：“先、后、前”示位合形。今日与友游汨罗。

1206. 每至西江怀汨土（外国诗人） 海涅

注：“每、氵、汨、土”重组二字。海涅为德国诗人。

1207. 屈子心怀最赤诚（成语·卷帘格） 情有可原

注：依格底倒读为“（屈）原可有情”意扣。

1208. 添秸吹风篝火旺（《水浒传》人名二） 柴进、呼延灼

注：以晚会照片配谜，会意扣合。

1209. 湘乡村民博览新知识（高校简称连称谓） 湖南农大学生

注：昨日往农大拍红叶，底顿读分段会意。

1210. 五音奏，五牛镇一方（字） 牾

注：为湖南农大五牛雕像配谜。提音合形。

1211. 村边处处布霖栽（古人名二） 庄周、李耳

注：会意谜。“布霖”为水果李子的学名。

1212. 似冬临岳麓二五同游（人名四）如来、寒山、拾得、一行

注：游麓山即兴作会意谜。

1213. 宣赞赢了公孙胜（外国政要） 马克龙

注：人名借代，“丑郡马”克了“入云龙”。

1214. 残垣断壁唤归来（字） 圭

注：合形提音。底字读“归”声。

1215. 一道电光裂长空（《水浒传》人绰号二） 霹雳火、轰天雷

注：面出《英雄赞歌》，电闪雷鸣，光速在前。

1216. “风刀霜剑严相逼”（军事用语） 冷兵器交锋

注：面出自《红楼梦》林黛玉的《葬花词》。会意谜。

1217. “妾发初复额”（三湘巾帼英模） 刘海秀

注：面李白诗。底新劳模，顿读为“刘海、秀”。

1218. 何况落红无数（《红楼梦》葬花词一句） 花谢花飞花满天

注：问答谜。“何况”作“何种情况”设问。

1219. 来我家者先挂猜（动物） 野猪

注：合形谜。我家扣“野（予里）”，先挂“猜”为犭，“者”实用。

1220. 噪音来自灯塔前（字） 灶

注：提音合形。灶读“噪”音。灯塔前为“火、土”。

1221. 乡下改观迎冬至（字） 终

注：冬至日即时做合形谜，“乡”之下面改撇为横。

1222. 喻仰名师称泰斗（美国著名学者） 傅高义

注：会意谜。纪念哈佛教授汉学家，高龄逝世。

1223. “还乡须断肠”（字） 芗

注：成句谜合形，“断肠”扣艹（草），借代。

1224 希娟与君阖康泰（歌曲名） 《祝你平安》

注：今日平安夜。借代会意。祝希娟、康泰亦为老演员。

1225. 容欧美之民众，送温暖于圣诞（民族节日）纳西族火把节

注：分段会意，正扣自明。圣诞节即景谜。

1226. 一曲《浏阳河》，溯源《双送粮》（词牌名） 水调歌头

注：《浏阳河》出自徐叔华作词的花鼓小戏。

1227. 心系天水意蕴增（字） 添

注：“心、天、水（氵）”合形，“增”为会意。

1228. “24 小时在岗”（新疆地名） 天山

注：新闻报道，中办、国办强调严查形式主义问题。会意自明。

1229. 首从小篆来习字（四字学科名词） 先秦文学

注：小篆为秦国文字。底读作“先、秦文、学”。

1230. 老来戴上这，当年很红火（电影演员二）陈佩斯、朱时茂

注：分段会意自明。两位演员先上银幕，后搭档演小品。

1231. 南宫请君住，无声胜有声（外国政要二）米歇尔、默克尔

注：首句借代，“南宫”扣“米”（宋代书法家米芾，别名米南宫）。

2021 年 1~12 月

0101. 迎新年打长途，拨广州通上海（游目） 2021

注：谜目“新年”游于谜面。长途电话区号广州 20，上海 21。

0102. 早梅初绽实堪欣（字） 果

注：“早、梅”初“日、木”合形，会意为“实”。

0103. “疑是银河落九天”（天文名词） 流星雨

注：银河即“星河”。象限仪流星雨今晚亮相。

0104. 免沾湿气别躺着（芒果 TV 节目） 《非遗潮起来》

注：底顿读为“非遗潮、起来”。

0105. “五十里水路到湘江”（成语） 源远流长

注：面出《浏阳河》歌词。会意自明。

0106.拦住中间第四辆（体育项目） 卡丁车

注：会意谜。“卡”扣拦住，“丁”车扣“第四”辆。

0107.小雨夹雪雨纷飞（字） 当

注：减形合形谜。“雨纷飞”去掉前面两个“雨”。

0108. 回顾大围我之路（浏阳地名） 道吾山

注：借代会意。回顾（倒读）为“（大围）山吾道”。

0109. 与子偕老意真诚（字） 挚

注：面引《诗经》名句。承上句“执子之手”合形，“真诚”会意。

0110. 雄安领先大时代（字） 宏

注：前四字合形，后三字会意。

0111. 笔下东西皆献丑（动物） 牦牛

注：笔下猜“毛”，东西方位词。丑属“牛”。

0112. 申请岩前架长虹（长沙景点） 猴子石大桥

注：“申”属猴，“岩”扣石，“长虹”扣大桥。

0113. 美人湖畔余音绕（字） 渔

注：美人“鱼”借代，“余”提示读音。

0114. “及凌云处尚虚心”（字） 箜

注：面出李苦禅写“竹”联语。“凌云处”为空中。

0115. 政局稳个个爱读书（学科） 国家安全学

注：底顿读“国家安、全学”。大学新学科。

0116. “重重叠叠上瑶台”（新词） 一码通行

注：重重叠叠“码”，上瑶台“行”。

0117. 前缘定妥花前约（东北地名） 绥化

注：合形减形成底。近日因疫情受关注。

0118. 邀朋去月湖，买酒自称孤（字） 沽

注：首句“月湖”减形，后句意会提音。

0119. 强军对垒前，誓言此战胜（体育赛事） 斯诺克大师

注：18 日凌晨，颜丙辉夺冠。

0120. 喜见灯谜红火共招财（水浒人名冠绰号） 笑面虎朱富

注：借代会意谜。灯谜又称文虎。

0121. 每画冬梅点点花（字） 条

注：“冬梅”减去“每”和两点，组合为底。

0122. 快递送甘肃省省长（五言古诗一句） 寄与陇头人

注：甘肃简称陇，底出南北朝陆凯诗《赠范晔》。

0123. 接力领跑饮红牛（成语） 当头棒喝

注：会意谜。底顿读为“当、头棒、喝”。

0124. 著名虎将落瓯城（气象用语） 大风降温

注：风从虎，温州又称瓯城。

0125. 多张发票系虚开（腐败现象） 数据造假

注：会意谜。数据另解作“数张单据”。

0126. 护住钱包看好花（机构简称） 银保监会

注：会意谜。分段会意自明。

0127. 那日确实走了桃花运(电视剧) 《当天真遇见爱情》

注：湖南卫视热播。“当天真”别解有趣。

0128. 网上升级成戏骨（演员连称谓） 罗晋主演

注：《江山如此多娇》中饰濮泉生。

0129. 上法庭西邻请余当代理(外国作家作品) 左拉《我控诉》

注：方位词左东右西。

0130. 朵朵放光彩，香飘云天外（外国作家） 梅里美

注：化《红梅赞》歌词为面，会意谜。

0131. 全球特异功能（体育赛事） 世界极限运动会

注：谷爱凌夺冠，创下中国冰雪运动历史纪录。

0201. “娉娉袅袅十三余，豆蔻梢头二月初”(7字歌词一句)

姑娘好像花一样 注：面出杜牧诗，会意谜。

0202.“二月里来是新春”(字) 棚

注：春扣木，五行借代。

0203. 春来思量对君言（财务词） 一季度报表

注：春扣“一季”,“思”同度，报、表均有“言”之意。

0204. 掏粪工当年成榜样（誉称） 时代楷模

注：掏粪工时传祥成为一代劳模的典型。

0205. 致富后有了钱，带着“幸福”来(字) 社

注：¥符号代钱。与“畐”“社”合成“幸福”。

0206. 南山牛，不出头(字) 缶

注：地图位置“下”指南方，“牛”不出头为“午”。

0207. 劳动竞赛现场见（食品名） 热干面

注：“干”异读为去声扣“干活、劳动”。

0208. 君先未合民众意（字） 群

注：生肖未属“羊”，与“君”合形，“民众”意会。

0209. 捷传满伢子，虎将得金牌（称谓人名） 快递小哥王冠军

注：长沙方言，满伢子最小。

0210. 方言快要被淘汰（外交用语） 出访在即

注：访由“方、言（讠）”组成。“出”作“淘汰”。

0211. 鼠年除夕得胜归（电视剧） 《凯旋在子夜》

注：生肖借代，子属鼠。

0212. 乡村度过“拓荒牛”岁月（日历用语） 农历辛丑年

注：生肖借代，分段会意。

0213. 迎辛丑壮志凌云（成语） 牛气冲天

注：底读作“牛、气冲天”，会意正扣。

0214. 常出丑拖爆三轮（俗语） 老牛拉破车

注：生肖借代“丑”属“牛”，“三轮”代车。

0215. 能载舟也能覆舟（动物名） 水牛

注：用唐太宗典，“牛”形容“水”之威力大。

0216. 强势领导知错，上来立即改口（俗语） 牛头不对马嘴

注：底作“牛头不对、马嘴（口）”。

0217. 迎辛丑，送穷根，把基础夯稳（字） 牢

注：谜面前两句合形，末句会意。

0218. 丑小丫对阵牛千金（昵称） 妞妞

注：小丫、千金皆为“女”，“丑”字前实用，后借代。

0219. 剑声响处人多牛（字） 件

注:前为提音，件读“剑”， “亻、牛”合形。

0220. 头牌歌手气冲天（明代人名） 牛金星

注：会意谜。金星扣“头牌歌手”。

0221. 底气足乐受高抬（花鼓戏） 《牛多喜坐轿》

注：会意谜。底读作“牛多（底气足）、喜坐轿”。

0222. 小丑对大王，从没怯过场（七字成语） 初生牛犊不怕虎

注：“小丑”代初生牛犊，“大王”代“虎”。

0223. 臣本躬耕在南阳（《儒林外史》人物） 牛布衣

注：借诸葛亮《出师表》中语意，面隐去“布衣”。

0224. 无敌和尚童子功（唐代人名） 牛僧孺

注：会意自明，底为唐代著名宰相。

0225. 胡猜献丑她得益（商标二） 蒙牛、伊利

注：借代会意，分段自明。

0226. 月下一牛正凯旋（字） 胜

注：“月、一、牛”合形，“凯旋”会意。

0227. 靓妹帅哥讲稿牛（三国人二） 颜良、文丑

注：借代会意谜。靓妹帅哥“颜值”好（良）。

0228. 村村五谷丰登日，九州腾飞向未来（《南泥湾》歌词二句）

到处是庄稼、遍地是牛羊 注：九州腾飞“牛”，“未”属羊。

0301“不知细叶谁裁出”（理发工具二） 吹风、推剪

注：贺知章《咏柳》。推剪猜“剪刀”列中。

0302. 结对学秧歌，成双造泥人（成语） 扭扭捏捏

注：会意谜。“扭”“捏”作动词扣合。

0303.“旧书不厌百回读”（学科新专业） 古文字学

注：面出苏轼诗。底读作“古文字、学。”

0304.“我问燕子为啥来”（成语） 鸟语花香

注：启下句“燕子说，这里的春天最美丽”。

0305. 东临碣石，歌以咏志（北京冬残奥会人名） 张海迪

注：面出曹操《观沧海》诗首末句。会意谜。

0306. 夫妻都有驾驶证（三字时政用语） 开两会

注：会意谜。“开”另解作“开车” 。

0307. 千秋功罪由人议（著名企业家） 任正非

注：会意谜。“正非”另解扣合“功罪” 。

0308. 别理昨得多得少，只想今省心开心（俗语连祝语）

不管三七二十一、三八节快乐　　注：国际妇女节，即兴谜。

0309.“蓬门今始为君开”（上海环卫新闻）　　落花不扫

注：杜甫《客至》，承上句“花径不曾缘客扫”。

0310. 落花不扫请留观（主持人常用语）　　谢谢收看

注：会意谜。“谢谢”作“凋谢”，扣“落花”。

0311. 情侣包厢待虚席（高铁名词）　　二等座

注：会意谜。情侣包厢只坐两人。

0312. 长沙太傅遵旨意（艺人·燕尾格）　　贾玲

注：长沙王太傅贾谊。底依格读作“贾、王令”。

0313. 好有一比话传承（长沙民协人名）　　喻继贤

注：会意谜。好扣贤，比扣喻，继扣传承。

0314. 清晨日出龙抬头（字）　　振

注：会意合形。“晨”清除日得“辰”属龙，抬头为“扌”。

0315. 喜欢论道有据，思考衣食住行（电视剧）《爱的理想生活》

注：底读作“爱的理、想生活”扣面。

0316. 外甥展望未来好（称谓）　　妹子

注：底解作“妹的子”扣外甥。

0317. 犹忆“郎骑竹马来”（四字电影）　　《少年的你》

注：借李白《长干行》，以“妾”语气会意。

0318. 礼赞白杨伟丈夫（歌曲）　　《好大一棵树》

注：化茅盾《白杨礼赞》文意扣合。

0319. 墙上芦苇根底浅（电影）　　《无依之地》

注：民间联语：墙上芦苇，头重脚轻根底浅。

0320. 脏器切除体重减（口语）　　无官一身轻

注：会意谜。“官”另作“人体器官”解。

0321. 鼠经何处都喊打（城市设施）　　过街通道

注：俗语“老鼠过街人人喊打”，道扣“喊”。

0322．神医赢了插翅虎，真神（美国地名） 安克雷奇

注：借代。水浒人物神医安道全，插翅虎雷横。

0323．老王分手在罗马（五言唐诗句） 与君离别意

注：君扣老王，“意”作“意大利”扣罗马。

0324．一季度接待费用（花卉） 迎春花

注：会意谜。“花”另作“花费，开支”解。

0325．《木兰辞》绝妙好辞（成语） 花言巧语

注：会意谜。花另作姓扣“木兰”。

0326．红孩儿点赞牛妈（电视剧） 《我的丑娘》

注：《西游记》故事。生肖借代，“丑娘”扣“牛妈”。

0327．网络世界，江山似锦（花卉名） 绣球花

注：会意谜。球另作“地球、全球”扣世界。

0328．“一片归帆云影动”（民歌） 《龙船调》

注：面引清代杨恩寿传奇《桃花源》，会意谜。

0329．“利和名一齐抛下”（台湾童谣·粉底格） 《丢丢铜》

注：面引杨恩寿《桃花源》，铜依格作“同”。

0330．“闲人世外忙耕种”（豫地名二） 新乡、焦作

注：面引杨恩寿《桃花源》，焦作“急忙”解。

0331．“棹扁舟以水为家”（市名连简称） 上海·沪

注：面引传奇《桃花源》，“沪”扣“以水为家”。

0401．扫黑除恶收网日（三字口语） 两清了

注：会意谜。清扣“扫、除”。

0402．不听老人言，吃亏在眼前（《离骚》句） 既遵道而得路

注：反猜。方言“得路”即获利。

0403．“兴，百姓苦！亡，百姓苦”（《离骚》句）哀民生之多艰

注：张养浩《山坡羊》词句。会意。

0404．缘何未见成方圆（《离骚》句） 偭规矩而改错

注：俗语“无规矩不成方圆”。

0405．燕子声声里，相思又一年（离合字二） 鸟口鸣、心音意

注：面出自周恩来《春日偶成》诗句。底连读会意。

0406.“日出江花红胜火”（七字口语） 给点阳光就灿烂

注：面白居易词。会意谜。

0407. 文物复原技艺高（《离骚》句） 又重之以修能

注：重扣复，“修能”另解扣“技艺高超”。

0408.《葬花吟》（《离骚》句） 哀众芳之芜秽

注：面出《红楼梦》。“哀”表达吟之心境。

0409. 群英会馆（《离骚》句） 固众芳之所在

注：会意谜。“所”另作“处所”扣会馆。

0410. 相约暮云（《离骚》句） 曰黄昏以为期兮

注：“曰黄昏”扣“暮云”，“暮云镇”为长沙地名。

0411.“二七”烈士终无憾（《离骚》句） 虽九死其犹未悔

注：会意谜。“二七”作加法得“九”。

0412. 激情伴跳《雷电颂》（文艺名词） 霹雳舞

注：犍为教育局局长以此举替高三学生缓解压力

0413. 危急关头道不明（《离骚》句） 路幽昧以险隘

注：会意谜。面句“道”解作“路”。

0414. 去黄河劈涛斩浪（毛泽东词句） 到中流击水

注：会意谜。底“中”另解作中国。

0415. 说谎当天犹窃喜（《离骚》句） 聊假日以偷乐

注：会意谜。底“假”另作虚假扣“谎”。

0416. 一来二去登岳麓（外国生物学家） 米丘林

注：“一来”二去扣“米”，“岳麓”上为“丘林”。

0417. 返故里夫妻不忘本（唐诗篇目） 《回乡偶书》

注：会意谜。底“偶”作“成双”扣夫妻。

0418.“西湖山水还依旧”（三字称谓） 老知青

注：面出《白蛇传》唱词。山青水碧，“依旧”扣“老”。

0419. 向导心情别紧张（浏阳景点） 引路松

注：会意谜。“松”扣“别紧张”。底为道吾山景点。

0420. “一个葫芦七个眼”(《红楼梦》人物) 多官儿

注：面为猜“人头”的民间谜语。“官”另作“器官”解。

0421. 衡山烟雨池（湘潭地名） 岳塘

注：会意谜。今在湘潭会友，有感而作。

0422. 痴长几岁，意趣相合（称谓二） 先生、同志

注：新闻报道“老舍先生的儿子舒乙同志逝世”。

0423. 古庙前宝马脱缰（机械故障） 刹车失控

注：会意谜。特斯拉维权事件关键词。

0424. 龙孙承诺能看懂(歌曲名) 《敖包相会》

注：会意谜。敖扣“龙孙”，姓氏借代。

0425. 双语培训，师资不缺（朱德诗句） 教授多为中外通

注：底出自《和董必武同志三台即景》。

0426. 当面表决得满票（成语） 举手投足

注：会意谜。底顿读为“举手投、足”扣合。

0427. 荒诞白山母大虫（新闻发现） 野生东北虎

注：辽宁发现此虎并命名为“完达山一号”，借代会意。

0428. “何不改乎此度”(物理词二) 质变、量变

注：“质”另解作“问”，表语气。

0429.“非余心之所急”(字) 刍

注：面出屈原《离骚》，减形法。

0430. 谈笑有鸿儒，往来无白丁（长沙餐馆） 文和友

注：面出刘禹锡《陋室铭》，会意双扣。

0501. 劳动节合力献爱心(字) 芸

注：“劳动”节省去两“力”及爱字中间“冖”，得底。

0502. 昨日加班赏玉雕（荣誉称号） 五一劳动奖章

注：即时谜，昨日五一，“赏”由欣赏转义为“奖赏”。

0503.“双十一”添堵于道(字) 白

注：减形会意。双“十一”为“土、土”，“道、白”同义。

0504. 少年中国说，上下五千年(王蒙作品) 《青春万岁》

注：两名著为面，一名著为底，会意谜。

0505. 打前站自来接友（节气名） 立夏

注：形扣谜。前“站”示位，“自、友”合形。

0506. 毕业之日巧安排（汽车品牌） 比亚迪

注：“毕业之日”巧妙离合，重排组底。

0507. 公园合并上头条（字） 酸

注：头条“夂”与“公园”拆拼成底。

0508. 葫芦子踽踽独行（字） 孤

注：借代合形会意。“瓜”代葫芦。

0509. 省吃俭用妈欢畅（五字祝语） 母亲节快乐

注：即兴会意谜。祝天下母亲节日快乐。

0510. 高考志愿，不喜北漂（高校门牌） 中南大学南校区

注：反猜会意。“中”异读作“中意、看中”。

0511. 差点泡在雨水里（气象名词） 冰雹

注：合形谜，“泡、雨、水”重组为底，注意差“点”。

0512. “便是生灵血染成”（花卉名） 朱顶红

注：面出杜荀鹤《再经胡城县》。承上句“今来县宰加朱绂”会意。

0513. 无瑕白玉清风里（字） 凰

注：减形合形。以“无瑕”除“白玉”之点。

0514. “独坐池塘如虎踞”（动物名） 牛蛙

注：面为《咏蛙》诗首句，加“牛”显其气势。

0515. 湘江传唱黄河谣（四字新词） 南水北调

注：会意谜。“调”由动词另解作曲调。

0516. 雨花化作画中游（字） 蕾

注：减形合形。“化”变作“田（画中）”组底。

0517. 少抽白沙去看湖（字） 泊

注：“白沙”抽掉“少”重组。湖、泊义扣。

0518. 五一会标重设置（市连省名） 六安 安徽

注：会意谜。“五一”相加为六，两个“安”为“重设”。

0519. 抽刀断水看浏河（古书画家姓字） 文与可

注：“浏河”减掉刂、氵得“文”与“可”。

0520. 合一辆奔驰去兜风（城市交通模式） 共享单车

注：生活写真，会意自明。“奔驰”借代车。

0521. 主动请你来“央玺”（字） 玉

注：主动成“玉”，你为“尔”，“央”求为请。

0522. 工作室前的独白（字） 宿

注：合形谜。“前”示位，“独”示数量。

0523. 送袁老远去，洒泪车渐行（字） 近

注：长沙街头感人一幕。“老远”即“遠”字。

0524. 消除饥饿人同敬（离合字二） 食包饱、心共恭

注：面以本人原作“消除饥饿世同尊”诗意改之。

0525. 禾下乘凉水清清（城市名） 北京

注：缅怀袁隆平先生。借其梦想意境作拆字谜。

0526. 异乡山水青葱色，前线录传韵律操（字） 绿

注：前句变形合形会意；后句合形，韵“律”提音。

0527. 三十日的团圆宴（天文名词） 月全食

注：会意谜。昨晚月全食，影像相当美。

0528. 春雨秋凉，琴声悠扬（字） 秦

注：减形合形提音。琴、秦同音。

0529. 发球先篮下监人（字） 筌

注：面读作“发球先（王）、篮下监（竹）、人”。

0530. “千山洒遍杜鹃血”（长沙地名） 赤岗岭

注：面林伯渠诗句，会意谜正扣。

0531. 今日犹闻呐喊声（长沙路名） 三一大道

注：即兴谜，“大道”另作“大声说话”，扣“呐喊”。

0601. 儿童节学吟谈感（宋代文学作品） 六一诗话

注：借代会意。欧阳修号六一居士。

0602. 树高千尺不忘根（春秋人名） 养由基

注：会意谜。根、基同义互扣。

0603. 半天云里玩唢呐（降温措施） 吹空调

注：改俗语为面隐“吹”，底“调”字异读作“曲调”。

0604. 卧享清福体尚安（流行新词） 躺平

注：“体（身）尚” 合形为躺，平安同义。

0605. 一返人生重布局（昆虫名） 天牛

注：拍照即兴谜。“一、人、生”拆拼为底。

0606. 隐词每日会知音(字) 晦

注：“隐”晦提义，“每、日”合形，“会”晦同音，三扣谜。

0607. 如上独木桥，来点及时雨(字) 宋

注：前七字合形，后三字借代会意。《水浒传》人物及时雨宋江。

0608. 烧带鱼再放点色拉（鼓励用语·白头格） 考生加油

注：会意谜。依格底读作“烤生加油”。

0609. “让儿看红军凯旋归”（成语） 胜利在望

注：面出歌剧《洪湖赤卫队》中韩英唱词。

0610. 得银奖沙滩摆 pose（动物名） 亚洲象

注：会意谜。云南亚洲象群北迁进入玉溪市。

0611. 长到星城镇，美食细品尝（非遗项目） 沙县小吃

注：补漏法。加长成“长沙县小吃”。

0612. 非遗文化，多姿多彩(字) 斐

注：非、文合形，“斐然”会意。

0613. 少往西湖多整地（长沙地名） 沙坪

注：少氵（西湖）合沙，平土（整地）合坪。

0614. 托马斯落地金州（四字祝语） 端午安康

注：生肖“午”属马。陕西安康别名“金州”。

0615. “思九州之博大兮”（湘、川地名三） 怀化、华容、广安

注：面出《离骚》，会意谜。

0616. 不虚此行四水游（云南、广西地名各一） 滇池、河池

注：去四“氵”，余“真也、可也”扣“不虚”、此“行”。

0617. 瑰丽的阿尔卑斯山顶见（国际名词） 美欧峰会

注：会意谜。底读作“美欧峰、会”扣合。

0618. 愿下龙潭无反顾（著名学者） 许渊冲

注：会意谜。纪念许先生逝世，享年一百岁。

0619. 岳飞故里河浪宽（湘籍新闻人物） 汤洪波

注：岳飞故里汤阴汤河。底为湘潭籍航天员。

0620. “一片汪洋都不见，知向谁边”（《说唐》人名） 雄阔海

注：会意谜。面出毛泽东词《浪淘沙》。

0621. 百友吟坛重聚会（日历用语） 今日夏至

注：“百友”合“夏”，“吟坛”离合“今日至”。

0622. 眼前向日葵，花冠向日开（字） 睽

注：首句之“艹、向日”开了，余“目、癸”。

0623. 植物园，植物多；园变样，友赞扬（字） 酉

注：前两句抵消，第三句形变，第四句“友”提音。

0624. 喜欢这诚意平等的交谈（科学家成果） 爱因斯坦相对论

注：会意谜。正扣自明。

0625. 代数几何属短板（地域名词） 长三角

注：反猜会意。底作“‘三角’这门课是强项”。

0626. 微辣麻辣中辣特辣，通加油腻（皖地名二） 全椒、合肥

注：旅途经过站。趣味谜也。

0627. 韦应物相期重会（礼貌用语冠地名） 苏州再见

注：借代会意谜。唐代诗人韦应物，常称作“韦苏州”。

0628. 宝塔山下旗飘飘（手机软件名词简称） App

注：象形谜。首字必须大写才能扣合。

0629. 水库水好游人住（苏州景点） 沧浪亭

注：“沧浪”合形，亭“停（住）”减“亻”而成。

0630. 冷火秋烟南岳庙（苏州景点） 寒山寺

注：会意谜。底作“寒、山寺”扣合谜面。

0701. “干干净净做事”（三字称谓） 清洁工

注：谜面为昨日新闻“金句”。会意谜。

0702. 抒怀立志《石灰吟》（六字常言） 清清白白做人

注：明代于谦《石灰吟》，末句为“只留清白在人间”。

0703. 初心易得，始终难守（字二） 惕、对

注：示位合形法。“忄、易”，“又、寸”拼字。

0704. “跃上葱茏四百旋”（滇、辽地名各一） 腾冲、盘山

注：面出毛泽东《七律·登庐山》，会意谜。

0705. 秋后密约上水都（五字体育赛事） 北京冬奥会

注：会意谜。“水”扣“北”，五行借代。

0706. 淮川百姓乡情重（新书目） 《浏阳民俗》

注：底读作“浏阳民、俗”。淮川为浏阳老城区。

0707. 掷球入网他之爱（成语） 投其所好

注：会意谜。底读作“投、其所好”扣合谜面。

0708. 六十男人颜值变（植物名） 芙蓉花

注：形扣意会谜。“六十”为三个“艹（二十）”。

0709. 寄语当下，吉祥美好（省连地名） 云南瑞丽

注：分段会意。“下”示位扣“南”。

0710. 拼命三郎挑大梁（台湾名人） 洪秀柱

注：借代会意。《水浒传》人石秀，“秀”在中间扣“挑”。

0711. “何须浅碧深红色”（植物名·启下法） 指甲花

注：面出李清照《鹧鸪天·桂花》，启“自是花中第一流”会意。

0712. 美洲杯前先分组（字） 洣

注：“美洲杯”示位拆字合形。先分后组。

0713. 草根也望先致富（人体部位二） 下巴、头发

注：会意谜。“草根”在“下”，“巴”扣望。

0714. 三方联动促团圆（字） 财

注：底字补漏成词。三方指口、囗、口。

0715. “留取丹心照汗青”（《新闻早班车》人物） 史中杰

注：面出《过零丁洋》。焦作村民史中杰山洪中成功救人。

0716. 体验小康皆百姓（四字体育名词·双钩格） 全民健身

注：会意谜。底依格读作“健身全民”扣面。

0717. 重复声明非盗版（叠字成语） 原原本本

注：反猜会意，非此即彼。不是盗版即“原本”。

0718. 规定都不写名字（出版用语） 统一书号

注：反猜会意，侧击法。人有姓名、字、号。

0719. 晚年在家，饲鱼育花（四字常言） 老有所养

注：会意谜，“所”扣家。“饲、育”同扣养。

0720. 肝胆相照结知音（字） 朋

注：合形会意。肝胆二字皆“月”旁。

0721. 中原大水出乎大（字） 泉

注：谜面抵消法，减形得底。

0722. “拈毫走笔，岂可无我”（湖北县名） 竹山

注：面出费新我《六我辞》。笔走毛[毫]、岂无己[我]得底。

0723. “沾余襟之浪浪”（成语） 一衣带水

注：面出自屈原《离骚》。会意谜。

0724. 视而不见雨点来（字） 礝

注：先减形，后增形。

0725. 小说虚构谁当真（报刊栏目） 读者来信

注：会意谜。设问回答。“信”另作“相信”。

0726. 不声不响拿头奖（四字常言） 沉默是金

注：会意谜。

0727. “众人皆醉我独醒”（企业财务凭证） 原料清单

注：《楚辞》“举世皆浊我独清，众人皆醉我独醒，是以见放！”

0728. 如假包换啥别来（四字口语） 真不容易

注：反猜会意谜。解作“真的不容许换”。

0729. 拼命三郎文武秀（东京奥运冠军） 石智勇

注：底漏面补，借代会意。底作“智勇双全的石秀”。

0730. 主持大都能解谜（热门话题） 东京奥运会

注：会意谜。底之“京”扣“大都”。

0731. 警笛声响，罗马禁行（《马说》一句） 鸣之不能通其意

注：借代会意谜。末字“意”作“意大利”扣“罗马”。

0801. “银钏金钗来负水”（河南地名） 临汝

注：面出刘禹锡《竹枝词》，“女”代“银川金钗”。

0802.猜谜全在不直解（四字口语） 想都别想

注：反猜会意。猜谜重别解。

0803. “行不露足，踱不过寸，笑不露齿，手不上胸”（体育词）

女子举重 注：面出自大唐宋若莘、宋若昭《女论语》。

0804. 小打小斗不回看（四字常言） 顾全大局

注：反猜会意。“大局”解作“大的战局”。

0805. 红二、红四方面军（航天名词） 长征六号

注：会意谜。谜面番号相加得六。

0806. 红婵稳夺冠，捷报喜盈门（祝语二）安全第一、全家快乐

注：即兴谜贺奥运跳水冠军。“全”作姓氏。

0807. “何当痛饮黄龙府”（奥运新闻栏目） 《夺金时刻》

注：面出李大钊诗“何当痛饮黄龙府，高筑神州风雨楼”。

0808. 控制流量消费（水上竞赛用语） 压水花

注：会意谜。底之“花”扣“消费”。

0809. “三缕麻纱扯脱难”（奥运新词） 更团结

注：会意谜。面出湖南民歌《一根竹竿》。

0810. 喜上农庄山水恋（系列电视剧） 《乡村爱情》

注：会意谜。为“谢大脚”扮演者逝世纪念。

0811. 无问西东向何方（历史名词） 南北朝

注：反猜会意谜。《无问西东》亦为电影名。

0812. 琼楼玉宇不胜寒（中药名） 天门冬

注：会意谜。“天门”扣“琼楼玉宇”。

0813. 罔顾江山恋美人（李白五言诗句） 迷花不事君

注：会意谜。面出李白《赠孟浩然》诗。

0814.“木兰不用尚书郎”（五言唐诗一句）　红颜弃轩冕

注：面出自《木兰辞》，用典会意。

0815. 凌振怒迁莽李逵（气象名词）　雷暴大风

注：《水浒传》人绰号轰天雷，黑旋风。借代会意。

0816. 传授骑术不野蛮（人名冠称谓）　教练马文明

注：底读作“教练马、文明”。宜城暴雨，马文明率学生救人。

0817. 大洋洲风雷激荡（国名连地理名词）　海地强震

注：会意谜。谜材出自《早间新闻》。

0818. 晚晴遇雨有点冷（抗疫名词）　清零

注：会意合形谜。晚“晴”无日为“青”。

0819. 缘由未必是吃斋（五字评论用语）　不确定因素

注：正猜会意。素另解为吃斋。

0820. 开弓一箭得十环（航天名词）　发射中心

注：正猜会意。“中”异读去声作“射中”。

0821. 今起问候吴晓宁（四字礼貌语）　周末早安

注：即兴谜，今日周末，《百家姓》吴在周之后。

0822. 首诞蜂猴唯一只（字）　独

注：蜂猴之首“虫、犭”，示位合形，“唯一只”会意。

0823.“泥上偶然留指爪”[不大好猜]（动物昵称）　小奇迹

注：面出苏轼诗。面上加注，“不大”扣“小”。

0824. 要学长姊效先生（冠姓尊称二）　范大姐、范老师

注：正猜会意。昨日连转两篇写合肥范老师的文章。

0825. 僧繇壁画添亮点（湘西新闻人物）　龙晶晴

注：用“画龙点睛”典会意。龙晶晴精神可敬。

0826.“雄心壮志冲云天”（残奥运动员）　李豪

注：面为《红灯记》李玉和唱词。底为东京残奥中国首金得主。

0827. 众口一词指下方（疫情报道语含地名）　均在云南

注：正猜会意。方位暗示“在下”属南方。

0828.“十丈水深犹澈底”（电视名词）　高清

注：面出清代杨恩寿诗句。正猜会意。

0829.“不畏浮云遮望眼”（四字称谓） 高端人才

注：面出宋王安石《登飞来峰》，启下句“只缘身在最高层”。

0830.滩上土生凤尾蕉（城市交通词） 长沙地铁

注：底作“长、沙地、铁”；长读 zhǎng 作生长，铁树称凤尾蕉。

0831.猝然失语病危矣（防疫名词） 中风险

注：面读作“猝然失语病、危矣”。底作“中 zhòng 风、险”扣合。

0901.九月一日开学季（《三字经》二句） 始发愤、读书籍

注：正猜会意。及时应景谜。

0902.阅览《项羽本纪》（《三字经》一句） 读书籍

注：借代会意。项羽名项籍。

0903.“孤帆远影碧空尽”（网信用语） 流量至上

注：面出自李白诗。启下句“唯见长江天际流”会意。

0904.允许盖章作依据（出版名词） 准印证

注：正猜会意。底解作“批准以印章作证”。

0905.收仓请你来抓紧（新疆地名） 库尔勒

注：正猜会意。看新闻报道作谜。

0906.“一路歌声一路笑”（成语） 及时行乐

注：面《火车向着韶山跑》歌词。

0907.中途打算走泉城（四字常言） 计划经济

注：正猜会意谜。“济”作济南扣“泉城”。

0908.“北京有个金太阳”（气象新词） 灿都

注：面出歌词，底为新形成台风名。正猜会意。

0909.口吐冰莲精美语（动物昵称） 花嘴吧

注：正猜会意。底为旅居西班牙的大熊猫名。

0910.所以要用符号代（四川地名） 三星堆

注：象形谜。数学符号所以“∴”，三点堆成。

0911.三十一人聚一方(字) 塔

注：合形谜，口扣方。

0912.标致进货渠道可改变（环保商品·卷帘格） 新能源车

注：会意谜。底依格作“车源能新”。

0913.姜伯约带兵（国际军事名词） 维和部队

注：借代会意。三国人物姜维，字伯约。

0914.彼为年轻时，隐身在黄土（7字歌词） 那就是青藏高原

注：正猜会意。底作“那就是青、藏高原”。

0915.业主到点去开会（字） 垭[垩]

注：合形减形，多底了。

0916.搬家公司，啥都能搬（体育名词简称） 全运会

注：正猜会意。“会”另解作“能干，在行”。

0917.阳台前面隐私遮（字） 稳

注：示位减形。“隐私”遮掉“阝、厶”（阳台之前）得谜底。

0918.“天天都唱丰收歌”（四字常言） 老有所乐

注：正猜会意。面为《田螺歌》歌词。

0919.顶上就是吉隆坡（成语） 高头大马

注：借代会意，马来西亚俗称大马。方言“高头”指“顶上”。

0920.送温暖情暖中秋（少数民族节日） 火把节

注：正猜会意，及时应景谜。

0921.“海上明月共潮生”（体育项目二） 水球、跳高

注：正猜会意，中秋应景谜。

0922.“此情无计可消除”（成语） 一筹莫展

注：面出李清照《一剪梅》词。正猜会意。

0923.三十三载着唐装（长沙地名） 圭塘

注：合形谜。“载、着、装”作抱衬词。

0924.“岂因祸福避趋之”（成语） 迎难而上

注：面为林则徐名言，底难异读去声作灾难。

0925.言及线上装天眼（四字典故成语） 道路以目

注：典出《国语·周语上》。

0926.“大梦谁先觉”（五字常言） 睡到自然醒

注：诸葛亮语，后为："平生我自知。草堂春睡足，窗外日迟迟。"

0927.君领未来符众意（字） 群

注："君"实用，未属"羊"，合形会意。

0928.细时随众不生疑（网络名词） 微信群

注：会意谜。"信"作相信扣"不生疑"。

0929.德智体排名榜首（四字水稻新词） 三优 1 号

注：正猜会意。底为水稻新品种。

0930.居陋室无丝竹之乱耳（房产用语·粉底格） 房住不炒

注：正猜会意。炒、吵谐音，或为通假。

1001.五星红旗迎风飘扬，胜利歌声多么响亮（成语）乐在其中

注：拢意扣合，乐异读作"音乐"，解为"音乐声回荡在中国"。

1002. 各领风骚咏月华（动物昵称二） 雅颂、轮辉

注：正猜会意。新闻报道五只大熊猫宝宝亮相。

1003. "日夜江声下洞庭"（影片名） 长津湖

注：面出黄道让题《云麓宫》对联。上联为"西南云气来衡岳"。

1004. 为啥上岸洗不清（四字地理名词） 黄河中游

注：问答法用典会意。俗语"跳进黄河洗不清"。

1005. 旧时罕见高寿者（四字称谓） 古稀老人

注：正猜会意。底作"古、稀老人"扣合谜面。

1006. 开心日悟透人生（成语） 乐天知命

注：正猜会意。前三后四，分段自明。

1007. 贵宾跟潮上天山（交通热词） 客流高峰

注：正猜会意，同义相扣。

1008. "床前明月光，疑是地上霜"（节气二） 白露、寒露

注：面出自李白《静夜思》，正猜会意。

1009. 南北双方不宽容（气象地域名词） 广西中东部

注：反猜会意，侧击法。

1010. 地下工作假夫妻（服装名词） 情侣装

注：正猜会意。"装"字别解生趣。

1011.“月亮还是那个月亮”（五字常言·徐妃格）惺惺惜惺惺

注：依格底作“星星昔星星”，既照应前句，月亮亦“星”。

1012.喜羊羊，翘首盼（新歌词一句） 未来越爱越精彩

注：生肖借代。底出北京冬奥会推荐歌曲《一起向未来》。

1013.今日谜笺新出炉（调味品） 面条鲜

注：正猜会意。“面条”另解作“谜笺”。

1014.果真来势节节高（统计名词） 实现正增长

注：正猜会意。底读作“实、现正增长。”

1015.“大雅久不作”（文艺名词） 通俗文学

注：面出李白《古风·其一》，底作“通、俗文、学”，反猜会意。

1016.升太空作业，下基层为民（常言） 高调做事、低调做人

注：看航天新闻应景谜。正猜会意。

1017.静幽山野菊，朗月竹亭台（湘地名连景点） 宁乡花明楼

注：底为今日组织活动地点。正猜会意。

1018.罗刹女思夫入魔（新电影） 《牛王》

注：补漏体谜。底加入“魔”字为“牛魔王”。

1019.火种采集中（字） 秋

注：新闻报北京冬奥会赴希腊采火种。减形合形。

1020.七上八下水中拼（字） 东

注：合形法。“拼”作拖衬动词。

1021.外围修整成苗圃（闽地名） 莆田

注：示位合形调整。

1022.金川进琼来省会（地理名词） 黄河入海口

注：正猜会意。底顿读作“黄河入、海口”。

1023.上海人说自己好抱团（内蒙古地名） 阿拉善盟

注：谐音会意。上海话“阿拉”即自己、我们。

1024.水到渠成贵发声（字） 柜

注:增形合形提音。

1025.“雪拥蓝关马不前”（防疫名词） 行程卡

注：面出韩愈《左迁至蓝关示侄孙湘》。正猜会意。

1026. 古道南京人受阻（防疫名词） 健康卡

注：减形会意。南京古称“建康”。

1027. 借君之吉言，盼针到病除（作家二）托尔斯泰、巴尔扎克

注：正猜，分段会意。

1028. 真将矛剑管，有幸经阁崇（外国作家二）果戈理、福楼拜

注：正猜，分段会意。

1029. 言语惹怒来宾，夫妻决定退房（口语二）讲客气、对不住

注：正猜，分段会意。

1030. “鲲鹏展翅九万里，翻动扶摇羊角”（区名二）天心、望城

注：毛泽东词，启下句“背负青天朝下看，都是人间城郭”。

1031. 送儿老干妈（长沙方言） 奉子菜

注：借代会意。老干妈为腌菜品牌。

1101. 赤潮印象；眼底微澜（新闻人物二） 朱可铭、张小涛

注：分段会意。底为《人民日报》新闻中两位可敬人物。

1102. 致富之后猎场见（字） 畋

注：示位合形会意。

1103. 稿本放歌迎日出（老电影） 《草原晨曲》

注：会意谜。“草原”扣“稿本”，晨曲扣“放歌迎日出”。

1104. 先上麓谷，后游湖滨（卫健名词） 淋浴

注：“上麓”为“林”，“谷”实用；后游“湖滨”得“氵氵”。

1105. 开放春风暖世界（飞行工具） 热气球

注：借代会意谜。“球”代世界。

1106. “至今思项羽，不肯过江东”（书联名句） 怀古壮士志

注：面为李清照诗。底为朱熹、张栻《赫曦台》联句。

1107. 神州难忘是清明（新闻名词） 中国记者节

注：即时应景谜。正猜会意。

1108. 一路经行处，随山到水源（四字书目） 《美的历程》

注：面出刘长卿《寻南溪常道士》。底为李泽厚著作。会意谜。

1109. 五一谜赛，箭无虚发（党史名词） 六中全会

注：算术法正猜会意，底“中”字异读去声作“射中”解。

1110. 殿军准时入，广场大阅兵（商贸活动简称）第四届进博会

注：借代正猜会意。第四名为“殿军”。

1111. 马孟起挑灯战张飞（卫视节目热词） 超拼夜

注：用典会意。面出《三国演义》。马超，字孟起。

1112. 相邀我去浏阳西（数学名词） 除法

注：“余”扣“我”，“去”实用；与氵、阝组合。

1113. 见真心，后来狗与人为伴（曲艺名词） 三句半

注：示位减形谜。为“三句半”采风照片即兴配谜。

1114. 三十日晨起出游，在下将随团同去（歌词）月亮走我也走

注：分段会意。

1115. “称名忆旧容”（六字网络用语） 正在识别人脸

注：面出唐代李益诗。底解作“正在识、别后之人脸相”。

1116. 想见球王提前去(杂志名) 《求是》

注：减形谜。“球”王去为“求”，“提”前去“扌”为“是”。

1117. 秀红枫微信传情（《星辰大海》人物二） 朱丽叶、简爱

注：正猜会意。为湖南农大现场采风照片配谜。

1118. 九九归一闻柏荷（花卉名） 百合

注：会意提音。为家中盛开百合配谜。

1119. 宫中三十载，创业知艰辛（字） 苦

注：合形会意。宫中为口，加载“艹、十”为“苦”，艰辛会意。

1120. 剃头挑子一头热（军事名词） 单边停火

注：反猜法。一头即“单边”，另一头“停火”不热。

1121. 途经此道是吾兄（四字称谓） 过路的哥

注：底顿读为“过路的、哥”。过路的哥王兴国救人令人感动。

1122. 小雪见晴应会意（字） 当

注：“见晴”即无“雨”。“应、当”同义。减形会意。

1123. 中国家底巧微调（字） 琢

注：示位合形。“玉”之一点稍作调整，微调也。

1124. 后勤工作赏评高（字） 功

注：谜面前四字合形，后三字会意。

1125. 专业团体今过节（四字常言） 学会感恩

注：即景谜。底“学会”扣“专业团体”，今过“感恩”节。

1126. “惟愿吾儿愚且鲁”（植物名） 无患子

注：面出苏轼《洗儿》诗。启下句“无灾无难到公卿”会意。

1127. 繁体字如何改革（美术名词） 简笔画

注：问答法会意谜。底另解作“精简笔画”回答扣合谜面。

1128. “色迷”起草花色谜（字） 讹

注：面句抵消后，余“讠”“化”，合形成底。

1129. 刚入职，即善言（时政新闻） 人才工作会议

注：分段会意。底作“人才工作、会议”扣合谜面。

1130. 抽大奖，送酒水（字） 酱

注：减形法。奖去“大”、酒去“氵（水）”，合形为底。

1201. “不与秦塞通人烟”（鲁迅篇目） 《出关的关》

注：面出李白《蜀道难》。正猜会意。

1202. 希望的田野上，蓝图谁描绘（美术名词） 中国农民画

注：问答法正猜会意。底“画”由名词作动词，扣合“描绘”。

1203. 当日小哥装电梯（字） 札

注：小哥即“弟”，与“日”及“札”可组装为“电梯”。

1204. 前前后后结缘，欲辩吃瓜忘言（网站名） 豆瓣

注：前之前、后之后结缘“豆”。“辩”去“讠”添“瓜”得“瓣”。

1205. 无恙猴儿作广告（医卫用语） 健康申报

注：生肖借代，会意谜。底读作“健康申、报”扣合谜面。

1206. 原野日出北京人（魏晋文学用语） 三曹作品

注：面句为曹禺三部剧作。魏晋文学有“三曹”“七子”。

1207. 白茫茫一片真干净（当代小说） 《大雪无痕》

注：面借《红楼梦》词句意。底为陆天明作品。

1208. 论坛开讲孙仲谋（三字常言） 话语权

注：借代会意。孙仲谋即孙权。

1209. 圭塘河前，湿地重现（字） 洼

注：合形谜，双扣。圭塘河为长沙雨花区景点。

1210. 伴尔来追梦，扶摇上九霄（电视剧） 《陪你逐风飞翔》

注：分段会意。底读作“陪你逐、风飞翔”扣合谜面。

1211. 网上知情者，潜水索非亚（剧中人名二） 罗晓意、沈争一

注：以昨日谜材继续出谜。分段会意自明。

1212. 守等天鹅飞四季（动物生态词） 候鸟越冬

注：正猜会意谜。“候”由名词转义为动词。

1213. 奔驰在祖国的大地上（交通用语） 高速行驶中

注：面为歌曲名，底“中”作中国、中原，扣“祖国大地”。

1214. “极目青郊外，烟霾布正浓”（长沙街道名） 看云路

注：面出自周恩来诗《春日偶成》，正猜会意谜。

1215. 以书交友，见信如面（艺坛盛事简称二） 作代会、文代会

注：正猜会意。底解作“以作品文章代替见面”。

1216. 跨越河梁三尺道（特色食品） 过桥米线

注：会意谜。米线扣“三尺道”，三尺为一米。

1217. 崛起中华守四方（浏阳地名二） 镇头、跃龙

注：即景谜。今日到此采风会友。

1218. 日落无暇看假山（字） 仙

注：为昨日采风照片配谜。减形合形。

1219. 览日出，才用俚语教儿歌（非遗项目） 浏阳方言童谣

注：正猜，分段会意。览日出猜浏阳，方言俚语，儿歌童谣。

1220. 寄语早安，生意人间（羽坛国手二） 陈清晨、贾一凡

注：19日西班牙世锦赛女双决赛，中国组合陈、贾夺冠。

1221. “梅花欢喜漫天雪”（四字祝语） 冬至快乐

注：面出毛泽东《七律·冬云》，正猜会意。

1222. 族规族谱回头看（称谓） 书法家

注：面句“回头看”化卷帘格入谜。底读作“家法书”。

1223. 才了蚕桑又插田（防疫名词） 接种

注：面出宋代翁卷《乡村四月》，正猜会意。

1224. 又在发言说圣诞（字） 埏

注：减形合形谜。圣诞去“又、讠”合形成谜。

1225. 延边寄语到西安（字） 诞

注：示位合形。讠（语）安放在延字的西边。

1226. 国际冲突我预知（增产节约名词） 边角余料

注：正猜会意谜。“边角”作边境角逐扣“国际冲突”。

1227. 梅与争春未肯降，飘飘洒洒走四方（《说岳全传》人物四）

雪里花东、雪里花西、雪里花南、雪里花北 注：会意谜。

1228.怪《西游》，琵琶二郎俱染恙（医学名词） 精神病

注：借代会意谜。《西游记》中琵琶精，二郎神。

1229. 情专处，西门竹马出西门（字） 笃

注：首句会意，后句“出西门”抵消，余“竹马”合形。

1230. “还在叽叽喳喳写个不停”（美术名词） 粉笔画

注：面出《童年》歌词，承前句会意扣合。

1231. 一年又一年，一日又一日（毛泽东词一句） 岁岁重阳

注：底出《采桑子·重阳》，分段会意。

2022 年 1~2 月

0101. 你我他，一月一日大胆游（字） 人

注：前会意，后减形。“大胆”游（去掉）一月一日余“人”。

0102. 说的是，才被推掌“百鸡宴”（政协新闻）陈刚当选主席

注：用典谜。《智取威虎山》中杨子荣化作胡彪掌管“百鸡宴”。

0103. 打虎上山，看智取威虎山（三字食品名） 巧克力

注：面句抵消法。将“虎、山”抵消后成“智取威”扣底。

0104. 《通鉴》主编君实至，砸缸故事尔名扬（新词）你就是光

注：以司马光人名借代。底为湖南卫视跨年晚会主题词。

0105. 采风岳麓烟云绕，打虎上山通道拦（字） 岚

注：借代会意，合形提音。重扣谜。

0106. 春来谜事旺，虎啸九州兴（歌曲名） 《灯火里的中国》

注：借代会意，双扣谜“灯火”另解作灯谜红火，文虎兴旺。

0107. 一览红日照桑干（新电影） 《浏阳河上》

注：会意谜。“桑干”代河，丁玲小说《太阳照在桑干河上》。

0108.“憨湘云醉眠芍药裀”（电视剧） 《沉睡花园》

注：用典会意。谜面为《红楼梦》回目用语。

0109. 怀英烈琴奏《红梅赞》（网媒新闻人物） 江雪

注：补漏体会意。《红梅赞》出自歌剧《江姐》，江姐名江雪琴。

0110. 文明共建，同心上前（特色食品） 腊八豆

注：“明、共”组“腊八”，“同”心上“前”组成“豆”。

0111. 开门大吉（冀黔地名各一） 张家口、安顺

注：集锦谜。正猜会意。给新春添点喜气。

0112. 环肥燕瘦时尚美（球员名二） 唐佳丽、赵丽娜

注：用典会意。谜材为中国女足阵营新名单。

0113. 五音同奏共翱翔（字） 羽

注：古五音“宫商角徵羽”，“羽”排第五。前会意，后形扣。

0114.“十度投斋九度空，恼恨僧人饭后钟”（新书目）《觅食记》

注：面为宋代吕蒙正典事。底为当代谢冕教授新著。

0115. 崛起三山新亮点（字） 户

注：减形合形谜。“崛”去“山、出”，加“点”成谜底。

0116. 宝玉眼中看男儿（非遗工艺名词） 泥人张

注：用典会意。《红楼梦》中贾宝玉称“男子是泥做的骨肉。”

0117. 腰缠万贯松松绑（水浒人名二） 解珍、解宝

注：正猜会意。珍、宝扣“万贯”，两“解”扣“松松绑”。

0118. 足球先生刚上报（字） 呈

注：合形会意谜。为国际足坛明星点赞！

0119. 悟净和尚卷帘看（俗称谓） 老长沙

注：谜面提示“卷帘”看，依格底作“沙长老”扣合。

0120.“三下乡”书写新一页（字） 须

注：合形谜。乡下为一撇。三撇加“页”组合为底。

0121.“绝顶一茅茨”（北京、江西地名各一） 房山、上高

注：面出唐代丘为诗，下句“直上三十里”。

0122“你是革命第一，工作第一，他人第一”（成语）特立独行

注：即景会意谜。面出自毛泽东《给徐特立同志的一封信》。

0123. 先别去五堆子、六堆子（抗疫用语） 防止层层加码

注：五堆子、六堆子均为长沙地名，入谜另解作人事动词。

0124. 倡节俭百姓互助会（团体简称） 省民协

注：正猜会意。“省”扣“倡节俭”，“民协”扣“百姓互助”。

0125. 同入江湖深浅知（字） 泗

注：包含法。“江湖深浅”同知有“氵”，四“氵”也。

0126. 琼楼玉宇不胜寒（防疫名词） 高风险

注：化苏轼《中秋》词句做谜面。会意自明。

0127. 往努库阿洛法，来实地察灾情（成语） 赴汤蹈火

注：借代会意。火山灾情举世关注。努库阿洛法为汤加首都。

0128. 冰山来客请导游（地理名词） 高寒地带

注：正猜会意。底读作“高寒地、带”，“带”作动词带路。

0129. 推迟喜事缓探亲（冬奥地名二） 延庆、张家口

注：正猜会意。年关在即，为坚守岗位的朋友点赞！

0130. 返乡工友小分团（四字老电影） 《回民支队》

注：正猜会意。“回”字由民族另作动词回归。

0131. 今过又一年，中国共迎春（五言唐诗句） 明日岁华新

注：底出自崔涂《巴山道中除夜抒怀》，今日除夕，即景谜。

0201. 朱富陈达出洞蛟（四字祝语） 虎虎生威

注：借代。《水浒传》中笑面虎朱富，跳涧虎陈达，出洞蛟童威。

0202. 虎虎有生气，奋进在中原（七字歌词） 风风火火闯九州

注：借代会意。《易经》中有“风从虎”之说，九州扣“中原”。

0203. 冬奥迎来开门红（湖南地名二） 会同、吉首

注：正猜会意谜。会扣“冬奥”。吉首扣“开门红”。

0204. 礼奉白花蛇，宾待铁臂膊（四字祝语） 迎春接福

注：借代会意。《水浒传》中杨春、蔡福的绰号。

0205. 妈妈教我学说话（语言学名词二） 母语、法语

注：“法”作效法、学习。法语为奥运会开幕式解说词第一语言。

0206. “昂首怒放花万朵，香飘云天外”（成语） 一发而不可收

注：会意谜。“发”作“花朵开放”，俗语“有心栽花花不发”。

0207. 铿锵玫瑰赞女足（电影名） 《美丽的大脚》

注：正猜会意谜。为中国女足点赞。

0208. “强于污淖陷渠沟”（文坛报道含作家名） 张洁逝世

注：缅怀名作家。面出自《红楼梦》，前句“质本洁来还洁去”。

0209. “飒爽英姿五尺枪”（四字体育新词） 女足精神

注：正猜会意。“足”另解作形容词“精神饱满充足”之意。

0210. “飘飘何所似”（邮品带量） 虎票两张

注：借代合形析字。“虎”扣“风”，“票”实用。

0211. “憔悴损，如今有谁堪摘”（长沙民间艺术） 地花鼓

注：面出李清照《声声慢》，承前句“满地黄花堆积”扣合。

0212. 西游行者小白马（冬奥运动员名） 孙龙

注：借代谜。《西游记》中孙行者，唐僧坐骑是小白龙变的马。

0213. 爱模范丈夫，喜优秀教师（成语） 好好先生

注：丈夫、教师都称先生。“好”异读去声作“爱好、喜欢”。

0214. 冰上竞赛走好运（成语） 溜之大吉

注：正猜会意。祝福冬奥运动员取得好成绩。

0215. 仅画了四粒元宵（歌词一句） 只图个团团圆圆

注：正猜会意。“图”字别解，“元宵”象形算数生趣。

0216. 送走元宵小休整（字） 脘

注：“元宵”减去“小”，余“完、月”合成谜底。

0217. 广璞无愧“空中王”（《西游记》称谓） 齐天大圣

注：借代会意。齐广璞冬奥夺冠，号“空中技巧之王”。

0218. 小聪才智显，观众笑呵呵（运动员二）李方慧、张可欣

注：借代会意，李小聪为花鼓戏《补锅》中人物。

0219. 化雪融冰先后上（节气） 雨水

注：雪、冰两字，示位减形即成。为今日节气作谜。

0220.“会当凌绝顶”（长沙铁路站名） 尖山站

注：会意谜。面出自杜甫《望岳》。底为城际铁路站名。

0221. 时代楷模不守旧（冬奥运动员） 范可新

注：会意谜。为冬奥冠军点赞。

0222. 渐萦酣境瑶池宴（冬奥运动员） 徐梦桃

注：用典会意。王母瑶池蟠桃宴。

0223. 空中小姐零用钱（央视春晚节目） 天女散花

注：正猜会意。“散花”另解作“零用钱”。

0224.“雪却输梅一段香”（成语） 毫不逊色

注：面出卢钺《雪梅》。承前句“梅须逊雪三分白”，反猜会意。

0225. 空战失利心已冷（五言宋词一句） 高处不胜寒

注：正猜会意谜。底出自苏轼《水调歌头·中秋》词。

0226. 心中郁闷皮肤病（成语） 内忧外患

注：分段会意，正扣。“外患”另解扣“皮肤病”。

0227. 老子道教做戏者（人名连称谓） 李路导演

注：人名借代，会意谜。李路为电视剧《人世间》总导演。

0228. 江湖中，当局者，说来说去说不清（热播剧连演员冠职务）

《人世间》旁白、陈道明 注：新春热播剧，另辟蹊径作谜。

辛丑迎春主播题

借周末一时献丑（导演） 吴子牛
强势男儿老态现（中药二） 牛子、苍耳
“衔远山，吞长江，浩浩汤汤，横无际涯”（动物冠产地）
滨湖水牛
“三代挖煤作马牛”（干支纪年二·蕉心格） 丙午、辛丑
“二小他顺从地走在前面”（四字商品类别） 牛仔服装
八百里尘土飞扬，三千万老汉吼腔（动物冠产地） 秦川牛
钮派（三字称谓） 黄牛党
迎辛丑心弦拨动（成语） 对牛弹琴
靠耕耘辛丑获益（字） 犁
虽拥弓一生不显（字） 犟
向阳坡上说猛牯（动物冠产地） 云南野牛
瓯江养育出精英群体（动物冠产地） 温州水牛
各单位说完请坐下（七言新词） 每个人都了不起
平一片花圃，插两三虬枝（清人戏曲合集） 《坦园六种曲》
辛丑新春临，结算烤火费（七言唐诗一句） 系向牛头充炭直
丑媳妇临池（长沙地名） 牛婆塘
遥对马粪纸（集邮名词） 牛皮封
求凰书做伴（成语） 对酒当歌
五四发威得十分（成语） 九牛一毛
由掌故教唱浏阳河（央视节目） 《经典咏流传》

“艺”耀星城网猜题

云过年“艺”耀星城（《滕王阁序》一句）	龙光射牛斗之墟
细嚼碎咽慢斟酌（文艺形式）	小品
开口像放连珠炮（文艺形式）	话剧
“是进亦忧退亦忧”（电影名）	《人在囧途》
“御厨络绎送八珍”（长沙餐饮店名）	好食上
中方大厦初落成（长沙餐饮名店）	新华楼
长来星城，有益写作（长沙食品店名）	沙利文
层层叠叠加码儿（长沙地名）	五堆子
二郎耳聪人豁达（长沙方言）	神不聋通
东西很一般（长沙食品店简称）	南北特
星城民众，知书识礼（刊物名）	《长沙群文》
免沾湿气别躺着（芒果 TV 节目）	《非遗潮起来》
红孩儿父子合奏（成语）	对牛弹琴
“玉树琼枝作烟萝”（长沙老影院名）	银宫
湖南省会开两会（成语）	从长计议
老百姓书没看懂（近代团体）	新民学会
夹道欢迎嘉宾至（长沙街道名）	接贵街
庙前遍留痕（长沙佛教名胜）	密印寺
回头看一路吉祥（水浒人名）	安道全
“家家都把红旗挂”（长沙影楼名）	凯旋门
知音情系太阳神（长沙名店）	友谊阿波罗
六枚小钱不等分（长沙老店简称）	五一文
村前夫子爱书文（长沙地名）	惜字公庄
话说戈壁老坎儿（长沙景点）	白沙古井

闻声齐望远（长沙非遗文化景点） 铜官窑
临街里弄流动岗（长沙地名） 巡道巷
遭“没羽箭”突袭（麓山景点） 飞来石
老家前面遇农夫（长沙景点） 田汉故居
首先学劳模（长沙纪念地） 第一师范
老家经商重情义（长沙景点） 贾谊故居
老陈里弄得名声不小（长沙地名） 大古道巷
玩空竹声像现场刷屏（网络用语） 抖音直播
爱晚亭观光赏菊（长沙地名） 望麓园
英语翻译在寺前广场（长沙地名） 西文庙坪
古柳下藏千里眼（长沙老字号店名） 老杨明远
整土时惊闻霹雳（长沙地名） 平地一声雷
欲速则不达，渐进持续发（长沙熟食老字号） 徐长兴
宣赞回复公孙胜（长沙医药名店） 马应龙
珍品集市在下方（长沙街道名） 宝南街
批准做大做强（长沙餐馆老字号） 许宏茂

“红色浏阳河”全国函猜题

奔腾浏水涛声远（电影名） 《红河激浪》
长守西疆方安定（浏阳红色地名） 张坊
“耕犁千亩实千箱，力尽筋疲谁复伤”（纪年） 辛丑
“一夜鱼龙舞”（民俗） 闹元宵
美哉浏阳河，红色浏阳河（浙、黔地名各一） 丽水、赤水
吟赞择端清明图（浏阳旅游宣传语） 一河诗画
“紫陌红尘扑面来”（浏阳旅游宣传语） 满城烟花
老来跟儿享福去，口里唱着流行歌（五字歌词） 咿呀咿子哟
“情比河水韵更多”（毛泽东词一句） 心潮逐浪高

“映红千里洞庭波”（浏阳景点） 赤马湖
“一支幸福的歌”（成语） 其乐无穷
“若要盼得红军来”（京剧目） 《杜鹃山》
“太阳出来照四方”（浏阳籍抗疫勇士） 周明亮
当年垦荒队，领导来致辞（《又唱浏阳河》词）鼓励我们去开拓
常与先生融相处（浏阳历史事件） 永和会师
又到江西共举旗（浏阳党史人名） 邓洪
风生水起羽翻飞（浏阳党史人名） 潘虎
赤卫队气贯长虹（浏阳红色景点） 红军桥
映日荷花辉庙宇（浏阳景点） 红莲寺
楚河汉界，何棋制胜（花鼓戏剧目） 《胡子将军》
龟山先生护淮川（音乐教育家名） 杨荫浏
阿里山三月观光（浏阳古八景之一） 相台春色
入党宣誓仰前方（毛泽东词一句） 旗号镰刀斧头
二郎山战役获全胜（浏阳历史事件） 神岭大捷
庄前铁骑正交锋（浏阳红色地名） 马战村
开油铺碰到难处（浏阳红色故事） 张坊遇险
淮川童谣（酒名） 浏阳河小曲
出言和蔼嫁女归（浏阳红色地名） 葛家
请君先说老房子（浏阳红色景点） 王首道故居

湘友群端午主播题

独立举旗日，山头需放晴（二字民俗词） 端阳
西湖后湖梅溪湖，月湖洋湖咸嘉湖（谜目） 泊号六
淌水溅体，水草浮萍（流行词） 躺平
上午当看护（《说岳全传》人物） 马前张保
人生一拼，此日称雄（昆虫） 天牛

去雀斑，有奇效（军事新词） 定点清除
总挂念那谪仙追捧者（长沙店招·粉底格） 白粉老店
德园狗不理，两冠老字号（地名二） 包头、双牌
换个活法学老苏（字） 甦
行者买单，表上画圈（节日食品） 松花皮蛋
不淡定得个零分（三字食品） 咸鸭蛋
C 位形象如首相（科举名词） 中状元
送琼浆询案包拯（苏轼词一句） 把酒问青天
上千例开颅手术不容易（五字俗语） 万事起头难
托日照纯净，驱内心忧伤（节日三） 端阳、清明、中秋
择日上京抽彩头（字） 影
“到这里为的是扫平威虎山”（民间娱乐活动） 打跑胡子
遥想当年援坦赞（《离骚》一句） 路漫漫其修远兮
湘滨岳麓，见仁见智（《天仙配》唱词） 绿水青山带笑颜
阻止夫人做实验（五字口语） 不要太认真
“龙头舴艋吴儿竞”（二字词语） 比划
五次三番添珍料，一来二去仰崇山（三字食品） 八宝粽
哄住娃儿上德园（三字食品） 小笼包
忧国忧民怀屈子（成语·卷帘格） 情有可原
许灵均（婚姻名词） 原配
抗旨钉子户（《橘颂》一句） 受命不迁
超凡脱俗屈子诗（地理名词·卷帘格） 云贵高原
书法谜：

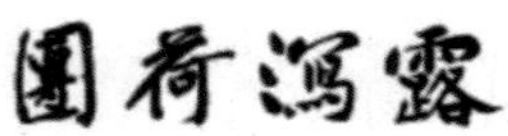

（文化用品） 圆珠笔

壬寅迎春主擂题

为李麟书家虎年趣联配谜

牵牛饮水江湖阔（《诗经·国风》名句）　汉之广矣
骑虎吟诗岁月新（成语）　风风火火
对牛弹琴田园乐（鲁迅篇目）　《二丑艺术》
调虎离山天下春（动画片）　《美猴王》
烹牛宰羊且为乐（美食网站名）　好大厨
射虎接龙但吟诗（文学名词）　风雅颂
寒尽小哼斗牛曲（3 字口语二）　冷不防、低格调
春来智取威虎山（五字食品）　酒心巧克力
吹牛脸红真君子（三国人名二）　文丑、颜良
谈虎色变大丈夫（中药名三）　白及、防风、雄黄
持牛刀办百鸡宴（首都）　华盛顿
集虎须挥一笔书（字）　彪
肥牛火锅可多涮（成语）　加油添醋
老虎屁股不乱摸（《水浒传》人诨号）　没毛大虫
入关骑牛说老子（食品冠来源）　进口话李
过冈打虎笑武松（市名二）　乐山、高雄
辞旧剩几分牛气（探骊）　成语·老当益壮
迎新添一身虎皮（探骊）　春装·风衣
为父母做牛做马（古诗篇目）　《长干行》
盼子女成虎成龙（五言宋诗句）　生当作人杰
老黄牛最能吃苦（干支年号）　辛丑
纸老虎如何逞威（干支年号）　甲寅

以下自撰谜面

辞旧岁牛脱苦海（游目）　辛丑

迎新春虎啸九天（游目）　壬寅

除夕丑书知名角（游目）　牛得草

新春虎话外时人（游目）　文在寅

海口观光牛皮客（电视剧）　《大话西游》

银铛入狱巨贪官（京剧目）　《虎牢关》

牛吟诗遥对鸳鸯（外国歌曲）　《马赛曲》

虎鼓瑟三凤求凰（成语）　对牛弹琴

须拉动除夕消费（植物名）　牵牛花

正挂展古时春灯（工艺品）　布老虎

“欢乐浏阳河”元宵函猜题

渔樵悦唱双枫浦（活动主题词）　欢乐浏阳河

“东风夜放花千树”（美容名词）　吹发

“更吹落，星如雨”（4 字评论用语）　亮点纷呈

“众里寻他千百度”（网络用语）　群搜索

“那人却在灯火阑珊处”（4笔字）　仃

“春风得意马蹄疾”（浏阳发展新目标）　奋进新征程

“板凳要坐十年冷”（吉祥物）　冰墩墩

“一道道山来一道道水”（央视春晚节目）　《只此青绿》

只此青绿还世界（福彩名词）　双色球

浏阳河上忙军训（球队职务冠姓）　水教练

壬寅春到元首聚（成语）　虎头虎脑

小虎大虎虎腾跃（字）　尖

赵云襄阳候子乔（特效烟花新品种）　迎客松

柳泉居士真豪杰（特效烟花新品种） 蒲公英
赫曦台前柳絮飞（浏阳网红打卡地） 杨花书院
旧时灯虎眼前猜（浏阳景点） 古风洞
辞赋祀宗祠，箫笛歌古调（国家级非遗项目） 文庙祭孔音乐
遍留痕虎头蛇尾见（浏阳地名连非遗项目） 普迹牛马会
一品香调味甑中鱼（浏阳非遗产品二） 豆豉、蒸菜
长伴大人来同济（浏阳镇名二） 永和、官渡
城乡公交一体化（《水浒传》人名二） 安道全、周通
览股看全线飘红，约法禁暗箱操作（机构简称） 浏阳市文明办
说是没进大超市（电视节目） 《云上的小店》
叶希夷勇领新四军（浏阳发展新目标） 挺进前五强
欣接受成人加冠礼（活动主题词） 喜迎二十大

“虎啸新春”主擂题

除夕迎虎年（字） 夤
复赛成绩算数（物理名词） 比重计
异乡山水，青春色彩（字） 绿
陈达王英花荣时迁（成语） 谈虎色变
寅年新春摸麻将（商标） 虎头牌
山君家雀畅针，绣品先评十分（《水浒传》人冠号）锦毛虎燕顺
病大虫坚持治疗（四字励志语） 永不放弃
虎妈探伯妈（《水浒传》人冠号） 母大虫顾大嫂
天门洞口闻虎啸（成语） 空穴来风
快递小哥门外等（礼仪用语） 待人接物
心心牵挂永顺女教师（央视主持人） 李思思
进浏阳东门镇消费打赏（湖南谜事新闻） 入围山花奖
鉴硕博虚实，话枫楚廋坛（《红楼梦》人名二）甄士隐、史湘云
飞针走线芙蓉国，众手巧绘五德公（非遗作品） 湘绣《群鸡图》

自幼吃苦苦难言，被鬻受骗实可怜（作品冠形式） 小品《卖拐》
虎头山下直转向，旧时日落正前行（二字词语） 虐待
“伤心秦汉，生灵涂炭，读书人一声长叹”（文艺名词） 楚剧
“已是黄昏独自愁”（春晚歌手） 郁可唯
“珍珠如土金如铁”（昵称带量） 小宝贝两个
“煮豆燃豆萁，豆在釜中泣”（春晚节目） 《火锅奏鸣曲》
维也纳与格拉茨（地名誉称） 双奥之城
白头犹狡辩（冬奥设施） 滑道
爆冷门，留印象，点赞愚娃（电影） 《奇迹·笨小孩》
北极动物世界，点中来去多回（电影） 《熊出没·重返地球》
气头上壮士断腕（电影名） 《这个杀手不太冷静》
将门子终与父齐名（电影名） 《小虎墩大英雄》
“一朵溜溜的云”（冬奥名词二） 花滑、滑道
看门外，滑冰者，是长兄（歌词一句） 张家溜溜的大哥
相中双滑女选手（歌词一句） 看上溜溜的她
到基层同甘共苦（四字家庭快餐用语） 去下面吃
爱在一起（四字口语） 别不喜欢
岳母刺字（六字家长督学用语） 针对儿子背书
惠赐轿民，欢呼一时（春晚节目） 《恩施抬工号子》
行云流水（五字口语） 边走边算账
猜中你就喜上加喜（超市名） 乐尔乐

东塘社区联谊赛题

上车后乐作主持（字） 东
国庆送来冻米糖（字） 塘
开福寺前没开会（字） 社
小夜妆，错开窗（字） 区

牛行虎步

又逢歌后心生喜（字） 欢
送出关来昂首去（字） 迎
出尔反尔言无信（字） 你
何谓回头客（戏曲篇目） 《再来人》
谜坛团体乐迎新（谜书目） 《灯社嬉春集》
平壤东京见闻录（四字书目） 《坦园日记》
“人间唤作凉风”（戏曲篇目） 《桂枝香》
“青山处处埋忠骨”（戏曲篇目） 《理灵坡》
后讨女娃险象生（戏曲篇目） 《嬔婳封》
长岛宾馆满天星（戏曲篇目） 《麻滩驿》
小白杨伴守哨所旁（公园景点） 忠义岗
平地柳成荫（清代人名） 杨坦园
如茅乱发路边客（清代人谜号） 蓬道人
拿冠军奖牌会知音（央视春晚节目二） 《金面》《朋友》
回首湘水上游（央视春晚节目） 《忆江南》
缓聊天快奔星沙（央视春晚节目） 《徐策跑城》
不韦春秋曾登载（带姓称谓） 吕书记
星哥小隐众人夸（歌名） 《红梅赞》
好好好，加油加油加油（非遗项目） 三棒鼓

坦园诗句葫芦虎

2020年搬至新建东路后，我多次去石马铺“诗人杨坦园墓”探访，目睹其从一片荒凉到焕然一新的雅塘文化公园。今以《坦园日记》中诗句配谜，对两百年前的长沙谜师表达一份敬意！

“无端好句上心头”（字） 忞
“陡似春潮一夜生”（字） 汐
“几回花下快飞觞”（食品名） 香干
“村翁扶杖小孙随”（称谓） 老顽童
“珍重昌黎一纸书”（商标） 爱立信
“探花定向月宫来”（曲牌） 桂枝香
“观湘门外水平铺”（市名） 张家港
“两岸人家似画图”（美学名词） 对称美
“松林深处有人家”（生活名词） 休闲
“豪气直腾三百丈”（汉代文学家） 扬雄
“重重胜迹从头记”（成语） 不负前言
“三分病态七分愁”（成语） 内忧外患
“任他风雨总平安”（成语） 有惊无险
“篙师闲坐唱渔歌”（成语） 无人问津
“游踪历历未模糊”（历史名词） 明末清初
“长松高插遥天青”（足球术语） 凌空一顶
“能守书香是奇福”（经济用语） 保本不亏
“此际应歌行路难”（杜甫五言诗句） 苦道来不易
“天涯游子苦思亲”（诗目冠作者） 余光中《乡愁》

修远诗词融谜意

——为李秀媛《修远诗词集》撷句配谜

“空山一镜悬”（字） 凸
“一柱入云天”（字） 去
“相牵万缕丝”（新词） 纠结
“波摇一点红”（文学名词） 浪漫色彩
“生意满田园”（金融机构简称） 农商行
“眼前锦绣开”（艺术活动） 看美展
“拾级天心阁”（成语） 高高在上
“楼头俯万家”（画家） 张大千
“墨里乾坤大，毫端日月新”（《水浒传》人诨号） 圣手书生
“韵歌时代曲，情发古今思”（《水浒传》人名二） 乐和、史进
“异样人才天造就”（学校称谓二） 特长生、高中生
“一曲高歌播九州”（成语） 乐在其中
“耳际声声号角扬”（字） 聆
“前坡壁下洞依稀”（字） 哇
“卅年回首，却看华发已缤纷”（神话人物） 张果老
“受尽人间凉与热，饱经世上风和雨”（湘企业简称） 长炼
“是画还文无用释”（灯谜术语） 双别解
“朝饮夕餐味不差”（长沙餐饮店名） 好食上
“倩影飘飘曳彩裙”（电影纪录片） 《美在运动中》
“置身高处凝眸远”（二字词语・白头格） 藐视
“此身但与雪徜徉”（烹调用语・粉底格） 凉拌

古今谣谚多隐趣

——读喻长华《古谣谚赏析》，撷句配谜

“先有佛，后有楼”（字）	偻
“三根马尾空中吊”（字）	驯
“寺是一座山，山是一座寺”（动词）	对峙
“得中原者得天下”（围棋术语）	白大模样
“药王大帝中央坐”（《三国演义》人名）	孙权
“龙虎二将两边分”（成语）	叱咤风云
“每年拔你一根毛”（成语）	不差分毫
“芜湖寻钱芜湖丢”（财税用语）	索票
“常德德山山有德”（四字社会名词）	高度文明
“不是仙人上不来”（四字常言）	非凡之举
“莫待江边冷风吹”（巴金作品）	《寒夜》
“一语道出千古事”（成语）	说来话长
“十指搬弄百万兵”（离合字）	挥手军
“围棋千古无同局”（成语）	下不为例
“除了芦苇就是水”（成语）	放荡不羁
“不为蝴蝶即鸳鸯”（成语）	成双作对
“中有一条通博罗”（电信名词）	宽带网
“不弹弦字不上路，不唱山歌不出门”（成语）	及时行乐
“十里山歌十里调，一片树叶一首歌”（酒名）	全兴大曲
“鱼奔深塘客奔家，回家过年事最大”（成语）	满载而归
挂在墙上是年画，放在天上是风筝（《三国演义》人名）	张飞

字海谜花
——字谜选辑

旧时无日不言诗（字） 寺
接连出示鬼花招（字） 祟
怀春湘女泪潸然（字） 婪
漳州行文到长沙（字） 洲
改革开放三十载（字） 口
二进关中连叫好（字） 美
轻车简从上前线（字） 经
广交会上一栖迟（字） 庆
半部春秋留后世（字） 香
栏围井样生还意（字） 回
思念同宗且表示（字） 祖
竹篱掩映水清浅（字） 笺
自在前头守音响（字） 首
心生快乐说隐语（字） 兑
干部调整有阻力（字） 障
分明一去三十载（字） 葫
枯木萧萧落屋下（字） 居
中国排球上顶峰（字） 主
帐前推出百夫首（字） 长
“星临万户动”（字） 房

谢云声又谈离合（字） 燮
有人夜夜高消费（字） 侈
花前湖畔两相依（字） 满
人人要结后生缘（字） 丛
开放更有紧迫感（字） 邀
人从宋后少名桧（字） 云
激动得无语泪先流（字） 放
礼让东兄贺敬之（字） 祝
共来湖畔过辰时（字） 港
山下岿然众望思（字） 归
大方主动果吟诗（字） 国
前线定设音像站（字） 绽
春装变化唤声瞧（字） 桥
下河可得脱衣裳（字） 淌
业务柜中有现金（字） 凿
残月孤星映上苍（字） 芦
磨砺心志埋头干（字） 士
雨落重阳携手行（字） 擂
江西省内放眼看（字） 沙
所以插了一杠子（字） 六

一方玉印镇江山（字）　国
故态复萌心犹在（字）　能
天下纵横改旧习（字）　翱
出西域心生疑虑（字）　惑
海西蒙古族藏族（字）　沽
铜铁炉中翻火焰（字）　幽
老农放歌迎日出（字）　晨
老树村落杉木凋（字）　彭
走单骑马入异乡（字）　绮
三角梅前悄说话（字）　橇
移船相近邀相见（字）　敫
偶然桥上见繁荣（字）　木
月亮巴巴，胖胖娃娃（字）肥
爵位二品，直到中间（字）候
军部先走，车队出人（字）阵
欲要古图，重给回扣（字）十
旧中国志士出路迷茫（字）惑
一方共聚，八面翻开（字）哄
占位走人，车来正停（字）站
大将赏识，十分少见（字）奖
写博文方见尺有所短（字）　敷
高空帆影下，短棹拨清波（字）　蜜
绝色梅艳芳，香消花已谢（字）　丰
大通河通天河差距几何（字）　一
两人同离去，直到四点归（字）　雨
先后来蚶江，宏声搭彩桥（字）　虹
水清湛而道近，言曲折其境高（字）　谌
大操坪，宽又广。扬尘来，小手挡（字）　场
第四页，看上方。天花板，架栋梁（字）　顶
人离队，一直走。像耳朵，如挂钩（字）　了
走西口，在那边，娜女出，方领先（字）　哪
前方交接，六口同乘。张牙舞爪，留下齿痕（字）　咬
手持弯针，刺痛皮层。深钻下去，喳喳连声（字）　扎
荧屏剧场，帘幕挂藏。双双共计，似韵音扬（字）　四
前头转向，十一跟上。脱下衣装，结实健康（字）　壮
葛根配方，饮酒品汤。热茶开水，呵声日常（字）　喝
木来作栋梁，积贝富钱商。本是人中杰，显能各逞强（字）　才
平地人单立，抬头问顶知。出言先让处，起步登山时（字）　上
横直有点像，商代前朝音。人被贬职日，东西落降沉（字）　下

虎咽（离合字） 一大口吞
虚报损耗（离合字） 夸大亏
背靠泰山（离合字） 仗丈人
辗转向前看（离合字） 车两辆
“但愿人长久”（离合字） 祷示寿
“心潮逐浪高”（离合字） 酒一洒
戏装上演长亭别（离合字） 扮分手
“又恐琼楼玉宇”（离合字） 心白怕
“昏惨惨似灯将尽”（离合字） 熄火息
“但闻屏障中抚尺一下”（离合字） 耳聆令
“三男邺城戍，二男新战死”（离合字） 存一仔
“古今将相今何往”（离合字二） 个个官管、土里埋

附：师友点评

谢云声又谈离合（字） 燮

人有悲欢离合，谜有增损离合。近代谜家谢云声今又谈离合。“又谈”二字，可分解成“又、讠（言）、火、火”，拼成“燮”字。好在“燮、谢”同声，“谢云声”被提音处理。（陈斌）

欲要古图，重给回扣（字） 十

古图写作“圖”。谜以“圖”字为母体，减去两个“回”字，“十”便是谜底了。此谜好在“古”字示眼无痕，“重”字双关有趣。（陈斌）

接连出示鬼花招（字） 祟

谜以赋形提义，“出示”二字“接连”起来，便成“祟”字，形扣不爽分毫；“鬼花招”提义自然明朗。（陈斌）

人人要结后生缘（字） 丛

面句撷自晚清黄遵宪《山歌》。“人人”实用，“后生”限位取“一”，

“要结缘”抱衬，犹言“人、人、一”要合成一体，示意拼字，“丛”字昭然揭底，何等简洁明了。（陈斌）

激动得无语泪先流（字） 放

“激”字是谜眼，“动”提示离合法；“得”强调“无语”消去同义的“白”字，“泪先流”则取“泪”与“激”相同的偏旁“氵”，并使之“流”失，谜底“放”活脱而出。（陈斌）

有人夜夜高消费（字） 侈

此谜立意高，有“风诗”的雅趣。倘有人能采“风”，引以为戒，化侈为俭，则幸甚！（陈斌）

高空帆影下，短棹拨清波（字） 蜜

“高空”取宝盖头；“帆影”象形为“虫”，“下”字限位在底；“短棹”象形“丿”，双桨交叉划拨出勾、更富动感；“∴”象形清波。整个谜底由“宀、必、虫”拼成“蜜”字，俨然。（陈斌）

“移船相近邀相见”（字） 敫

移“辶”（象形为船）相近，“邀”而相见。江水悠悠，微风习习，载“敫”之“辶”，轻轻荡开，“敫”光闪耀，荡漾回旋，一曲琵琶，绕梁三日。（邓凤鸣）

怀春湘女泪潸然（字） 婪

“春”扣“木”。“潸然”，流泪之态也，从“湘女”中流去“泪”，余“木、女”与前“木”字，乃得底“婪”。（赵首成）

伊人清水出芙蓉（字） 菏

破本谜，须先将谜面读成“伊人清、水出、芙蓉”。其次以“荷”取代“芙蓉”。第三将“伊人清”解成吧“荷”之亻清除掉，余“苛”。最后“氵（水）”出现，加“苛”即“菏”。（叶国泉）

花前湖畔两相依（字） 满

湖畔花前，恋人幽会，相偎相伴，有景有情。法用离合，“花”前为艹，“湖畔”取氵，加“两”，合成谜底。（张树林）

漳州行文到长沙（字） 洲

此谜机关全在“漳州”二字，行去“文”即“章”，余“漳”之

“氵”与“州”合为“洲”。“长沙”可作为洲或陆地。（刘旭）

轻车简从上前线（字） 经

谜用离合法。“轻”为中心词，“车”从“轻”里简去，余后半部分，“上前线”作上来“线”之前“纟”，合为“经”。（汪长才）

改革开放三十载（字） 口

将“革”字作为母字，按“改”的指令，“开放（减掉）三十载”。“载”由“年”转意。“革”损去“廿、十”即“三十”，不正是“口”吗？（聂玉文）

春雨秋凉，琴声悠扬（字） 秦

前句意会加字素离合，“春”雨无“日”，“秋”凉失“火”。后句“琴”与“秦”谐音相扣，意趣盎然！（聂玉文）

发球先篮下监人（字） 筌

谜面似说篮球技巧，实为字素离合。“发球先”为“王”，“篮下监”得“竹”，加“人”，合为“筌”，筌为渔具。（聂玉文）

开放更有紧迫感（字） 邀

“开放更有紧迫感”，即把“放”字高低分开，把“迫”字紧靠左边，就成了“邀”字。此谜是“为时为事”之佳作。（赖浩明）

二进关中连叫好（字） 美

“二进关中”，即“二”进入“关”字的“中”间，合为谜底“美”字；“连叫好”，会意成“美”字。（侯印）

八方相会是知音（字） 只

谜面“八方相会”除猜“只”字外，还可猜“叭”字。作者以“是知音(只、知同音)”肯定“只”字，排除“叭”字。（侯印）

烟火灭，人方散（字） 一

谜面简洁，寓意深刻，好猜易记，惹人喜爱。作者以拆字法成谜。“烟”之“火”灭，余“因”；“因”之“人、方（口）”散去，余“一”。底面扣合，十分稳准。（刘雪春）

人从宋后少名桧（字） 云

“人从宋后羞名桧，我到坟前愧姓秦。”此谜易上联的“羞”为“少”

作面。谜眼乃“桧”字，用减损法。“桧”可拆成“木、人、云”，依次去掉“人、木”，余“云”字。（陈良庆）

绝色梅艳芳，香消花已谢（字） 丰

谜法采用了层层减损法，“梅艳芳”三字通过绝色（艳去色为丰）、香消（去芳）、花谢（去梅），最后得“丰”字。（马阔）

写博文方见尺有所短（字） 敷

此谜拆字有新意。以“写博文”入谜，便见新鲜；以“博文方”做母字，又见新巧；以“博”字中规范字形“十寸”抵消面文之“尺”，再见新奇，一“新”到底，委实难得。（熊建光）

这东西，先勿牛。务隐声，别现丑（字） 物

此谜属多重扣合。这东西，属义扣，“物”即东西；先勿牛，属字形组合；务隐声，音扣，表示谜底发音“wù”；别现丑，提义综合法，别即“勿”，“丑”代“牛”，再组合为“物”。（喻继贤）

既进厂，就发声；知其用，关马群（字） 厩

“既”进“厂”，字形组合；“就”发声，音扣，说明底字读 jiù；知其用，关马群，义扣，厩即古代关马之处。（喻继贤）

一夕分开四十载，五音合奏霓裳翩（字） 舞

首句合形，由“一、夕、卌、年”组成谜底，第二句先提示读音，再会意翩翩起舞。“宫商角徵羽”五音恰谐“舞”音。（倪锐）

道声旗升国庆，唱好红旗飘飘（字二） 陞、郝

这是国庆前夕的谜，前后分咏，都用了提音和象形，整体意思却又连贯应景，道出了全国人民喜迎佳节的心声。（尹海军）

两条光棍，席上较劲；人人秒杀，大家开心（字） 筷

民间谜语乎？文义灯谜哉；状物复描述，会意复连拆；席间无此物，何人能开怀！（孙胜利）

大本营中特牛，爱心改变人生。千声呼唤连动，手拉手处情浓（字） 牵

音形义互扣的谜作，猜猜有趣，制作却难。一个字，要从音形义三方面去构思，得有“捻断数茎须”的功夫。（裘祖林）

语多风趣

——语词谜选辑

孤老头子（成语）	一古脑儿
十分难扯（成语）	一毛不拔
曲阜朝圣（成语）	一孔之见
檐间蛛网尽（成语）	一丝不挂
学术带头人（成语）	一技之长
秦岭修隧道（成语）	一脉相通
红衣少女好（成语）	安然无恙
新媳妇回门（成语）	适得其反
羊续悬鱼示众（成语）	鲜为人知
解方程，猜灯谜（成语）	寻根究底
整顿河道总督府（成语）	清水衙门
宋清龚旺排前后（成语）	乐在其中
李逵宋江情谊增（成语）	风雨交加
坐着待客不礼貌（成语）	令人起敬
“江山留胜迹”（成语）	不败之地
“万户捣衣声”（成语）	打成一片
“人迹板桥霜”（成语）	行之有素
“四海无闲田”（成语）	不留余地
拉撒吃喝民间事（成语）	家常便饭
骗十娘孙李合谋（成语）	富甲一方
抗日画卷今犹在（成语）	救亡图存

充分利用水电煤（常言） 各尽所能
“呼呼风声，百千齐作”（成语） 十万火急
神州呈异彩，广宇溢清芬（成语） 国色天香
货郎车（商业用语） 推销商品
杨志卖刀（广告语） 让利销售
内部文件（广告语） 外观别致
醉翁整容（店招用语） 修理仪表
半推半就应猜“掠”（礼貌用语） 请勿打扰
神医出道夺锦标（生产用语） 安全第一
希望落空（口语） 巴不得
船工工资（口语） 划得来
不爱演戏（口语） 恶作剧
“一阔脸就变”（口语） 好容易
巧媳妇下厨（新词） 工作餐
敢怒敢直言（党务词） 讲正气
卧床打吊针（口语） 输不起
司机考虑退休（口语） 想不开
神行太保（交通语） 走高速
喜欢赖床（口语） 高兴不起来
懒汉宁愿打单身（口语） 费力不讨好
万般红紫斗芳菲（新词） 开放新格局
藿香丸改作藿香水（口语） 换汤不换药
群情激愤（口语） 气不打一处来
小区领导盼升迁（口语） 巴掌大的地方
钟点工结账（新词） 时间就是金钱
“家书抵万金”（新词） 信息就是财富
请爷爷评理（口语） 是非自有公论
象棋盘上蹩脚马（口语） 这日子没法过
来日别再上夜班（口语） 明人不做暗事

45689 号服务台（口语）　　不管三七二十一
科员科长都是他（口语）　　一人做事一人当
少先队员插路标（口语）　　生怕别人不知道
登山差劲，对弈我行（八字口语）　　比上不足，比下有余
见风使舵，遇难改航，来钱推磨，有奶叫娘(游戏)　脑筋急转弯

附：师友点评

整顿河道总督府（成语）　　清水衙门

明、清两代设河道总督之官，督治河道事务。底破读如“清、水衙门”，谓清理整顿“水衙门”，即河道总督府。　　（赵首成）

宋清龚旺排前后（成语）　　乐在其中

按梁山泊英雄排座次，宋清、龚旺中间是乐和，故“乐”在其中。　　（赵首成）

若妻不美邹忌，妾不美邹忌（成语）　　无私无畏

谜面取《邹忌讽齐王纳谏》之语义。其中“美”指赞美，“私”指偏爱，“畏”指惧怕。据面反问语气，巧作推测：假使妻、妾都不赞美丈夫，岂不是一不偏爱，二不畏惧邹忌了吗？即意境焕然一新的“无私、无畏”。　　（赵首成）

解方程，猜灯谜（成语）　　寻根究底

求方程的解(根)的过程称为“解方程”。作者以“解方程”扣“寻”求其“根”，十分稳准。至于猜灯谜，则是根据谜面和谜目去探“究”其“底”。面底丝丝入扣，谜趣盎然。　　（刘雪春）

李逵宋江情谊增（成语）　　风雨交加

李逵号“黑旋风”，宋江号“及时雨”。谜用人名“假借”法，呼风唤雨，由“情谊增”扣合“交(情)加”。　　（刘雪春）

坐着待客不礼貌（成语）　　令人起敬

题面是明快的忠告，箴言般温威并举。“令人”确乎情到义至，

叫你不能不付诸行动。“坐着待客不礼貌”侧击反扣得底，全赖“起”字义变，油然而生“站立、毕恭”之态。真令人起敬！（许友金）

“呼呼风声，百千齐作”（成语） 十万火急

面句出自林嗣环《口技》，是口技人在一人大呼“火起”后的写照。显然成语与“火”相关，且“急”也想到。谜作者在“百千”上做文章即100×1000，“十万火急”终于浮出水面。（许友金）

羊续悬鱼示众（成语） 鲜为人知

羊续悬鱼是古代廉洁故事。此谜用离合、会意诸法，完全抛弃本意入谜。“羊续”由姓名拆开，“羊”作为“鲜”的偏旁，“续”作为连缀词将“鱼”切入谜底。“悬鱼”也发生意变，使“羊、鱼”组成“鲜”。“示众”义扣“为人知”。（侯增）

花开堪折直须折（成语） 当机立断

面取唐诗《金缕衣》。人生苦短，花开堪折直须折。花开之时，机也，机字暗出。机不可失，必须立刻行动，立马叫出。最后咔嚓一声，折而断之。是对断或枝断皮连？令“不断”联想。（张嗣春）

雅士悬文虎，灯辉映上元（成语） 高风亮节

“风”扣“文虎”，源出《易经》“云从龙，风从虎”。“雅士悬文虎”扣“高风”，贴切自然。“亮节”由“坚贞高尚的节操”变义为“亮丽的上元节”，底面融合，如诗似画。（邓凤鸣）

神州呈异彩，广宇溢清芬（成语） 国色天香

浏阳花炮美丽的色彩、芬芳的气味，为神州大地增添了光彩。谜面以联句对其尽情赞美，也是花炮节喜庆、吉祥气氛的写照。谜底国色天香，也是对浏阳花炮的赞誉。（刘正初）

“桃李春风一杯酒”（礼貌用语） 尊敬老师

谜取黄庭坚《寄黄几复》中“桃李春风一杯酒”为面，“尊敬老师”成谜后，“尊”由“敬重”转为“酒尊”；“敬”也由“尊重”转义“有礼貌地送上”。“桃李春风”别解为“得意门生”。（邓凤鸣）

半推半就应猜“掠”（礼貌用语） 请勿打扰

“半推半就”的字谜，谜底为“扰”，其实还可猜“掠”。此谜在

“半推半就”上增添了“应猜‘掠’”。这样，谜底必排除“掠”，只能有“扰”。要紧扣谜面必须用反扣法，故礼貌用语“请勿打扰”出现。“请勿打（猜）”抱衬于“扰”，浑然天成。（侯印）

神医出道夺锦标（生产用语） 安全第一

谜面赞美救死扶伤的医务工作者。其中“出道”是谜的“玄机”。“神医”指《水浒传》中神医“安道全”，出“道”而得“安全”。“夺锦标”扣“第一”。谜以“漏名法”，别具情趣。（侯印）

紫鹃劝姑娘，消气别伤身（消防用语） 护林防火

紫鹃是《红楼梦》中黛玉的贴身丫环，所劝的姑娘自然是林黛玉。谜以姓林扣森林之林，以生气发火扣燃烧之火，自然贴切。紫鹃之“劝”是从爱护黛玉出发，故“护”字极有分量。（刘涤瑕）

鬼脸儿杜兴，座次已排定（俗语） 就汤下面

此谜述《水浒》故事，“杜兴的座次就在汤隆的下面”。谜法如此简单，猜后忍俊不禁。贴近生活的谜，群众自然喜欢。（喻继贤）

瓣膜移植未成功（四字常言） 没安好心

人们常用“黄鼠狼给鸡拜年——没安好心”来讽刺那些居心叵测的人。谜作者独具机杼，选材造面，以现代医术中的“瓣膜移植术”入手——此番手术失败了，当然是“没安好心”了。（郑志民）

戌年拖大粪，心底怒火生（口语） 狗屎运气

“拖、生、运”分别藏于谜面、谜底，动词用得恰到好处。熔指代、置换、会意、别解于一炉，了然无痕，令人捧腹。（熊建光）

生在戈壁中的仙人掌（方言称谓） 长沙里手

仙人掌是耐旱植物。长沙里手是方言称谓，里手即行家。“长”字这里要异读作 zhǎng，意为生长，戈壁即为沙漠地带，谜底顿读解作：长在沙漠里的手。别解后趣味顿生。（缪一松）

九日重聚小山村，河畔筒车悦耳闻（二字词） 旮旯

九日重聚，想到三个字：旭、旮、旯。能组词的，也就旮旯。小山村，不就是旮旯吗？河畔那车水的筒声，传入耳朵“嘎吱嘎吱”响，又扣了声。喜欢此谜的乡村风味和烟火气息。（倪锐）

葫芦居里葫芦隐，文化宫中文化扬（数量词）　十口

“葫芦居里葫芦隐”，上句一个“隐”，留下“居”，“文化宫中文化扬”，下句一个“扬”，余下“宫”，“居里、宫中”剩下“十口”。没有累赘和渲染，只有作者内心的真实写照。（倪锐/点评）

心挂两头急死人（二字词语）　憔悴

此谜破格取材，意扣严谨。“急”为“焦躁”，“死人”称“卒”，故“焦”“卒”二字跃然而生，用“心(忄)”“挂”在这“两”个字前“头”，不正是“憔悴”吗？（司辉）

刘洋上宇宙，李靖下人间（安监用语）　安全

刘洋为中国女航天员，故扣“女”；上宇宙，即“宇宙”之上面的宝盖头，和“女”组成“安”，顺理成章。李靖称为“托塔李天王”，扣“王”，将其下“人”间而组成“全”。到此，“安全”二字稳妥扣出。此谜对仗工稳音律和谐，亦增色不少。（刘鹏展）

玉环未到，四女不齐（俗称二）　肥缺、美差

“环肥燕瘦”谜人尽知，四大美女西施、王嫱、貂蝉、太真（杨玉环）也是较熟悉的典实，题句如叙家常，解面不难。本谜趣味奇俏，在面庄底谐中透露参差之美。（熊建光）

刘墉罢相，项羽断炊（热词二）　甩锅、砸锅

此谜用典，借代会意。刘墉外号叫“刘罗锅”。刘墉罢相，会意为皇上甩掉刘罗锅，“甩锅”也。第二个典故源于成语“破釜沉舟”，不须深究，项羽破釜决心断炊，就是“砸锅”。（周鹏）

齐效贤良士，共读善本书（问候语）　同学好

效法好人是学，读本好书也是学，会意双扣，浅显易懂。学习要理论联系实践，活到老要学到老，而且还要明辨是非，积极向善，“择其善者而从之，其不善者而改之”。（尹海军）

“依稀丝竹之音，仿佛麝兰之味”（俗语）　好个屁

面出自冯梦龙《笑府·屁颂》，说一秀才死后来到阎罗殿报到，恰逢阎王爷放了个屁，秀才大加赞赏而作《屁颂》，阎王爷听后大悦，给了那秀才十年阳寿。“好个屁”原意没什么好的，现别解为“很好的一

个屁”，妙趣横生。（刘鹏展）

前头提防陷阱，走路怕踩蚂蚁（俗语二） 小心眼、可怜虫

分段会意。“眼”扣陷阱，“虫”扣蚂蚁。“小、心眼”顿读为“小心、眼”，平添一分趣味。（刘鹏展）

两名硬卧客，忘了带上门（礼貌语二） 对不起、没关系

谜属别解会意。前句属谜面别解：“硬卧客”被解成了“固执地躺着不肯起来的人”；后句属谜底别解，即“没有关好系上门”。一幅生活场景与两句礼貌用语巧妙配对，相映成趣。（王炜）

战士呼唤剧团来（五字口语） 军中无戏言

此谜朴实无华，扣合较有隐蔽性。“战士呼唤剧团来”，为什么呼唤？因为“军中无戏”言。此旁敲侧击，增添趣味。谜面反映了战士心声。愿文艺团体多下基层，慰问最可爱的人。（孙峰）

你扛过枪，我受过伤，他下过乡，后来都下过岗（问候语） 大家辛苦了

有个段子说，中国足球队谁也赢不了，又说，中国乒乓球队谁也赢不了。在灯谜里这就是别解。此谜说的是彼此都有过苦涩经历，作者却换个场景变成了问候。妙在不经意，极具幽默感。（张嗣春）

雨来撑伞处，情侣两依偎（五字常言） 落后要挨打

谜面描绘了爱侣雨中亲密行走的画面。雨来撑伞处，扣合“落后”，情侣两依偎，扣合“挨打”。最精彩传神的是“挨”字，情侣之间，紧紧依偎，挨在一起。同在雨伞下，紧挨显真心。（喻继贤）

“衙斋卧听萧萧竹”（五字新词） 情为民所系

面出自清代郑板桥《风竹图》题诗，寄寓了县令兼画家关心人民疾苦的人文精神和高洁气节。底句“情为民所系”，高度概括了党全心全意为人民服务的宗旨。谜人撷取《风竹图》首句，和盘托出关注“民间疾苦”“一枝一叶总关情”的蕴意。（方建国）

怀上二胎，躲着分娩（六字俗语） 生怕人家知道

谜底一个“生”字，别解生趣，谜味极浓，令人哑然失笑。活脱脱地把“超生游击队”的窘态勾勒得淋漓尽致。（熊建光）

武林获胜者，同携爱侣归（俗语）　功夫不负有心人

功夫赢了（不负）别人的人，一起带着心中有彼此的爱人回家。谜底断为：功夫不负、有心人。你说有趣吗？类似的还有“弄潮儿返乡，初难兑美元”猜“浪子回头金不换”。　（谢晓虹）

诸谜友故里晚安，葫芦客异乡早起（口语）　东方不亮西方亮

中国在地球的东方，美国在地球的西方，两地“时差”，一般有十二个小时左右，中国傍晚时候，美国才是早晨。此谜以“故里晚安”“异国早起”的情景写实为面，扣合谜底，十分稳准。是作者旅美探亲、思乡忆友真情实感的写照。　（刘雪春）

八点列车对开，双双前后赶来（成语）　轰轰烈烈

八个点点下方列，两台车儿并排开；两双依次前后到，组成谜底不难猜。　（刘鹏展）

两度粮仓失米，四处足迹可疑（成语）　踉踉跄跄

两粮失米变两良，还有二仓后边排；双双足迹为四处，歪歪斜斜走过来。　（刘鹏展）

屈子作品再版，前后中间重排（成语）　原原本本

屈子之名叫屈原，作品再版两本添；前后中间调顺序，原原本本巧周旋。　（刘鹏展）

汤拂两经离合，消息广为传播（成语）　沸沸扬扬

两经离合安排巧，汤拂相互换偏旁；消息广传为意扣，弄得沸沸与扬扬。　（刘鹏展）

改革连续建功，点点良心犹在（成语）　勤勤恳恳

革字功字巧变更，连续变化现勤勤；来点为良叫出艮，艮艮须配两颗心。　（刘鹏展）

湘江畔挥挥手去，双冠王统揽八方(成语)　浑浑噩噩

湘江畔为两个氵，挥挥手去为两军；双冠王是王两个，八个口字表八方。　（刘鹏展）

文虎雅韵
——诗词文句谜选辑

探骊谜（杜甫五言诗句） 珠中有隐字
禁招直系亲属（杜甫五言诗句） 不得收骨肉
产房谢绝参观（杜甫五言诗句） 人生不相见
族谱送达十姐妹（杜甫五言句） 家书抵万金
浇花童子未发言（杜甫五言诗句） 润物细无声
取暖费（李白五言诗句） 无花只有寒
神马比作流浪儿（李白五言诗句） 浮云游子意
只许喝酒，不许接吻（李白五言诗句） 独酌无相亲
高兴得一同延误了航班（李白五言诗句） 陶然共忘机
菁菁留影（王维五言诗句） 复照青苔上
这东西特会猜想（王维五言诗句） 此物最相思
教师喻作园丁（张九龄五言诗句） 徒言树桃李
“新四军久在沙家浜”（张九龄五言诗句） 此木岂无阴
起火只因是茅房（白居易诗句） 离离原上草
银发老人游碧湖（骆宾王五言诗句） 白毛浮绿水
说得浅显就好办（贾岛五言诗句） 云深不知处
何时让哥亲个够（王之涣五言诗句） 白日依山尽
劳模盛会（崔颢五言诗句） 同是长干人
慈禧拒客（陈子昂五言诗句） 后不见来者
三姐开口众人和（李贺五言诗句） 一唱都护歌
“挑战者号”失事（孙逖五言诗句） 美人天上落
胡子一刮光，鼻梁酒窝靓（裴迪五言诗句） 须尽丘壑美

徐霞客之癖（李白七言诗句） 一生好入名山游
弄璋之喜，弄瓦之喜（李白七言诗句） 人生得意须尽欢
门前喜鹊叫，客乃诗仙到（李白七言诗句） 西当太白有鸟道
牺牲在雪山草地的烈士们（王昌龄七言诗句） 万里长征人未还
“秀才遇到兵”（李煜词句） 理还乱
为何刻舟求剑（欧阳修词一句） 不觉船移
愚公搬家（辛弃疾词句） 青山遮不住
赢得满堂喝彩（辛弃疾词一句·夹雪格） 听取蛙声一片
特爱幼子能自立（辛弃疾词一句） 最喜小儿无赖
仙姑好像下凡了（苏轼词一句） 何似在人间
这工作老是做不完（苏轼词一句） 此事古难全
如坠爱河正求婚（《诗经·蒹葭》一句） 宛在水中央
“零落成泥碾作尘”（曹操诗一句） 终为土灰
“三千宠爱在一身”（曹操诗一句） 幸甚至哉
添酒回灯重开宴（陶潜五言诗句） 饮饯易水上
守株没再获兔（《桃花源记》一句） 不复得路
举世皆浊我独清（《陋室铭》一句） 惟吾德馨
川娃儿欲言又止（《陋室铭》一句） 西蜀子云亭
杨家有女初长成，养在深闺人未识（《马说》一句）才美不外现
芬芳灯谜快乐人(《爱莲说》一句) 花之隐逸者也
外来户扰民（《岳阳楼记》一句） 迁客骚人
无瑕双玉，好坏亦分（《醉翁亭记》一句） 琅琊也
课前课后听钟响（《醉翁亭记》一句） 鸣声上下
能人谢绝当模范（《醉翁亭记》一句） 行者休于树
个人安危置之度外（苏轼词一句） 自难忘
善良贤惠，佳丽优美（毛泽东诗一句） 好八连
要过火焰山，去找罗刹女（毛泽东诗一句） 热来寻扇子
请了个私人健康顾问（毛泽东诗一句） 管却自家身与心
贵妃失宠日，玉殒香消时（毛泽东诗一句） 君今不幸离人世

“千营共一呼”（毛泽东词一句） 齐声唤
“如烟往事俱忘却”（毛泽东词一句） 曾记否
折花寄与陇头人（毛泽东词一句） 一截赠美
该挺何人心明白（毛泽东词一句） 知向谁边
危房禁止参观（毛泽东词一句） 险处不须看
带过五十对新人旅行团（毛泽东词一句） 携来百侣曾游
警卫员子夜换岗（毛泽东词一句） 保安人物一时新
清明时节雨纷纷（毛泽东词一句） 洒向人间都是怨
赵壹（抗战歌词一句） 后面有全国的老百姓
劳模事迹全属实（《小草》歌词一句） 没有树高
趣味运动会（《溜溜的她》歌词一句） 比什么都快乐
瞧咱哮喘又犯了（《补锅》唱词一句） 我把风箱拉
这边不断拖货,那边重复修胎（《补锅》唱词） 拉呀拉补呀补
玩牌到三更，数钱无输赢（外国歌词一句） 深夜花园里
面向判断题，求助亲友团(《渴望》歌词，二句连)
谁能告诉我、是对还是错

附：师友点评

取暖费（打五言唐诗一句） 无花只有寒

谜底出自李白《塞下曲》。底句中“花”是名词；谜转为动词，作“花费”解。“没有花费，只有寒冷”，继而反意谋面，“取暖费”信手拈来。此谜面句精炼，一字别解，曲中出味。 （方炳良）

起火只因是茅房（打五言唐诗一句） 离离原上草

谜底是白居易《赋得古原草送别》首句。“起火”扣合“离离”，属借代；“只因是茅房”，点击出“原来房上是茅草”。茅草失火与野草生机，本风马牛不相及，一经别解遂成整体，有趣。 （方炳良）

族谱送达十姐妹 （杜甫《春望》诗句） 家书抵万金

此谜为“家书抵万金”配面，命意不俗。“族谱”是记载家族世系的书，扣合“家书”，贴切精当。送达扣合“抵”，如轨纳轮。以十姐妹（千金）踏实“万金”，别开异境，耐人品味。 （方炳良）

只许喝酒，不许接吻（唐诗五言句） 独酌无相亲

谜面为李白《月下独酌》第二句，作者抓住了“独”和“亲”。用“只许”衬托出“独”意，而“亲”别解为“亲嘴（接吻）”。又使谜趣大增，让人顿生欢快之感。 （刘雪春）

如坠爱河正求婚（《诗经·蒹葭》一句） 宛在水中央

借析谜帮助记忆。如、宛？河、水？正、中？求、央？啊！“宛在水中央！”“溯洄从之，道阻且长。溯游从之，宛在水中央。”好高兴啊！那心情堪比苦苦寻觅终于找到了心上人呢。 （朱小波）

总粗心，变笨了（杜甫五言诗一句） 老大意转拙

此谜分段扣合、顿读义变。总粗心，扣合“老大意”，变笨了，扣合“转拙”。通过顿读，将杜诗原意翻转，别有趣味。 （喻继贤）

门前喜鹊叫，客乃诗仙到（唐诗七言句） 西当太白有鸟道

底出《蜀道难》。“客”乃西宾，以“西”扣之。“西当太白”解作“客人是李太白”，“有鸟道”作“有鸟儿在说道”。 （赵首成）

领导总想无事故(李白诗二句，共六字) 长相思、在长安

“领导”是单位的“首长”，“相思”是“思考”，“长安”就是“无事故”。谜作源于生活，符合大众口味。 （徐衡）

添酒回灯重开宴（陶潜诗句） 饮饯易水上

《琵琶行》“添酒重开宴”，是移易至水上舟中。“风萧萧兮易水寒”的易水为人所熟知。“易”入谜由名词转成动词，作“变易”解。一“易”而全谜尽活，“易水”幻化成浔阳江水。 （郑志民）

杨家有女初长成，养在深闺人未识（古文句） 才美不外现

面出白居易《长恨歌》，底见韩愈杂文《马说》。将一“才”字由“才力、才能”别解作“方才、刚刚”义。 （赵首成）

课前课后听钟响（《醉翁亭记》一句） 鸣声上下

“当当”的钟声，已经成为一种学校文化。此题猜中率高，因为底《醉翁亭记》是中学课本范文。“鸣声上下”指在钟鸣的声音里上课、下课，底这样解释，是面句精神的准确表述。（杨耀学）

为何刻舟求剑（欧阳修词一句） 不觉船移

“刻舟求剑”告诉人们不要拘泥固执。用典入谜，自然是“别有用心”。果然，“为何刻舟求剑？”“不觉船移。”一问一答既出乎意料又合乎情理。楚人不正是没感觉到船在移动吗？（龙汉德）

太尉原为踢球汉（刘映奎诗二句） 高者何卑、卑者何高

面句典出《水浒全传》，高俅擅长踢球，博得宋帝之宠而封为太尉。底句前“高”指高俅，后“高”言高位。解为：高俅其人何等卑鄙，卑鄙小人却何以居高位。此谜充满辛辣嘲讽之意。（赵子鑫）

清明时节雨纷纷（毛泽东词句） 洒向人间都是怨

面出自杜牧《清明》诗。谜作者将清明时节气候变化引申到毛泽东《清平乐·蒋桂战争》中 “风云突变”的政治形势：人民饱受兵荒马乱、生灵涂炭之苦，怎能不怨声载道、魂伤肠断呢？此谜承上启下，意境深邃。（诸家瑜）

赵壹（抗战歌词一句） 后面有全国的老百姓

谜底为《大刀进行曲》歌词。以两字古人名为面，扣合天衣无缝。“赵壹，字元叔，东汉词赋家”。在老《百家姓》中，赵排第一，其后面有全国的老百姓。此谜短面扣长底，精巧有趣。（刘雪春）

劳模事迹全属实（《小草》歌词一句） 没有树高

“没有树高”之“树”，名词，树木也；“树”又可作动词，竖立建立，经过词性变化，谜底“没有树木这么高”会意为“没有竖高（人为地拔高）”，即“实事求是，恰如其分”，与谜面呼应。此谜思想艺术双佳，诚“没有树高”矣。（赖浩明）

趣味运动会（《溜溜的她》歌词一句） 比什么都快乐

谜底原句中的“比”字，是个虚(介)词，表示某种程度的比较。这里别解为动词“比赛”。就一字别解，充满浓郁的文字游戏色彩，原因在于反差大，一虚一实，虚虚实实，便谜味顿出矣。（孙峰）

神州同唱，从站到富到强（歌名连歌词）

中华人民共和国国歌 起来起来起来

正面正底，激情澎湃，让人想到那首《走进新时代》。从站起来到富起来到强起来，曲折经历值得全民牢记，巨大成就值得举国讴歌。起来！这是国家的最强音，也是牢记使命的最好诠释。（尹海军）

面向判断题，求助亲友团（《渴望》歌词，二句连）

谁能告诉我、是对还是错

综艺节目常常出现选手答题拿不准而求助亲友团的情况。谜底表达了选手此时的心情。依谜面引导猜众探寻谜底。（徐衡）

有道是，虎将特重夺金得彩头（重阳诗句） 迷人最是深秋色

这条谜语关键在前五字：有道是虎将，这就是说前二个字“迷人”，有“道（讠）”即为“虎将（谜人）”。（方圆）

怎见得，一点正合六十分?（重阳诗句） 菊酒茱萸高处望

这条谜从物理角度用文字编写谜面。谜面前四个字，从字面的高处望，正好是一“、”和六个“十”（三个“廾”），“高处望”则回答了谜面的“怎见得”，真叫人击掌叫绝！（方圆）

谜涉百科

——百科谜选辑

肩上担子晃悠悠（电影名） 《挑战》
“蜡炬成灰泪始干”（电影名） 《烛光里的微笑》
“春色满园关不住”（纪实文学作品） 《红墙内外》
子建因何称高才（叶圣陶作品） 《多收了三五斗》
皇帝新装谁戳穿（电视剧） 《一个真实的童话》
卡西莫多自白（电影） 《我很丑，可是我很温柔》
最后一张牌，麻友全想睹（外国电影） 《海底总动员》
脱了干系便窃笑（国产影片） 《没事偷着乐》
遥指仙犬道分明（国产影片） 《那山那人那狗》
“苟富贵，勿相忘”（电视剧） 《上将许世友》
“槐荫树下把子交”（教育单位） 托儿所
“爱其子，择师而教之”（教育新词） 希望小学
济公找到扮演者（国名） 佛得角
欧阳海险境救火车（国名） 危地马拉
门上加锁防君子（国名） 斯里兰卡
往事如烟（民族） 蒙古
世人不识和氏璧（名胜古迹） 玉虚观
霓裳羽衣靓长安（商场名词） 服装城
“怒吼吧，黄河”（宁夏地名） 喊叫水
“二为”方向，“双百”方针（长沙街道名） 文艺路
“二水中分白鹭洲”（西北地理名词） 河套平原

触电被惊醒，处事更精明（外国名校简称） 麻省理工
姹紫嫣红开遍（四字楼盘名） 昌盛花园
美丽形象融心中（湘地名二） 华容、怀化
难得日照最无私（黔地名二） 贵阳、大方
多行善举总平安（湘地名二） 常德、常宁
欲识四声思史进（福建地名） 石狮市
春光明媚韵轻扬（晋江镇名） 青阳
老丰白酒水质正（陕西地名） 醴泉
高个儿就是老大（山西地名） 长子
婆婆嘴，豆腐心（北京地名二） 密云、怀柔
要长治久安，得选能人当家（石狮行政村） 永宁居委会
“天生一个仙人洞，无限风光在险峰”（江苏景观） 灵山胜境
“山在虚无缥缈间”（园艺景点） 海外大观
“五岳寻仙不辞远”（恒山景点） 恒山索道
“心忧炭贱愿天寒”（国名三） 意大利、比利时、希腊
百姓与党，团结永兴（县名三） 民和、共和、久治
若心宁体健，定毫发无损（河北地名三） 怀安、康保、万全
长在红旗下，诞于百姓家（汕头区街名三） 共和、国平、民生
服务大众卫生，有为让利百姓（老商号三） 为群、健康、益民
海外华人款捐福利院（侨务名词三） 侨资、赠与、扶养
织梦想再写华章，续薪火独教绝技（词三） 创新、文创、传承
“魏武挥鞭”（矿山安全规程名词术语） 操纵控制杆
“嫦娥应悔偷灵药，碧海青天夜夜心”（矿山安全语）受限空间
“落红不是无情物，化作春泥更护花”（盆景名词） 腐殖土
“脚着谢公屐，身登青云梯”（产业发展用语） 稳步提升
“渔家姑娘在海边”（产业发展用语二） 互联网+、编织梦想
“以手推松曰去”（闽东党史地名） 扶摇
富士山顶腾烈焰（酒类术语） 高端大气
绝技表演，请勿效仿（民法典目录词语） 特别法人

朝花夕拾

正叫胡兵荡秋千（冬奥会项目）	冰壶
祥瑞神兽头生啥（经济城市群简称）	长三角
张小泉让利酬宾（海西民俗）	剪发礼
诚斋启蒙在老家（红色教育基地）	杨开慧故居
居里学术双立论（杭州工运名词）	合理化建议
诸葛亮自谦是“散淡的人”（恒山景点）	卧龙松
独秀先生领“五四”时尚（党史事件）	一师风潮
祈百业兴旺（机构连职务）	央行行长
歪脖子扶正，小眼睛画大（称谓）	项目经理
生公说法（太平天国人物）	石达开
孔丘训子（当代作家）	陈鲤庭
眼见为实乃古训（神话人物）	张果老
“过眼滔滔云共雾”（唐代诗人）	张若虚
“青山着意化为桥”（建筑学家）	梁思成
齐改革再增力度，后劲足心连四方（古文论家）	刘勰
火并王伦谁接位（宋代人名）	晁补之
曹操卧读陈琳檄（汉代人名）	霍去病
先忧后乐信念坚（足球运动员）	范志毅
原来是《红岩》中党的领导人（体操运动员）	李敬
仓促之间扮杜丘（体操教练）	高健
“磨刀霍霍向猪羊”（称谓）	款姐
“两个和尚抬水吃，三个和尚没水吃”（唐代人物）	僧一行
“君美甚，徐公何能及君也”（电视剧人物）	相良光夫
“千金纵买相如赋”（学者）	钱钟书
“一篇读罢头飞雪”（神话人物）	张果老
“一把黄土塑成了千万个你我”（近代人物）	谭嗣同
“陶冶性灵存底物”（春秋战国人名）	养由基
“时来铁似金”（古代官职名）	转运使
葫芦里居者，方五十开外也（《儒林外史》人物）	胡屠户

羊真孔草，萧行范篆（古书目） 《四书》
活字已由谁发明（教育名词） 毕业设计
乌龟精依计助鲤鱼（小品名） 《如此包装》
谭嗣同狱中题壁（中学语文篇目） 《雄关赋》
救火车欧阳永生（中学语文篇目） 《死海不死》
孔丘无以答樊迟（鲁迅篇目） 《不通两种》
“听得北人歌里唱”（交通设施） 长沙城铁
老泰山雄风常在（股票名） 岳阳恒立
一点来会友，站前两握手（金属加工词） 拉拔
“书中自有颜如玉”（固原文旅单位二） 本生、亦美
“竖子不足与谋！”（商品冠牌名） 小霸王学习机
“平明寻白羽”（移动通信名词） 钻石卡
“夜来幽梦忽还乡”（词牌名） 莫思归
小米二字有变化（食品名） 粽子
前后挖蛀虫，周围有说法（水产品） 螃蟹
同喜迎春花自芳（香烟商标） 红人参
《为人民服务》（集邮品名） 毛泽东纪念张
“梦啼汝泪红阑干”（食品名） 面糊
“风霜刀剑严相逼”（食品名） 凉面
“河山只在我梦萦”（饰品名） 中国结
俞伯牙摔琴谢知音（花卉名） 吊钟
“哪个九十七岁死，奈何桥上等三年”（蔬菜名） 百合
“施八尺屏障”（纺织品冠规格） 宽幅布
“写鬼写妖高人一等，刺贪刺虐入骨三分”（中药名） 蒲公英
“敢将十指夸针巧”（电器名词） 二手机
刘关张力战傻吕布（娱乐游戏名词） 三打哈
东郭悯狼施何物（消防用品） 救生袋
天下第一剑（日用品） 指甲刀

何为荔枝蜜（食品名）	水果糖
轻触电，猛吃姜，热泡脚（小吃名）	麻辣烫
天时地利人和（菜名）	吉祥三宝
八戒路过火焰山（菜名）	红烧猪脚
夫妻相携银河渡（小吃名）	过桥抄手
田汉岳麓观白鹤（饮料名）	农夫山泉
工兵维护高速路（饮料名）	营养快线
老夫饲鸟成专家（中成药）	古汉养生精
杨丽萍身段真美（食品名二）	腰果、曲奇
戈壁运输队（食品名）	沙拉
两鬓羞红脸发烧（风味小吃名）	燃面
誊文摹字是行家（风味小吃名）	抄手
陈醋与椒盐（风味小吃名）	酸辣粉
这剪刀真神了（服装名词）	燕尾服
相思搅得烂了头（风味小吃名）	豆腐脑
井畔常闻三变词（树种名）	水曲柳
连通两岸有粮道（风味小吃名）	过桥米线
海王嘴上白胡须（地名连特产）	龙口粉丝
文虎新韵细细品（食品类别）	风味小吃
李昌镐快速收盘（风味小吃名）	韩国手卷饼
“千诗织就回文锦”（国家级非遗名录）	苏绣
传颂中原正气歌（国家级非遗名录）	扬州清曲
雕弓独挽中天月（九江非遗项目）	弹腔
吹往天边可重聚（国家级非遗名录）	吴歌
A 角演技真正棒（国家级非遗名录）	高甲戏
和田琢箫笛，金线吊葫芦（董浜十二品之一）	筒管玉丝瓜
重兵把守西北荡，一人俯瞰十字街（董浜十二品）	董浜大米
不得用蒙汗药麻倒取胜（宣传文化用品）	禁毒扑克
凉丝丝甜蜜蜜掩口一笑（特色食品）	冰糖葫芦

百年历程，不忘初心（四字书目） 《长征日记》
蓓蕾初绽放，图与桃争春（安阳非遗项目） 李新张年画
领群众脱离险境（矿山安全规程术语） 安全地带
溜冰场严禁带人（矿山安全规程术语） 自动滑行
保洁员与虎谋皮（矿山安全规名术语） 冲洗工作面
无毒测定可生产（矿山安全规程术语） 安全确认制
“致君尧舜上”（图书馆法词语） 善本再造
“见了老师行个礼，见了同学问声好”（环保用语） 生态文明
“至巧至灵，巧圣仙师”（工会名词） 工匠精神
“天上碧桃和露种，日边红杏倚云栽”（体育名词） 空中技巧
“草鞋没样，边打边像”（浙江党史事件） 义乌经验
岷山下推选之举旗人（泉州党史名词） 民先队
长沙热门景点，当年润之母校（党史名词） 红一师

附：师友点评

肩上担子晃悠悠（电影名） 《挑战》

谜面原指挑担轻松自在，现却别解成人不胜重负，步履艰难，这令人哑然失笑。谜底虽只两字，却字字别解，“挑”原作上声，现读为阴平；“战”原意指打仗，现别解为“发抖、哆嗦”。此谜会意别解，诙谐幽默，是难得之佳谜。 （郑庆元）

蜡炬成灰泪始干（电影名） 《烛光里的微笑》

从一滴滴减少的烛泪里，从朦胧而柔情的“烛光”里，人们想到了天底下最神圣的职业，想到老师慈爱的目光和笑容，眼前突然一亮，一部讴歌教师的影片《烛光里的微笑》出现在眼前。 （苏卓平）

惊涛拍岸处，卷起千堆雪（电影名） 《流浪地球》

此谜拢意扣底，顿读成“流浪地、球”。“流”成了动词“流动”，“浪”化身为“波涛”。“地”绾合面句的“处”，自然严谨。“卷起千

堆雪”扣合谜底的“球”，显现“蓬松松的雪球在雪地上滚动”的生动画面。此谜气势磅礴，蔚为壮观。（邓凤鸣）

与山河齐寿，共日月同辉（电影）《地久天长》

这则谜取自热播电影，分段会意。“山河”为“地”，“日月”代“天”，谜底呼之欲出。与地齐寿，与天同辉，地久天长。不必深入分析，普通群众也能立马说出谜底。（谢晓虹）

解成语隔墙有耳，释《易经》从虎从龙（电影）《窃听风云》

“隔墙有耳”即有人偷听，“释”就是解释的意思。《易经》中有“云从龙，风从虎”的说法。谜坛也常以此借代。再次回味时，我们还能从中学到一点小知识，其乐无穷也。（谢晓虹）

“独立扬新令”（公交词）招呼站

漂亮长剑，闪烁生辉；华丽军旗，迎风“招”展。英勇将军，一声令下，“呼”声雷动，全军响应，昂首“站”立，士气高扬，振奋人心。好一个“招呼站”，演绎一幕“独立扬新令，千营共一呼”、威风凛凛、叱咤风云的场面。（邓凤鸣）

“我爱北京天安门”（城市设施）中心广场

北京，中国的“心脏”；天安门，“中心”之“广场”，中国的象征。又“中”另解为合适、满意，心即“喜爱”。人们心仪向往，引吭高歌：“我爱北京天安门，天安门上太阳升……”旋律经典，活泼清新。“中心广场”，响彻云霄，深入人心，激发共鸣。（邓凤鸣）

欲识四声思史进（地名）石狮市

这是一条补漏谜。石（阳平）狮（阴平）市（去声），四声有了三声，史（上声）进四声就全了，漏补得好，很有谐趣。“欲识四声思史进”，这七言中的“识”，正好与“石”同声，放在这里，有提示作用。（陈斌）

春光明媚韵轻扬（晋江镇名）青阳

此谜从义、音两次扣合谜底“青阳”。在五行中东方对应甲乙木，颜色青，旺于春，故春扣“青”，“光明媚”则指阳光灿烂，从而得出“阳”字，这是从意义上扣合“青阳”的。“韵轻扬”提音，表明谜底

是发“轻扬”的音韵，再次扣合“青阳”。（缪建金）

老丰白酒水质正（猜陕西地名）醴泉

谜用“繁简法”和“移位法”。面句“老丰”指繁体字“豊”，即“醴”后半部。“白酒水质正”，将“酒”之“氵”正写为“水”，再将“白、水、酉”移位调整，与老“豊”组合成“醴泉”。（侯印）

高个儿就是老大（山西地名）长子

谜底的“长”字，可以有双音多义。念长（cháng）有长度、长处、特长等义；念长（zhǎng）有兄长、生长、首长等义。作者先以“高个儿”会意准，扣“长（cháng）子”；继以“就是老大”，又准扣“长（zhǎng）子”。此谜堪称雅俗共赏之双扣谜。（刘雪春）

“晓看红湿处”（长沙地名二）望城、雨花

这条灯谜以杜甫《春夜喜雨》中的诗句为面，同时启下句扣底，谜底“望城、雨花”是长沙的两个区名。此谜面底扣合十分妥切，整条灯谜华丽雅致、活色生香。（陈孔国）

总盼着花炮之乡保平安（湘地名简称四）长望浏宁

长望浏宁即长沙、望城、浏阳、宁乡四个地名的简称。经过巧妙撮合，赋予新的内容。总，总是，扣长；盼者，望也；花炮之乡浏阳，这个无人不知；平安扣宁。分段扣合，一目了然。（刘鹏展）

都留渡口寄希望（地域简称三）京津冀

谜底“京津冀”，分指北京、天津、河北。“渡口”曰“津”；“希望”与“希冀”同义；一个“都”字，貌似明朗，实则隐蔽，表范围的副词“都”活用为名词，赋予“首都、京城”义。（徐衡）

站前头来看红太阳升起的地方（长株潭名胜）昭山

站之前头为“立”，补入谜底便成“韶山”。这类谜被称为“漏补体”或“补遗格”，要在谜面把文章做足，不露痕迹地暗示补底的字词、部首及其位置，稍不顺畅便显凿印。（熊建光）

身经两世太平日，眼见四朝全盛时（世界遗产）长安景观

面句是宋代邵雍七律《插花吟》颔联，此诗是当时世情的真实写

照。谜底顿读为“长安景、观”，是对“长治久安之盛景”之亲历、之感受、之吟诵。“四朝六十年”，还不“长”吗？（杨耀学）

尊夫人，游岳麓（山西景点） 太行山

夫人在岳麓山行走游览。夫人也就是太太，行（háng）异读作行（xíng）走，太行山，即是此谜。（谢晓虹）

蜃楼景，何雄哉（山东地名） 威海市

海市蜃楼，多么威武雄壮的奇观啊！威（威武雄壮的）海市（蜃楼）。这恰好是作者在威海旅游时信手拈来的谜作，正所谓人在旅途，人在谜途，美景雄哉，虎将快哉！（谢晓虹）

解鞍卸驾老宅前（南京景点） 马歇尔故居

马是古代代步工具，骑马者，背上架鞍；驾马车者，身后套辕。到了目的地，解鞍卸驾，让马歇着。不是在老宅前，又会在何处？扣合谜底，不正是马歇在故居前嘛(尔作虚词)。（周小云）

则徐挥袖离两广（浏阳名胜景点） 麻衣庙

谜作依据林则徐革职离开两广的史实来拟面，却增加了“挥袖”二字。谜面虽似典故，谜法实为离合。“则徐”借代“林”，“袖”分离为“衣”和“由”，再加两个“广”字，组合得底。此谜“寄深于浅，寄厚于轻”，当非过誉之词。（陈继耿）

老爷前去，撸出手来（二字外国高校） 耶鲁

老爷即“爺”，“爺”去掉前面，“撸”出手，得出“耶鲁”。此谜简单明了，群众易懂，是获得“圈外人”认同的谜作。（喻继贤）

婆婆嘴，豆腐心（猜县名二） 密云、怀柔

俗语“刀子嘴、豆腐心”，是形容嘴硬心软，另有俗语“婆婆嘴”则是形容他人说话啰嗦。谜作者将两句俗语稍作修改合成一句，紧扣“密云、怀柔”，谜法会意，亦不失诙谐风趣。（谜丛一笑）

要长治久安，得选能人当家（石狮行政村） 永宁居委会

“永宁居委会”为石狮市行政管理区划。谜用会意分扣，“要长治久安”射“永宁”，取“永远安宁”之意；“得选能人当家”射“居委会”，即“家（居）应委托各方面都会的能人来当”。（石林）

及时挽救失足者（猜国名）　　危地马拉

“失足者”，谓不幸失足走上邪恶之路，即危险之地，简言“危地”；“及时”为立即、马上。“救”意为拉一把，简言“拉”。由“失足者”切出“危地”，“及时挽救”切出措施和态度（马拉）。　（刘旭/点评）

依法管水，科学用水，自觉节水（地理用语）　　流经三省

面拟整幅节水口号，悉本天然，不假涂泽。潇洒擒底之余，兼能宣传造势，殊为难得。我国流经三省的河流很多，最为著名的当属淮河水系。它流经河南、安徽和江苏。择底别出心裁而又凿然有据。“经”字尽述“三省”过程，运法至精，理趣浑然。　（闻春桂）

眼见为实乃古训（打神话人物）　　张果老

多见谜材老掉牙，翻新不易实堪嗟。今见此谜播慧眼，古训千年果不差。谁说懿行该抛弃，万事理应作调查。传统美德传万代，“好不容易”吐芳葩。“眼见为实”剔唯心，道听途说不足挂。大家都来见行动，神话现实众人夸。　（许友金）

齐改革再增力度，后劲足心连四方（古文论家）　　刘勰

谜面自撰，语意连贯。“齐改革，连四方”充分体现了改革开放的时代特色。再看面底扣合，虽拆字连篇，却井然有序。“齐”改革为“刘”，形变一改而成；再（二）增力度，加后“劲”成三“力”，与“心连四方”之“思”，构成“勰”，合成谜底。　（孙峰）

“立德立功立言三不朽，为师为将为相一完人”

（宋人谥号冠姓）范文正

谜面是评价曾国藩的名联。谜底人物“范文正”，即范仲淹。范之谥号亦曰“文正”。历代称“文正”者，被叫得最响亮的，莫过于范、曾二人。谜作者移花接木，“范冠曾戴”，将姓氏“范”字赋予“榜样”或“示范”之意思，令人刮目相看。　（赵首成）

“过眼滔滔云共雾”（唐代诗人）　　张若虚

张若虚是唐朝诗人，其代表作《春江花月夜》传颂甚广，入于谜中，即生别义。“张”作看、望解；“若”，好像；“虚”，空虚、虚幻。整个谜底意为“满眼的云雾看上去虚幻迷茫”，扣住谜面如“过

眼烟云”之义，明了贴切，义理并存不悖。（蔡芳）

说与他人浑不解（学校称谓） 旁听生

谜面本为成句，为避免露春，才易动一字。前半句“说与他人”，会意为“旁”人“听”着；后半句“浑不解”，即“全不解”，意为“生疏”。全句意为“旁人听着很生疏”，以“旁听生”三字简而概之，一目了然。一经别解，谜趣盎然而“生”。（刘雪春）

湘妹子，嫁人了（省连称谓） 湖南女作家

“湘”是湖南省简称，“湘妹子”就是湖南女孩。男大当婚，女大当嫁。谜底“湖南、女作家”顿读作“湖南女、作家”，底材属性由名词性偏正词组变异为主谓宾结构的短句。“湖南地域的女性作家”义变为“湖南女孩作建成家庭”。（蔡芳）

师品为上，青胜于蓝（近代史名词二） 德先生、赛先生

谜法会意，分段扣合。“师品为上”须顿读成“师、品为上”。德入谜解成“品德”，这样，原指民主的“德先生”，遂成了“品德居先的老师”。青胜于蓝是“青出于蓝而胜于蓝”的简述。谜底“赛”入谜解成“胜过”。何谓“赛先生”？胜过老师也！（叶国泉）

二小不知何处去（戏剧演员） 牛得草

面出自抗日歌曲《歌唱二小放牛郎》。原句是“牛儿还在山坡吃草，放牛的却不知到哪儿去了”。此谜化后句为“二小不知何处去”，用“承上法”引导出上句词意，配以饰“七品芝麻官”的著名演员“牛得草”扣之，形象有趣。（侯印）

山东普教发展快（本名冠笔名） 鲁迅周树人

谜面赞扬教育普及在山东省取得了显著成绩，按谜义推出“鲁迅周树人”。谜贵别解，谜底的“迅”“树”由名词分别变成了形容词“迅速（快）”和动词“培养、教育”，而产生妙趣。（侯印）

“青山着意化为桥”（建筑学家） 梁思成

入谜后，“梁”由姓氏转化为名词“桥梁”，“思”字对应“着意”，“成”对应“化为”，一座坚实的桥梁就此定格。“梁思成”赋予“青山”以灵性，展现其美好、神奇的一面。（邓凤鸣）

部队捐款办学（打教育名词二） 师资、助教

作者抓住新风尚配谜，底顿读成：“师、资助、教”，一个“师”字巧妙别解成“部队”，词意即成“人民军队资助教育事业”的佳构，语气自然流畅，含义新而不俗。（汪寿林）

“春色满园关不住”（打纪实文学作品） 《红墙内外》

《红墙内外》是描绘一代伟人生活的纪实文学作品。作者拈来南宋名诗“春色满园关不住”为面成谜，扣合严丝合缝，既关合本句（内），又启下句“一支红杏出墙来”（外），余味无穷。（陈斌）

“隐隐笙歌处处随”（打长沙电视栏目） 《家家乐》

面句取自北宋欧阳修词《采桑子》。取长沙电视栏目《家家乐》与之扣合，恰到好处。“乐”字经异读别解，化“快乐”之乐为“音乐”之乐拢括面句，令人顿生“便觉眼前生意满”之感。（陈斌）

黄河之水天上来（打棋术语二） 中国流、宇宙流

黄河是中国的母亲河，故“黄河”猜“中国流”甚切；黄河源高流远，落差极大，流水似从天而降，一泻千里，直奔大海，故“水（从）天上来”射“宇宙流”，亦甚切。（赖浩明）

“平明寻白羽”（移动通信名词） 钻石卡

钻石卡本为移动通信卡的一种。入谜后，“钻”字转义为动词，有“穿透”的意思；“卡”也成了动词，解为“被卡住不能取出”之意。“钻石卡”经过谜人的穿针引线，演绎了“林暗草惊风，将军夜引弓。平明寻白羽，没在石棱中”的动人情节。（邓凤鸣）

飘然逸仙船头见（历史文物） 中山舰

谜面给人以美的启迪，使人步入桃源，仿佛见到伟大的先行者孙中山先生。谜底“中山舰”是历史的见证，英雄的象征。谜用人名借代和拼字法，以“逸仙”代“中山”，“船头（舟）”与“见”合成“舰”。“飘然”将人带入“神”的世界，怡然自得。（侯印）

秦王欲易和氏璧（猜银行用语） 同城交换

此谜底面照应，用典准确，使人联想到战国时“完璧归赵”故事。秦昭王之恣睢暴戾，蔺相如之正气凛然，一齐奔来眼底。射中这条谜

时，人们心里会涌出一种不可名状的惬意。（熊建光）

“从今走向繁荣富强”（打词牌名）　中兴乐

谜底“中兴乐”的“乐”仍读“音乐”之“乐(yuè)”，恰与词牌“合乐”。谜底应解为“中国振兴之歌(乐)”以扣合谜面。一想到《歌唱祖国》，联系这歌词，“中兴乐”便呼之而出了。（马中良）

说曹操，曹操到（打词牌名）　伴云来

此谜粗看只“云”字别解，细读越觉精彩韵味。谜面拢意扣底是“实对实”。两句联用平添出“一……就……”的关联语意，是“虚中见实”。同样，谜底也以“伴……而……”的关联语意相应，这样，“伴云来”便脱颖而出了。（马中良）

“夜来幽梦忽还乡”(词牌名)　莫思归

莫，通暮，莫思归，即是暮思归。暮色四合的将夜时分，起了回乡归家的思绪。这意境本身就如谜语，难以捉摸解答。暮思归，莫思归。一道谜语，也如一条缥缈蜿蜒的路，连接现在与当年，摇曳中见到自己青春年少，见到老师风华正茂。（郑立武）

“竹篱茅舍自甘心”（市名连称谓）　宁乡居民

诗作者借咏梅抒情明志，表达了为不受尘世的熏染，宁居乡野竹篱茅舍也甘心的意愿。谜以正面会意。谜底“宁乡、居民”原指湖南省宁乡市居民，经过顿读“宁、乡居、民”，别解为“宁为乡居村民”之意，与谜面“竹篱茅舍自甘心”相呼应。（彭梅）

子建因何称高才(叶圣陶作品)　《多收了三五斗》

子建，即曹植，谢灵运曾说：“天下才共一石，子建独得八斗。”此谜用典设问：“子建因何称高才？”底用数字相加会意扣合。将叶圣陶小说“多收了三五斗粮食”别解为“多收了三五（相加得八）斗才智”以扣合。一问一答，顺畅自然，颇有风趣。（赖浩明）

猜一猜，浏阳河弯过了几道弯（商业用语）　打九折

猜灯谜，又称“打灯谜”，故以“打”扣合“猜一猜”(此谜)，同义置换，乃属正解。浏阳河弯过了九道弯，以“九”回答“几”，一问一答，符合数理。弯，弯转，屈曲。折，引申为曲折，弯。词义引申，

入情入理。“打”中要害，十拿“九”稳，不“折”不扣。熟面熟底，问答得体，俗中隐趣，自然入妙。（丁培坤）

结同盟串供，沿洞中出逃（曲艺词二） 对口词、顺口溜

从谜理解读题面，串供是指“互相串通，编造口供”，是在一起统一、核“对”“口词”。口词，其词义就是“口供”。结同盟是前提，串供是结果，交代来龙去脉，扣出“对口词”。沿洞中出逃，就是“顺”着洞“口”“溜”走，意到神会。（丁培坤）

蔡九哥的锣打不响，刘大娘的锅补不全（花鼓戏）

《破铜烂铁》

谜以分段会意，很有风趣。蔡九哥、刘大娘分别是花鼓戏《打铜锣》《补锅》中的主人公。谜面抓住两个人物的身份特征，提出了引人思考的问题。为什么蔡九哥的锣会打不响呢？必然是铜锣打破了。刘大娘的锅为什么补不全呢？自然是铁锅太烂了。此谜猜“破铜烂铁”，十分贴切自然。底面照应，珠联璧合。（杨焕文）

小雀清风四处春（猜谜书名） 《枫林集》

为了纪念2006年去世的杨焕文先生，湖南省灯谜学会、长沙灯谜研究会刚出版了一本专辑《枫林集》。此谜“小雀清”即“雀”字清掉“小”余“隹”，风实着，“春”五行着木，四处春则着四个木，隹、风、四个木组成“枫林集”，真是恰到好处。（万建明）

祁奚缘何荐祈午（物理名词） 原子能

祁奚，春秋晋国大夫，字黄羊，祁午其子。时人称之为：“外举不避仇，内举不避亲”。谜底“原”别解为原由，“子”别解为儿子，“能”别解为“能胜任、可”。本谜采用问答形式，“祁奚缘何荐祈午？”原因是儿子能够胜任，一问一答，恰到好处。（万建明）

“怎么得了，哎呀我要飞跃”（军事词） 麻雀战

题句是毛泽东《念奴娇·鸟儿问答》中的精彩片断，触目谜面，已是诙谐幽默，趣不可耐；拈来为谜，更见滑稽而生趣。麻雀战，战，本义为“战斗”，谜中同“颤”，发抖，也解为害怕。此字看似轻灵，实具千钧笔力。作者涉笔成趣，让人读后忍俊不禁。（吉其厚）

“不要人夸颜色好”（四字气象名词）　　系留气球

面句出自元代王冕《墨梅》，采用启下法，以下句“只留清气满乾坤”来扣合谜底。因而“系留气球”这个气象名词原义尽弃，遂变成：墨梅不要人夸其好颜色。其用意系只留下清气在地球上面。原诗中乾坤本义为“天地”，今可理解为世界，亦即地球。（叶国泉）

“谁言寸草心，报得三春晖”（节日二）　　感恩、母亲

面取孟郊《游子吟》。全诗最后用一双关句，写出儿子对母亲的深情。句意是反问“谁说小草的嫩心可以报答三春阳光的温暖”，比喻子女难以报答母亲的情爱。因而谜底极其自然地扣合“感恩”“母亲”这两个节日名。（赵首成）

烂柯（五字官场现象）　　一把手腐败

谜作者移花接木，将本意为斧柯的柯（即斧柄）转化成“一把手”（一个把手），“一把手”即是“第一把手”。概念一经转换，底面扣合不但顺理成章。（周震康）

霹雳火、急先锋（花炮名词）　　电光快引

谜作者故设谜阵：先是让人看到霹雳火、急先锋两位英雄，引人入胜，然后，点燃电光快引花炮，噼噼啪啪，让人在“竹报平安”欢庆气氛中饱享谜趣！霹雳，雷电也；火，必有光。急，快也；“先锋”有引领作用。于是，花炮“电光快引”引爆了。（许友金）

走马庋词前，不俯视也不仰视（江苏非遗）　　平望灯谜

此谜颇富哲理，望之平正，不偏不倚，处之淡然，孜孜求趣，乐在其中。作者用“平望灯谜”和“常熟灯谜”来形容自己的灯谜观，“平望”是对灯谜的心态，“常熟”是创作取材的常态，“趣味”就是美学追求的“神”态。（丁培坤）

“一篇读罢头飞雪”，回首读书无用时（戏曲名词）　念白

此谜寓教于谜，读之想到“少壮不努力，老大徒伤悲”。广告语有云“你的衣服是洗白了还是白洗了”，斯谜也有此回文之妙，让人感慨人生是念着念着就白了还是当年不念白过了。业精于勤荒于嬉，这条谜是有振聋发聩的教育意义的。（尹海军）

白蛇试灵芝，炎帝尝百草（药管法名词） 精神药品

“白蛇试灵芝”与“炎帝尝百草”两则传说，妇孺皆知。白素贞是千年蛇精，炎帝神农氏是民间神祇，分扣“精” “神”；而“试”“尝”正是品之义，“灵芝”与“百草”乃药无疑，“精神药品”和盘托出，不枝不蔓，字字落实。 （方建国）

当官不为民做主（猜小吃名二） 烧卖、烤红薯

读此谜仿佛又见到不畏权势的七品芝麻官形象。作者匠心别具，将“烧卖”二字，名词动化，不着痕迹。“当官要为民作主”，作者的良苦用心，也在字里行间透露出来。 （陈斌）

小米二字有变化（猜食品名） 粽子

谜面“二字”故弄玄机，以“小米”使人误入歧途。一旦抓住“二字”，茅塞顿开。谜用重新组装法，即把“小米二字”拆为“米、宀、子、小、二”五个字素，重新拼装成“粽子”，作为谜底。 （侯印）

前后挖蛀虫，周围有说法（水产品） 螃蟹

谜面写反腐倡廉，而谜底“螃蟹”，古今“谋皮”罕见。面与底风马牛不相及，别具情趣。请看：前后两个“（蛀）虫”挖掉，“螃蟹”便剩下“旁”人“解”说，这不是“周围有说法”吗？ （侯印）

《为人民服务》（猜集邮品名） 毛泽东纪念张

“毛泽东纪念张”为邮品。《为人民服务》一文乃谁作？答曰：毛泽东。为谁而作？答曰：张思德。毛、张二姓俱踏实到人。至此，“毛泽东纪念张”，只能有这个谜底。邮友称绝，谜友称奇。 （刘啸）

同喜迎春花自芳（香烟商标） 红人参

作者从《红楼梦》中拈来三个人物作面，连接自然，不露斧痕。谜底“红人参”原为烟标，是偏正结构的名词。这里顿读为“红人、参(参通叁)”，转化为名词和量词，巧妙地扣合谜面。 （龙汉德）

身负重任，替父从军（花卉名） 荷花木兰

此谜把“木兰从军”的典故浓缩于谜面，会意扣底。底顿读为“荷、花木兰”，“荷”读音由阳平转为去声，由“荷花”变成“负荷”，扣合“身负重任”，“花木兰”直指英姿飒爽的巾帼英雄。 （邓凤鸣）

格物致谜

——用格谜、即物赠谜

用格谜选

延安百姓同唱雁南飞（探骊格） 陕北民歌《信天游》

注：此格不标谜目，须根据谜面联想，将谜目谜底一同猜出。

三湘百姓唱红九道湾（探骊格） 湖南民歌《浏阳河》

宜以书面邀金边（探骊格） 应用文 请柬

“时令不好风雪来得骤”（探骊格） 节气 大寒

咱爸咱妈，风雨同舟（科学家·回文格） 严济慈

“运筹帷幄之中，决胜千里之外”（党史名词·回文格）军管会

射虎未设奖，隐者自怡悦（谜坛公众号·回文格） 猜无锡

“唤醒百花齐开放”（运动员·白头格） 鲍春来

老传达婉拒外来客（长沙地名·白头格） 南门口

禁止募款当消费（花卉·玉带格） 杜鹃花

风吹稻花香两岸（作曲家·玉带格） 谷建芬

“聚到多时眼闭了”（人文景观·粉底格） 丰都鬼城

天波府杨洪年迈（称谓·卷帘格） 老人家

下里巴人是吾师（学科名·卷帘格） 民俗学

国营巴士全靠站（成语·卷帘格） 坐无车公

天心阁上远行客（成语·卷帘格） 人去楼空

霓虹灯下的哨兵（歌曲·卷帘格） 《军港之夜》

“我家过去比你家阔多了”（地理名词·卷帘格） 云贵高原

断了子孙粮，子孙诉公堂（口语·卷帘格） 恶人先告状

年底约会二姑娘（2 字小说名·碎锦格） 《青瓷》
天心阁上话大款（成语·掉尾格） 高谈阔论
不是老友不近乎（成语·双钩格） 非亲非故
“但愿长醉不愿醒”（水果名·徐妃格） 柠檬

即物赠谜

笨（五字高考祝福语） 个个上一本
伦敦奥运馆，相约牵手见（带量食品） 一碗拉面
集体智慧胜强敌（带量食品） 一块巧克力
囊中羞涩处（带量日用品） 一个钱包
白娘子确实盖世无双（水果带量） 蛇果一个
正月十五望月圆（食品带量） 元宵一盘
二把手摔跤取胜（带量文化用品） 一副扑克
李笛重组出成果（水果带量） 柚子两个
信哲惠妹宝岛汇款（带量收藏品） 两张台湾邮票
孔明周瑜亮手掌（带量日用品） 两对打火机
双休日送情侣观摩券（凭证带量） 假发票两张
诸葛亮锦囊妙计退强敌（带量食品） 三包巧克力
东西南北不断寄钱来（藏品冠规格） 四方连邮票
秦香莲拖儿带女见青天（带量食品） 三个面包
全球水域知多少（带量货币） 四块大洋
相声笑话趣味谜（带量饮料） 三听可乐
再相逢于重点高校(书名带量) 《第二次握手》一本
桃李梅含笑迎春（带量礼品） 五朵花
海峡两岸看通航（带量摄影用品） 陆台相机
仙女下凡姐妹散（带量货币） 七美分
夫妻同看春牛图（带量美术作品） 两张年画
看锦绣河山美如画（带量旅游用品） 一张中国地图
两个两个手拉手（带量文化用品） 一对对联
配对打牌总“筐瓢”（带量水产品） 两个螺头

工青妇华夏联谊（带量文化用品） 三个中国结
文龙案前观密件（带量文化用品） 陆台相机
六一刷卡客满意（商品冠商标） 柒牌西服
打小形影不离，甜水里生甜水里长（带量食品） 一块大大泡泡糖

注：以上物品谜，现场谜会猜射时，多标目为“即物赠”。即对猜中者皆以谜底之“实物”作奖品相赠。

附：师友点评

三湘百姓唱红九道湾（探骊） 湖南民歌《浏阳河》

探骊格灯谜不标谜目，由猜谜者根据谜面提示将谜目谜底一同猜出。此谜从百姓心声出发，引大家共同“探骊”，“三湘”而“湖南”，“百姓”而“民”，“唱”而“歌”；从而探出谜目为“湖南民歌”“，九道湾”是浏阳河的显著特征，从歌词得出谜底《浏阳河》。（许友金）

咱爸咱妈，风雨同舟（科学家·回文格） 严济慈

父母组成家庭，宛在一条船上，天有不测风雨，彼此应同舟共济。解谜时，“严”指父亲；“济”作渡解，也可解作救济、救助；“慈”指母亲。谜底依格读成“严济慈、慈济严”，与谜面“咱爸咱妈，风雨同舟”相扣。此谜写尽了天下夫妻、父母、家庭、社会互助互爱的美德，是深入生活，认真思考的力作。（赖浩明）

断了子孙粮，子孙诉公堂（口语·卷帘格） 恶人先告状

文从字顺，寓意警策，扣合精准，格助谜活，这是本谜给人的初步印象。细细琢磨还有两点值得称道：“子孙”两字的故意重复，“粮”、“堂”等同声开口音的句末连用，是面句音节回环、朗朗上口的只可意会的原因；卷帘后的底文与原底文义相隔甚远，趣味无穷，这正是谜坛高手使用卷帘格的期盼效果。（熊建光）

葫芦那年六十岁（人生感叹语·白头格） 熬到退休了

书斋美名葫芦居，自号葫芦敖老师；退休时年六十岁，一往情深为谜痴；读谜感叹悟人生，万事需熬我自知。（孙胜利）

年底约会二姑娘（二字小说·碎锦格） 《青瓷》

依格“青瓷”拆为“十二月、次瓦”，十二月扣年底，次扣二，由“男弄璋、女弄瓦”之典，常以“瓦”扣女，故“次瓦”扣二姑娘，而小说《青瓷》并不为大家所熟知，猜射有点难度。 （万建明）

秦香莲拖儿带女见青天（即物赠） 三个面包

所谓即物赠，就是根据谜面的意思，猜中什么就奖什么。“秦香莲拖儿带女”共三个人，故扣“三个”；“见青天”扣“面包”。这里“面包”变成了动宾词组，即“面见包青天”之意。包青天就是有名的清官包拯，人所共知，故“青天”可以扣“包”。 （刘鹏展）

全球水域知多少（即物赠） 四块大洋

此谜一问一答。学过地理的人都知道，全球有五大洲四大洋，四大洋即太平洋、大西洋、印度洋和北冰洋。大洋，又是我国旧时银元，称现大洋、洋钱。此谜用“大洋”的歧义别解，把水域“大洋”变成货币“大洋”，谜趣盎然。 （蔡祖德）

相声笑话趣味谜（带量饮料） 三听可乐

谜面通俗易懂，三种文艺样式排列，叫人高兴。可是，谜目“带量饮料”却让人垂涎中不免胆怯——吊人胃口，这是此谜第一特点！其二，明白的“三”个样式，如散文“形散”一般，不离一个“中心”——“乐”。其三，“量”从何来？谜面“相声笑话”都是“听”的，这“趣味谜”现场报猜呢？“三听”就齐了。 （许友金）

秋前设下埋伏圈（即物赠） 夏布包

夏布包是浏阳特色产品。其小巧玲珑，携带方便，深受女士喜欢。而猜中获奖的恰巧是位女士。谜以分段扣合。秋前为夏，设下即布置，埋伏圈当然是包围啦！整个谜思路清晰，流畅自然。 （刘鹏展）

再相逢于重点高校（小说带量） 《第二次握手》一本

现在对高校录取通常分为三类：一本、二本、三本。第一类通常指重点本科院校，俗称一本。而谜底是数量词一本。把数量词转化为专用名词，正好和谜面重点高校扣合。谜中，第二次握手与谜面再相逢扣合，恰到好处。 （刘鹏展）

虎色斑斓
——花色谜选辑

（1）几何图形谜：有方格谜、圆圈谜及特殊图形谜。底面扣合时，谜底带“方、格、圆、环、角、梯”等附加字。

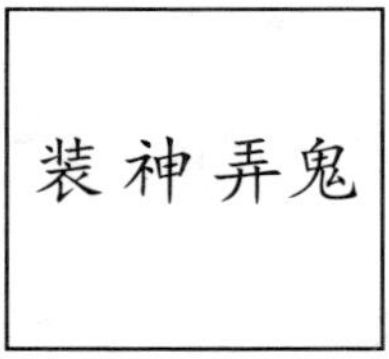

（游戏名）玩魔方

（成语）贻笑大方

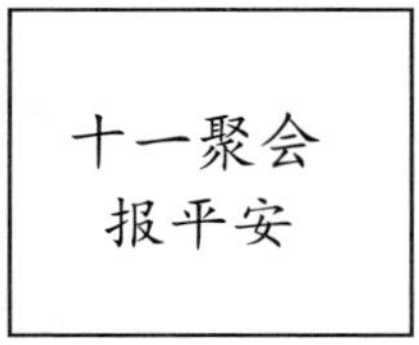

（长沙地名）四方坪

（天文词）环形山

（网络词）微信朋友圈

（组织名）共青团

（外交词）多边会谈

（长沙地名）八角亭

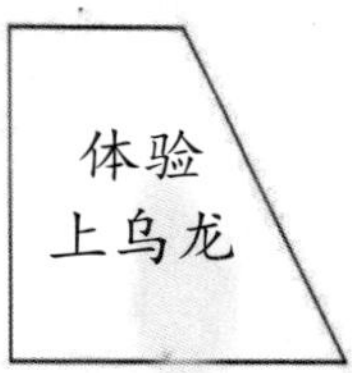

（李白诗句）身登青云梯

（2）**书法谜：**与文义谜扣合相同。另添加“书、笔、写、字、墨、篆（秦文）、隶（汉书、汉字）、楷、行、草”等附加字。

老农牧歌日落时

（四字成语）有辱斯文

千年学府

（作家称谓）笔名老舍

第一师范

（文学史名词）先秦文学

打俐

（书法名词）米字格

九五之尊

（古人称谓）汉文帝

星空日落

（模范教师）魏书生

独坐幽篁里

（四字歌曲）一封家书

如是之身

（书法名词）柳体字

鲜话

（歌剧名）草原之歌

一人吃饱
全家不饿

（人事用语）隶属单位

(3) **印章谜**：除底面扣合外，谜底应带有“印、章、金、石、玉、玺、雕、刻、镂、铭、盖、阴、阳、朱、红、白”等附加字。

（医学词）亲子鉴定

（成语）顺理成章

（赣地名）瑞金

（成语）锲而不舍

（鲁地名）章丘

（奥运新闻）夺金时刻

（中药名））阳起石

（穴位）印堂

（建材）流泥井盖

以上治印：王仲苗

(4) **标志谜**:了解常用标志的含义，加相关附加词猜出谜底。

（音乐词）休止符

（网络词）识别码

（质检用语）禁止超标

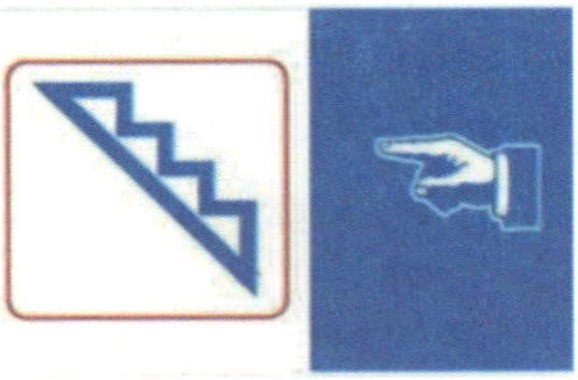

（行政用语）上级指示　（球类用语）反拍　（离合字）手莫摸

（成语）高不可攀　（化学名词）阻燃　（口语）小心眼

(5) 邮品谜：底面扣合，谜底附“邮、票、花、信、封、方”等字。

2.（地名三）

谜底：美姑、腾冲、高邮

1.（即物赠）　谜底：56 朵花

3.（离合字）谜底：瓢瓜票

《风采》字谜扑克集锦

JOKER
几将离合成文虎
虔
JOKER

A
爱心维系椿萱茂
荣
A

2
幸闻牛女一相逢
姓
2

9
星光日落共生辉
军
9

10
疏篱掩映水清浅
笺
10

J
伊人清水出芙蓉
菏
J

5
每来海上招鸥鸟
沤
5

6
好像前头有好人
象
6

7
蜻蜓蝴蝶先勾上
蜀
7

A
云帆直挂向西洋
法
A

2
中国排球上顶峰
主
2

3
班门弄斧精何艺
杠
3

10
几抬大轿众相捧
欲
10

J
花前湖畔两相依
满
J

Q
怀春湘女泪潸然
娄
Q

6
一声叹息化岩灰
碳
6

7
水月无边古洞庭
湖
7

8
摇旗听好是红旗
郝
8

4
人居府内难清廉
腐

5
含羞遮丑人装假
佯

6
手伸向上摘梨花
攀

K
接连出示鬼花招
祟

A
残月孤星映上苍
芦

2
夹缝中知道路曲折
之

9
灯火阑珊谜迷散
订

10
买卖两清断桥头
十

J
旧时无日不言诗
寺

3
桃源首现春光浴
沐

4
千载一逢有几人
凭

5
“荷露虽团岂是珠”
池

Q
丽君先后绣球抛
琇

K
银杏何曾开金口
根

A
分明一去三十载
萌

8
心随蝶影暗生情
恋

9
所以插了一杠子
六

10
学声松鼠老是窜
穴

6
前前后后摘豇豆

7
两个苦瓜结连理

8
激动得无语泪先流

2
山鹰折翅广流传

3
鹳鸟飞来湖畔伫

4
古树村落杉木凋

J
晚来一点日西沉

Q
故态复萌心犹在

K
悟能行者会唐僧

7
三人结伴上前头
焱
7

8
三打哈皆大欢喜
筷
8

9
挥手一甩钩儿断
拥
9

3
岳麓采风蓝韵味
岚
3

4
闽中巧匠架天桥
虹
4

5
超凡夕照一飘红
殊
5

Q
西江暴涨飞流下
瀑
Q

K
十分得体正张弓
射
K

JOKER
与君同处自珍摄
龚
JOKER

附：师友点评

印谜：为人师表（文牍用语） 盖章生效

印文系成语，本意指教师在品德学问方面成为学生的榜样。“生效”本是动宾词组，意谓产生效力；入谜转为主谓词组，作“学生仿效”，转换陈述对象，关映印文本意，别解生趣，耐人品味。表性词“盖”“章”连用，与“生效”浑然一体，天衣无缝。既合乎谜理，也顺乎文意。

（方炳良）

印谜：桃李梅含笑迎春（电影）《五朵金花》

桃、李、梅、含笑、迎春”均应看作“花”名，“金”为“印章(金石)”谜的附加字。赏之韵味悠长。这韵味是：桃李梅唯其“含笑迎春”，才表明三者不是树而是三花，树既以着花，作者又巧运神思，将其作意念上的平列组合，使得“含笑”“迎春”并入名卉之列。鬼使神差，导得读者思想团团回转。民谚所谓“辅车相依”“相辅相成”者，此谜之谓也。（马中良）

印谜：才抵蓉城（电影） 《金刚川》

印文为“才抵蓉城”，“蓉城”者即四川成都，因五代十国后蜀国主孟昶于成都城内遍种芙蓉花得名。“才抵蓉城”，意谓刚刚到达四川成都，依文义扣合“刚川”二字。然后于其前添“金石谜”之专用附加字之一“金”构成完整谜底“金刚川”。

电影《金刚川》是为纪念抗美援朝七十周年而拍摄的影片。此谜深入浅出简洁明了地扣合，又契合时事，更适合猜射。（贺永红）

照片谜：

（猜香港回归名词）

舞照跳

谜底“舞照跳”，香港回归政策内容之一。为之搭配的，是一幅舞狮子照片。

此谜精妙之处在于，摄影者的快门抓取到了两个舞狮人高空腾挪跳跃的精彩瞬间，一个“跳”字顿时跃然纸上，不露痕迹顺理成章；而“照”字正好体现照片谜特点，毫无硬凑的违和感。“舞照跳”字字别解，动中有静，静中见动。面底互呼应，正能量满满，算得上颇具亮点的成功之作。（尹海军）

照片谜：

老父亲（交通名词） 考驾照

“照片谜”会在根据照片中的素材依照灯谜思维扣合出“基本义"基础上，再加上附加词如“照”“片”“拍”“摄”“影”“图”“相”等，组合成完整谜底。

这幅照片题为《老父亲》，一位坐在轮椅上背影略显落寞凄清的老人，他似乎努力想独自操控这架轮椅车载他去往远方……却只能在这方寸之间艰难地腾挪辗转，不禁让人唏嘘光阴流逝，年华易老。谜目为“交通名词”，由照片内容直接会意老人是在“驾”驭这台轮椅车。从配文“老父亲”扣出“考”字。《尔雅》载“父为考”，古时“考妣”为父母在生时的称谓，只是到现代才以“考妣”特指去世的父母。加上附加字之“照”，遂得谜底“考驾照”。（贺永红）

书法谜：清场（成语）　　斯文扫地

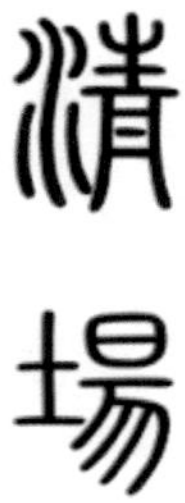

“书法谜”是指在文义谜扣合基础上，谜底中加入“笔、毫、写、字、书、篆、隶、行、楷、草”等相关字词，组合成完整谜底的花色灯谜形式。本谜谜面是书法小篆体的“清场”二字。在秦始皇统一六国之前，列国因为长期分离战乱使用的文字各有不同。秦始皇统一六国后，命丞相李斯整理修编全国统一使用的原秦文为主体的“小篆”文字（秦文）。这是历代史学家公认秦始皇最大的功绩之一，也被认为是统一的中华文明得以延续传承至今的重要原因。“小篆”也被称为“秦文”，因为是李斯所整理，故而亦可别解成为“斯文”。在了解这一段掌故后，此谜谜底也就呼之欲出了——“清场”可正面会意别解为“扫地”，故得谜底“斯文扫地"，是不是很有喜感？　　（贺永红）

扑克牌谜：（籍贯连昵称）　　双牌小王

“扑克牌谜”是指出谜者以扑克牌卡片摆出相应造型，猜射者依据牌面特征如点数、花色、甚至相关位置等等，依照文义谜规则扣合出一个“基本义”，再加或不加相关联的附加字（如牌、片、卡等）组成符合谜目的完整谜底的一种“花色谜”形式。在灯谜之外，引入了诸如“花色”“数字”“造型”等新元素。

再来看本谜，谜面牌型是并列的两张黑白小丑牌 JOKER，中国人通常叫做“小王”或者“小鬼”。谜目是“籍贯连昵称”，故依据谜面牌型信息可按“文义谜”扣合会意得出“双小王”的“基本义”，再加上附加字“牌”即成完整谜底“双牌小王”。　　（贺永红）

《风采》字谜扑克简评

敖耀寰先生的字谜扑克，有人物、动物、植物、风景等。人物神采奕奕，动物栩栩如生。景照得好，谜也造得好。

先说景。有的构图奇特，角度刁钻。有的景物瞬息万变，很难拿捏。拍摄能恰到好处，实属不易。“古树村落杉木凋”，这样的近景实难拍摄。小鸟似乎知道有人拍它，正在犹豫飞还是不飞。也罢，就摆个 pose 吧！还有“蜻蜓蝴蝶先勾上”“心随蝶影暗生情”“学声松鼠老是窜”等，都属于这种情况。

又如“闽中巧匠架天桥”中的霓虹，颇为壮观，有虹又有霓。还有“超凡夕照一飘红”等也与此类似，属于可遇不可求的景象。

说“张弓”有“张弓”，要“断桥”有“断桥”。说明照片作者平日十分注重素材积累。

“激动得无语泪先流（字）放”。这是敖耀寰先生的早期作品，也可以说是成名之作。这次集结成扑克牌自然不可遗忘该谜。

“伸手向上摘梨花（字）攀”。乍一看，该谜似乎是外附格，即一些谜人所称的“化格”。其实该谜与谜格一点关系都没有。“梨花”是指古代的樊梨花，纯粹地以名代姓。回归正宗，该谜功不可没。

字谜扑克，谜底在牌中都已揭晓，主要用于欣赏。　　（孙桂秋）

谜坛杂吟

晋江第 13 届（英林）侨乡谜会

唐人故里集春灯（活动名称）　　侨乡谜会

谜手观灯喜气盈（《水浒传》人诨号二）　　打虎将、笑面虎

搭箭张弓一卮酒（中药名一）　　射干

台前射虎留英名（五字口语）　　不打不相识

参加浏阳市楹联协会年会有感

天马道吾山景丽（湘地名二）　　双峰、华容

淮川集里市容新（长沙地名二）　　浏城桥、通泰街

名河美曲人陶醉（带量饮料）　　一听可口可乐

一返故园百感生（唐诗目二）　　《回乡偶书》《游子吟》

为“抗震救灾”作诗谜

河山剧颤我心颤（地震名词二）　　中强震、余震

重震殃及百姓家（成语）　　强人所难

强忍悲伤来救灾（四字常言）　　排忧解难

再生有幸感中华（外国名著连作家）　　《复活》托尔斯泰

题中国谜语第一村青林寺村

神州廋隐句，最早出山乡。碧树葱茏处，寨前现佛光。

为中国第一位女宇航员刘洋谋芳名谜

白头居海外，赤水唱湘风。印度迎宾客，西文利后生。

咏世界自然遗产二题

支首正相思，兴波水好时。岛山相与伴， 名录世遗知。

鼓浪屿

溯源巧克力，产地非东邻。客户多称赞，行行诺诺声。

可可西里

咏灯谜书刊名四首

足下林间小心转，迎春含泪近闻香。

人多迷信言多失，鸳鸟化为花下藏。 《楚湘谜苑》

美金兑换为稀有，目睹西邻离盛京。

驱散山岚虎啸处，春光指点自迷人。 《镁都风采》

帐前推出百夫首，公案放松平静时。

断水抽刀浏览处，几多思虑费心思。 《长安文虎》

耳畔重闻知贵姓，国中齐上仰尊名。

人生如戏歌如海，笔底春秋别样情。 《聂玉文演唱文辞》

"葫芦谜城"谜题选

倾心教子从文去，岁末年终鱼米收。

莫道乌蒙方寸地，爱心点点与君留。（作品） 老鳞墨宝

每涨潮先上海滩，行前变动一时间。

英伦帆乱如粥搅，旗举滁州州复还。（名言） 难得糊涂

心萦华夏意虔诚，半老头儿教半生。

广揽兼招怜诵读，即如君子尚清明。（成语） 忠孝廉節

政务开明约束治，同来共济洞游时。

先人俨父言犹在，吹竹箫声诉与知。（成语） 整齐严肃

豹尾狸头雪地藏，辖区车出祸难当。

天方作证言犹在，璞玉重围困我邦。（新词） 霾害误国

肖首孩儿乃后学，服装时尚正流行。

金山寄语多吟咏，示意城头听射声。（团体）　子衿诗社
打虎将无心出名，白花蛇合照汗青。
戴院长神行穿甲，铁叫子笛声欢迎。（祝语）　中秋快乐

“四美”咏叹调

河畔沉鱼因浣女，宫中负重为吞吴。
急流勇退寻真爱，偕与蠡郎泛五湖。　西施
绝色姿容惊落雁，和亲道上历艰辛。
琵琶独奏明妃曲，胡地同怀汉美人。　王昭君
貌若天仙犹闭月，能歌善舞惹人怜。
巧除汉贼连环计，不亚须眉气凛然。　貂蝉
丽质羞花宠帝家，偏不自爱纵骄奢。
马嵬坡下猢狲散，玉殒香消落照斜。　杨玉环

咏浏阳农家特色菜五题

连斟三碗喝不停，好比乾隆品玉羹。
美女肌肤乡里菜，一方水养一方人。　豆腐脑
愿者上钩入网罾，浏阳百姓碗中珍。
烟熏炭烤金黄色，更有手撕曰正宗。　火焙鱼
萝卜蔬叶同为料，巧妇瓮坛各逞能。
惬意清心调口味，翠花也得让三分。　酸菜
草地林间乌发童，谢恩跪乳唤娘亲。
招摇过市连成串，不炖粉皮味不中。　黑山羊
白沙食品素闻名，致富农民带进城。
贤惠廖妈高手艺，赛过西施胡玉音。　豆腐乳

咏物谜

大红大紫开，加冕气萦怀。高调清晨唱，夕阳色相衰。鸡冠花
紫白青红靓，晶莹剔透奇。说酸常忌妒，爱食不吐皮。　葡萄
满山一片红，树树挂灯笼。青涩变成熟，闻声是紫铜。　柿子
若芒刺在背，遭踩踏现形。待金蝉脱壳，犹玉体裹绫。　板栗
外刚内润柔，脑袋光秃秃。坚壁开金矿，欲从夹缝求。　核桃
果白药性强，扇叶竞凌霜。此树原稀有，如今尽扫黄。　银杏
元帅号天蓬，随风下宇穹。头盔坚泛绿，胄甲亮呈红。
玉质惊鲜品，金身惧腐虫。落荒狼藉处，收拾待秋翁。　板栗
冻土孕生机，喜雨催舒展。赧颜卸素妆，玉体皆惊羡。
自幼处幽篁，君子常相伴。何谓腹中空，虚怀节高赞。　竹笋

词谜二首

——咏《红楼梦》人物

【蝶恋花】险恶江湖罗网布，案判葫芦，府尹缘何故？主子升堂门子阻，护官符里衷情诉。　献媚求荣还俗路，患难之交，小鸟依高树。讵料充军终受苦，聪明反被聪明误。

（葫芦僧）

【蝶恋花】两袖清风生傲骨，遥想当年，志远心高瞩，难忘穷酸艰苦处，葫芦庙里留诗束。　遭贬复职多变故，万缕千丝，情网谁能触？可叹为官贪且酷，轮回上演今无数。

（贾雨村）

谜联融趣

贺第三届台湾谜学大会

高谜神射手（赛事） 雅典奥运会

雄虎宝莲灯（汉诗目） 《大风歌》

除夕迎春 1991 年

一声礼炮辞旧岁（动物） 响尾蛇

数点梅花报新春（成语） 指鹿为马

赠谜长 2001 年

十年面壁虔诚意（人名） 沈志谦

万里思乡锦绣文（人名） 杨梓章

贺银川谜会 2003 年

远山秋水隐约现（赛事） 银川谜会

文虎春灯面目新（常言） 风格鲜明

贺晋江“园丁杯”首届校园谜赛

铁棒神针藏水府（地名） 安海镇

金樽美酒敬秋翁（赛事名） 园丁杯

为费之雄先生生肖联配谜

（1）首席当居能制象（山西地名） 长子

洞房生就喜迎鸾（酒名） 孔府宴酒

（2）跳跃初生无畏怯（三字昵称） 小老虎

勤劳毕世耐艰辛（唐诗篇目） 《长干行》

（3）长啸一声惊百兽（《黄河大合唱》一句） 风在吼

雄风四起压千邪（宋诗篇目） 《正气歌》

（4）扑朔四肢驰迅捷（兰亭序一句） 快然自足

迷离双眼性温柔（成语） 脉脉含情

（5）兴云神物人中杰（共和国将军名） 王震

唤雨精灵海底王（建材配件）　　水龙头
（6）奉呈赤胆神光炯（三字新词）　　献余热
脱卸银装岁序新（《水浒传》人名冠诨号）　　白花蛇杨春
（7）振鬣长嘶芳草地（《黄河大合唱》一句）　　马在叫
奋蹄远骋碧云天（卷帘、世界名曲）　　《马赛曲》
（8）带头犹可防歧路（服装名词）　　正领
跪乳还当报育恩（二字民俗）　　拜堂
（9）巧摘仙桃祈寿永（水果名）　　长生果
高擎金棒现神通（三字俗语）　　打光棍
（10）文武双全标五德（电影奖项）　　金鸡奖
勇仁兼备信三鸣（宋代人名）　　高怀德
（11）效忠从不嫌贫贱（《滕王阁序》句）　　穷且益坚
受宠犹能保吉安（机构简称）　　爱卫会
（12）美肴盛宴满身宝（《水浒传》人名·白头格）　　朱贵
致富兴农弥足珍（《水浒传》人名·白头格）　　柴进

浏阳地名联谜

（1）踏春香集里　　栽树成大观　　步芳桥　植物园
（2）秋叶染山红岳麓　　夏莲濯水美西湖　　枫林　荷花
（3）蛇若咬人掐七寸　　话无知己讲三分　　镇头　关口
（4）图书行业展销会　　农贸市场经纪人　　文家市　集里桥
（5）炎帝隐居天马寨　　先贤屡聚大操坪　　神农山庄　才常广场
（6）衣来伸手饭来张口　　雁过留声人过留名　　丰裕　普迹

汕头濠江地名联谜

（1）妙哉一再梅花弄　　足矣双双喜雨台　　三奇巷　四脚亭
（2）兴会文人来孔庙　　冤囚老父进阿房　　集圣寺　关爷宫
（3）两股清流出古刹　　一洲美墅映幽塘　　双泉寺　陆厝池
（4）道观堂前观霓彩　　佛师庙里觅灵方　　霞美庵　妙法寺

（5）出手擂砖犹雨点　挥毫落墨画峰梁　　拳头石　笔架山
（6）工作视察游港口　贤才招纳顶珊瑚　　巡司埠　进士礁
（7）泥衔窝筑檐隅土　云涌风掀海岸沙　　燕鸟角　龙虎滩
（8）允在门前装猫眼　闪如峰顶过飞禽　　许家洞　掠鸟山

长沙地名歇后联谜

（1）封山造林（树木岭）　刻舟求剑（捞刀河）
（2）保家卫国（司门口）　策骑登台（走马楼）
（3）甘泉喷涌（白沙井）　浊浪排空（清水塘）
（4）神也佛山（阿弥岭）　美哉南岳（妙高峰）
（5）百花齐放（文艺路）　道不拾遗（太平街）
（6）驹放南山（马坡岭）　犊逐清水（牛角塘）
（7）道倡文明（德雅路）　兵扎闹市（营盘街）
（8）赤峰访祖（张公岭）　重庆观光（望城坡）
（9）国道施工（劳动路）　红岩打仗（赤岗冲）
（10）常对门墙（老照壁）　初张鸿运（新华楼）

北京名胜歇后联谜

（1）壮岁有为（中南海）　午间无雨（正阳门）
（2）百姓督学（国子监）　四方流浪（画中游）
（3）泰山封禅（帝王树）　陋室拒客（居庸关）
（4）金銮集典（藏经殿）　铜雀锁娇（储秀宫）
（5）车过红灯（撞道口）　岁临除夕（上方山）
（6）佛山住持（东岳庙）　别墅贵客（西洋楼）
（7）龙庭奏乐（悦心殿）　虎苑商灯（谐趣园）
（8）深山古寺（白云观）　黄瓦红墙（紫禁城）
（9）如来祖庙（卧佛寺）　似见高雄（观象台）
（10）便临君第（恭王府）　仙降大营（神武门）

咏体育项目联谜

因特世界　捕捞珍珠　（网球）
臂间滚汗　掌上明珠　（手球）
夜阑私语　香软温词　（柔道）
无言以酬　有的放矢　（射箭）
率先牵手　抵足相交　（摔跤）
十分体贴　二上嵩山　（射击）
驻留西部　星挂东方　（马术）
珍珠宝塔　苹果地摊　（垒球）
台前驻足　路上出招　（跆拳道）
短兵相接　拍板成交　（乒乓球）
雁过拔翎　请君光临　（羽毛球）
投入方为胜　三分赞技高　（篮球）
二传接力棒　重扣铁榔头　（排球）
履迹遍天下　头功破铁门　（足球）
汗珠盈笑脸　雨露泻团荷　（水球）
铁肩担道义　巨手擎双峰　（举重）
高足精点射　一棍探骊珠　（棒球）
看针锋相对　闻鼓角争鸣　（击剑）
一把手抓紧　两对头亮招　（拳击）
水面刀光掠　日休荡小舟　（皮划艇）
状思疑问号　歌谱糖葫芦　（曲棍球）
他人不劳驾　一己任奔驰　（自行车）
游子跨海峡　鲤鱼跃龙门　（跳远、跳高）
神州总快进　河内原紧跟　（中长跑、越野跑）
冲破牢笼去　前赴后继跟　（跨栏跑、接力跑）
军师旅跃飞天堑　关汉卿自诩通才　（三级跳远、十项全能）
华容道诸葛设关卡　长坂坡张飞布疑兵　（障碍跑、马拉松跑）

为笑话小品配谜

世界纪录

冠军运动员因患重感冒卧床不起，医生告诉他发烧了。

他问道："体温多少度？"

答："四十一度。"

运动员忙又问："那么世界纪录是多少？"

请以"冠军运动员的心思"，猜四字口语。　　谜底：想破了头

糊涂爸爸

妻："你怎么把别家的孩子接回来了？"

夫："没关系，反正星期一早晨就把他送回托儿所。"

请以"星期一还人"，猜成语二。　　谜底：周而复始、返老还童

不愿伤"心"

妻："常言说：抽烟伤肺，喝酒伤肝，你把它们都戒了吧！"

夫："不让我抽烟喝酒我要伤心，'心'比肺肝更要紧。"

请以"三权之下取其心"猜口语二。　谜底：没肝没肺、无关紧要

求婚

男："我心里只装着你一个人。我们结婚吧，亲爱的小张。"

女："我不叫小张，我是小李。"

请以"求婚方知才相识"，猜五言唐诗一句。　谜底：问姓惊初见

这是镜子

“这幅画里的女人丑死了！

“别嚷嚷，你看到的是镜子。”

请以“本人照镜子”，猜考核用语。　　　　谜底：自我鉴定

疏忽

顾客：“你们卖的酒怎么没酒味呀？”

服务员接过一闻：“对不起，我忘了给你掺酒了。”

请以“忘了掺酒卖得啥？”猜三字饮料名。　　　　谜底：纯净水

迷路的孩子

“你住在什么地方？”

“我不知道，我们今天搬家了。”

“你爸爸叫什么名字？”

“这我不知道，我妈妈今天又结婚了。”

请以“连问小孩两不知”，猜《秋声赋》一句。　谜底：童子莫对

X 长的朋友

“听说你有许多好朋友，请问到底有多少位？”

“现在说不准，等下个月我离退下来后，就可以告诉你了。”

请以“现在说不准”，猜语文名词 3 字。　　　　谜底：歇后语

同时进的货

“这鱼不如我上星期买得新鲜！”

“胡说！这鱼和那鱼一样新鲜，是同时进的货。”

请以“直言相告”，猜成语二。　　　谜底：鲜为人知、齐头并进

催眠新术

“宝宝深更半夜还不肯睡觉，求求你起来给他做个报告。”

"小孩子怎么听得懂报告？"

"因为只要你一做报告，听的人就睡着了。"

请以"报告有催眠作用"，猜四字常言。　　　　谜底：解决困难

怎么老是你

英语老师问一个学生，"How are you 是什么意思？"

学生想 how 是怎么，you 是你，于是回答："怎么是你？"

老师很生气。又问他："那 How old are you 是什么意思？"

这个同学想了想说："怎么老是你？"

评：译得字字落实！猜成语二。　谜底：言必有中、不过尔尔

伤心的理由

小学开学了，刚满七岁的东东不愿到学校去，妈妈对东东解释，法律规定小朋友满了七岁就要上学，一直到十五岁。最后东东坐下来，含着泪对妈妈说："到我十五岁的时候，你会记得来接我吗？"

评：有趣。替妈妈回答："那时候的事，就说干啥？"

请猜《智取威虎山》道白一句。　　　　谜底：八年了，别提它了

沉醉

艾美和我到西班牙旅游，我们沉醉于当地文化之中。有一天，我们走进一家挂满漂亮大衣的服装店，我们随意试穿衣服，两个店员用古怪的眼光盯着我们，使我们感到很不自在。终于，一位会讲英语的顾客向我们解释："对不起，这是干洗店。"

评：好想"沉醉"一回。猜 8 字常言。谜底：爱怎么着就怎么着

拒不交代

法官审问窃贼："你老实交代，是怎么打开那个保险柜的？"

"这可不能告诉您，法官先生。"窃贼说，"因为本庭在座的说

不定就包括想吃我这碗饭的。”

评：听得出，窃贼的拒不交代是有“理由”的。

请猜四字成语，回文格。　　谜底：盗亦有道

正反两面

“在对事物作出判断之前，一定要听取正反两方面的意见。”说完，老师接着问：“谁能给我举个例子说明？”

一个学生立即站起来回答：“买唱片的时候。”

评：知道如何买唱片了吧？ 猜四字词语。　　谜底：双向选择

明智的措施

国王问阿凡提：“我想叫老百姓人人都富裕起来，你看我需要采取哪些明智的措施？”阿凡提说：“陛下，把您盘剥来的粮食，搜刮来的金钱，统统归还给老百姓，老百姓不就会丰衣足食了吗？”

评：阿凡提的回答真聪明。请猜二字称谓三。

谜底：出纳、回民、保安

太太属牛

有位衙门的长官过生日，他属下的官员听说他属鼠，便筹了一些黄金，铸成一只老鼠给他做寿礼。这位长官一见，高兴地说：“你们知道吗？我家太太的生日近在眼前了。她是属牛的。”

评：知道太太生日该送啥了吗？请猜九笔字。谜底：钮（丑属牛）

审美观不同

老师：清朝与唐朝审美观念有何不同？

学生甲：清朝美人如林黛玉——美人上马马不知。

学生乙：唐朝美人如杨贵妃——美人上马马不支。

请以此猜摩托车规格名词二。　　谜底：轻骑、载重

吹牛皮

甲：今年是牛年，我给大家出牛谜。

乙：我是属牛的，我给大家吹牛皮。

甲：我这牛谜出得雅，阳春白雪，文采风流，风流不下流。

乙：我这牛皮吹得俗，下里巴人，通俗易懂，通俗不庸俗。

甲：好，看来咱俩说到一块了。

乙：不，是题材相近，形式不同；内容丰富，主题鲜明；生动活泼，异彩纷呈， 雅俗共赏，其乐融融。

甲：看，说着说着就吹起来了。好，咱俩一个雅，一个俗，一个出，一个吹，开始吧。

乙：行，你先来。

甲：好，我先出几条牛谜给大家逗乐儿。这谜要出得雅，得有功夫。要博览群书，纵观古今，唐诗宋词，四书五经，三教九流，无所不通。比方说，我今天出的第一条谜，就是以一句非常有名的宋词为谜面的。

乙：颂词？你什么时候学会拍马屁，给人家唱赞歌、写颂词了？

甲：看你说的！是宋朝的词。这宋词是我国古典文学的瑰宝，有许多脍炙人口的佳句千古流传，我有时候就顺手拈来做谜了。你听：(作吟词状)那牛却在，灯火阑珊处。猜一个年号名，你知道吗？

乙：什么年号？

甲：就是今年——丁丑啊。

乙：啊！怎么说？

甲：这丑属牛，灯火阑珊就是灯字的火没有了，扣丁。怎么样，够雅的吧？

乙：雅？我问你，你这谜面是宋词吗？

甲：当然是，绝对错不了。

乙：那我再问你，是谁写的？哪首词？

甲：南宋有名的词人辛弃疾写的《青玉案·元宵》，我都背得滚瓜烂熟了。

乙：那好，你再背一遍，最后几句怎么写的？

甲：好，你听着：众里寻他千百度，蓦然回首，那人却在，灯火阑珊处。

乙：对了，大家都听清了。那人却在，灯火阑珊处。可你刚才说什么来着？(学甲吟词状)那牛却在，灯火阑珊处。我问你蒙谁？那人呢？那人是谁？哪儿去啦？怎么变成牛啦？

甲：哎，你这还不知道！那人就是你呗。你不属牛吗？

乙：啊！是这样。

甲：对，我这是为你改的一句颂词，颂牛的词。好，下面看你的了。

乙：好，看我的。我来吹牛皮，其实也是出牛谜。不过话说得通俗一点，相信大家会更喜欢。这出俗谜看起来容易，其实比他出雅谜更难。除了多读书，还要熟悉生活，观察生活，体验生活，深入生活，研究生活，一句话，得从生活中选材。

甲：得了，你就赶快从生活中吹一张牛皮给大家看吧。

乙：行。比方说，我们现在处于一个竞争的社会。大家不管做什么事，参加什么活动都不甘落后，而且总想进入前三名。

甲：那当然。争冠军亚军季军，夺金牌银牌铜牌。

乙：要是没进前三名，只得个第四名，那窝囊相就别说了。

甲：那是肯定的，这叫技差一筹，功亏一篑，运气不佳，自认倒霉。

乙：对了。现在我就出一条谜，听着：第四名尽出洋相。

甲：猜什么？

乙：年号——丁丑。甲乙丙丁，第四名是丁，出洋相扣丑。怎么样，够俗的吧？

甲：是够通俗的。不过没有我的雅谜立意高。

乙：立意高？

甲：对。就是思想意义啊，能够寓教于谜，寓教于乐。你听我再出一条谜：吃的是草，挤出来的是奶和血。

乙：哎，这话好像鲁迅说的，真够雅的。猜什么？

甲：猜离合字。

乙：离合字？什么叫离合字？

甲：你这还不知道？我问你，你姓什么？

乙：我姓张。

甲：弓长张还是立早章？

乙：弓长张。

甲：对了，这弓长张或者张弓长，就是离合字，也就是一分两半，像破镜重圆。

乙：我明白了。那你这谜底是什么字？

甲：生字！你看，这生字分成牛、一，就成了牛一生。这吃的是草，挤出来的是奶和血，不正是牛的一生的真实写照吗？

乙：好！这条谜赞扬牛的奉献精神，意境高雅。你这一说，我也会做离合字谜了。

甲：真的？说说看。

乙：我还来通俗的。你听：丑媳妇分娩。猜一个离合字。

甲：什么字？

乙：生啊！生一牛。你说，丑属牛，这丑媳妇分娩，生下的不是一头牛吗？

甲：好，有趣。咱俩一离一合，都没离开牛。下面再来几条名人谜。

乙：行，咱来给名人吹牛皮。

甲：你看过《岳飞传》吗？

乙：看过，我最敬重精忠报国的英雄岳飞。

甲：一个好汉三个帮。岳飞有个最要好的结拜兄弟，你知道吗？

乙：谁？

甲：就是：丁丑年展翅翱翔。你猜猜是谁？

乙：丁丑年？我知道，牛皋。这谜太难了。看我的：马大找朋友。猜人名。

甲：这——我猜不出。你说说是谁？

乙：牛皋。俗话说牛高马大嘛。这马大找的朋友，当然是牛皋啰。

甲：就这牛高啊，你这谜也太俗了一点吧？

乙：不，俗不伤雅，俗得有趣，大家喜欢，就行。

甲：好。我向你学习，也来条通俗的。我说，这属牛的人大概不少吧！

乙：这还用说，全国起码有一亿人。

甲：好，咱就用这做谜面，一亿人进入本命年，猜个相声演员的名字。

乙：牛群。好，这谜通俗易懂。哎，我说，你还是听我出几条俗谜给你猜猜，你就能体会其中的趣味了。

甲：你说吧。

乙：你听着：马大的朋友跑得快。猜电影演员。

甲：牛奔(犇)。行！

乙：田野上机声隆隆。也猜电影演员。

甲：铁牛。

乙：中！天山牧场好地方。猜戏剧演员。

甲：牛得草。妙！看来这俗谜确实不错，又好懂又好猜。

乙：那当然。这做谜也要受人启发，才能产生灵感，做出好谜。

甲：是吗？

乙：比方说，我看到你爱拍马屁，写颂词，是领导的红人。我就想出一条牛谜。

甲：怎么说？

乙：一块进口牛肉干。猜两个字的口语。

甲：什么？

乙：吃香。吃起来挺香。你不是挺吃香的吗？

甲：好，算你有理。不过我问你，这牛肉干也非得外国的才香吗？

乙：谁说的？

甲：你刚才不是说进口牛肉干吗？

乙：(指着嘴)你说，这牛肉不进口，能吃出味儿来吗？

甲：就这进口啊！行，我也给你说一条。我说，这出牛谜还真得受人启发。尤其要受属牛的人的启发。

乙：怎么说？

甲：比如说，我一看到你，就想起了你爱人。

乙：怎么，你想她啊？

甲：对，我觉得她长得太漂亮了！

乙：是吗？那当然。

甲：可惜——

乙：可惜什么？

甲：鲜花插在牛粪上。

乙：啊！

甲：你别着急。我这是出谜，也猜一个二字口语。

乙：哪两个字？

甲：臭美。牛粪臭，鲜花美。怎么样？

乙：好啊。看样子你真能做俗谜了！

甲：不，我这是入乡随俗，偶尔为之。讲到风格，我的谜还是雅的。

乙：是吗？那你再说条雅的吧！

甲：我这谜说的是一个历史故事，也叫典故谜。

乙：什么典故？

甲：明太祖传奇。猜三个字的剧目名，两个。

乙：哪两个？怎么说？

甲：《小放牛》《大登殿》。这明太祖朱元璋是农民出身，小时候放过牛，后来起义成功登基当皇帝，所以叫“小放牛”，“大登殿”。

乙：啊，就这故事，我也知道。这朱元璋不仅放过牛，还当过和尚。我吹牛皮，不，出俗谜，同样能用这典故。你听：和尚登基。猜三个字的餐馆用语，两个。

甲：啊，餐馆用语，也两个。哪两个？

乙：光头面，坐上席。

甲：好啊。这“光头面坐上席”扣“和尚登基”真是妙极了！又通俗又有趣。

乙：有趣的还在后头呢。下面咱俩一起来为老牛家出几条谜，怎么样？

甲：哪个老牛家？

乙：你听听就知道了。铁扇公主枕边风，猜一称谓。

甲：吹牛大王。我明白了，你是说为《西游记》中的牛魔王家吹牛皮。行，听我的：罗刹女新婚拜高堂，猜六字口语。

乙：丑媳妇见公婆。行，再听我的：红孩儿偕父学琵琶，猜成语。

甲：对牛弹琴。好，你说得好，再来一条。

乙：老牛父子打架，谁也不让谁。

甲：怎么？刚才还一起弹琵琶，这下又打起来了。猜什么？

乙：数学名词——对顶角。

甲：对顶角？好，非常形象。两头牛打架当然是对顶角。你这谜真是越出越通俗，越猜越有味。这牛皮吹得太好了，佩服佩服！

乙：怎么样，你这下认输了？

甲：当然，不过，我还想让你猜条哑谜。

乙：还要出雅谜啊？

甲：不，这哑是哑巴的哑，不是高雅的雅。这猜哑谜就是不出声，咱俩做一个动作，请你根据动作来猜谜，行吗？

乙：行，这动作怎么做？

甲：你站在我这儿，咱俩站一块，请猜一个字。

乙：这还不容易？你一个人，我一个人，从字。

甲：不对！

乙：那就是仁义的仁，二人。

甲：也不对！

乙：要么是咱俩的俩，两人。

甲：还不对！

乙：那我猜不着了，你说是什么字？

甲：件，一件两件的件。

乙：这怎么说？

甲：左边一个人，右边一头牛。我是人，你属牛啊！

乙：咳！

（1997 年新春）

戏说水虎

甲：今天咱俩说段相声，题目叫“戏说水虎”。

乙：说《水浒》？不就是施耐庵写的那3个女人和105个男人的故事吗？我太熟悉了。

甲：慢，我这水虎不是你那《水浒》，你说的是《水浒传》中的水浒，我说的是《水浒传》中的老虎，也就是水边的老虎。

乙：啊！《水浒传》中的老虎？我也知道。那景阳冈上有老虎，被喝了酒以后上冈的武松一顿拳头打死；那沂州的沂岭上有老虎，被黑旋风李逵一气之下杀了四只，可惜李逵的老娘也丧身虎口了；那登州城外的山上也有老虎，被解珍、解宝兄弟俩杀伤以后逃进了毛太公的后花园，那毛太公将死老虎占为己有，还诬陷解氏兄弟做贼，让他们进了大牢……

甲：得了得了，你有完没完？

乙：差不多了。

甲：熟悉是挺熟悉。可我说的不是这老虎，而是那老虎。

乙：哪老虎？

甲：那带虎字号的人。

乙：什么人？

甲：《水浒》中的梁山好汉。

乙：哦，我知道了。您是说那梁山好汉中绰号带虎字的？

甲：这下让你说对了。

乙：那可真不少。

甲：这真不少是多少？你说说看。

乙：不知道，没数过。那你说有多少，难道你知道？

甲：我当然知道。据统计，《水浒》中梁山好汉的虎字号共有 16 位，其中正宗的有 9 位，旁系的有 7 位。

乙：哦，这么精确。请问，什么叫正宗的？什么叫旁系的？

甲：这正宗的就是绰号当中有虎字，明确告诉你他属虎。旁系的呢，绰号中没虎字，可用了虎的代名词，所以，说到底也是属虎。

乙：代名词？什么代名词？

甲：这代名词，可就有讲究了。有时要用点游戏的手法来说，才能解释得过去。所以叫戏说水虎。

乙：游戏？什么游戏？

甲：文字游戏——猜谜。比方说，这“戏说水虎”就可以猜一个字谜。

乙：是吗？什么字？

甲：演。

乙：啊！(指眼睛)眼？眼睛的眼？

甲：看你说的！还耳朵鼻子呢。不对，是表演演戏的演。

乙：这怎么说呢？

甲：这演字是水旁一个寅，寅属虎，所以水虎就猜演字。

乙：那这戏说又怎么解释呢？

甲：这还用说，京戏、湘戏、花鼓戏，不管什么戏，都得靠演才有。不演，不就没戏了吗？

乙：说得太妙了！

甲：这叫会意法，刚才叫合形法。这条字谜是会意合形双扣谜。

乙：你这一说，我懂了。寅属虎，寅就成了虎的代名词。虎还有别的代名词吗？

甲：当然有。比如，《易经》中有“云从龙、风从虎”之说，成语也有虎啸生风，猜谜时就用风来代虎；再比如，灯谜常被称作文虎，猜谜被比作射虎、打虎，所以虎和谜也能互扣。

乙：啊，风代虎，谜也可以叫虎，这虎的代名词可够多了。

甲：还有，有些地方方言管虎不叫虎，而叫山大王什么的。

乙：这当然，老虎本来就是兽中之王嘛。

甲：可《水浒》中山东那地方更怪，把虎叫作蚕。

乙：什么？你说什么——叫作什么蚕？

甲：就是吃桑叶吐丝做茧的那种蚕。

乙：什么，那小虫子？老兄，你记错了吧！你以为我没看过《水浒传》，想蒙我，是吗？《水浒》中方言管老虎不叫蚕，叫大虫。你没见景阳冈上那只大老虎，就叫吊睛白额大虫？

甲：对，你我都没说错。我问你，蚕字怎么个写法？

乙：这谁不会？天字下面一个虫，天虫。

甲：不错，那天字又可以拆成哪两个字呢？

乙：你这是考小孩怎么着？谁不知道天字是一横加个大。

甲：这就对啦。你看，这蚕字拆成三部分就是一大虫，不正是《水浒》中对老虎的称呼吗？我告诉你，这又是一条字谜。

乙：好嘞，又被你玩了花招。看来这戏说水虎蛮有意思的。

甲：那当然，好戏还在后头呢。下面我出几条谜考考你，看你对《水浒传》上的老虎是不是真熟悉。注意，不管是正宗的还是旁系的，都要考。

乙：考吧。考到祖宗十八代我也不怕，难不倒我。

甲：好了，你听着，第一条谜，喜迎戊寅年，虎字号一个。

乙：虎字号一个？请问，是正宗的，还是旁系的？

甲：不知道，你自己去想。

乙：好，我想想。喜迎戊寅年，这喜迎肯定脸上要带笑，这寅年属虎。有了，笑面虎，朱富的绰号。

甲：看不出你真一炮打响。好，再猜一条，猜出来了的谜。

乙：什么？猜出来了的谜？你还让我猜？太瞧不起人了吧！

甲：别误会，我这谜面是“猜出来了的谜”，谜目呢！还猜虎字号。

乙：这还差不多。让我想想，(向观众)对了，他刚才说灯谜是文虎，猜谜就是射虎。有了，中箭虎，李云的绰号。

甲：不错，摸着点门了。好，待我想条难的，一定要考倒你。请听：往钱孔里钻的小老虎，再猜一个虎字号。

乙：什么？小老虎也知道往钱孔里钻？我想想（边思考边自言自语）不对……也不对……都不对。哎，我说，这虎字号是正宗的还是旁系的？

甲：怎么说呢？既是正宗的，又是旁系的，就算杂交的吧。

乙：杂交的？让我再猜猜——猜不出，别卖关子了，说吧。

甲：好，我说。金眼彪，施恩的号。这金眼扣钱孔，这彪就是小老虎。你看，这是不是正宗和旁系杂交的？

乙：算你说得对。还有吗？

甲：有，这次出个虎字号带人名谜。请听：柯受良壶口传捷报。

乙：跳涧虎陈达。

甲：对。哎，你这次反应怎么这么快？

乙：这还用说，柯受良跨越黄河的现场直播从头到尾我都看了，忘得了吗？你这谜出得好，陈达扣传捷报，说明到达对岸，飞越成功。还有，把柯受良比作跳涧虎，真是再好不过了。

甲：谢谢夸奖。看来你不但会猜谜，还会评谜了。好，再来一条：悟空初见罗刹女。猜虎字号的人名两个。

乙：刚才猜一个，现在猜两个。倒会得寸进尺，层层加码。我想想，这罗刹女就是铁扇公主。牛魔王的妻子，孙悟空叫他嫂嫂。这悟空初见罗刹女猜两个人名，会是谁呢——有了，孙新、顾大嫂。

甲：完全正确，双倍加分，发给重奖。

乙：别急，先别忙着奖。我问你，你刚才说猜虎字号人名两个？

甲：没错。

乙：这顾大嫂叫母大虫，还可以算旁系的虎字号。这孙新叫小尉迟，你把它算作虎字号，这是念的哪门子经？

甲：看样子你对《水浒》还挺熟悉的。我问你，这孙新是顾大嫂的什么人？

乙：丈夫。

甲：对了，凭这层关系，这母大虫还能不把他捎带上吗？

乙：好嘞。这《水浒传》的虎字号除了正宗的旁系的，还有杂交的，现在又钻出个凭裙带关系拉扯上去的。这戏真让你给说绝了！

甲：好了。下面我以母大虫为面，请你猜一个流行歌曲名。

乙：女人是老虎。

甲：对了，女人是老虎。你可要当心点呐！

乙：当心点？不！(唱)为什么老虎不吃人，模样还挺可爱！

甲：怎么？唱起来了，还挺像那小和尚呢！看来你还真不错，既会猜谜又会唱歌。弄得我这水虎也快要说不下去了。没戏啦！

乙：怎么，就没戏了？咱们换换角色，我来考你怎么样？

甲：什么？你还能考我，你会做谜？

乙：学着做嘛。你不是说云从龙，风从虎，风也能扣虎吗？

甲：对。

乙：现在我就按这个思路出谜让你猜，请你指教指教。

甲：指教说不上，咱们互相学习。你说吧！

乙：第一条：夜色中转出一只老虎来，猜一个虎字号。

甲：黑旋风。可以。谜面长了点，可改成老虎连夜转移。

乙：谢谢。再听一条：疾风。

甲：啊，急风？什么风，这么急？

乙：疾风知劲草的疾。猜一个虎字号，旁系的。

甲：病大虫。这条谜得用上一个重门格。因为风只能扣虎，不好直接扣大虫。亏你说明是猜旁系的，不然就难倒我了。

乙：谢谢，谢谢你为我诊治了一条病大虫。看来我这门外汉做谜到底不行，得先学习。下面这水虎的戏，还是您接着说。

甲：好，按你的思路，也来个虎啸生风。请听：打虎将、插翅虎、锦毛虎、矮脚虎、跳涧虎、花项虎、中箭虎、青眼虎。猜成语一条。

乙：啊，这么多虎字号都来了，真是八面来风。

甲：好！歪打正着。不过我的原底是八面威风。

乙：你这原底好，威字比来字更有气势。

甲：好是好，可有些虎字号的人并不威风，我也不佩服。

乙：你说谁？

甲：比方说那打虎将李忠，不过会些花拳绣腿，用小说中的话来讲是个银样镴枪头。把个打虎将的美名授给他，这施耐庵真是有眼无珠。

乙：对，我同意你的看法。这李忠确实是拉大旗作虎皮，徒有虚名。不过，你说，这打虎将的称号授给谁好呢？

甲：这还用说？当然是能人——行者了。

乙：对。谁不知道《水浒》中真正的打虎将是行者武松。可最后他连个虎字号的边——不管是正宗的旁系的杂交的还是带裙带关系的，都没沾上。真太委屈他了！

甲：没关系。我这里做了一条谜，给他平反，恢复名誉。

乙：什么谜？

甲：谜面是：打虎精神，行者首创。猜一个初中语文篇目。

乙：初中语文篇目？

甲：对。只要猜出这谜，就能记住真正的打虎英雄了。

乙：是吗？那谜底是什么？

甲：松树的风格。

乙：太好了！松树的风格。

（1997 年 12 月）

估谜子

甲：(先上场，向观众)今天咯里坐满哒伢子妹子伢妹子，我请你们大家来估谜子。我咯里有几只在我们长沙乡里流传哒好久的老谜子。肚里有易得估的易谜子，也有难得估的难谜子。你们哪个估中哒我的易谜子，我就赏他糖粒子；哪个估中哒我的难谜子，我就送他新鞋子。要是你们都冇估得出我的老谜子，那就由你们请我上馆子，端只酒杯子，加几片臭干子。

乙：(上场)喂，你在这里叽里呱啦说什么？

甲：我说么子？找人，估谜子。

乙：找古妹子？我就是。

甲：何解，你就是？

乙：对。我妈叫做陈古妹，我是她的独生儿子。我家的亲戚朋友、左邻右舍都叫我古——妹——子！

甲：哦，你是咯只古妹子。难怪我看你实在是只伢子，不晓得何解取只妹子名。好，今天我就请你咯只古妹子，来估一估我咯里几只老谜子，要得啵？

乙：这话怎讲？

甲：你不晓得吧，我们长沙乡里把猜谜语叫做估谜子，哪个估中哒，就奖他。

乙：哦，你是说猜谜语，这我行。我从读小学起就喜欢猜，语文课本上的谜语我都猜得出。

甲：你那书上的尽是如今的人出把细伢子猜的新谜子。我要猜的是老古班人出的老谜子，只怕你难得猜出来。

乙：什么老妹子？

甲：是老谜子。告诉你，最近我们长沙的谜人发现哒一本清朝同治年间一秀才用手抄下来的一本老谜书，肚里有好多好多老谜子，有字谜子、人谜子、物谜子，有易谜子、难谜子，咯只秀才抄的时候卖哒点关子，都冇留谜底子。害得我们咯些人伤透哒脑瓜子。你估一只，我估一只，他估一只，凑起来还是冇揭尽咯些谜团子。今天我就是想拿几只来问问你这只古妹子，看你估得中估不中咯些老古班子人留下的老谜子。

乙：是这样，那你就说吧，我来猜。

甲：我先讲一只字谜子，你听哒。

乙：我听着。

甲：一对鸳鸯走一回，（边说边做舞蹈动作）

乙：走一回。（做配合动作）

甲：一只瘦来一只肥。（两人分开走成“八”字形）

乙：对，我瘦你肥。

甲：年年回来走一转，

乙：好，一年走一转。

甲：一月回来走三回。

乙：好——慢点，你说什么？什么一年只走一转，一月却走三回。你没说错吧？

甲：冇错，是咯样讲的。你估一下看，是么子字？

乙：什么字？

甲：我问你！

乙：你问我，我问谁？除非问算命先生去？

甲：问算命先生去？咯下子真把你估中哒，就是那只字。

乙：什么字？

甲：你想想看，算命先生算么子字？

乙：算八字。

甲：对，算八字。咯只谜底就是只八字。你看，左边一撇，右边一捺，咯不正是一瘦一肥的一对鸳鸯啵。一年只有一个八月，一个月却有初八、十八、二十八三个八，不正好靠上哒“一年走一转、一月走三回”啵。

乙：咳，听你这一说，还真让我猜对了哟！

甲：你咯是蒙中的，不算，再估一条。

乙：好吧，你说。

甲：九月凤凰风，开头一笔同。上下俱无点，估中是神通。也是一只字谜子。

乙：我猜可以，但要先问你，这条谜是属于容易的还是难猜的？我得考虑一下你那奖品值不值得我动脑筋。

甲：哦，你问咯是只易谜子还是难谜子？好，算难谜子，你估中哒我给你重奖。

乙：这还差不多。那我就开始猜啦！(边思索边比划)九月凤凰风，开头一笔同，这开头肯定是一撇。上下俱无点，这上字没点，下字也没点，是什么字？不对呀……接起来，再加上那一撇，对了。(高兴地)估中是神通，这下请你看我的神通。

甲：你有么子神通，估中哒？

乙：猜出来了，不过你得先猜我一条成语谜。

甲：字谜子我都估不出，还估成语？算哒，你莫要我估哒。

乙：不行，我这条谜就包含着你那条谜，你必须猜。听着：万户捣衣声，猜四字成语。

甲：万户捣衣声？咯我晓得。我们乡里洗衣都在河里石头上用棒槌打，堂客们嘻哩哈啦边说笑话边用劲捶衣。(思考)这万户捣衣声，肯定有蛮热闹，哦，晓得哒，是打得火热。

乙：不对，这条谜一不火二不热，请注意万户捣衣的声音。

甲：那就是打……打成……有了，打成一片。

乙：对了，打成一片。现在你可以知道了，这成语中就有你要我猜的那个字，你说对不对？你说我是不是有神通？

甲：神通，神通，确实神通广大。打成一片，打得太好了。一个片字，正是我要你估的那只字谜子。咯样的难谜子都被你估中哒，还被你想出一只新谜子吃住哒我的老谜子，真不简单。

乙：我看你还有什么难猜的，只管搬出来。

甲：真的？那好，我再出一只物谜子考考你。你听哒：生在畜牲身上——

乙：有毛有角。

甲：收在竹竿颠上——

乙：有旗子，有衣服。

甲：吃得乌江中水——

乙：有船有鹭鸶。

甲：吐在白沙洲上。

乙：是晕船的人吐的。

甲：你怎么老打岔，越讲越离谱哒。告诉你，这四句话连起来是一只谜子，估一样东西。

乙：我知道，是毛笔。

甲：你晓得何解不早讲？

乙：你都出些这样的谜语考我，还吹什么（学甲）“易谜子、难谜子、老谜子、新谜子、字谜子、物谜子……”

甲：算哒算哒，我不出哒！有晓得你咯会估谜子，你是禾是晓得的啰？

乙：这些谜语我外祖父都给我讲过。

甲：你外公跟你讲过，你外公是哪个？

乙：就是那个抄谜书的清朝同治年间的秀才啊。

甲：哦，咯本书就是你外公留下来的？难怪哒，你妈叫做陈古妹，你又叫做古妹子。你祖孙三代，一屋人都会估谜子。

乙：算了，拿奖品来。

甲：不行，刚才估的不算。这些老谜子是你的祖传秘方，我出得再多也是现谜子，老谜子，难不倒你。你最后再估我一条新谜子，估中哒保证给奖。

乙：什么新谜子？你说吧。

甲：姐妹双双苦出身，压在人间最底层。长沙人讲是宝贝，北方人说像毒虫。

乙：猜什么？

甲：一样东西，人人都有。

乙：(思索)我知道了——是鞋子。

甲：何解是鞋子？

乙：你看，鞋子是成双成对的，被人踩在脚下，所以说它是苦出身。长沙方言孩子、鞋子不分，而现在差不多家家都是独生子女，当然是宝贝啰。最后一句：北方人说是毒虫，(思索)对了，北方有一样毒虫叫蝎子，咬起人来可厉害啦。你听鞋子、蝎子，这发音不是很相近吗？

甲：(拿出奖品)对了，孩子，现在奖给你一双鞋子。你试下脚看，只怕小哒一点。

乙：怎么？你把我当小孩，给我穿小鞋啊！

注：（1）标题中“估”字，长沙方言读“古”音。“估谜子”与“古妹子”同音。

（2）表演时，甲用长沙方言讲，乙用普通话讲。

（1996 年 9 月 5 日）

欢歌乐谜

甲：（先上）前些年演过欢歌乐舞，今天演只欢歌乐谜。

乙：(边唱边上)小妹妹唱歌郎奏琴，哎哎哟，郎呀咱们俩是一条心。

甲：老伙计，快些来，我都报哒幕，你还在那里哼起个流行歌，慢吞吞的。

乙：好，来了。你不知道，我正在边唱歌边想，今天来个什么新节目。

甲：我不是已经报哒，今天演欢歌乐谜。

乙：欢哥乐妹？那好，来点爱情的，我刚才唱的也正合适。

甲：么子哥呀妹的，你搞错哒。是唱歌的歌，猜谜子的谜。

乙：啊，你是说欢歌乐谜，又唱歌又猜谜？

甲：对，你不晓得，我们长沙人猜谜子蛮厉害。年年搞活动都有人得大奖。

乙：那咱今天的节目该怎么演呢？

甲：这欢歌乐谜主要有三种形式，首先是谜配歌。

乙：这我知道，妹子配伢子，也就是嫁女收媳妇。

甲：不对，是以歌词做谜，别的内容做谜底，配成谜子让人猜，咯就叫谜配歌。

乙：你能不能具体说说。

甲：比方说，你刚才唱的那句，(唱)小妹妹唱歌郎奏琴，就可以拿来猜一个电影名，谜底是《一个男人和一个女人》。

乙：真的，有这回事？怎么解释？

甲：你想，这小妹妹是个女人，在唱歌，小情郎是个男人，在弹琴，他们正一唱一和。所以，猜《一个男人和一个女人》。

乙：就这一唱一和啊？这和字一变调，倒蛮有意思的。那第二种形式呢？

甲：歌配谜。

乙：这我也清楚。就是男到女家，俗话叫招郎。

甲：招狼？还招虎呢？莫让你把人给吃哒。告诉你，咯歌配谜是把歌词做谜底，谜面自由去配。可以是一个字、一个词、一条成语、一句唐诗、一段文章……

乙：得了得了，你再举个例不就行了吗？

甲：再比方说，一个患难之交的患字，就可以猜你刚才唱的后背那句歌词。

乙：患难之交的患，猜我后面唱的那句？

甲：对，就是：(学甲唱)哎哎哟，郎呀咱们俩是一条心。

乙：这怎么说呢？我真的被你弄糊涂了。

甲：你看这患字上头两个口字啵？咯就代表咱们俩。

乙：哦，对，咱俩是两口子。

甲：再一直穿过来，就是一条，加心，一条心。

乙：咳，一条心，没错，不过，这(唱)“哎哎哟”怎么说？

甲：咯还不晓得，我问你，咯一根针把两口子穿进去连起来痛不痛？

乙：有点痛。

甲：咯痛的时候会不会哼几声？不就是(唱)哎哎哟吗？

乙：好，你倒很会找理由的。那还有一种形式呢？

甲：歌配歌。

乙：怎么？搞同性恋啊！

甲：看你说的，只记得恋啊爱的。你忘了，是唱歌的歌。歌配歌是用歌词做谜面，又用歌词做谜底。上面唱，下面也唱。

乙：就这歌配歌，一唱一和啊？

甲：对。现在我唱句歌做面，你配句歌做底。注意要合谜法，又要有趣味。

乙：行，让我试试看。

甲：我开始唱，你听好：(唱)锦绣河山美如画……请配底。

乙：好啊，他唱的是《我为祖国献石油》的开头，我配什么呢？(思索)有了，(唱)这是美丽的祖国——怎么样？电影《上甘岭》的插曲一句，可以吧？

甲：哎，还可以，咯条谜子内容蛮好，就是有点小毛病。

乙：什么毛病？

甲：谜底和谜面重了一个美字，咯叫作露面哒。

乙：啊，不能露面？那你还有更好的谜底吗？

甲：当然有，你听：(唱)歌唱我们亲爱的祖国，从今走向繁荣富强。

乙：歌唱祖国，好。不过你怎么把两句都唱出来了呢？

甲：这后面那句是接下来配那另一句歌词的？

乙：哪一句？

甲：(唱)祖国建设跨骏马——你看，不正是“从今走向繁荣富强”吗？

乙：对，很合适，意义也好。

甲：下面我们再做点练习，先来个谜配歌。

乙：怎么配？

甲：你唱歌，我配谜。

乙：我怎么唱？

甲：你想到么子就唱么子？

乙：真的？好，我想，我想……(唱)我想有个家——

甲：无所谓。

乙：什么，无所谓？我一个单身汉，日子多难熬，我想有个家，你倒泼冷水，还说无所谓。

甲：你别误会。不是谜配歌吗？我咯是给你配的谜了，猜三字口语，谜底是无所谓。

乙：怎么说？

甲：咯所又可称住所，就是家。无所就是冇得家。你想有个家，就是说冇得家，不就是无所谓吗？

乙：是咯样。这么说我一开口就被你给配上了。好，再来。我想，我家……(唱)我家住在黄土高坡……怎么样？请配底。

甲：好家伙，才讲冇得家，就有家哒。配什么呢？(思考)有了，猜台湾名胜——阿里山。阿里扣我家，黄土高坡扣山。

乙：阿里山？真的，还像那么回事。好，再来，我的家，不，我家，(唱)我家就在岸上住……

甲：怎么？刚有的家就搬家了。从黄土高坡搬到岸上。好，我想想，配个什么好——有了，台湾名胜，阿里山。

乙：又是阿里山，你没搞错吧？明明是岸上，怎么会是山？

甲：绝对没错。你看，这岸字上面是个什么字？

乙：山啊！

甲：对了，岸字的上面是山字，所以我家就在岸上住也可以猜阿里山。这叫作一底双面，一只谜子配两句歌词。再唱吧。

乙：再唱？好，来个少数民族的，难难你看。(唱) 咱们新疆好地方。

甲：歌唱家。

乙：怎么，我唱得太好了，称得上歌唱家？你过奖了。

甲：看你美的。我是说，你唱的咯句歌词可以配只谜，猜称谓歌唱家。也就是说，新疆同胞在歌唱自己美丽的家乡。

乙：是这样的歌唱家啊！

甲：下面我们继续第二个练习，歌配谜。咯次我出谜，你唱歌来猜我的谜子。

乙：可以，不过要是我猜不出，请多包涵指教。

甲：行。第一条谜：如坐针毡。

乙：如坐金砖？女大三，抱金砖。等我娶我大老婆着。

甲：我看你想老婆都想疯了。如坐针毡，不是金砖。而是有刺的毡子、垫子、毯子。

乙：啊，好像坐在有刺的毡子上一样，猜什么？

甲：《白毛女》歌词一句。提示你一下，扎红头绳那段。

乙：扎红头绳那段？我想想，有了，(边舞边唱地)扎呀扎起来。

甲：怎么一下就唱出来了？你说说道理看。

乙：这还不清楚。毡子上有刺，坐下去能不被扎得赶快起来吗？

甲：说得不错。再听：压路机自述，猜电视剧歌词一句。

乙：电视剧，哪一部？

甲：著名的电视连续剧，细伢子最喜欢看的。

乙：少年儿童喜欢看的？啊，《西游记》，有了，(唱)踏平坎坷成大道，对吧？

甲：哎，我想想，踏平坎坷成大道，讲压路机蛮好，可以成谜。但不如原底。

乙：你的原底是什么？

甲：电视剧《济公》主题歌。你听，(唱)哪有不平哪有我，哪有不平哪有我。

乙：好，你这句比我唱的那句确实要好，佩服，佩服！

甲：下面来条复杂点的，听着：喜在新墙乱写画。

乙：什么，在新墙上乱写乱画？太不文明了，我最讨厌。

甲：对，就以这为谜面，猜两句连唱的歌词。

乙：这，我猜不出，你亮底吧。

甲：(唱)这就是爱，糊里又糊涂。

乙：就这歌啊！王志文唱的，我都听过多少遍了，怎么说？

甲：喜就是爱，咯新墙冇干，还是糊的，再乱写乱画，不是糊里又糊涂吗？

乙：你这一解释，真的很有趣味，我也不再糊涂了。

甲：时间不早，咱做最后一个练习，一起唱首歌，怎么样？

乙：行，你说唱什么歌？

甲：有我们湖南民歌风味的，电影《怒潮》的插曲：送别。

(合唱)送君送到大路旁，君的恩情永不忘。农友乡亲心里亮，隔山隔水永相望。

乙：歌唱完了，怎么办？

甲：歌配歌啊，请猜一首南斯拉夫的电影插曲。

乙：(唱)啊朋友，再见！

甲：对。

(两人齐唱，边唱边下)啊朋友，再见……

注：此相声表演时甲说长沙话，乙说普通话。

（1997年2月）

谜说雨花

甲、乙（合唱同上）："让我们荡起双桨，小船儿推开波浪，海面倒映着美丽的白塔，四周环绕着绿树红墙。"

甲：今天是六一节，我俩给大家说段相声。

乙：说相声？我可是赶鸭子上架，头一回啊！

甲：没关系的，别紧张。我们只要说说校园里新鲜有趣的事儿就行！

乙：新鲜有趣的事儿？那好。你先说说看。

甲：最近我们学校请了一位谜老师来给我们上谜谜课，课堂上老师发米米，讲米米，解米米，同学都听米米，想米米，得米米，下课以后，每个人脸上都笑眯眯。你说这事儿新鲜不新鲜？有趣不有趣？

乙：慢点，你说什么来着？上课变成了发米米的课，你们老师那么有钱啊！

甲：那当然，他可是有一肚子的谜谜呢？

乙：什么？他还把钱——"米米"装到肚子里去了？不会吧！哈哈，那他一定是个挺能吃米饭的大饭桶。

甲：住口！不许你这样说我们谜老师，告诉你吧，谜老师就是谜语老师，他的肚子里真的藏着一肚子的谜语。谜语是我们中华民族的文化遗产，去年我们学校成为谜语传承基地以后，已经请谜老师上过 4 次课了，老师和同学们非常喜欢听，而且一次比一次过瘾，一次比一次有趣。

乙：啊，是这样！那你说说看，怎么个过瘾，怎么个有趣？

甲：比方说吧，谜老师一上台，为了吸引大家，就跟我们一起唱起歌来。

乙：唱歌！唱什么歌？

甲：就是我们刚才唱的那首啊！

乙：就这歌啊，谁不会唱啊："让我们荡起双桨，小船儿……"

甲：住口！够了！

乙：怎么？就不让我唱了！

甲：不是，我们谜老师只唱一句。

乙：为什么？

甲：发米来——出谜语啊！他让我们以这句歌词为谜面，猜一个三个字的口语。

乙：三个字的口语？太多了，不好猜！

甲：是不好猜。但谜老师耐心地启发我们猜。

乙：怎么个启发法？

甲：他说：（学老师口气）同学们请想想，"荡起双桨"是在做什么动作？"让我们"又是怎么招呼大家啊？

乙：这还不知道？"荡起双桨"就是划船呗。"让我们"就是要大家都得来呗！

甲：对了，谜底就是"划得来"。接着，老师就给最先说出的同学发双奖了。

乙：啊，你们老师还带了"双桨"来发啊？那得多重啊！真是划得来。

甲：你想得美，你以为是发两个船桨啊？是两份奖品，两个笔记本。

乙：就这"双奖"啊！那也挺不错，挺划算的。

甲：对了，谜老师就接着你这个意思出了第二条谜。

乙：第二条谜，什么意思？

甲：什么意思？就你那意思啊。你不是说挺不错，挺划算吗？老师出的谜是：保证划得来，猜三个字的数学名词。

乙：数学名词？那难不倒我，我的数学学得最好了。

甲：先别吹，你想想吧，谜底是什么？

乙：绝对没问题——你能提示一下吗？

甲：还提示呢，你都已经说出两个字了！

乙：什么？我说出两个字了，什么时候？

甲：就刚才啊，你头一句是怎么说的？

乙：我想想，我说的是“绝对没问题”。

甲：对了，这数学名词中的两个字在这句话中就有了。

乙：我知道了，“绝对值”。“保证划得来，绝对有价值”，这谜语出得有意思！

甲：是啊，谜老师就是这样说的。（学老师语气）他说：大家好好听课，好好猜谜，听谜语课既可以增长知识，变得聪明，又可以培养兴趣，还能够获得奖品，乐在其中，一举多得，保证划得来——绝对值。

乙：那确实。今天两条谜语就引起我的兴趣了，下次谜老师上课请一定叫上我。

甲：那不行，你只能进入门班，我们现在已经是提高班了。

乙：提高班了？看你美的，凭什么说你已经提高了。

甲：那当然，在谜老师指导下，我可以做谜语，还能用谜语造句写作文了。

乙：真的吗？那你说说看！

甲：好的，你听着：我住在千里戈壁市落英缤纷区，在“旭日初升”的学校读书。这句话里就含有三个谜语，你能猜出来吗？

乙：这个我不用猜，我蒙也能蒙着，不就是“长沙、雨花、东方红”吗？

甲：那你得记住了。长沙雨花东方红，就是我们学校，也是长沙谜语传承学校。

乙：好的。不过你总得再出几条谜语，发点米米，让大家乐一乐吧。

甲：那当然，谜老师跟我们说过，谜语主要就是根据汉字的三变而来的。

乙：孙悟空有七十二变。你们谜老师才“三变”，哪“三变”？

甲：就是音变、形变和义变。可别小看这三变，从中又可以生出许多谜法、谜体、谜格等一百多个变化来呢。

乙：是吗？那就真的比孙悟空还神通广大了。

甲：闲话少说。我出几条简单的地名谜给你猜吧，你就会知道这三变的厉害了。

乙：地名？太多了，不好猜。

甲：不难的，这些地名都在雨花区。先猜两个学校名，行吗？

乙：那好，你说吧！

甲：第一条：跟袁隆平爷爷实习，猜四个字的学校名。

乙：袁隆平爷爷？我知道，杂交水稻之父，世界著名科学家，他带了好多好多的研究生呢！

甲：对啊。那你知道跟袁爷爷实习的地方在哪里吗？

乙：这还不知道，实验室呗！

甲：不对，除了实验室，还有更重要的地方。

乙：啊！我想想，知道了。稻田——对了，稻田中学。必须到稻田中去学。

甲：猜对了，可以得奖。第二条：秋阳初照爱晚亭。猜雨花区小学名两个，三加三。

乙：什么叫三加三？

甲：就是说两个学校的名称都是三个字，合起来六个字。

乙：这下你难不倒我了，第一个是“东方红”，第二个是“枫树山”。

甲：对了。能说说为什么吗？

乙：因为爱晚亭在岳麓山，岳麓山的枫树特别多，到了秋天，在太阳的映照下满山红叶，特别漂亮。毛主席还写过“看万山红遍，层林尽染”的词呢！

甲：说得真好，看样子你的知识蛮渊博的了。

乙：别夸了，向你学习呗！

甲：怎么？变得谦虚起来了。下面我们再猜几个雨花区的地名，这个挺好猜的，请注意几个地名都有一个共同的字。

乙：什么字？

甲：我说你就知道了。请准备，听题。注意是哪个方面的变化。

乙：好的。时刻准备着！

甲：第一条：李白杜甫属哪朝？猜两字地名，在我们雨花区。

乙：唐朝！这还不知道，秒杀！

甲：不对，扣十分。还秒杀呢！我是叫你回答问题吗？这是猜谜，再说雨花区有叫唐朝的地名吗？

乙：叫唐朝的地名没有，可叫塘的地名却有不少呢。我想想，知道了，远在天边，近在眼前，——圭塘，就在区政府旁边，还有个圭塘办事处呢！

甲：对了，这就是音变谜语，用谐音的方法猜，李白杜甫属哪朝？都是归属唐朝。谜底两个都要读同音字。

乙：是吗，我猜得不错吧！

甲：这样一来，几个谜语的机关就被你识破了，下面让大家一起来猜，雨花区地名谜，请注意都有塘字的，猜出来要说明原因，猜中有奖。好不好！

乙：好的！

甲：请听好：上海大白兔，猜两个字的地名。

乙：东塘。

甲：为什么？

乙：上海在祖国的东部，大白兔是小朋友喜欢吃的奶糖，所以是东塘。

甲：说得有道理。下一条：西邻荷花池，猜三个字地名。

乙：左家塘。西邻是左家，荷花池是塘。义变。

甲：完全正确！再听：圆粒粒，甜蜜蜜。猜三个字的地名。

乙：砂子塘。圆粒粒是砂子，义变，甜蜜蜜的“糖”与“塘”同音，音变。

甲：那确实！看来这几条谜太容易了，再来两个难一点的，用典的谜语。

乙：用典？什么叫用典？

甲：就是把有些故事的内容做到谜语中去，要猜这些谜语先要多读书。比方说猜下面两条谜，就要知道《西游记》。

乙：《西游记》，那你难不倒我，我都读得滚瓜烂熟了。

甲：又吹了，读得熟也不一定猜出。请听好了：花果山采蜜，猜三字地名。

乙：没问题，有塘字就好猜。（屈指一算），侯家塘。

甲：为什么？

乙：花果山是猴山，孙悟空的老家，蜜猜糖，对吧？

甲：你太有才了！这都能猜出来。好了，请看下一条：铁扇公主在池边，猜三个字的社区名。

乙：社区名，这地名太小了吧。

甲：地方虽小名气却大呢，还是雨花有名的先进社区呢，就在东塘地段。

乙：是吗？我想想，知道了，牛婆塘。

甲：为什么？

乙：那铁扇公主是牛魔王的老婆，池就是塘，所以是牛婆塘，这是纯粹的义变谜。你难不倒我的。

甲：高，高，实在是高。你可以进我们的谜语提高班了。谜老师也一定会收你这个学生的。

乙：是吗？那我们说这么久了，也该下场了吧。

甲：是的，今天我们一起来说说猜谜语，又长知识又得奖，真正划得来——绝对值。不过，最后还有一条谜语要送给大家。

乙：是吗？什么谜语？

甲：这谜语是猜的是带量食品，猜中以后就把谜底送给大家，这叫即物赠。

乙：是吗？就看哪位有口福了。请大家认真听了。

甲：谜面是：从“李白杜甫”到“铁扇公主”，——乐猜雨花地名谜，刚才一共猜了几条谜？谜底都有什么字？

乙：这个，我想想，大家也一起来想吧！啊！我记起来了，一共是六条谜，都有一个塘字。

甲：完全正确。请听：圭塘东塘左家塘，砂子侯家牛婆塘，谜底就是六块糖，送给大家尝一尝。

这里有六块喜塘（丢糖），请大家接着。

甲、乙：（同时）谢谢大家！祝大家：甜甜蜜蜜过日子，幸福生活万年长！

（谢幕，同下）

（2012 年 5 月）

注：此相声曾由东方红小学五年级学生范文琳、王鹏表演。2012 年 6 月 1 日首演。在雨花区共演出 4 场。

●附录

“长沙谜语”代表性传承人敖耀寰传略

简历及传承谱系

敖耀寰，湖南浏阳人，1951 年 10 月生，大学文化，长沙市工人文化宫副研究馆员，2011 年退休。

1967 年初中毕业，1968 年上山下乡。1976 年招工，1978 年参加高考，录取到长沙冶金工校中文大专班学习。1980 年起任中学教师，1985 年至 1987 年在湖南教育学院中文系学习，获本科毕业文凭。1989 年调长沙市工人文化宫，任宣传教育专干。1997 年评聘为群众文化副研究馆员。

从小热爱民间文化。1983 年开始创作发表灯谜，并用于语文教学第二课堂活动。1985 年参加长沙“枫林谜苑”。师承杨焕文、陈斌等学谜和组织谜事活动。

1986 年与长沙职工灯谜代表队赴漓江谜会，获猜射金箭奖；1988 年参加江西《知识窗》灯谜函授学习，获结业证书；1989 年创办《楚湘谜苑》，主持省、市谜事。以办讲座、活动、编谜刊等形式，发现和培养学员，有黄红星、苏卓平、梁云、张初程、王炜、尹海军、喻继贤、彭梅、刘正初、罗世良、谢晓虹等，均为长沙谜协成员。

1994 年，被中国民协中华灯谜学会授予“中华灯谜国手”。

1998 年，由长沙市文联批准成立市民协灯谜研究会，任会长，2007 年卸任；2006 年 12 月，湖南省民间文艺家协会批准成立省灯谜学会，任主任；2010 年，敖耀寰被评为长沙市首批非物质文化遗产代表性传承人（长沙谜语）。现为中国民间文艺家协会会员，任中华灯谜学会常委，学术研究部副部长。

学习与实践经历

1983 年开始创作灯谜，先后在《智力》《新民晚报》等发表，并结合于中学语文第二课堂教学。1985 年加入“枫林谜苑”并从师后，创作谜、文较多，发表于《枫林》和全国各地谜刊。1987 年，先后为浏阳文化馆、工人文化宫和教育局团委主持猜谜活动。

1989 年调长沙后，策划、组织的主要活动有：

1990 年长沙市迎亚运庆中秋电视谜赛、1992 年省消防知识谜赛、1994 年全国节能知识谜赛、1999 年楚湘谜友联谊会等；2000 年以来，主持全国糖酒会猜谜、全国“城运会”展猜活动，以及 2008 年、2009 年、2015 年三届湖南省灯谜节，2006 年至 2015 年连续九届湖南谜友联谊赛，2013 年至 2018 年连续五届“杜鹃杯”长沙高校灯谜邀请赛等。

主编《楚湘谜苑》会刊，至 2018 年 1 月，共出 62 期。

长期坚持到社区、学校讲座，下基层采风，普及灯谜，开展活动。先后在中南大学、湖南师大、湖南大学、长沙民政学院、浏阳广播电视台、浏阳一中、洞井中学、张家界一中、湘西培民学校、南昌铁路局工会等单位讲座，为岳麓区、雨花区多个社区以及市属各机关、企事业单位主持开展灯谜活动。2014 年 2 月被聘为中央电视台首届《中国谜语大会》谜艺顾问和现场评委，8 月担任在江苏常熟举行的首届国际中学生谜赛评委。

与海内外社团广泛交流。先后被本省各地和福建、上海、四川、河南、江苏等省的大型谜会聘任为评委。与新、马、泰、美国以及港、台谜友保持联系和进行谜刊交流。2000 年初，主持了欢迎台湾谜学研究会访问长沙的联谊会。2010 年以来，在美国哥伦布、亚特兰大等城市，先后为俄亥俄州立大学、现代中文学校及华人社团开灯谜知识讲座，主持灯谜活动。

灯谜艺术特点

通过 30 年学习与实践，敖耀寰掌握了从事灯谜活动所需要的猜、制、论、评的基本功，在学习、继承的基础上发展创新，形成风格。

猜谜：思维活跃，反应敏捷。1986 年起，在全国各地谜赛中，获猜射奖 50 余次，其中有“神州猜谜手”“中国灯谜百强”“中华灯谜国手”等称号，1992 年因获“名城最佳谜手”而应邀上中央电视台中秋晚会亮相。

制谜：主持活动及创作灯谜提倡以“浅、新、趣”为原则，面向大众，受到欢迎，特别是其因时而制的即景谜，与各艺术门类结合的花色谜，以及幽默风趣的方言谜、谜味相声等，受到普遍赞赏。

评谜、论谜：认真阅读谜作，深入钻研谜艺，撰写谜评及灯谜论文。具有创新理念和独特见解；将多媒体课件引入灯谜讲座，在全国多次获论文一等奖。

组织活动：充分挖掘灯谜和地方元素，现场谜会着民族服装，亲自上台主持，同时采用举谜牌、打铜锣或击鼓报猜的形式，展示了“民间艺人”形象，让灯谜形成“湘土”特色，被誉为“湖南谜坛的顶梁柱，谜事活动的多面手”。

个人成就

1983 年开始创作灯谜，现已创作灯谜逾万则，编著灯谜方面的专著 16 本，其中《葫芦集》《赛虎集》《乐隐集》《悟怡集》

《无韵集》《品灯集》《谐虎集》《庚辛集》为独著，《湘风集》《玉兔集（5）》《情迷浏阳河》《情迷张家界》《中华灯谜颂浏阳》《火树银花不夜天》《星灯集》《安监文虎》等为主编。

主编《楚湘谜苑》会刊共62期，该刊多次被评为全国十佳谜刊和“功勋谜刊”；作品两次获长沙市文艺创作成果奖，并入选《长沙市文学艺术精品库》（湖南文艺版）、《百年谜品》（上海古籍版）等。还担任了《中国谜语库》（中州古籍版）历史类主编和《中华灯谜年鉴》（中国文联版）副主编。

1992年和2006年，带领长沙队两次在全国灯谜大赛上获团体金奖。历年来，本人多次获猜射奖、创作奖、论文奖，主要荣誉有：中国民协中华灯谜学会授予的“中华灯谜国手”“中华十佳灯谜工作者”，高雄漳州文虎基金会授予的海峡两岸“文虎奖”；市委宣传部、市文联授予的“长沙市第二届文艺之星”、省文联授予的2000年度“湖南省德艺双馨中青年文艺家”等。被全国谜界评为“20世纪百佳谜人”，作品评为“百佳灯谜”。其从谜事迹被省内外报刊和湖南卫视、经视、教育台及市电视台等先后报道。

2012年长沙市文化局授予“十大民间艺人”，2014年雨花区授予“首届文化领军人物”，2015年由长沙市委宣传部与《光明日报》长沙记者站联合评出的“基层最可爱的文化宣传人物（十佳）”，长沙市非遗协会授予优秀会员等。

收藏海内外谜书、刊共2000多册，灯谜活动道具及实物包括各种谜笺、谜牌、会徽、铜锣、奖杯、奖品、纪念品、荣誉证书等。谜坛师友的部分手稿、墨迹等。“葫芦居”成为灯谜资料展示室和长沙谜语传承基地。

2021年，长沙市雨花区东塘街道东塘社区建立“敖耀寰工作室”。湖南雨花非遗馆“长沙谜语传习所”挂牌。

（2016年初稿，2022年3月增补修改）

后　记

本书名曰《葫芦谜趣》，意在讲谜语，突出趣味性。本着自己从事职工群众文化活动30余年的积累，力图从浅显易懂、新颖有趣方面做些努力，对以往写文出书有所突破，自认为体现在以下几个方面：

先看灯话篇。其中包括“民间隐趣”“谜酿生活”“廋坛溯踪”“虎艺纵横”等栏目，主要精选了部分文章，对自己多年来的谜事活动作个总结。其中有关于“长沙谜语”非遗传承的往事回忆，也有参加、组织谜事活动以及读书、旅游、会友等生活经历中的趣闻和感悟。同时利用谜评、谜话介绍灯谜知识，将读者逐步引入谜门，增进理解，品味谜趣。其中以四句打油诗点评的“无韵评谜”模式，亦算是自己的一种尝试。

再看谜作篇。书中作品皆为原创。“时尚新灯”汇编了2019年至今“每日一谜”共1100余则谜作并加注，得到师友赞赏，认为坚持不易。“牛行虎步”收录辛丑、壬寅新春为省、市各类谜事竞赛出的题。“朝花夕拾”精选部分旧作，分字谜、语词谜、诗词文句谜和百科谜4个板块，同时收录海内外师友谜评近200则，是点石成金、风格各异的“趣评敖谜”，也是多年来大家对我的高抬。因篇幅所限，删繁就简，有的赏析文章变成了“一两句话点评”。在此，只能表示遗憾和歉意。

此外，为体现谜趣，突出特色，各种形式兼容。其中用格谜与“即物赠”谜合排，以集中示范；还有花色谜、幽默谜，选入5篇谜味相声，附录展示自拍、自创的《风采》扑克字谜和照片谜等，都是为了表现谜中有趣，以达到“与众乐谜，乐在其中”的目的。

感谢长沙市文联和市民间文艺家协会的大力支持，让我在古稀之年能有机会对自己从事的灯谜艺术活动作个回顾总结。感谢长沙市群众文化协会会长、研究馆员刘新权先生和全国著名谜家、灯谜评论家苏德友先生审读书稿并赐序；感谢中华灯谜学会主任郑育斌先生为封面赐画；感谢享誉书画、楹联、灯谜界，被誉为“左传三雄”的苏州费之雄老师，为学生续出“葫芦”再次题签，添彩增趣。各位师友的恩德与情谊，我将铭记于心。

本书的正式出版，得到岳麓书社各位专家朋友的大力支持，尤其是责任编辑彭卫才先生，精心指导，尽心尽责，一丝不苟。特表示衷心的感谢。在谜友和读者面前，我这个痴谜的老顽童，仍像在交一份不合格的作业，期待着大家的批评、指正。

敖耀寰谨识于长沙

2022 年 3 月